NOVELA HISTÓRICA
DE LA
EDAD MEDIA

Yael Guiladi

Los cipreses de Córdoba

PLANETA DeAGOSTINI

Colección Novela Histórica de la Edad Media
Director editorial: Virgilio Ortega
Coordinación: Pilar Mora
Diseño cubierta: Hans Romberg
Realización gráfica: Jordi Royo

Título original: *The Cypresses of Cordova*
Traducción: María Isabel Butler de Foley

Ilustración de la cubierta: Manuscrito árabe del siglo XIII
(Biblioteca Apostólica del Vaticano; foto Oronoz.)

ISBN: 84-395-8247-1
Depósito legal: B. 31.731-1999

Imprime: Cayfosa, Santa Perpètua de Mogoda (Barcelona)
Distribuye: Marco Ibérica Distribución de Ediciones, S.A.
Carretera de Irún, km 13,350
variante Fuencarral - 28034 Madrid
Printed in Spain - Impreso en España

A Keshet y a Shelly

PARTE I

YA'KUB Y DA'UB

I

Abderramán metió las manos debajo de la mullida toalla blanca sobre la que estaba echado y, de forma casi voluptuosa, pasó los dedos por la fina losa de mármol rojo que la toalla cubría. Mientras Mustafá frotaba aceite de almendra, mediante un masaje rítmico, sobre sus miembros endurecidos, aliviando así con los expertos movimientos de sus dedos toda la tensión que los atenazaba, él suspiraba y exhalaba murmullos de placer. En el terreno de los placeres de la vida, la exaltación de la victoria en la batalla ocupaba un extremo, y esta suave relajación de todos y cada uno de sus miembros y músculos, el otro. Pero sólo algo aventajaba a estos dos deleites, algo superior a toda escala, medida y comparación, y eso es lo que él, Abderramán, iba a saborear también esta noche, más tarde, después de la recepción que iba a ofrecer dentro de poco a los dignatarios de Córdoba para celebrar la inauguración de su nuevo palacio, Medina Azahara, a una corta distancia de la bulliciosa ciudad. Esta noche iba indudablemente a experimentar el colmo, el clímax del éxtasis humano; de los cientos de mujeres que tenía en su harén, se había traído con él sólo a Zahra, aquí a este inmenso y nuevo palacio de la ciudad al que le había dado el nombre de ella. Con el arte de su sutil e imaginativa sensualidad, ella lo elevaría a inconcebibles cimas de pasión, movida por el deseo de manifestar su gratitud por el honor que le había conferido. Él podía haber permanecido allí durante horas, acariciando el mármol sobre el que su cuerpo yacía y cuya suavidad le recordaba la del cuerpo de Zahra, mientras que las manos de Mustafá, cálidas y suaves, frotaban los vigorosos músculos de sus hombros hasta relajarlos y su espalda hasta dejarla también cálida y brillante. Pero sus invitados debían de estar empezando a llegar.

Hizo una leve señal a su fiel eunuco negro, que deslizó las palmas de las manos a lo largo de ambos lados de su espina dorsal, con un movimiento lento que concluyó el masaje. El califa Abderramán III al-Nazir, Príncipe de los Creyentes, se incorporó y descendió hasta sumergirse en el baño circular de mármol, estirándose lánguidamente mientras Mustafá le lavaba su corto cabello rubio con un ungüento perfumado cuya composición se negaba a divulgar. Había hecho bien, pensó Abderramán, en seguir los consejos de su hijo y traer a Basil de Bizancio para que diseñara su sala de baño. Sólo los griegos sabían cómo cortar, pulir y colocar el mármol de manera que se pudiera lucir el veteado en toda su misteriosa y serpenteante belleza. Acompañando a Basil habían venido maestros en el arte de tallar y esculpir el mármol hasta darle el delicado aspecto de fino encaje, y junto con los hábiles artesanos de Córdoba, habían creado las decoraciones y adornos del salón de recibir que dentro de poco admiraría toda la ciudad de Córdoba y más adelante el mundo entero. Por fin el califato Omeya, que él había convertido en dueño de casi toda la Península Ibérica, poseía un palacio digno de su poder, riqueza y esplendor.

Echando la vista atrás, lo que Abderramán veía al recorrer en su mente los últimos treinta años de su reinado era un rosario de triunfos: después de la muerte del acérrimo enemigo de su padre, Omar ibn Hafsun, vástago de una familia española que había abrazado el islamismo pero que se había rebelado contra la casa de los Omeya, él había fomentado la rivalidad entre los dos hijos del rebelde. El resultado fue que Bobastro, último reducto de las fuerzas de éste, situado en el peligroso cañón del Guadalhorce, no lejos de Málaga, había terminado por rendirse, perdiendo gradualmente sus fuerzas desde su propio interior. Una serie de osadas expediciones dirigidas contra las regiones septentrionales del país había acobardado a los cristianos, frenando sus incursiones contra el territorio musulmán, y poco después los cabecillas hispano-musulmanes de la parte sudoriental de Badajoz se le habían rendido: la familia Ibn al-Yilliqi se había dado cuenta evidentemente de que el joven y vigoroso califa de Córdoba estaba resuelto a sofocar por la fuerza todas las amenazas contra la unidad de su reino, si era necesario. Una vez bajo su control la zona fronteriza inferior, la central corrió la misma suerte al reconocer también Toledo su soberanía. Y hasta a los Tujibíes en Zaragoza, rivales de origen árabe que habían flirteado brevemente con el jefe cristiano de León, se les había metido en vereda después de un implacable asedio de su ciudad en el año 937. De esta manera, se había sometido también a él la zona fronteriza superior. Sólo quedaba por realizar el absoluto sometimiento de los príncipes cristianos...

Una vez completados los servicios prestados por Mustafá a Abderramán, éste se sumergió en el agua caliente y fragante para saborear las noticias que acababa de recibir aquella mañana. Su poderoso enemigo cristiano en el norte, Ramiro II de León, estaba a punto de tener que afrontar la rebelión de los castellanos que querían independizarse de él. Nada podía haberle cuadrado mejor a las propias ambiciones de Abderramán. No tenía más que esperar el momento oportuno en que las rencillas intestinas debilitaran tan severamente a los cristianos que no tuvieran otra opción que la de convertirse en tributarios suyos. Toda España sería entonces suya. ¡Qué dulce sentimiento de venganza experimentaría el día que Ramiro se arrodillara ante él! Sólo entonces se borraría la humillación que el príncipe cristiano le había infligido hacía un año en la batalla de Simancas!

Abderramán III se ruborizó al sentir cómo el recuerdo aún reciente de este suceso abrasaba su orgullo. ¿Cómo fue posible que él, invencible general en jefe de las fuerzas militares de al-Andalus; cabecilla decidido que había logrado fusionar fuerzas diversas, hasta rivales, para formar un ejército fuerte y unido que desalentaba o sofocaba todas las amenazas contra él; un inteligente estadista que había fomentado la multiplicidad de pueblos dentro de sus propias fronteras para que contribuyeran a la prosperidad y florecimiento cultural de su reino; él, Abderramán III al-Nazi, famoso por su virilidad y proezas con hombres y mujeres, no pudiera librarse de un terror de su infancia, de morir envenenado por la mordedura de una serpiente? Desde que, cuando tenía tres años, fue testigo de la horrible muerte de su hermano de meses, mordido por una serpiente en los jardines del palacio, cuando el eunuco que cuidaba de él se distrajo al oír los quejidos de un jardinero, había sido incapaz de desterrar este temor que le paralizaba. Habían pasado casi cincuenta años, pero el recuerdo de aquella minúscula criatura, indefensa contra la fiebre abrasadora que lo consumía, nunca se desvaneció. El terror había permanecido grabado en su alma, persiguiéndole en sus sueños por la noche y alterándole cuando el pensamiento le venía a la mente durante el día. Pero nunca fueron sus consecuencias tan desastrosas como en la batalla de Simancas.

Había salido de Córdoba para desafiar a Ramiro con un ejército mayor del acostumbrado. La víspera de la batalla decisiva había ido de una hoguera del campamento a otra, en un último esfuerzo para tratar de levantar el ánimo de sus tropas. Apiñados en torno a las llamas parpadeantes, los soldados tenían un sólo pensamiento: protegerse del cortante viento que, atravesando la meseta, azotaba la pequeña elevación cerca de la fortaleza de Simancas donde habían montado el campamento. Dándose palmadas en el cuerpo con los brazos para calentarse, tarareaban evocadoras y vibrantes melodías repletas de nostalgia por las cálidas noches de Andalucía, que parecía un mundo lejano de este hostil clima septentrional.

Era ya muy de noche cuando regresó a su tienda y se echó sobre las alfombras. Pero a pesar del cansancio físico del día y del esfuerzo de la noche por elevar la moral de sus tropas, no logró conciliar más que un sueño intermitente. Fue entonces cuando esta constante pesadilla se volvió a apoderar de él. Desnuda, vívida, aterradoramente alerta, la serpiente de color negro verdoso se deslizaba, enroscaba y emitía su característico silbido dirigiéndose hacia él, lanzando el veneno sobre su cuello mientras él yacía dormido en su tienda sobre un tapiz de seda... Sus gritos fueron tan aterradores que Mustafá, que dormía como un perro guardián a sus pies, se lanzó hacia su costado y le despertó zarandeándolo con fuerza. Pero no lo consiguió. Dominado por el terror, no pudo distinguir entre sueño y realidad. Sus médicos acudieron a su lado, le tomaron el pulso, escudriñaron su rostro, hablaron de la posibilidad de sangrarle. Pero presa del pánico, agitó los miembros violentamente, arrojándolos de su lado como si fueran otras tantas víboras a punto de alzar sus cabezas para envenenarlo. Con la ayuda de Mustafá, los doctores lograron al fin administrarle un sedante hecho de semillas de amapola, y, al amainar su temor, se sumió en un sueño profundo provocado por las drogas. Esa fue la razón de que sus sentidos, agudamente entrenados para avisarle del menor indicio de peligro, se adormecieran con él y su oído no lograra captar el sonido de movimientos furtivos en la llanura a sus pies. La mañana siguiente, cuando condujo a sus soldados a la batalla, sus caballos tropezaron y cayeron en una trinchera perfectamente camuflada, que se acababa de cavar a lo largo de los campos que tenían que atravesar para sitiar la fortaleza de Simancas. Los soldados de Ramiro cayeron sobre ellos desde sus baluartes y les hicieron víctimas de una terrible matanza.

Al recordar la sangrienta escena, la vergüenza de Abderramán se convirtió bruscamente en una gélida rabia. ¿Por qué después de todos estos años, a pesar de sus repetidas exhortaciones y demandas, y de las inmensas sumas de dinero que había puesto a su disposición, su equipo médico no había conseguido descifrar el secreto del Gran Antídoto contra estos venenos? Ya era hora de que se deshiciera de uno o dos, sobre todo de aquellos que habían descubierto su vergonzosa debilidad en Simancas, hasta entonces un bien guardado secreto, compartido sólo por Abu Ilyas, su médico favorito, y por el fiel Mustafá. Sí, haría desfilar su cabezas sangrientas por las calles de Córdoba, a fin de estimular a los supervivientes a que pusieran más celo en la investigación. Era inconcebible que tantos eminentes eruditos no hubieran sido capaces de identificar todas las especies requeridas para preparar el antídoto que los antiguos griegos habían considerado la cura infalible para el veneno de serpiente.

Incitado a ponerse en movimiento, Abderramán salió del baño con movimientos vigorosos. Dio unos golpecitos de impaciencia con el pie mientras Mustafá le frotaba bruscamente de arriba abajo con una rugosa toalla, peinaba sus cabellos y le cortaba una o dos canas de su cuidada y cuadrada barba, antes de perfumarla con almizcle. El califa se puso rápidamente la vestidura blanca como la nieve que su eunuco le presentó y sacó a continuación del estuche de marfil que colocó frente a él una sola sortija, cuya gigantesca esmeralda cubría por completo el primer nudillo del dedo índice, donde se la puso.

Mientras rociaba con perfume las manos de su amo, Mustafá preguntó cautelosamente:

–¿El manto color turquesa o el escarlata? –aunque conocía perfectamente las preferencias de su amo. Éste escogía, invariablemente, un tono que hiciera resaltar el tinte azulado de sus ojos color gris oscuro, herencia de los encantos ejercidos sobre sus antepasados por las princesas francas que habían cogido prisioneras.

–El de color turquesa –contestó bruscamente Abderramán. Sus dedos se movían nerviosamente mientras Mustafá le ajustaba el manto de manera que los pavos reales, lujosamente bordados en hilos de seda y oro en el borde, quedaran simétricamente enfrente unos de otros, en el centro de la majestuosa figura de su amo.

–Ya está –dijo al fin el eunuco, agachándose mientras ajustaba el borde, antes de volver a desempeñar su papel de guardián personal de su soberano.

El califa Abderramán al-Nazir, Príncipe de los Creyentes, se enderezó hasta alcanzar su impresionante estatura y descendió con dignidad real por el corredor de mármol que conducía al gran salón de recibir donde le esperaba su corte.

Se hizo un gran silencio entre los allí presentes al abrirse de par en par las puertas de madera de cedro para dejarle entrar. Príncipes, cortesanos y dignatarios del reino, ataviados con resplandecientes vestiduras, se postraron en ademán de homenaje al aparecer su soberano, y aquellos que estaban más cerca besaban el brillante tejido de su manto. Abderramán, gentilmente, hizo una señal para que se levantaran y manifestó su reconocimiento por las expresiones de alabanza y admiración, mientras se movía entre ellos. Unos rebosaban de admiración ante la airosa curva de los arcos de herradura, otros se maravillaban de las diáfanas decoraciones que adornaban los capiteles de las columnas sobre las que descansaban. Pero lo que suscitó las alabanzas más extáticas fueron los relieves esculpidos sobre los paneles de mármol que cubrían las paredes desde el suelo hasta el techo, una interminable pero perfectamente ordenada malla de troncos y ramas, tallos y hojas, capullos y brotes, entrelazados como amantes en una efusiva celebración de la infinidad de la vida.

Abriéndose paso hacia las mesas cubiertas de carnes delicadamente sazonadas y empanadas, y toda clase de dulces, frutas suculentas y vinos fragantes, Abderramán cogió una sola uva de una cornucopia dorada, señal de que el festín podía empezar. Con un desbordante sentimiento de orgullo motivado por la realización de los hechos gloriosos llevados a cabo a lo largo de su vida, pasó revista a las distinguidas personalidades de su reino, una corte brillante entre la que se contaban muchos de los más insignes filósofos, poetas, lingüistas y músicos, físicos, matemáticos, astrónomos y hombres de ciencia, en su totalidad del mundo mediterráneo, si no más allá de éste. Con una singular combinación de fuerza bruta y tolerancia ilustrada –¿procedente de la mezcla de razas en su sangre?, se preguntaba a veces– había fusionado satisfactoriamente lo español, lo bereber y árabe, lo cristiano, lo musulmán y lo judío en una unidad coherente, y todas sus energías y talentos estaban dedicados a promover la mayor gloria de su califato. Nadie sabía mejor que él que, sólo mediante la conservación de la unidad que había forjado así, podría la minoría gobernante omeya mantener su control sobre su vasto y variado dominio hispánico. Por un instante su euforia fue completa. Era una rara experiencia y la saboreó al máximo, hasta que su mirada penetrante, tan alerta en la corte como lo era en el campo de batalla, cayó sobre la figura de Abu 'Amr, uno de los médicos que le había acompañado a Simancas. Medio escondido detrás de una columna al extremo de la estancia, estaba inmerso en una conversación con Abu Bakr, un cristiano español de nariz protuberante que se había convertido al islamismo y que estaba emparentado por matrimonio con la dinastía gobernante de León. Abu Bakr tenía también la inmensa suerte de ser el más eficaz recaudador de impuestos del califato, posición que le hacía virtualmente invulnerable.

Con su infalible perspicacia para detectar una conspiración, Abderramán tuvo la sensación de que los dos estaban manteniendo una conversación, de ninguna manera inocente, sobre el estado de salud de Bakr. Sólo podía haber una explicación de la intensidad con la que estaban conversando. De manera obsesiva, la mente de Abderramán volvió a Simancas, siempre a Simancas. De esto no cabía la menor duda. Esto era el resultado de aquello, el desastre que había temido siempre: que los más cercanos a él le traicionaran; la revelación de su flaqueza a sus enemigos. ¿No había demostrado Simancas el arma tan potente que podía ser tal información? De hecho, ahora que reflexionaba sobre ello, esto debía ser la razón de la «incapacidad» de sus eruditos para identificar los ingredientes del Gran Antídoto. Todo el año anterior, los hombres de Ramiro debían haber estado, indudablemente, sobornándolos para que le engañaran con sus débiles excusas de que no se encontraría jamás una cura para su fobia. La ejecución, al día siguiente, de dos de los médicos que habían estado presentes en Simancas –y había todavía tiempo de añadir a Abu 'Amr a la lista– estaba muy bien como medida punitiva y como un serio aviso a los demás, pero no solucionaba su problema. Lo que tenía que encontrar eran eruditos y médicos cuya lealtad hacia él estuviera por encima de toda sospecha. Su mirada se paseó, con inquietud, por todos los rostros serviles y sonrientes que pululaban a su alrededor, en busca de hombres que dependieran solamente de su buena y suprema voluntad para disfrutar de seguridad y prosperidad, súbditos dignos de confianza que ni albergaran pretensiones a la soberanía, ni hicieran causa común con sus rivales, ya formaran éstos parte de las fuerzas árabes, españolas o bereberes que él había sojuzgado dentro de las fronteras de su reino, o de las de los cristianos que lo amenazaban desde fuera. La elección era obvia. Llamando a Mustafá a su lado, le dijo en voz baja:

–Busca a Abu Da'ud y tráelo a mi presencia.

Abu Da'ud Ya'kub ibn Yatom se acercó al califa con un aire de modesta deferencia que, a pesar de su discreción, no estaba exenta de dignidad. Aunque se sabía que era un hombre acomodado, se vestía con comedida elegancia y llevaba una túnica de color oscuro y sin adornos pero cortada a la perfección, de un tejido de la mejor seda cordobesa. La única alhaja que llevaba era una sortija de hematites de tono oscuro, montada en plata. Su piedra, cortada en forma de aceituna y colocada horizontalmente, parecía haber sido hecha a juego con sus ojos oscuros y silenciosos.

–Que el Señor derrame miles de bendiciones sobre Vos, ¡oh Príncipe de los Creyentes! –empezó diciendo, postrándose a los pies de su soberano–, y que vuestros días sean largos para vivir en este edificio y disfrutar de él, porque deslumbra a quien lo contempla por su magnificencia y supera en belleza a las obras de todos los hombres por toda la superficie de la tierra, desde los tiempos de la Creación hasta nuestros días.

El califa aceptó el elogio con una leve sonrisa de satisfacción.

–Su esplendor, acorde con la gloria de nuestro califato, nos granjeará honor y respeto entre las naciones.

–Vuestra sabiduría no tiene límites –replicó Abu Da'ud al tiempo que Abderramán llenaba una copa de oro con vino espumoso que le había traído un criado, y se la ofrecía.

–¿Cómo están tu mujer y tu hijo?

–Alabado sea Dios, están bien.

–¿Y tus negocios ?

–Prósperos.

Una vez concluido este convencional intercambio de cortesías, Abderramán eligió con sumo cuidado una fina rebanada de almendra de un plato lleno de frutas y nueces, examinándola cuidadosamente antes de morder un diminuto trozo. La masticó durante un largo rato, mientras Ya'kub esperaba sin prisas la decisión de su soberano. Al fin, cogiéndole del brazo, el califa lo guió, inclinando la cabeza y sonriendo gentilmente a los príncipes y cortesanos que encontraba a su paso, fuera del salón y hacia los jardines que sutilmente lo prolongaban.

Era una de esas noches cuya belleza los poetas de al-Andalus nunca se cansaron de celebrar: templada, acariciadora, levemente perfumada por las flores de jazmín y de azahar, una noche que incitaba a los hombres a disfrutar de los placeres que la vida ofrece fugazmente. La luna rielaba sobre las aguas que, formando delicados arcos, salían de las bocas de los grandes ciervos y de los grifos de bronce colocados en torno a los estanques, acompañando con el murmullo de su corriente el silencio de la noche. Silenciosamente también, Abderramán se dirigió, seguido por Abu Da'ud, a un pabellón apartado formado por el denso follaje de los cipreses en flor colocados, con precisión geométrica, alrededor de un pequeño estanque octogonal sobre cuyas tranquilas aguas la luna había dejado destellos de plata.

–Abu Da'ud –dijo finalmente Abderramán mientras paseaban; su vigorosa figura dominaba la esbelta silueta de Ya'kub–, como cabeza de los judíos de Córdoba, conoces indudablemente bien a todos los eruditos y médicos de tu nación, ¿no es así?

–Me enorgullezco de mantener buenas relaciones con ellos.

–Debes de saber también que en nuestro reino hemos puesto de manifiesto un interés particular por el descubrimiento de la composición del Gran Antídoto.

–Eso he oído decir.

–En mis primeros años de califato, se hicieron importantes progresos en identificar los cuarenta y dos ingredientes que al principio conocíamos sólo por sus nombres griegos o latinos, pero en años recientes ninguno de los eruditos y médicos a quienes encargué la misión de descubrir las últimas dos especies necesarias para completar la fórmula han tenido éxito. Desvelar el secreto del Gran Antídoto podría salvar millares de vidas y evitar interminables sufrimientos humanos.

Abderramán se detuvo un momento, cogiendo a Ya'kub fuertemente del brazo como si necesitara su apoyo. Alguna fuerza vital e interior que le prestaba vigor parecía haberse desvanecido súbitamente, dejándole débil y vulnerable. Con voz que se había convertido en un susurro, continuó:

–No exagero cuando digo que a mí me agradaría más alcanzar la inmortalidad por ser el hombre responsable de haber vuelto a descubrir el Antídoto que por ser el califa que construyó Medina Azara. Éstas son piedras sin vida destinadas a impresionar al poderoso y a humillar al débil. Un buen día algún otro califa las destruirá o ellas mismas se convertirán en polvo. Pero el Gran Antídoto puede conservar un don que sólo Alá tiene el poder de otorgar, ese frágil aliento cuyo secreto no todos los filósofos del mundo han revelado aún. ¿Existe un logro mayor que librar a un hombre del peligro del veneno mortal de la serpiente?

–¡Qué inescrutables son los designios del Señor, oh Príncipe de los Creyentes! –replicó solemnemente Ya'kub–. Habéis expresado con suprema sabiduría e incomparable elegancia un pensamiento que, precisamente el otro día, mi hijo compartió conmigo con palabras más simples.

–¿Está Da'ud interesado en asuntos científicos?

–Ciertamente lo está. Ha concluido ya tanto su formación religiosa como la laica, que incluían el estudio de las lenguas y las ciencias naturales, así como la más concienzuda instrucción profesional en la ciencia de la medicina de que disfrutamos en Córdoba –aclaró Ya'kub con orgullo de padre–. Yo había albergado la esperanza de que continuara su estudio de la tradición religiosa hebrea y judía, para que desempeñara el papel de guía y mentor espiritual de nuestra comunidad, pero él parece estar decidido a investigar los misterios de la naturaleza, a fin de aliviar los sufrimientos de los hombres. Aunque yo soy su padre y tengo cierta autoridad sobre él, me siento impotente para torcer lo que me parece ser su verdadera vocación. Ni tampoco considero justo frustrar su ambición ya que su meta es una de las más elevadas.

–Hablas sabiamente, Abu Da'ud. –Soltando el brazo de Ya'kub, Abderramán recuperó su aplomo. Con su brusquedad militar ordenó–: Haz que tu hijo acuda mañana a mi presencia. Hablaré con él a solas. Y te ordeno que no reveles el contenido de esta conversación a nadie más que a él.

–Tenéis mi palabra de honor de que nada se sabrá de lo que tenga lugar entre vuestra ilustre casa y mi humilde vivienda –contestó Ya'kub. Y sus ojos silenciosos no delataron la menor emoción.

–Así sea –corroboró el califa al volverse bruscamente para regresar con sus invitados. Se mezcló entre ellos durante un rato más, observando con sagacidad a amigos y rivales, hasta que se apoderó de él la impaciencia por sentir el calor suave y reconfortante de Zahra. Después de dar una breve orden a uno de los guardias del palacio, se retiró discretamente, dejando que sus invitados continuaran disfrutando de los placeres de la fiesta.

II

Abderramán no aparentaba los cincuenta años que tenía cuando entró con aire resuelto la mañana siguiente, él solo, en el mismo apartado pabellón adonde había dado órdenes de que se llevara a Da'ud ben Yakub ibn Yatom. Decidido y enérgico, con movimientos rápidos aunque un poco bruscos, tenía un aire de poder y autoridad que inspiraba sumisión. Las ingeniosas sensualidades de la bella Zahra habían colmado más allá de lo que hubiera podido concebir su euforia del día anterior, devolviendo a su virilidad un vigor de juventud que él no había esperado recuperar. Así que fue un soberano en la cumbre de su gloria quien examinó con detenimiento al hombre joven y delgado que se postraba ante él.

El parecido con su padre era asombroso: los mismos ojos silenciosos en forma de aceituna y con cejas finamente arqueadas, las mismas mejillas enjutas y el firme contorno del mentón, con el labio inferior ligeramente saliente como se encuentra en la mayoría de los hombres decididos. Da'ud, también como su padre, iba ataviado con sencilla elegancia y se comportaba con la misma digna discreción. Pero ya en el primer intercambio de las acostumbradas cortesías, Abderramán percibió tras el porte modesto de Da'ud una firme seguridad en sí mismo que procedía de su gran habilidad intelectual, y una gran ambición que no había encontrado aún una meta definitiva. Y ¿por qué no iba a tenerla? Hijo de uno de los más acaudalados comerciantes de seda, había recibido la más esmerada educación que se podía disfrutar en todos los países occidentales, una llave que podía abrirle muchas puertas si adquiría la habilidad de cómo utilizarla. Lo aprendería, por supuesto, a su debido tiempo, pero la ocasión no había llegado aún. De momento, eran las jóvenes aspiraciones de Da'ud, sus vastos conocimientos y su escasa experiencia de la vida en la corte lo que iba a ser sumamente útil para lo que se proponía Abderramán.

–Así que, muchacho –empezó a decir el califa afablemente mientras Da'ud permanecia erguido frente a él–, tu padre me dice que posees un perfecto conocimiento del griego y del latín, ¿no es así?

–Tan perfecto como me lo han podido impartir mis maestros y me lo ha permitido adquirir mi inteligencia –replicó Da'ud con una modestia que Abderramán sabía que era fingida.

–¿El persa?

–Bastante bien.

–¿Y el hebreo y el arameo, por supuesto?

Da'ud asintió con la cabeza.

–¿Y debes de conocer a fondo las obras de nuestros grandes científicos, Hunayn ibn Ishaq, Ali ibn Rabban al-Tabari y Muhammad ibn Zakariya al-Razi?

–Sí, las conozco.

–Excelente. –Adoptando entonces un tono afectuoso y confidencial, el califa continuó–: Llevo mucho tiempo buscando un erudito de tu calibre que sea capaz de establecer una comparación entre los escritos griegos originales de Hipócrates y Galeno, padres de la antigua medicina, y las diversas traducciones árabes que se han hecho de sus obras a lo largo de los años.

–Esto es una afortunada coincidencia porque yo he pensado a menudo en la posibilidad de dedicar tiempo a una investigación así. Hemos perdido muchos secretos en el transcurso de los siglos y es mi ambición volverlos a descubrir para que la humanidad pueda sacar algún provecho de ese inmenso acervo de conocimiento.

–Tu padre me insinuó algo así y considero tu propósito digno de la más alta alabanza y merecedor de aliento, tanto más al coincidir tan íntimamente con el mío. Estoy especialmente interesado en identificar los dos componentes del Gran

Antídoto que siguen siendo un enigma para nosotros. Estoy dispuesto por consiguiente a otorgarte un generoso estipendio con la condición de que te dediques exclusivamente a su búsqueda. Si llevas a cabo esta tarea de manera que me satisfaga, tienes un futuro brillante en perspectiva.

Da'ud se ruborizó de orgullo y placer ante un honor tan inesperado. Durante sus largos años de estudio había meditado a menudo sobre la posibilidad de ganarse la confianza del califa, pero ni en sus más desbordadas fantasías había soñado con disfrutar del patrocinio real antes de haber logrado una sólida reputación como investigador en el campo de la medicina. Nunca se había imaginado que le llegaría tan pronto y con tan aparente facilidad. Su euforia se vio considerablemente exaltada por lo que esto suponía de desafío a su pericia como investigador, porque tenía suprema confianza en su habilidad para satisfacer los requerimientos del califa; de hecho, tan confiado estaba que no se le ocurrió pensar en la posibilidad, o en las consecuencias, de un fracaso. Así que, sin dudarlo un instante, aceptó el ofrecimiento de Abderramán.

–Estoy profunda y sinceramente agradecido ante el inmenso honor que me hacéis, ¡oh Príncipe de los Creyentes!, y haré todo lo que esté en mi mano para ser digno de la gran confianza que habéis depositado en mí.

–No lo dudo –replicó Abderramán, dándole ahora a su voz un filo cortante–. Todos los miembros de tu pueblo a cuyos servicios he recurrido han demostrado ser capaces, honrados y, sobre todo, leales sirvientes de la Ilustre Casa de los Omeya. En tu caso esto tiene particular importancia, puesto que yo requiero que tu trabajo sea un secreto celosamente guardado, conocido tan sólo por tu padre y por ti. Tendrás acceso libre a nuestra biblioteca a cualquier hora, pero no debes permitir que nadie descubra el objeto de tu investigación. Te he escogido a ti para esta misión, no sólo por tu manifiesta erudición y tu especial interés en este tema, sino porque, como hijo que eres del distinguido jefe de la judería de Córdoba, se te ha debido enseñar a apreciar la tolerancia que manifiesto hacia tu raza, *dhimmis,* que depende exclusivamente de mi deseo de garantizar su seguridad y bienestar. Sé, por consiguiente, que puedo confiar en ti para que ocultes tu trabajo de miradas curiosas y para que me traigas los resultados que espero, con la menor demora.

A Da'ud no le inquietó la insinuación del califa de que, si traicionaba su confianza, tal acción tendría serias repercusiones para todos los judíos de Córdoba. Ésta era una situación permanente en la vida de la España musulmana, situación que su familia –y todos los judíos– había aprendido a aceptar, porque en ninguna parte, ni en los reinos cristianos ni en el resto del mundo musulmán, era la existencia más segura para ellos que en al-Andalus, bajo el gobierno relativamente ilustrado de los Omeyas.

Dirigiéndose casualmente hacia la ventana, Abderramán hizo una señal a Da'ud para que se acercara y mirara hacia afuera a través del hexágono inferior de la cortina que velaba la ventana de mármol. Un grupo de guardias pasaba corriendo, con tres cabezas humanas empaladas en sus lanzas. La sangre goteaba aún de ellas dejando un rastro mohoso sobre el polvo de color ocre. «¡Así trata el califa Abderramán, Jefe Supremo de los fieles, Defensor de la Religión de Dios, a los traidores a su reino!», gritaban los guardias mientras se preparaban a exhibir el terrible espectáculo ante los ojos de los ciudadanos de Córdoba. Da'ud notó que los ojos del califa estaban clavados en él, pero no se estremeció.

–¿Reconoces esos rostros? –le preguntó Abderramán, ahora con voz más tranquila. Pero no esperó la respuesta–. Esas son las cabezas de tres de mis médicos de la corte, unos cretinos que... –pero se interrumpió bruscamente. No conocía bien a este joven como para arriesgarse a revelarle el incidente de Simancas– se negaron a obedecer mis órdenes.

Da'ud sintió cómo se le retiraba la sangre del rostro y cómo sus manos se quedaban heladas y húmedas con el sudor del terror. ¡Cómo había podido ser tan inocente y confiado, deslumbrado por el honor que se le había tributado y el futuro que se abría ante él, que ni siquiera se paró a pensar lo que había detrás del tentador ofrecimiento del califa! ¿De qué le sirvió tanta seguridad en sí mismo y una ambición tan desmedida, se reprochaba amargamente? Y por añadidura, ¿cómo no se le había ocurrido pensar en su falta de experiencia de las descarnadas realidades del poder? Esta caída brutal en un mundo cruel y desconocido lo había cogido totalmente desprevenido. Lo único que él conocía era una existencia tranquila dedicada al estudio, rodeado y protegido por aquellos cuya única preocupación había sido ayudarle y alentarle en sus esfuerzos. A él le había parecido la proposición de Abderramán una consecuencia tranquila y natural de ese modo de vivir, el ofrecimiento de un campo de acción protegido y privilegiado,alejado del ejercicio del poder, de su sórdido juego de intereses, sus sospechas, sus intrigas y sus mezquinas traiciones. Ahora se daba cuenta de que era una ilusión peligrosa. En la corte, todo tenía su precio. ¡Qué fácilmente le habían engañado! Y sin embargo, trató de justificarse a sí mismo, hasta un hombre de más discernimiento que él podía haber fallado en percibir el alcance del peligro que se ocultaba, amenazador, detrás del favor del califa. ¿Qué forma de desobediencia habría hecho caer una represalia tan cruel sobre las cabezas de los médicos? Y ¿qué se escondería detrás del desmedido interés de Abderramán en el Gran Antídoto? La confidencialidad a la que ambos, él y su padre, se habían comprometido suponía un motivo más serio que mera curiosidad o ambición científica. Algo vital estaba en juego. ¿Qué razón tenía entonces la elección de un estudioso desconocido como él? Pero todas estas especulaciones resultaban insignificantes, comparadas con una pregunta fatídica: ¿Qué quería decir Abderramán al añadir «con la menor demora»?

Todas las facultades de Da'ud estaban ahora concentradas y en estado de alerta. Con rigurosa objetividad separó la razón de las emociones. De ninguna manera podía permitir que su temor ofuscara su lucidez. ¿Tenía de plazo un mes, seis meses, un año? El riesgo era tan aterrador que consideró prudente no preguntar, no solicitar la imposición de un límite de tiempo inmutable. Mientras tanto, la cólera del califa por el comportamiento de sus médicos se atenuaría, preocupaciones más apremiantes absorberían su atención y si él, Da'ud, encontraba dificultades en la realización de su tarea, haría uso de su ingenio para contemporizar... No había otra opción. Un súbdito leal no le niega nada a su soberano. No podía echarse atrás sin poner en peligro el brillante futuro que se presentaba a su alcance. Tenía que correr este riesgo, por desproporcionado que fuera con respecto a sus ambiciones...

–Mañana te presentarás ante el administrador del viejo palacio de Córdoba, que te arreglará el pago de tus emolumentos. Te proporcionará también libre acceso a la biblioteca del palacio que va a permanecer en la ciudad para beneficio de nuestros distinguidos investigadores.

Un movimiento casi imperceptible del enjoyado dedo índice del califa le indicó a Da'ud que se podía ir. Salió de la estancia con estudiada calma y, bajo la vigilante mirada de los eunucos negros que le acompañaban, caminó resueltamente a través de una serie de vastos patios y elegantes pórticos que conducían a la salida del recinto del palacio. Solamente cuando se encontró de vuelta dentro de las protectoras murallas de Córdoba se atrevió a deshacerse del porte confiado que había asumido y a dar rienda suelta a los sentimientos contradictorios que se agitaban en su interior. Su cabeza empezó a dar vueltas, debido a la agitación ante el futuro que le esperaba si lograba lo que se le había encomendado, y el estómago se le encogía de puro terror al pensar en las consecuencias, si fracasaba. Pero poco a poco las escenas familiares, los sonidos y los olores de la vibrante ciudad, que formaban parte de él en la misma medida que el frágil contacto con un antiguo manuscrito, penetraron en el interior de su ser y calmaron el tumulto interior, devolviéndolo a las reconfortantes realidades de lo que había sido su vida antes de su entrevista con el califa. Fue entonces, al aproximarse a su casa, cuando el eco de los gritos estentóreos de los guardias, mientras hacían desfilar sus sangrientos trofeos en torno a la plaza del mercado, llegó a él con la brisa de la mañana e hizo, una vez más, que un estremecimiento de terror recorriera su cuerpo.

Al dar la vuelta y entrar en la calle sin salida donde estaba la casa de ibn Yatom, vio la delgada figura de su padre de pie en el umbral, esperando con ansiedad su llegada. Se abrazaron los dos, en actitud de silenciosa compasión y entendimiento tácito.

–Ni una palabra de esto a tu madre –advirtió Ya'kub a su hijo, y todo el orgullo que había experimentado ante la inesperada llamada de Da'ud a la corte se desvaneció ante el conocimiento de la amenaza que se cernía sobre él–. Le he ocultado la identidad de las víctimas del califa para evitarle una angustia innecesaria. ¿Para qué preocuparla si tu éxito no está en duda? Finge en su presencia que tu satisfacción y alegría no tienen límites. Será tu primera lección en el arte del disimulo, un arte que debes adquirir si quieres sobrevivir y prosperar en los corredores del poder.

III

Da'ud se sentó sobre los talones, enderezó la espalda y estiró los brazos en ademán de cansancio. Desde muy temprano por la mañana había estado arrodillado sobre un montón de cojines en un rincón apartado de la biblioteca del califa, estudiando minuciosamente los grandes volúmenes encuadernados en piel y apilados sobre la mesa baja que tenía delante de él. Por dispensa especial, se le había dado permiso para entrar en la biblioteca los viernes para que estuviera solo, con el viejo celador cristiano, en la gran estancia revestida de paneles de madera de cedro. Más como una formalidad que con la esperanza de descubrir algo de importancia para su estudio, había empezado por consultar las famosas versiones arábigas de los escritos de Hipócrates y Galeno, traducciones hechas en Bagdad hacía casi un siglo por Hunayn ibn Ishaq y Ali ibn Rabban al-Tabari. Durante años había soñado con que se le permitiera echar una ojeada a los ejemplares lujosamente iluminados que se custodiaban en la biblioteca del palacio, pero ahora tenía poco tiempo para contemplar los diminutos diseños, como los de los tapices, pintados con la delicadeza del velo de seda de una mujer, que embellecían el principio de cada sección.

Encontró con relativa facilidad los pasajes que se referían a antídotos, pero cuando llegó a la lista de los ingredientes del Gran Antídoto, se enfrentó con la misma pared impenetrable con que se habían enfrentado los investigadores que le habían precedido. Las columnas de estas secciones, que indudablemente habían sido hojeadas frecuentemente, daban testimonio silencioso de las muchas manos que habían pasado por ellas, en busca del mismo esquivo secreto. Una comparación con los originales griegos resultó ser virtualmente imposible, al estar tan viejas, gastadas y desvaídas las copias de la biblioteca, pero aunque hubieran estado en mejores condiciones, Da'ud sabía que le habrían sido de poca utilidad. ¿Qué esperaba descifrar él que no hubieran descifrado Hunayn y al-Tabari? Ambos enumeraban una lista similar de ingredientes: opio, carne de serpiente hervida y treinta y ocho hierbas y especias, entre ellas sal fresca y eneldo húmedo. Ambos anotaban que había dos ingredientes sin identificar. Hunayn simplemente decía que no sabía a qué planta se referían los términos griegos. Al-Tabari, por otra parte, que había vivido varios años en Persia, anotaba que el término «*asesino de padre*» era *motscha* en sánscrito. Nada más. En cuanto a la segunda planta Hunayn seguía sin servir de ayuda, pero al-Tabari mencionaba el término *handakuka*, también sin explicar nada más. Metódicamente, Da'ud había extendido su búsqueda por otras secciones de las traducciones para tratar de descubrir más referencias sobre los dos ingredientes o sus propiedades, de las cuales pudiera deducir qué especias eran. Pero fue en vano.

Frotándose los ojos cansados y enrojecidos, se puso de pie y anduvo hasta el extremo de la sombría estancia en busca del celador de los valiosos manuscritos de la biblioteca. Era un hombre delgado como un junco y con el pelo blanco y estaba sentado con las piernas cruzadas sobre un cojín de seda cerca de las grandes puertas de la biblioteca; se había quedado ahora amodorrado, dando cabezadas, con la postura de las personas de edad cuando sucumben al sueño. Da'ud le dio unos suaves golpecitos en su frágil hombro. Se despertó asustado, se levantó y pidió excusas por su negligencia.

–Me gustaría echarle una ojeada a la farmacología de al-Kindi, si está en la biblioteca.

Éste, decidió Da'ud, sería el último tratado que consultaría. Si, como suponía, no revelase nada, abandonaría su metódico estudio para entregarse a métodos de investigación menos convencionales.

–Ven conmigo, muchacho. Está en el cofre más bajo y mis huesos están demasiado entumecidos para inclinarme tanto.

Las bisagras de la tapa finamente tallada crujieron cuando Da'ud la levantó y se inclinó para sacar el tomo que el anciano le indicaba, pero al hacerlo vio accidentalmente, en el fondo del cofre, un delgado opúsculo, apenas perceptible bajo una espesa capa de polvo.

–¿Qué es esto? –preguntó, cogiéndolo con la mano y soplando sobre él para quitarle el polvo, antes de abrir la página del título ante los ojos miopes y húmedos del celador. Éste guiñando los ojos para ver mejor la esmerada pero sencilla caligrafía, replicó:

–Eso es una obra antigua de Qusta ibn Luga, un erudito de no mucha fama, cuyas obras nadie se molesta ya en consultar.

–¿Puedo mirarlo?

–Sí, si así lo deseas.

Desvanecida súbitamente su fatiga, Da'ud regresó apresuradamente a su sitio y abrió el olvidado libro sobre la mesa. Como en las obras clásicas que había consultado, había una sección especialmente dedicada a los antídotos contra la mordedura de la víbora y este último contenía además una lista de los ingredientes del Gran Antídoto. Aunque la caligrafía era casi ilegible, parecía corresponder casi exactamente a los de Hunayn y al-Tabari. Sin embargo, entre el último grupo de especies, había un nombre junto al cual se habían intercalado dos líneas en una caligrafía más menuda y no escritas por la misma mano; estaban además insertas en un recuadro. El nombre, que descifró con bastante facilidad, era «*asesino de padre*». Con los dedos temblándole de excitación, Da'ud movió el opúsculo de manera que la luz procedente de las ventanas por encima de él cayera directamente sobre las dos líneas que se habían añadido. Trazadas con una tinta de calidad inferior a la del resto del manuscrito, las letras estaban tan borrosas que eran casi invisibles. Haciendo un esfuerzo por calmarse empezó, con infinita paciencia, a seguir con su dedo índice los trazos y curvas que vagamente podía discernir, pasando sobre ellos con un movimiento natural como si él mismo los estuviera escribiendo. De esa manera esperaba completar los caracteres que faltaban y que, una vez descifrados, tenían que dar la descripción de la planta.

Tan enfrascado estaba en su trabajo que no oyó acercarse al celador.

–Ya es hora de que te vayas. Pronto oscurecerá y no tendrás suficiente luz. Además, tu Sabbat está a punto de empezar –añadió.

–Un poco más –masculló Da'ud, sin levantar la cabeza–; por lo menos hasta que no quede ninguna luz.

–Está bien –accedió el anciano de mala gana–, pero ni un segundo más. Las velas están prohibidas aquí. Pero, díme ¿qué es lo que te interesa tan apasionadamente que estás dispuesto a profanar tu Sabbat, tu día de descanso?

–El persa –farfulló Da'ud, con la cabeza aún inclinada sobre el texto–. Un amigo de la infancia de mi padre, comerciante procedente de Isfahan, necesita urgentemente los nombres persas de ciertos remedios que mi mentor le ha recetado para la terrible tos que le aflige y que a veces le hace escupir sangre. Regresará a su casa inmediatamente después del Sabbat y le he prometido ayudarle en lo que esté a mi alcance.

–¿Y para esto se te ha concedido permiso especial para entrar en la biblioteca hasta los viernes?

–Mi padre, que es el jefe de la comunidad judía de Córdoba, tiene excelentes relaciones con el administrador.

Satisfecho con esta explicación, el anciano se retiró arrastrando los pies, se sentó silenciosamente en su cojín durante un rato y entonces, como si una idea repentina le hubiera cruzado la mente, volvió de la misma manera.

–Ya que estás tratando de aliviar los sufrimientos de un hombre enfermo, tal vez pueda infringir la regla y traerte una vela, pero sólo por un breve espacio de tiempo. –Movió los pies tímidamente antes de continuar–: Si por casualidad vuelves a la biblioteca otro día, tal vez puedas preguntarle a tu mentor si conoce un remedio para las articulaciones doloridas.

–Yo mismo sé de un simple remedio para dolores así –contestó Da'ud enseguida, tanto movido por un deseo genuino de ayudar al pobre hombre como para corresponder a su gesto de buena voluntad–. Toma un poco de excremento de pichón, pulverízalo y fíltralo, y entonces lo extiendes como una cataplasma sobre el lugar donde tienes el dolor. En algunos casos esto resulta eficaz, pero además debes tomar comidas ligeras y ejercitar tus miembros un poco más cada día.

–Dios te bendiga, joven maestro –murmuró el anciano, con los ojos arrasados de lágrimas de gratitud, unos ojos que ya hacía tiempo habían perdido su brillo. Caminando repentinamente con más rapidez, se apresuró a traerle a Da'ud una vela encendida.

Cuando volvió, diminutos arabescos danzaban ante los ojos de Da'ud, pero sólo le quedaba una línea que examinar. Enderezó la espalda antes de inclinarse sobre el texto una vez más y sostuvo la vela por encima de él, en un esfuerzo final por arrebatarle su secreto. Al fin, sacando un trozo de papel de su bolsillo, escribió en él la totalidad de sus descubrimientos:

Frutas... [...] fore... brotes...

No era mucho, pero era el principio.

Se levantó, se estiró otra vez, apagó la vela de un soplo y se dirigió rápidamente a la puerta de la biblioteca, donde encontró al celador estirando cautelosamente su brazo derecho frente a él.

–La próxima vez que venga, podrás estirar también ese codo –sonrió Da'ud dándole al anciano unos golpecitos alentadores en el hombro, al tiempo que le devolvía la vela, le deseaba que durmiera como un bendito y salía a aspirar el hálito de la noche templada.

Caminando con paso ligero hacia su casa, Da'ud se encontró con su padre al dar la vuelta a la calle sin salida donde estaba su casa. El padre de Da'ud venía de asistir a las oraciones vespertinas del Sabbat. Aunque no era un hombre profundamente religioso, Ya'kub ibn Yatom siempre había insistido en que su hijo le acompañara a la sinagoga, que él había donado a la comunidad judía de Córdoba. Pero esta noche, mostrando la misma tácita comprensión que ya le había manifestado a su hijo, no hizo ningún comentario sobre su ausencia del servicio religioso.

Da'ud estuvo menos comunicativo que de costumbre durante la cena familiar. Sus hermanas, enfrascadas en su charloteo, le prestaron poca atención pero, sin embargo, los ojos de su madre se llenaban de inquietud cada vez que lo miraba. Estaba a punto de preguntarle la razón de su mal humor, inexplicable si se tenía en cuenta el favor que le había mostrado el califa, pero Ya'kub, leyendo sus pensamientos, le puso una mano tranquilizadora en el brazo. Mujer de infinita generosidad pero con poca experiencia del mundo más allá de los confines de su hogar, Sola se tranquilizó inmediatamente. Algún asunto del corazón, pensó con ternura, nada que el tiempo y otra jovencita no pudieran curar. Con un futuro tan prometedor ante él, todas las familias judías de distinción de Córdoba le ofrecían la mano de sus hijas en matrimonio. ¡Qué orgullosa le hacía sentirse este pensamiento!

En cuanto terminaron de cenar, Da'ud se retiró a su cuarto, con el pretexto de que le dolía la cabeza. Echándose sobre su diván, hundió el rostro en los cojines de suave seda desparramados sobre él y dejó que las palabras que había descifrado giraran y dieran vueltas en su mente, buscando todas las interpretaciones posibles. Finalmente empezó a trabajar asumiendo que el fragmento *...fore* bien podía ser el final de la palabra *before*, «antes». En cuanto a la palabra que faltaba y que precedía a «brotes», los pocos trazos que se distinguían podían ser parte de la palabra «nuevo». Por consiguiente, ahora tenía: *Frutas... antes... nuevos brotes...* Las frutas, razonó, caen generalmente antes de que salgan los nuevos brotes. ¿Por qué, entonces, había necesidad de una explicación especial? Tenía que haber algo desacostumbrado en el comportamiento de *asesino de padre* que lo justificara. *Asesino de padre...* ¿Podría ser que los nuevos brotes aparecían antes de que los frutos hubieran caído, como para destruirlos? Si era así, el texto sería: *Los frutos no caen antes de que aparezcan los nuevos brotes.* ¿Existe una planta tan curiosa o era su hipótesis nada más que un intento desesperado por justificar sus debatibles suposiciones?

Incapaz de contener su curiosidad, se levantó sin hacer ruido, encendió una vela y buscó entre los libros ordenadamente apilados sobre su mesa el *Libro de plantas* ilustrado, de Abu Hanifah al-Dinawari, que su padre había hecho copiar para él como regalo para la fecha de su mayoría de edad religiosa. Aunque se sabía el texto casi de memoria, por haberlo leído y estudiado en su juventud, y aunque sus dedos habían pasado muchas veces por las meticulosas ilustraciones a fin de poder recordarlas, quería volverlo a examinar en busca de una clave, un detalle que se le podía haber escapado a su memoria, algo que pudiera desvelar el significado de *asesino de padre.* Pero llegó la madrugada y no había descubierto nada. Agotado, se quedó dormido sobre el manuscrito abierto. Cuando su padre entró en la habitación al día siguiente para despertarle a fin de que llegara a tiempo al servicio de la mañana, miró la figura inmóvil tumbada sobre la mesa y, con angustia en el corazón, se retiró silenciosamente.

Eran ya más de las doce cuando Da'ud se despertó, apenas a tiempo para la comida del mediodía del Sabbat. Bajo la mirada compasiva de su madre, se sentó en su sitio sin decir una palabra, ante la mesa baja cubierta de un paño de cuero. Cogió distraídamente una uva del suculento racimo que ostentaba todavía el resplandor de la mañana, engulló con desgana un par de bocados de pescado y mordisqueó un alón del pollo que su madre misma había sazonado para asegurarse de que lo encontraría a su gusto. Sus buñuelos favoritos, hechos al horno con aceite y cubiertos de miel silvestre, ni siquiera los tocó porque el ver el aceite brillando sobre su dorada corteza le dio unas náuseas que le costó mucho trabajo ocultar. Tan incómoda era la atmósfera en la que la preocupación de Da'ud envolvía lo que era generalmente una alegre reunión familiar, que Ya'kub decidió poner fin a ella. Levantándose de su almohadón sugirió, en evidente contravención de una costumbre consagrada por el uso y su propio y sacrosanto hábito de retirarse para dormir la siesta, que él y Da'ud fueran a dar un paseo juntos por la orilla del río. Sola empezó a protestar débilmente alegando que Da'ud debía de estar incubando alguna enfermedad, pero Ya'kub desechó su objeción con mal disimulado desdén.

–Lo único que necesita es aire y ejercicio.

–Padre tiene razón –confirmó Da'ud, y la autoridad que sus conocimientos médicos le conferían, la tranquilizó. De hecho, Da'ud estaba deseando hacer algún ejercicio para aliviar el estado de tensión en que se hallaba.

Los dos hombres caminaron en silencio por los desiertos callejones del barrio judío, cuyos habitantes dormían. Sus bajos edificios estaban dominados por el alto minarete, con sus manzanas de oro y plata resplandeciendo en la cúspide, que Abderramán había erigido al lado de la gran mezquita de la ciudad. Pero al aproximarse a la calle que termina en el río, entre el viejo palacio y la mezquita, se desviaron instintivamente, torciendo a la izquierda detrás de los sagrados recintos de los musulmanes y cogieron un callejón paralelo pero más escondido, hasta bajar a la orilla del río. Sólo entonces, lejos de ojos y oídos curiosos, Ya'kub se dirigió a su hijo.

–¿Has conseguido algún progreso?

–Alguno.

–Eso es una buena señal.

–No necesariamente, porque me ha llevado a un callejón sin salida.

–Un poco más de investigación y estoy seguro de que encontrarás la manera de salir de él –dijo Ya'kub con fingida convicción.

–No. Sólo un botánico o tal vez un herbolario experto puede ahora ayudarme.

–¿Mamud?

–No, Mamud no serviría para esto. Sólo cultiva las hierbas que está seguro de vender. Lo que necesito es un hombre que haya vivido con plantas y las haya alimentado; que ame la naturaleza por el mero hecho de ser naturaleza.

Ya' kub se pasó la mano con actitud reflexiva por sus enjutas y tersas mejillas mientras se sentaban sobre un espacio cubierto de hierba debajo de la escasa sombra de un olivo retorcido.

–Existía un hombre así, una especie de ermitaño que vivía en absoluta soledad en las colinas entre una confusa profusión de plantas silvestres a través de las cuales sólo él sabía abrirse paso. Solía bajar de vez en cuando para cambiar algunas hierbas por unas cuantas provisiones y desaparecía después durante meses. Recuerdo cómo, cuando éramos niños, solíamos reírnos de él cuando aparecía, con su larga y enmarañada barba, unos ojos cuya expresión se asemejaba a la de un loco y su descarnada figura inclinada hacia adelante, mientras paseaba por las calles, ajeno a sus alrededores. No sé si vive todavía. Nadie le ha visto durante muchos, muchos años. Y si vive, debe de ser un hombre muy viejo.

Da'ud se puso de pie como impulsado por un resorte.

–Voy a subir en su busca a las colinas ahora mismo.

–Cuidado, hijo mío, cuidado. Basta que un par de ojos te vean para que se te hagan preguntas difíciles de contestar –el hijo de Ya'kub ibn Yatom, jefe de la comunidad judía de Córdoba, errando por las colinas en el calor de una tarde del Sabbat...

–Padre –insistió Da'ud con firmeza–, te olvidas de que ya soy médico. ¿No saldría a cualquier hora del día o de la noche, durante el Sabbat o las fiestas o hasta el Yom Kipur, si la vida de un hombre estuviera en peligro?

Ya'kub aceptó en silencio el irrefutable razonamiento de su hijo, maravillándose de la seguridad en sí mismo que había adquirido durante sus largos años de estudio. Estaba claro que su papel como consejero paterno había concluido. Ahora tenía que aprender a escuchar, aconsejando sólo cuando se le pidiera consejo. Levantándose él a su vez, acompañó a Da'ud a la puerta norte de la ciudad, donde alquiló una mula y compró una calabaza de agua a un vendedor que estaba dormitando a la sombra de un arco de herradura. Ya'kub abrazó a su hijo tiernamente y, en un brote de piedad religiosa, recitó la oración del viajero, mientras le miraba montándose en la mula y poniéndose en camino por el pedregoso sendero que conducía a las estribaciones de Sierra Morena.

–Que Dios lo acompañe en su camino...

IV

Sin parecer darse cuenta del polvo y del sofocante calor, Da'ud espoleó a la mula con una violencia que lindaba con la crueldad. Cada segundo tenía un valor incalculable en la vida de un hombre tan viejo y tan solitario; si es que había vida todavía. Conforme trotaba la mula con brío, subiendo el estrecho sendero que serpenteaba a través de olivares y bancales de viñedos, iba escudriñando sin tregua las laderas más altas en busca del retiro del ermitaño. Al fin divisó una mancha oscura, cubierta de espesos matorrales, que se destacaba, en marcado contraste, de la escasa vegetación de los alrededores. Apretando los talones con fuerza contra las ancas del animal, Da'ud se separó del sendero y se dirigió colina arriba hacia donde se hallaba el macizo de arbustos. Al ir acercándose, distinguió una cabaña destartalada que en parte estaba oculta detrás de una muralla formada de extrañas plantas, cuyo aspecto casi infundía miedo y cuyos macizos echaban ramas, saliendo uno del otro; sus carnosas hojas, con espinas y en forma de lanza, se curvaban como amenazadoras cimitarras. Las bordeó, se desmontó de la mula y se dirigió a la puerta de la miserable vivienda. Estaba entreabierta y se balanceaba sobre sus goznes como la vela de un barco, hecha jirones, ondeando con desgana después de una tempestad.

Da'ud se quedó de pie un instante en el umbral de la choza, examinando la desolada escena que se presentaba ante sus ojos: utensilios de tosca arcilla, esparcidos sin fregar por todo el suelo entre restos de ropa vieja; cabos de vela consumidos, abandonados al lado de sandalias cubiertas de barro seco, con las suelas torcidas y llenas de agujeros; espesas telas de araña tendidas sin que nadie las estorbara entre las gastadas vigas de madera de la cabaña, comidas por la carcoma; y una espesa capa de polvo lo cubría todo. Había una sola cosa a la que se había atendido con esmero: una serie de tarros alineados ordenadamente sobre un estante debajo del agujero que hacía las veces de ventana, de los que salían unos brotes jóvenes y débiles. ¡Vida!

Con el corazón latiéndole con fuerza, entró en la cabaña y cuando sus ojos se acostumbraron al oscuro interior, distinguió una sucia y vieja sábana que cubría un bulto tan menudo que apenas se percibía debajo de ella. Al retirarla encontró al viejo ermitaño que yacía inmóvil sobre una delgada estera en el suelo. Macilento, inerte, con el rostro gris y hundido debajo de su enmarañada barba blanca, parecía no darse cuenta de la presencia de Da'ud. Sólo el leve movimiento de su pecho al respirar revelaba que no le había abandonado aún el último soplo de vida.

Con rápida inventiva, Da'ud cogió unas cuantas ramas de la masa de vegetación que rodeaba la cabaña, encendió una hoguera, sacó agua del pozo de detrás de la choza y la puso a hervir en un cacharro que había rescatado de entre los trastos desparramados por el suelo. Una vez que el agua hubo hervido unos minutos, la retiró del fuego, la tapó y, mientras esperaba a que se enfriara, se sentó al lado del moribundo. Le tomó suavemente el pulso, le humedeció la cara y apiló unos cuantos andrajos para que le sirvieran de almohada. Echó entonces un poco de agua en una taza y, apoyando la cabeza del viejo ermitaño sobre su antebrazo, se la acercó a sus apergaminados labios azulados. Al principio tomó unos pequeños tragos; después, ávidamente, bebió el templado líquido hasta vaciar la taza. Da'ud volvió a apoyar la cabeza del anciano sobre la almohada improvisada y, arrodillándose junto a él, clavó en él la mirada, deseando, implorando, orando para que recuperara la consciencia. Deseando su recuperación, porque era un médico cuya suprema ambición era vencer a la muerte; implorando porque si se le iba la vida, llevándose con él su valioso conocimiento, él perdería también la suya; orando porque era lo único que se podía hacer. Pasaron los minutos, tensos y agonizantes, hasta que al fin el ermitaño abrió los ojos.

–¿Quién eres tú? ¿Qué estás haciendo aquí? –murmuró.

–Soy Da'ud, un médico de Córdoba –le tranquilizó mientras le acercaba otra vez la taza a los labios–. He venido a cuidar de ti –añadió con una voz en la que se manifestaba un alivio indescriptible.

Pero antes de que hubiera terminado de hablar, el ermitaño cayó de nuevo en un semiletargo. Sin apartar los ojos de él, Da'ud se incorporó e inspeccionó la choza en busca de provisiones. Enseguida encontró vinagre, una botella grande, limpia y con un tapón de corcho herméticamente cerrado, cuidadosamente colocada en un estante alto. Era evidente que el anciano la había puesto allí para disponer de ella en caso de enfermedad. Si pudiera al menos encontrar algo de miel, habría una posibilidad. Tomó de nuevo el pulso al anciano. Era un poco más fuerte ahora. Tranquilizado, salió fuera en busca de una colmena y, tal y como esperaba, encontró una no muy lejos del pozo. Protegiéndose con el brazo de las abejas que revoloteaban a su alrededor, extrajo un trozo de panal con ayuda de un palo largo y cortante; lo llevó dentro y sacó de él suficiente miel para hervirla con el vinagre, a fin de obtener una solución de la combinación de ambos. Volvió entonces al lado del paciente, deseando y rezando, deseando e implorando...

Estaba atardeciendo cuando el ermitaño volvió a despertarse, evidentemente algo restablecido. Una vez más Da'ud le hizo beber agua y entonces, cuando empezaba a revivir, le dio un poco de la mezcla de miel y vinagre.

–¿Quién eres tú? –preguntó de nuevo la frágil voz.

–Soy Da'ud, un médico de Córdoba. He venido a cuidar de ti –repitió Da'ud pacientemente.

–No necesito ningún médico que cuide de mí, y mucho menos un joven curandero que no hará más que quitarme junto con la sangre la poca vida que corre aún por mis venas.

–Mi intención no es sangrarte –le tranquilizó Da'ud–. No sangro a los pacientes que están demasiado débiles para soportar tal tratamiento. Toma, bebe un poco más de este líquido y descansa hasta que amanezca.

Durante toda la noche Da'ud veló junto al frágil anciano, acercando la taza de agua a sus labios cada vez que se movía, intranquilo, dando unas inquietas cabezadas cuando el sueño se apoderaba de él y pidiéndole al Todopoderoso, con todas sus fuerzas, que el hombre sobreviviera hasta la mañana siguiente. En cuanto amaneció se levantó, encendió un fuego y coció unas gachas con un puñado de granos de cebada que encontró debajo de un bol boca abajo en un rincón de la cabaña. Tan pronto como el ermitaño se movía, le daba una dosis del líquido preparado y después unas cucharaditas de gachas. El color grisáceo había desaparecido de su rostro y, aunque seguía pálido, tenía un aspecto más saludable.

–¿Para qué te molestas? ¿De qué sirve revivir a un viejo a quien le ha llegado la hora de morir?

–Preservar la vida de un ser humano es lo que más se asemeja a un acto de Dios entre todo lo que puede llevar a cabo un hombre.

–¡Pura osadía! La naturaleza sigue su curso conforme a la voluntad de Dios. Tú no tienes derecho a coartarla. Pero cuando llegaste aquí no sabías que yo estaba enfermo. ¿Qué te trajo aquí?

–Vine en busca de tu profundo conocimiento de la vida de las plantas.

Al oír esto el anciano pareció revivir como si de un milagro se tratase.

–Míralas si así lo deseas –dijo, señalando la fila de jóvenes brotes alineados en el estante debajo de la ventana–. Son especies procedentes del Oriente que estoy intentando aclimatar. ¿Han prendido? ¿Necesitan agua? Las he descuidado desde que la fiebre se apoderó de mí.

–Están vivas y prosperando –le tranquilizó Da'ud–. Pronto podrás levantarte y volver a cuidar de ellas.

–Por lo cual te he de estar agradecido –suspiró el anciano–. Y ¿qué es lo que deseas saber?

–Estoy tratando de identificar una planta que los griegos llaman *asesino de padre.* De lo poco que he podido extraer de los textos antiguos, parece ser que sus frutos no caen hasta que surgen los nuevos brotes, pero he podido interpretar equivocadamente los textos.

Un destello de admiración iluminó la mirada mortecina del anciano.

–No, joven maestro, no lo has hecho. La especie que describes es un árbol con una corteza suave y rojiza, hojas brillantes de color verde oscuro y flores que son blancas o rosadas. Nacidas en otoño, se mezclan con las bayas de color escarlata del árbol que no maduran hasta la segunda estación después de echar flor. Por eso están todavía en el árbol cuando las viejas flores se marchitan y florecen las nuevas. –El anciano cerró los ojos y se quedó silencioso unos instantes, sacando fuerzas de flaqueza antes de proseguir–: El árbol crece bien en Grecia y en Italia, y a esto se debe el conocimiento que tenían de él los pueblos antiguos. Su nombre en latín es *arbustus unedo,* pero en lengua romance lo llamamos *madrona.*

–¡El árbol de la fresa! –exclamó Da'ud–. ¡Claro está! ¡Y crece aquí en profusión. ¡No tienes idea de lo importante que es para mí el haberme enterado de esto!

–Tan importante como tu presencia ha sido para mí, un consuelo en mis últimas horas –susurró el anciano–. ¿Pero es eso todo lo que quieres saber?

–Hay una especie más, a la que se conoce por el curioso nombre de *handakuka,* que estoy también deseoso de identificar.

–Esa no la conozco, pero si me puedes describir sus características, tal vez la reconozca.

–Por desdicha, nada sé de ella más que su nombre –replicó Da'ud, administrando a su paciente un poco más de gachas–, pero continuaré mi búsqueda y, si encuentro alguna pista, volveré y te lo preguntaré. Pero, como pura curiosidad científica, ¿puedes decirme el nombre de esas plantas espinosas que vi al acercarme a tu cabaña?

–Son una variedad particular de la especie aloe cuyo extracto se considera en África una droga maravillosa.

–¿Tienen un nombre especial?

–No he logrado nunca descubrirlo.

–¿Qué propiedades poseen? –preguntó Da'ud con gran interés, ávido por conseguir cualquier fragmento de información que pudiera recoger.

–Más de las que me siento en este momento con fuerzas para contarte.

–Entonces descansa un poco. Bajaré a Córdoba y compraré algo de leche y cereales que te herviré en vinagre. Te sentarán muy bien. Mientras tanto, no bebas más que el agua que te he hervido, aquí te la dejo, en una vasija a tu lado, y no te olvides de dejarla tapada. Si tienes hambre, todavía quedan unas gachas, lo suficiente hasta que regrese.

–¿Me juras que no me vas a sangrar cuando vuelvas?

–Te lo juro.

–Entonces puedes volver. Ya era hora de que compartiera con alguien el conocimiento que he adquirido durante toda una vida dedicada a las hierbas.

Da'ud se sentía ebrio de euforia conforme iba bajando la colina. No solamente había salvado de la muerte al ermitaño, sino que él también estaba a más de medio camino de la ruina, a medio camino de satisfacer los requerimientos del califa. Aún más: estaba a punto de adquirir un inestimable acervo de información y eso también lo iba a rescatar del tránsito a la eternidad. Con frenética rapidez compró las provisiones que necesitaba, cambió su mula por un caballo brioso y regresó a galope a la cabaña a una velocidad vertiginosa.

Pero cuando llegó allí, el ermitaño había muerto. Lo encontró tirado en el suelo debajo del estante en donde estaban colocados los nuevos retoños, con una vasija de agua hecha pedazos a su lado. Con un aplastante sentimiento de fracaso, levantó el cuerpo sin vida, lo sacó fuera y lo sepultó entre las plantas que el ermitaño había cultivado durante toda su vida. ¡Osadía! El eco de la exclamación del anciano resonaba en los oídos de Da'ud mientras cubría la fosa, ¡osadía por tratar de impedir que se cumpliera la voluntad de Dios! Anonadado por el misterio de la vida, defraudado por su fracaso en demorar la muerte del ermitaño, amargamente frustrado al pensar que todos sus conocimientos se habían ido a la tumba con él, Da'ud volvió a entrar en la choza, cogió los tiernos brotes del estante donde estaban debajo de la ventana –la única herencia del ermitaño– y se los llevó con él a Córdoba.

V

Físicamente exhausto y con sus recursos emocionales agotados por los sentimientos extremos que le habían zarandeado durante las últimas horas de la vida del ermitaño, Da'ud durmió durante el resto del día y la noche siguiente. Cuando se despertó a la mañana siguiente, reconfortado y en su ambiente familiar, había recuperado cierto equilibrio y su inherente seguridad en sí mismo había disipado las dudas que el ermitaño suscitó en su mente acerca de sus pretensiones de desafiar la voluntad de Dios. No era éste el momento para especulaciones filosóficas. Debía concentrar sus energías en la búsqueda de la identidad de la *handakuka,* excluyendo todo lo demás. Agotado el examen de los textos griegos y arábigos, había que encontrar otras fuentes de conocimiento, otros ermitaños, aquí o en cualquier otro lugar...

Salió de casa antes de que nadie se hubiera levantado y se dirigió a la plaza del mercado. Allí se congregaban hombres procedentes del este y del oeste, del norte y del sur, para comprar y vender, intercambiar y comerciar con mercancías, chucherías, esclavos e información. Las calles estaban todavía desiertas a esas horas de la mañana y las blancas paredes de las viviendas que se alineaban a ambos lados de ellas estaban aún cerradas al mundo de fuera para proteger la intimidad de aquellos que vivían dentro de las casas, y daban la impresión de una ciudad fantasma. Pero al aproximarse Da'ud a la plaza del mercado, se sintió parte de esa muda actividad que es el preludio del bullicio de los negocios del día, el pulso de esas horas invisibles cuando la corriente vital de la vida de la ciudad empieza a fluir. Altos campesinos beréberes, con su manera de andar tan majestuosa como el paso de un camello, llevaban en la cabeza cestas rebosantes de relucientes aceitunas negras y oscuras uvas de color malva, naranjas y albaricoques y melones redondos y amarillos. Los panaderos daban palmadas a la masa para hacerla plana y formar el pan de *pitta* cotidiano, o amasaban formas redondas para los panecillos, y los reposteros hacían en el horno pasteles dorados rellenos de queso de cabra picante que pronto serían vendidos por los vendedores callejeros por toda la ciudad. Una por una se iban levantando las persianas de los sombríos puestos donde los artesanos apilaban sus mercancías, alfareros y trabajadores del cobre, curtidores y tejedores de seda, se deseaban unos a otros un día provechoso.

Un fuerte olor a almizcle le entró a Da'ud por las ventanas de la nariz al llegar al espacio abierto, y feroces juramentos invadieron sus oídos procedentes de la misma dirección: un vendedor de perfume había derramado un frasco del preciado líquido mientras estaba poniendo su puesto. Da'ud se acercó a él casi sin ser visto y por una suma generosa compró lo poco que quedaba en el fondo del frasco. Encantado y deseoso de agradar a un cliente tan generoso, el vendedor echó cuidadosamente el perfume en una pequeña ampolla de bronce, y después roció un poco sobre los ágiles dedos de Da'ud, de uñas cuadradas, antes de ponerle el tapón de corcho. Mientras lo hacía, Da'ud le preguntó sin mostrar demasiado interés :

–¿Cuándo esperáis que los comerciantes radanitas pasen por aquí otra vez?

–¿Los radanitas? ¿Te refieres a los políglotas judíos que solían viajar desde Francia atravesando España y Egipto, y que navegaban desde allí a Arabia y al Oriente?

–Esos mismos.

–No quedan ya muchos en las rutas comerciales que llevan al Oriente. Los venecianos los han desbancado. Recuerdo que mi padre les compraba almizcle y alcanfor cuando volvían de la India y de China, y ellos solían comprar nuestras sedas y cueros para venderlos a los potentados orientales. Los pocos que quedaban aparecían de vez en cuando, la mayoría de las veces con esclavos que traían de Praga. Los más populares eran los eslavos: los hombres como soldados y funcionarios al servicio del califa, las mujeres para los harenes de los ricos, especialmente las pelirrojas –añadió con un guiño sugerente–. Los Omeyas se sienten especialmente atraídos por ellas. ¿Es una jovencita joven y atractiva lo que estás buscando?

–No. Son los mercaderes y no su mercancía lo que estoy buscando.

–En ese caso pregúntale a ese agente que está ahí cuándo va a tener lugar la próxima venta de esclavos. Tal vez encuentres un comerciante radanita entre los vendedores.

Da'ud le dio las gracias y cruzó la plaza del mercado en dirección al agente que estaba sentado en un taburete bajo de cuero examinando la lista de ventas de esclavos y caballos que estaba a punto de anunciar. Sí, contestó a la pregunta de Da'ud, un poco más tarde iba a empezar la venta de esclavos. Para hacer tiempo, Da'ud se acercó a un puesto de fruta y escogió un albaricoque aterciopelado y suave para comérselo. Pasó un dedo sensualmente por sus suaves curvas y lo abrió por su hendidura, que recordaba los maduros senos de una mujer... Le quitó el hueso lentamente y, después de inspeccionar la fruta para asegurarse de que no tenía ningún gusano dentro, hundió los dientes en su carne blanda y de delicado sabor. Estaba a punto de coger otro cuando vio la figura de un hombre con barba, de ojos penetrantes y cutis bronceado, que venía hacia donde él estaba desde la posada de los caminantes adyacente a la plaza del mercado. Junto a él caminaba una muchacha muy menuda, que iba de la mano del hombre y con los ojos clavados en el suelo, de manera que sólo se le veía la cabeza, cubierta de una espesa mata de pelo color caoba. Detrás de ellos, precedidos por un robusto guardia, se arrastraban media docena de hombres jóvenes, de tez morena, con ojos taciturnos que parecían estar rumiando violencia y rebeldía. En el momento en que llegaron al lugar destinado al mercado de esclavos, un agente del califa, acompañado por un imán con un turbante, apareció junto a ellos, ofreciendo la acostumbrada ganga: su libertad a cambio de la conversión al islamismo y, después, reclutamiento para el ejército del califa.

–Con el botín que saquéis de la batalla algún día podréis compraros una parcela de terreno y, si trabajáis duramente, os haréis ricos como todos los demás de vuestra ralea –el agente del califa trataba de convencerlos con promesas–. En cuanto a la joven...

–¡No! –interrumpió bruscamente el comerciante–. Es todavía una niña y no está a la venta.

–Como tú quieras –dijo el agente con indiferencia, encogiéndose de hombros mientras examinaba a los hombres.

–Mi amo pagará lo que pidas por una muchacha así –interrumpió alguien con una voz chillona.

–¡Tú otra vez! –comentó el mercader con acento desdeñoso. Conocía bien al eunuco. Un eslavo que había sido vendido cuando era niño, castrado y criado para convertirlo en un siervo leal de un príncipe de la casa de Omeya, estaba siempre a la busca de manjares delicados con los que excitar el ya hastiado apetito sexual de su amo.

–Has oído lo que he dicho. No está a la venta, ni para el califa, ni para su sobrino, ni para ningún otro.

Después del regateo acostumbrado, el agente del califa compró los jóvenes esclavos y el imán se los llevó para empezar su conversión. El eunuco se marchó contoneándose en busca de otra presa. Fue solamente entonces cuando Da'ud se acercó al comerciante, saludándole en hebreo. Al oír los sonidos familiares, sonrió complacido y la niña levantó los ojos un instante, lanzando un destello de un profundo color azul mar.

–No hay hoy esclavos judíos para rescatar –se apresuró a informarle el radanita.

–No es esa la razón por la que estoy aquí. Soy médico y busco información sobre una planta conocida por el nombre de *handakuka*. Fue famosa en la antigüedad como un eficaz antídoto para las mordeduras de serpiente, pero hoy en día no somos capaces de identificarla.

–Soy la persona menos adecuada del mundo a quien preguntar. No sé nada en absoluto acerca de plantas.

–No esperaba que lo supieras. Lo que sí esperaba –continuó Da'ud, poniendo un puñado de monedas de oro en la mano del mercader– era que accedieras a preguntarles a los viajantes que encuentres en tu camino, sobre todo a aquellos que vienen de tierras orientales, si han oído hablar de esta planta. Si así es, tal vez puedas preguntarles si conocen otro nombre para describirla o pueden describírtela a ti o, aun mejor, si pueden darte un esqueje para que me lo traigas.

–No tengo ningún inconveniente –contestó el comerciante, mirando con aprobación la generosa suma de dinero que tenía en la palma de la mano, antes de metérsela en el bolsillo–, pero pasarán muchos meses antes de que yo regrese a Córdoba. Pero si es un antídoto eficaz lo que estás buscando, puedo ofrecerte algo que nosotros, los radanitas, descubrimos hace muchos años cuando comerciábamos en África, y que siempre tenemos a mano.

Da'ud lo observó fijamente, con cierto escepticismo, mientras él sacaba una bolsa de entre sus vestiduras y extraía de ella una piedra de color verde oscuro con forma de bellota.

–*Bezoar* –dijo, sosteniéndola en la palma de la mano para que Da'ud la inspeccionara.

–Ese es el nombre persa para «escudo contra el veneno» –exclamó Da'ud, con manifiesta excitación–, pero las fuentes antiguas no lo mencionan.

–Puede ser que tú estés versado en los clásicos, joven maestro, pero yo tengo una rica experiencia del mundo real que nos rodea. Esta piedra se encuentra en la vesícula del elefante. La convertimos en polvo, la mezclamos con aceite y se la aplicamos a la víctima de la serpiente. También hacemos una pasta con ella y la aplicamos en el lugar de la mordedura. He visto más de un desdichado a quien ha salvado este remedio.

–¿Dónde has encontrado esta piedra? –insistió Da'ud, poniendo todas las monedas de oro que le quedaban en la mano abierta del hombre. En aquel momento habría dado todo lo que poseía porque este descubrimiento inesperado era precisamente lo que necesitaba para tranquilizar de momento al califa hasta que lograra identificar la *handakuka*.

–Cuando es necesario, paso a Egipto, donde un comerciante de marfil, que conozco, se dedica a comerciar con ella.

–Tengo necesidad de esta piedra ahora mismo.

–Lo siento, joven maestro, pero no está en mis planes hacer un viaje así durante una larga temporada. Tengo que cuidar de esta pobre criatura.

–¿Quién es la niña?

–No lo sé. Una anciana me paró cuando salía de Praga y me la ofreció por un precio bastante razonable. «Tiene mucho valor en el mercado de Córdoba una joven pelirroja y de cutis pálido como el suyo. Y es judía como tú, sin un ser humano en este mundo», me dijo riéndose. Mientras contaba el dinero en su mano sucia, intenté enterarme de algo más acerca de la niña, pero ella se negó a contestar, simplemente cerró el puño sobre las monedas y se marchó. Es una chica extraña esta Sari, bastante sumisa pero demasiado silenciosa y reservada para una muchacha tan joven. Me pregunto si hay algo penoso en algún secreto lugar de su ser. Pero a pesar de todo ello me he acostumbrado a tenerla a mi lado y no tengo intención de separarme de ella.

Da'ud se inclinó y, poniendo un dedo bajo la barbilla de Sari, le alzó suavemente la cabeza.

–¡Qué hermosa es! –exclamó al ver sus ojos color azul oscuro, ligeramente rasgados, sus altos pómulos, su expresiva boca y el cabello color caoba que se rizaba suavemente hacia abajo poniendo de relieve su traslúcida piel–. Podría ocuparme de ella durante tu ausencia –se aventuró a decir, sin apartar los ojos de la criatura.

–¿Cómo puedo estar seguro de que no abusarás de ella? Eres joven y vital y ella no es más que una niña desvalida y asustada.

–Soy hijo de Ya'kub ibn Yatom, jefe de la comunidad judía de Córdoba.

–¡Oh! –exclamó el comerciante, visiblemente desconcertado–. Eso cambia las cosas. Conozco bien a tu padre. Ha rescatado en el pasado a muchos esclavos judíos de nuestros comerciantes. Un hombre honrado. Al ser hijo suyo, debes de poseer las mismas cualidades.

–Entonces tal vez me permitas que la redima...

–No lo sé. Como ves, me he encariñado con ella.

–Entonces, tienes que pensar en su bienestar y en su futuro. ¿Qué clase de vida le espera si continúa acompañándote por los caminos de Europa? Si la recibimos en nuestra casa, disfrutará de un buen hogar y de la oportunidad de contraer un buen matrimonio bajo la protección de mi padre.

El mercader no contestó y permaneció con la mirada fija en sus pies, que movían nerviosamente el peso de su cuerpo de un lado a otro.

–Hagamos un pacto –sugirió Da'ud persuasivamente, tan decidido a convencer al hombre a que emprendiera el viaje como lo estaba él de llevarse a la muchacha y ponerla bajo su protección–. Tú la confías a nuestro cuidado hasta que vuelvas de Egipto. Y entonces la dejaremos libre para que ella escoja entre quedarse con nosotros o reanudar una vida vagabunda contigo.

–Una alternativa así me pone en evidente desventaja.

–No necesariamente. Es posible que no se acostumbre a una vida sedentaria en un territorio musulmán, desconocido para ella.

–Pero puede muy bien prendarse de ti, joven, rico, instruido y refinado en modales y apariencia.

Sin hacer caso ni de la inferencia ni del halago, Da'ud insistió.

–Estoy dispuesto a pagarte generosamente por el viaje.

–En este caso, no se trata de dinero. Nos podemos encontrar aquí otra vez esta noche y te daré mi contestación.

Todas las flores pintadas en las páginas de los tratados botánicos, que Da'ud pasó el resto del día examinando, parecían hundirse en un mar de color azul oscuro, el color de los ojos de Sari, para después levantarse y flotar bajo su mirada. Con el mismo riguroso autocontrol que había ejercido sobre sus emociones durante su audiencia con el califa, intentó apartar de su mente la confusión que la muchacha le producía. Una y otra vez trató de frenar su imaginación al invocar una visión de ella, tal y como él se imaginaba que sería dentro de unos años, con sus pechos ya redondeados, sus caderas levemente curvadas, sus labios abriéndose para él, como los pétalos de las flores al calor de la vida. De repente su vida de estudio le pareció fría y estéril. Si no hubiera sido por la amenaza que se cernía sobre él, habría dejado los libros en aquel mismo momento y la habría ido a buscar para pasear con ella por la orilla del río...

Al final de un infructuoso día de lectura, regresó al lugar señalado para la cita, donde el mercader y la muchacha, cogidos casualmente de la mano, le esperaban. Cuando lo vio, Sari, con los ojos aún bajos, se soltó de la mano del mercader y anduvo hacia Da'ud, pasivamente aunque no de mala gana, o eso le pareció a él. No recordaba haber experimentado jamás un gozo semejante.

–Hablaremos a mi vuelta –dijo el mercader. Distraídamente Da'ud asintió y, cogiendo la mano blanda de Sari en la suya, se la llevó suavemente a su casa.

Durante las semanas siguientes, Da'ud casi no vio a su protegida. Confiada casi exclusivamente al cuidado de su madre, vivía en el ala de la casa reservada para las mujeres y, como ellas, comía con Ya'kub y con él sólo durante el Sabbat. De semana en semana observaba los progresos que hacía en la lengua árabe que Sola, con infinita paciencia, le estaba enseñando mediante gestos y sonrisas alentadoras. Aunque se adaptó fácilmente a la vida en el hogar de los Ibn Yatom, Sari mantenía su silenciosa y reservada conducta, los ojos bajos, los hombros inclinados, sus manos largas y delgadas levemente unidas una con la otra y metidas entre las rodillas, cuando no estaba ocupada con alguna tarea doméstica. La única reacción que Da'ud percibía en ella en algunas ocasiones era un destello de sorpresa ante el calor y la ternura que le manifestaba su madre.

Él, por su parte, continuó sin tregua la búsqueda de la esquiva *handakuka*. Se levantaba de madrugada todas las mañanas y rastreaba de arriba abajo el campo alrededor de Córdoba, haciéndoles preguntas a campesinos españoles y a herbolarios árabes, pastores beréberes y granjeros eslavos, para volver al atardecer sin nada que recompensara sus esfuerzos. Y solamente cuando su padre le decía que no había llegado ninguna orden del califa, ese día respiraba con más facilidad; cada día que pasaba le acercaba al momento en que conseguiría la piedra antídoto, su única esperanza de ganar algo más de tiempo... Sus noches eran tan inquietas como sus días, pues sus sueños estaban dominados por los ojos azul oscuro de Sari, unos ojos tan silenciosos como los suyos, unos ojos que no le decían nada de la infancia que había vivido, si es que había conocido la infancia como él la entendía. Si el mercader la reclamaba, se llevaría con ella su silencio, sin dejarle a él nada más que la visión atormentadora de Sari como una mujer núbil, visión que no le había abandonado desde el primer momento que la vio. Pero si ella prefería quedarse, Da'ud la sacaría de su ensimismamiento, pacientemente, tiernamente, inspirándole confianza hasta que ella estuviera preparada para confiar en él.

Una tarde del Sabbat, Da'ud estaba observando en silencio los gráciles movimientos de los brazos y las piernas de Sari al inclinarse para poner sobre la mesa el mantel de cuero finamente labrado, cuando su padre interrumpió su ensueño.

–Da'ud, hijo mío, a pesar de tu gran fatiga, manifestada por tu ausencia, una vez más, de las oraciones vespertinas, he de pedirte que prestes mañana un servicio a la comunidad. El rabino Zacarías está enfermo y no hay nadie suficientemente instruido para hacerse cargo de la lectura del Talmud. Como a uno de nuestros más brillantes eruditos y como a mi propio hijo, he de pedirte que lo sustituyas en esta ocasión.

–Como tú desees, padre.

–Te he traído un ejemplar del tratado de la biblioteca de la sinagoga.

–¿Cuál es el texto que he de estudiar?

–Ketubot, 77 b.

–¿No ese ése el pasaje sobre la enfermedad de la piel que produce temblores?

–Puede muy bien que lo sea –replicó Ya'kub, que se resistía a revelar su ignorancia en presencia de las mujeres.

–Hace mucho tiempo que estudié ese texto, pero lo prepararé por la mañana. Madre, que Yusuf me despierte a la salida del sol si no estoy ya levantado.

Pero la precaución resultó innecesaria. Mucho tiempo antes de que rayara el alba, Da'ud estaba tratando de salir de una horrible pesadilla, clavando su mirada aterrada y perpleja sobre los libros amontonados en su mesa y las plantas del ermitaño en el antepecho de su ventana, en un esfuerzo desesperado por aferrar su mente a la sólida sustancia de la realidad, mientras el horror del sueño continuaba atormentándolo.

–¡*Handakuka!* –le había espetado el ermitaño moribundo, burlándose de él y dejando salir la palabra de una boca muy abierta y desdentada–. Yo te diré lo que es. Tú dame a Sari para que caliente mis viejos huesos como Abisag lo hizo con David. Es como una tierna planta que necesita que se la cuide con estas manos amorosas –había añadido con un gesto lascivo, alargando sus dedos helados y esqueléticos hacia ella.

–¡No! –gritó Da'ud, poniendo a la muchacha detrás de él para protegerla.

–¡Sí! –tronó una voz escalofriante detrás de él. Al volverse vio al califa desenvainando una brillante espada de su vaina incrustada de pedrería y blandiéndola sobre su cabeza y sobre la de Sari–. No puedo esperar más. Dásela a él o ambos perderéis la vida –amenazó, poniendo la fría hoja de acero sobre la nuca de Da'ud.

–¡Piedad, oh Príncipe de los Creyentes! ¡Tan sólo un día más! –gritó, despertándose por su propio grito, sofocado en sueños. Bañado aún en sudor, estaba a punto de dirigirse a la cámara del baño cuando Yusuf entró suavemente en la habitación para despertarlo. Al darse cuenta de la situación en que se hallaba el joven señor, le dio un vigoroso masaje mientras se calentaba el agua del baño, le ayudó a bañarse y a vestirse y después, mientras él se sentaba a estudiar, le llevó una fuente de fruta, leche y pan del Sabbat recién salido del horno.

Reconfortado, Da'ud abrió el tratado del Talmud y pasó las gastadas hojas hasta llegar al pasaje que tenía que estudiar. Leyó rápidamente el texto escrito en árabe y hebreo cuyas palabras, estudiadas en su adolescencia, acudieron de nuevo a su mente: «¿Cuál es la cura para el temblor? Pila, láudano, corteza de nogal, recortes de un pellejo curado, *akalil malka* y el cáliz de un árbol de dátil rojo». Al dar la vuelta a la página, un pedazo de papel, traslúcido y amarillento por el tiempo, cayó sobre sus rodillas. Lo cogió distraídamente, echando una ojeada a los esmerados caracteres hebreos, de forma cuadrada, que apenas se veían. Pero de repente, sus ojos se fijaron en algo. Volvió a mirar sin podérselo creer. Por espacio de un segundo su mente se detuvo, incapaz de asimilar lo que tenía delante, pero inmediatamente recuperó la lucidez. Concentrando todas sus facultades sobre las borrosas palabras, leyó lentamente: «*Akalil malka*, que es *hadnakuka*». ¡Ahí estaba, mirándole desde la frágil hoja de papel, tan vieja que pronto se convertiría en polvo! ¡Mediante la simple inversión de dos letras, *hadnakuka* se convertía en *handakuka – akalil malka*! Esto sí lo sabía. En árabe era *iklil al-malik*, la corona real. Los romanos la conocían por el mismo nombre, *corona realis*, aunque corrompido por el paso de los años y convertido en la forma romance *coronilla*. Y esto no era otra cosa que el *melilotus*, el trébol común, cuyas raíces en forma de escorpión eran bien conocidas como un eficaz antídoto para mordeduras o picaduras venenosas. Da'ud echó la cabeza hacia atrás y soltó una sonora carcajada, histérico de alivio. ¡Un pedazo de papel, perdido por un anónimo erudito, había guardado el secreto durante años y años, y ahora podía haberle costado a él la vida! ¡Qué frágilmente había estado suspendido, a merced de la voluntad de Dios! En un arranque de piadosa gratitud, se inclinó a besar el texto hebreo y después pronunció en voz baja la bendición tradicional por habérsele preservado la vida y concedido el que llegara sano y salvo hasta el día de hoy.

VI

Un eunuco negro y mudo acompañó a Da'ud al mismo pabellón escondido en los jardines de Medina Azara donde Abderramán había hablado con su padre la tarde de la inauguración del palacio. La mañana era fresca todavía y los afilados cipreses proyectaban un reflejo oscuro en las tranquilas aguas de la piscina octogonal de mármol. Con las manos enlazadas detrás de la espalda, Da'ud observó su propia silueta, oscura y esbelta, reflejada en la superficie del agua, hasta que oyó unos pasos que se acercaban. Se dio la vuelta y vio al califa dirigiéndose rápidamente hacia él, con su fiel Mustafá blandiendo un matamoscas frente a él. Cuando llegó a la pérgola, las dos criaturas castradas se retiraron a una discreta distancia. Con los brazos extendidos en un gesto de bienvenida, Abderramán avanzó hacia donde se hallaba su joven protegido, que iba sobriamente vestido.

–No te esperaba tan pronto –sonrió. Da'ud estaba ahora alerta a su consumada pericia en el arte del disimulo.

–El Todopoderoso me ha sonreído –contestó modestamente, al rendir homenaje–. Como vos me ordenasteis, ¡oh Príncipe de los Creyentes!, he identificado las dos especies requeridas para completar la composición del Gran Antídoto.

–¿Y nadie se ha enterado de tu descubrimiento?

–Nadie.

–¿Cómo puedo estar seguro de ello?

–Tenéis mi solemne palabra de honor. El ermitaño que identificó una de las especies está ahora muerto. Lo enterré yo con mis propias manos y os puedo enseñar su tumba si deseáis comprobarlo. La segunda la descubrí accidentalmente mientras estudiaba un fragmento del Talmud, solo en mi cuarto. Lo escribió hace muchos años un investigador desconocido en un trozo de papel olvidado entre las páginas de un volumen en la biblioteca de la sinagoga.

–Tus palabras parecen ser verdaderas.

–Me honra profundamente la confianza que ponéis en mí. Quiero también informaros de que en el transcurso de la búsqueda de los dos ingredientes, descubrí además un antídoto desconocido para los hombres de la antigüedad. Aunque no es fácil de encontrar, se puede conseguir a través de cierto comerciante de marfil en Egipto, y es más fácil de preparar que el Gran Antídoto. Por lo tanto, sugiero humildemente que se mantenga en reserva. Algunos de los cuarenta y dos ingredientes de los que está compuesto el Gran Antídoto son escasos, costosos y difíciles de obtener. Si por mala suerte faltara uno de ellos, el *bezoar* podría ser utilizado en su lugar.

–Lo que has logrado ha superado con creces todas mis expectativas –sonrió el califa, esta vez con evidente sinceridad–. La casa de los Omeya tiene fama de apreciar a aquellos que demuestran su lealtad hacia ella, como lo has hecho tú brillantemente. Por consiguiente, formarás parte oficialmente de mi corte como investigador y médico. Tu primera responsabilidad será asegurarte de que haya siempre a mi disposición una cantidad adecuada del Gran Antídoto; la segunda, el no dejar que nadie se entere de tu descubrimiento, a pesar de tu ardiente deseo de adquirir fama por lo que has conseguido y de darle a la humanidad el beneficio de tal descubrimiento. Comprendo que te sientas defraudado –continuó, al captar la fugaz expresión de sorpresa y desilusión que ensombrecía el rostro de Da'ud–. Llegarás a comprender, a su debido tiempo, la razón de este secreto. Mientras tanto, creo que un puesto en la corte es una recompensa justa.

–Mi gratitud no tiene límites, ¡oh Príncipe de los Creyentes!, y me someto incondicionalmente a la sabiduría superior de vuestro criterio –replicó Da'ud con una humildad que en realidad no sentía–. ¿Se me permite preparar el Gran Antídoto en la intimidad de mi hogar, a fin de evitar preguntas inquisitivas y miradas curiosas?

–No hay ningún inconveniente. Pero una vez que hayas completado tu tarea de manera que me satisfaga, requeriré tu presencia en mi corte. Tu conocimiento de lenguas y tu innata discreción son cualidades poco frecuentes y que valoro como se merecen. Vete en paz, joven maestro, y que el Todopoderoso te bendiga.

Da'ud se dirigió deprisa a Córdoba, rebosando de euforia a pesar de haber tenido que jurar no revelar el secreto. Si Sari, como él se la imaginaba en sus sueños, hubiera estado esperando su retorno, el mundo se habría convertido en Paraíso, pero el Paraíso no pertenecía a este mundo....

Lo que menos esperaba al llegar a su casa era encontrar a su padre esperándole con Isaac bar Simha. En el mismo momento en que vio al corpulento comerciante, con su frente redonda y protuberante brillándole con una fina capa de sudor, Da'ud supo el objeto de su visita. Isaac bar Simha era un acaudalado comerciante de joyas que contribuía generosamente al mantenimiento de la comunidad judía, sus investigadores y sus instituciones, y Dios le había bendecido con tres hijas, a cada una de las cuales, según él había dado a conocer, estaba dispuesto a conceder una generosa dote. Pero encontrar tres hombres jóvenes de posición adecuada no era una tarea fácil. Ya'kub había mencionado esto a Da'ud mediante diversas indirectas, pero como su hijo no había reaccionado ante ellas, consideró prudente no hablar más del asunto. No obstante, ahora que su futuro estaba asegurado, Ya'kub había decidido aparentemente sacar a colación el asunto. Da'ud se daba cuenta de que a su padre no le gustaban las murmuraciones que la prolongada soltería de su hijo empezaban a provocar. Aunque ya había rebasado la edad acostumbrada para contraer matrimonio, había sido posible hasta ahora suponer que estaba inmerso en sus estudios, excluyendo el resto de cosas. Pero pronto la brillante carrera que se abría ante él se convertiría en el comentario y motivo de orgullo de toda la comunidad, y se consideraría oportuno y correcto que desempeñara el papel que le correspondía en ella como una persona responsable, bien situada y con un hogar propio.

Aunque Da'ud nunca lo había dicho, ninguna de las hijas de Isaac bar Simha había inspirado en él el menor deseo de contraer matrimonio. Su padre había invitado en algunas ocasiones a toda la familia a que compartieran una comida del Sabbat con ellos y al pasar Da'ud los ojos de Sitbora a Dona y de Dona a Palomba, tenía la impresión de que las tres jóvenes habían salido de un molde idéntico: las tres eran bellezas morenas, rellenitas, con ojos de gamo, a las que se había educado para ser las dóciles esposas de los acomodados hombres con quienes estaban destinadas a casarse y tener hijos, con una especie de pasividad animal. Pero era precisamente esa docilidad lo que él encontraba insípido, insulso, aburrido. Sari, por el contrario, constituía un desafío para él. Aquí había un misterio que era preciso desentrañar, un ser humano que cuidar, un alma que conquistar. Nada era previsible, todo era posible. Y después de haber puesto sus ojos en su piel, blanca como la luna, su cabello, con sus cálidos reflejos de cobre bruñido, su grácil figura entre la adolescencia y la madurez, la belleza convencional de las hijas de Isaac bar Simha le parecía basta, poco sutil, incluso repulsiva. Y como cada día acercaba a Sari un poco más a su florecimiento como mujer, tanto menos inclinado se sentía Da'ud a aceptar un compromiso matrimonial de ninguna clase. Ahora mismo, mientras ofrecía frutas, vinos y dulces a los hombres, con sus ojos de color azul oscuro como el mar siempre alicaídos, Sari parecía totalmente ajena a su presencia, no digamos a la atracción que ejercía sobre él, pero eso no le preocupaba. Cuando llegara el momento, encontraría la manera de despertar en ella sentimientos tan compulsivos como eran los suyos.

Una vez intercambiadas las acostumbradas cortesías de la conversación, Ya'kub informó a su hijo acerca del ofrecimiento de Isaac bar Simha, indicando claramente su deseo de que su hijo lo aceptara. Mientras sus ojos silenciosos seguían los movimientos de Sari cuando ésta llenó otra vez las copas de vino con la consumada elegancia de sus movimientos, Da'ud reflexionaba cuidadosamente la que iba a ser su respuesta. Dirigiéndose directamente a Isaac bar Simha, empezó a decir:

–Me siento profundamente honrado por la generosa proposición que me has hecho. Tus hijas son encantadoras, cada una de ellas tan bella como las otras, y cualquier hombre se sentiría feliz de tenerlas como adorno en su casa y madre de sus hijos. Pero no me encuentro aún preparado para asumir las obligaciones del matrimonio. Esto tal vez te parezca extraño. Muchos hombres más jóvenes y con menos recursos económicos que yo están ya casados y su hogar está bendecido por una numerosa descendencia. Pero mi padre no podría evitar estar de acuerdo conmigo si digo que no soy un joven corriente. Y por esa misma razón, no sería probablemente el marido ideal que tus hijas tan evidentemente merecen.

–¿En qué aspecto no eres un joven ordinario? –preguntó Isaac bar Simha con cierta vacilación, levantando una de las cejas.

Ya'kub se apresuró a intervenir:

–Lo que Da'ud quiere decir es que sus estudios le absorben tan plenamente que no hay lugar en su vida para las ordinarias preocupaciones de la vida doméstica.

–Pero un hombre tiene sus necesidades –respondió Isaac en un tono significativo. Acorralado, Da'ud no tenía ahora otra opción que imponer su autoridad por encima de sus mayores.

–En mi calidad de médico, os puedo asegurar que no hay dos hombres que sean iguales en esto, no más que en ninguna otra esfera de la vida humana –afirmó–. Todos y cada uno de los seres humanos constituyen un mundo propio, con su desarrollo determinado, sus reacciones, sus deseos y sus impulsos. Nadie tiene derecho a juzgar a su prójimo en asuntos de esta clase.

Silenciado y sometido, Isaac bar Simha se levantó.

–Tal vez cuando pase más tiempo... –murmuró, tratando de ocultar, con dificultad, la herida que el joven erudito había abierto en su orgullo. Enjugándose el sudor que le caía a chorros por el rostro, ahora de puro desconcierto, se esforzó por mantener el aire de cordialidad que había caracterizado siempre sus relaciones con esta familia, al acompañarle Ya'kub a la puerta. A pesar del orgullo, uno no podía caer en desgracia a los hombres de la familia Ibn Yatom....

Albergando en su corazón sentimientos profundamente conflictivos sobre el tema del matrimonio de su hijo, deseándolo por una parte, aunque reacio y ciertamente incapaz, de obligarle a que se casara en contra de su voluntad, Ya'kub consideró que lo mejor era no hacer ningún comentario al respecto. Al reunirse otra vez con su hijo, dijo, como si nada extraordinario hubiera tenido lugar:

–El mercader radanita ha regresado de Egipto. Vino esta mañana cuando esperaba a Isaac y pidió hablar con Sari.

–Y ¿qué dijo Sari? –preguntó Da'ud con voz temblorosa.

–No lo sé. Isaac llegó en aquel preciso momento, así que le mandé que fuera a ver a tu madre.

–Le pedí que adquiriera cierta sustancia para mí en Egipto –comentó Da'ud con indiferencia–. Si me excusas, padre, voy a preguntarle a madre si dejó algún recado para mí.

En estado de agitación, Da'ud cruzó el patio en dirección a las habitaciones de las mujeres. El sol, que estaba ya alto en el cielo, le cegaba los ojos, arrancando reflejos de los brillantes mosaicos de cerámica de que estaba revestido el patio interior, y haciendo centellear las aguas del estanque que adornaba su parte central. Encontró a su madre sentada frente a Sari, con un enome cubrecama de seda estirado entre las dos, bordando un lado de su intrincado borde multicolor. Sola levantó la cabeza al notar que se acercaba y, con una gentil sonrisa, puso a un lado su labor. Pero Sari, perseverante continuó bordando; la curva de su cuello y de su espalda al inclinarse sobre él, eran tan gráciles como la silueta de un joven álamo que se inclina hacia las aguas de un río que fluye lentamente.

–Sari ha decidido quedarse con nosotros, de momento –dijo su madre con efusión.

–¿Sólo de momento? –preguntó Da'ud, inquieto.

–El mercader, que parecía estar preocupado por su bienestar, preguntó si se le permitiría que volviera con él en cualquier momento, en el futuro, si ella así lo deseaba. Suele pasar por Córdoba una vez al año, dijo, y vendrá a visitarnos cada vez que esté aquí para preguntar por ella. Ha dejado eso para ti –añadió, señalando una bolsa que estaba en el suelo junto a ella–. Dijo que será suficiente hasta que él vuelva el año que viene.

–¿Te dijo cuánto le debía?

–No. No quería detenerse en Córdoba hasta que volvieras y como conoce a nuestra familia y confía en ella, añadió que ya le pagarías la deuda el año próximo. –Levantándose, Sola cogió a su hijo del brazo y anduvo lentamente con él a través del patio, donde Sari no pudiera oírla–. Mi impresión es que estaba profundamente entristecido por el deseo de Sari de quedarse aquí. Lo comprendo perfectamente. No he encontrado nunca un ser más atento, sensible y dócil. Es como si continuamente estuviera anticipando mis deseos, tratando de satisfacerlos antes de que los exprese. Aún tengo que descubrir si lo hace por gratitud o por miedo, porque, a veces, cuando la advierto, suavemente, de que ha cometido algún error, veo terror en sus ojos. Entonces, cuando trato de tranquilizarla, parece sorprendida, como si esperara a ser castigada y no a ser consolada por su equivocación. Tampoco parecen interesarle las cosas que solían deleitar a tus hermanas. El otro día le quise regalar un cinturón exquisitamente bordado, pero se negó a aceptarlo, como si no tuviera derecho a él. Parece más contenta cuando está como la ves ahora, sentada en medio de una calma y una tranquilidad totales, un deseo tan elemental –suspiró Sola, moviendo la cabeza tristemente–, algo que nosotros damos por descontado. ¡Quién sabe qué tragedia ha dejado tal cicatriz en su alma, privándola de lo que corresponde por derecho a cualquier ser humano!

–No cabe duda de que lo sabremos cuando llegue la hora –replicó Da'ud con actitud reflexiva, mientras ambos caminaban hacia donde la habían dejado, él con las manos apretadas detrás de la espalda para controlar su impulso de apartarle a Sari de la frente los espesos rizos color caoba que habían caído sobre ella al inclinarse sobre su labor. Paciencia, se dijo. Poco a poco, paso a paso, se enfrentaría también a ese reto, como lo había hecho con otros. Un buen día esos ojos de color azul oscuro se levantarían amorosamente hacia él y su pasión respondería a la suya.

VII

Resplandeciente en su sencillez, el califa estaba sentado en su trono de oro, erguido, con la pierna izquierda doblada debajo de su cuerpo y la rodilla derecha levantada. Sus eunucos negros le flanqueaban, el temible Mustafá movía un espantamoscas y su compañero mudo, un abanico de márfil. Irritado como estaba, Abderramán habría prescindido muy gustosamente de sus incesantes servicios, pero como eran parte del ceremonial de la corte, tan importante para él, no tenía otra opción que soportar todo este movimiento en torno a su persona. Su cólera casi le había costado la cabeza al ingeniero jefe, pero al no haber nadie suficientemente competente para reparar la catástrofe ocurrida el día anterior en Medina Azara, se vio obligado a calmarse. El día que tuvo que recibir a la delegación bizantina, una de las principales cañerías en el nuevo palacio de la ciudad se había reventado. La inundación causó el desorden en todo el edificio, no sólo dañando los talleres donde trabajaban el oro y la plata, sino, y esto fue el desastre mayor, inundando el lugar donde se iba a instalar la casa de la moneda. Bajo amenaza de las más serias consecuencias si se resistían a hacerlo, todos los funcionarios, guardias, esclavos y eunucos de Córdoba habían sido reclutados y obligados a ponerse manos a la obra, trabajando durante todo el día anterior y también por la noche, a fin de preparar una recepción digna de la gloria de su soberano en el viejo palacio de la ciudad. Ahora todo estaba en su sitio: relucientes colgaduras de seda en tonos rojo, oro y púrpura; masas de flores malva y escarlata en ánforas doradas; cortesanos ataviados con lujosas vestiduras de multitud de colores y profusamente enjoyados y la guardia de honor meticulosamente alineada. Y en el centro de este deslumbrante escenario, la figura del califa, vestida de blanco, inmóvil y majestuosa, sentada sobre su trono de león.

Los miembros de la delegación bizantina avanzaban ahora hacia él; una solemne procesión de plata y azul, que formaba un llamativo contrapunto con la magnificencia de la corte de los Omeyas. Mientras el chambelán rociaba con perfume las manos de los invitados en señal de bienvenida, se fue disipando la cólera de Abderramán y una leve sonrisa de satisfacción jugueteaba en las comisuras de su boca, de apretados labios. Tenía sobrada razón para estar contento. No él, sino el propio emperador Constantino había propuesto que se firmara un tratado de amistad entre el Imperio Bizantino y el de Abderramán. Era obvio que los dos soberanos tenían un peligro común al que enfrentarse. La naciente dinastía fatimí del norte de África estaba amenazando, no sólo los vastos territorios que allí poseía, desde Argelia en el norte hasta Sijilmasa en el sur, sino que también estaba empezando a amenazar las posesiones del gobernante bizantino, convirtiéndose en un constante peligro para su flota mediterránea. La satisfacción del califa provenía de que Bizancio le reconocía ahora como a un igual, un poder que había que tener en cuenta y tratar de mantenerlo a su lado, en la región.

Estéfanos, el chambelán del emperador que encabezaba la delegación, se adelantó y, con la debida reverencia, le presentó a Abderramán un cofre de plata maciza. De él el califa sacó un rollo de pergamino sellado con un pesado sello de oro que, según observó despreocupadamente, llevaba la imagen de Jesús en un lado y la del emperador y su hijo en el otro. Asintió, corroborando su acuerdo, mientras sus ojos examinaban los términos del tratado, negociado pacientemente por sus emisarios y escrito en árabe y en griego. Entonces le entregó el cofre a uno de sus visires y sonrió gentilmente para mostrar su agradecimiento cuando se colocó delante el regalo que el emperador le ofrecía, un juego de vasijas de oro y plata, incrustadas de piedras preciosas de enorme tamaño. Estéfanos se adelantó de nuevo, llevando esta vez en las manos una pesada caja de madera de cedro. Aproximándose al trono, se dirigió directamente al califa:

–Que el Señor derrame millares de bendiciones sobre ti y sobre los miembros de tu excelsa y gloriosa casa, ¡oh Príncipe de los Creyentes! Mi ilustre soberano, Su Imperial Majestad Constantino Porfirogénito, sabiendo el gran número de eruditos distinguidos que, gracias a tu generosa protección, dan lustre a esta corte y siendo él investigador y autor en derecho propio, desea obsequiarte con estos dos libros, poco comunes y de gran valor. Uno de ellos es un libro de historia escrito en latín por el historiador español Orosio hace 400 años. El otro es un manuscrito de *De Materia Medica,* de Dioscórides, en el griego original. Aunque el gran Hunayn tradujo esa obra al árabe en Bagdad hace un siglo, ha llegado a nuestro conocimiento que no fue capaz de identificar todas las plantas mencionadas en este libro como simples drogas. Por ello, Su Majestad Imperial ha accedido gentilmente a tu sugerencia de que la firma del tratado de amistad entre el Imperio Bizantino y el Califato de Córdoba sea conmemorada por la concesión del patrocinio bizantino-omeya a una nueva traducción de esta gran obra. Para este fin ha designado al erudito monje Nicolás, aquí presente, a fin de que ayude a vuestros investigadores a llevar a cabo este proyecto.

–Tu soberano muestra gran discernimiento y comprensión, así como un profundo conocimiento de nuestra corte –respondió Abderramán cortésmente–. Por nuestra parte, nombramos a Abu Suleiman Da'ud ben Yakub ibn Yatom, un brillante investigador que ha mostrado ya gran interés en la traducción de obras griegas al árabe, para que participe en esta noble tarea.

Sobriamente ataviados y discretamente apartados a la sombra de una columna de mármol, Da'ud ibn Yatom y su padre Ya'kub escuchaban atentamente las palabras del califa, con un raro destello en sus ojos habitualmente silenciosos, que traicionaba su orgullo por el tributo público otorgado a la erudición de Da'ud. Pero el califa se dejó muchas cosas por decir. Sólo él sabía el gran papel que Da'ud había desempeñado en la redacción del tratado de amistad. Al ser el experto responsable de la traducción de sus términos en los matices apropiados de la rica lengua griega, Da'ud había puesto en duda, en más de una ocasión, el significado o las implicaciones de este o aquel concepto, ofreciendo sutilmente consejo cuando le parecía oportuno. Es más, era uno de los pocos en darse cuenta de que el tratado no era más que una pantalla para la cooperación encubierta que había existido hacía mucho tiempo entre los dos poderes, en su esfuerzo común por impedir la expansión de los fatimíes y sus partidarios los beréberes. Mucha de la correspondencia secreta de Abderramán con sus agentes en el norte de África, así como con sus aliados bizantinos, pasó por manos de Da'ud; una densa y enmarañada red de espionaje y contraespionaje, subversión y traición, alianzas variables y lealtades dudosas que involucraban a una multiplicidad de clanes y tribus. Testigo silencioso de las sórdidas realidades que yacían tras el mantenimiento de un poder eficaz, Da'ud pronto se dio cuenta de que, si quería mantener su puesto en la corte, debía tratar de pasar inadvertido, demostrar inquebrantable lealtad a su señor y rechazar todos los ofrecimientos de intriga, por tentadores que le parecieran. Por haberle sugerido discretamente a Abderramán que el prestigio de su corte aumentaría considerablemente a los ojos del erudito Constantino si ofrecía extender su patrocinio a la traducción de *De Materia Medica*, por eruditos de ambos imperios, se había asegurado para sí mismo una ocupación prestigiosa que lo protegería de todas esas lisonjas. No podía haber deseado nada mejor.

Los poetas de la corte empezaron a recitar los panegíricos que habían compuesto en honor de los distinguidos huéspedes del califa, pero antes de que terminaran, Ya'kub y Da'ub, con la discreción que caracterizaba a la familia, habían salido de la sala desapercibidos. Era suficiente que Da'ub hubiera sido honrado públicamente. Permanecer y participar en el festejo sería solamente provocar más lisonjas que podían avivar los celos y suscitar envidias ocultas. Por el contrario, la ausencia de los Ibn Yatom, la distancia que parecían mantener del punto focal de la corte, servía para profundizar el respeto con que se los consideraba y su actitud distante inspiraba cierta fascinación.

Padre e hijo se dirigieron a casa andando lentamente, unidos por el orgullo justificado y por la gran sensación de haber logrado algo bueno. Encontraron a Sola y a Sari juntas, sentadas en el patio, disfrutando del frescor del atardecer. Las rodeaba un cierto aire de intimidad femenina.

–Habéis regresado antes de lo que esperábamos –dijo Sola sonriendo al darles la bienvenida.

–Salimos antes de que empezara la fiesta, pero no antes de que el califa tributara sus elogios a Da'ud delante de todos los invitados.

–No más de los que se merece –replicó Sola con total naturalidad–. Desde el momento en que nació supe que tenía ante sí un brillante futuro. Pero debéis tener hambre. Sari, hija mía, haz el favor de decirle a Yusuf que prepare la cena de los hombres.

Sola siguió a la muchacha con los ojos, en los que había una expresión llena de afecto, hasta que desapareció dentro de la casa. Entonces volvió a expresar lo que la preocupaba:

–Así que, querido Ya'kub, ha llegado el momento de casar a nuestra pequeña Sari. Ya es una mujer, bien entrenada en el arte de gobernar una casa judía y totalmente familiarizada con nuestra manera de vivir.

–¿Has logrado averiguar algo sobre su pasado?

–Nada en absoluto. Pero tampoco es que la haya apremiado para que me lo cuente. Hay que dejarla que lo haga a su debido tiempo y que se lo diga a quien ella considere apropiado.

–Como de costumbre, has hablado con prudencia. Hay un joven en el que he pensado desde hace ya algún tiempo, un aprendiz en el negocio de Isaac bar Simha. Isaac dice que es honrado y capaz y que, con el tiempo, llegará a ser un buen joyero. Hablaré con él mañana.

–No, padre –interrumpió Da'ud bruscamente–. No, por favor. Tengo planes diferentes para Sari.

–Y, ¿cuáles son esos planes?

–Quiero casarme con ella.

–¿Tú? ¿Te has vuelto loco? ¿Casarte con una expósita, una muchacha de origen desconocido, a la que has encontrado en un mercado de esclavos?

–No, padre. Nunca he estado más lúcido en toda mi vida. Desde que la vi me he sentido atraído irresistiblemente por ella, pero consideré correcto esperar hasta que madurara y revelar entonces mis sentimientos hacia ella.

–Me niego a dar mi aprobación a esta decisión tuya –murmuró Ya'kub, en voz baja, pero rebosando de cólera–. Tu erudición te honra, pero no voy a permitir que te ciegue a la realidad de la vida. No puedes esperar que el mundo acepte tus caprichos y antojos simplemente porque te has convertido en un famoso erudito. No, hijo mío, tu posición exige que te sometas a las convenciones sociales.

–¡Al demonio con las convenciones! Hoy en día mi posición, como tú la llamas, es invulnerable y no hay nada en este matrimonio que pueda perjudicar el desempeño de mis obligaciones, sea como futuro jefe de la comunidad judía o como cortesano al servicio del califa. La «posición» a la que te refieres la tengo que defender yo y no Sari.

–¿Y qué me dices de los hijos, hijos e hijas de una... una...?

–¿Una qué? ¿Una vagabunda? ¿O una princesa abandonada? ¿Quién puede decirlo?

–Pero ése es precisamente el problema. Con el tiempo puede resultar ser mentalmente incapacitada, físicamente tarada, moralmente depravada...

–O por el contrario puede revelarse como una afectuosa y amante esposa y una madre perfecta. Es un riesgo que estoy dispuesto a correr. Si pude arriesgar mi vida por mi carrera, puedo arriesgar mi felicidad por la mujer que deseo. Si está mentalmente incapacitada, me ocuparé de ella; físicamente tarada, la curaré; moralmente depravada, la reformaré.

–No tienes la menor idea de la carga que te puedes estar echando encima, una vida de sacrificio de la que finalmente te cansarás.

–No lo creo así, padre.

–Muy bien. Ocúpate de ella si así lo deseas, pero ¿por qué casarte con ella? La pasión que has concebido por ella es algo transitorio, la primera pasión que has conocido. No hay nada que te impida tenerla en tu casa, pero para casarte debes elegir a una mujer de tu clase y fundar una familia respetable.

–Nunca le infligiré una humillación semejante.

–Como tutor suyo que soy, me niego a darte el consentimiento para este matrimonio.

–Te olvidas de que fui yo quien encontró a la muchacha. Tengo tanto derecho como tú a reclamar su tutela, aunque de hecho no nos pertenece a ninguno de los dos. El mercader no quiso aceptar el rescate que le ofrecí para redimirla. Por lo tanto, si ella no se opone, seremos pronto marido y mujer; una boda tranquila, discreta, como corresponde al estilo de nuestra familia.

Se hizo un tenso silencio entre padre e hijo cuando, súbitamente, Ya'kub ibn Yatom sintió que todo el peso de los años caía sobre él. No tenía ya fuerzas para resistir la creciente e irreprimible marea de la juventud. Su fuerza y su vitalidad le habían vencido. Sola, notando el estado de confusión en el que se encontraba, le puso una mano reconfortante en el brazo y juntos entraron en la casa, dejando a Da'ud solo para vivir su vida fuera del influjo de sus padres.

VIII

Da'ud estaba ahora solo en el patio. Sentado en el borde del estanque, se entregó a sus pensamientos. Distraídamente pasó los dedos por sus aguas que se iban ya oscureciendo, meditando sobre la situación que había creado, situación que había deseado con mucho ardor y desde hacía mucho tiempo. Aunque nunca se lo habría dicho a su padre, no tenía la menor idea de cuál sería la mejor manera de entablar una relación positiva con esta muchacha de la cual nada sabía. Ciertamente, sus libros no le decían nada al respecto... Pero antes de que tuviera tiempo de considerar un acercamiento adecuado, vio salir a Sari de la casa, y cruzar el patio en dirección a su cuarto.

–Ven –dijo espontáneamente–, ven y siéntate un momento aquí, al lado del estanque.

Como hizo el día en que la vio por primera vez, levantó los ojos durante un breve instante –ese relámpago de profundo azul– para bajarlos después mientras se sentaba rígidamente a una pequeña distancia de él, con la cabeza inclinada y las manos juntas entre las rodillas.

–Dime, Sari, ¿te encuentras feliz aquí en Córdoba con nosotros?

–¿Feliz? –preguntó, con una voz que casi no se oía y con la mirada fija en sus rodillas.

–Sí.

–No estoy segura de saber lo que es la felicidad.

–¿Contenta, entonces, o al menos no desdichada?

–Menos desdichada de lo que lo he sido jamás, excepto.... –Y se calló.

–¿Excepto qué?

–Excepto el día en que el comerciante me liberó.

–¿De dónde?

–De allí.

–¿Praga?

Sari asintió.

–¿De quién te liberó?

–De nadie. No había nadie.

–El mercader me contó que...

Pero antes de que tuviera tiempo de terminar la frase, Sari se levantó de repente y se dirigió a su habitación.

–Buenas noches, señor.

–¡Espera! –la llamó–. ¡Espera! Tengo que pedirte un pequeño favor. En mi habitación hay una hilera de plantas sobre el antepecho de la ventana, tiernos brotes que requieren constante cuidado. Mis nuevos deberes en la corte me van a tener muy ocupado y temo descuidarlas. ¿Sería demasiado pedirte que te ocuparas de ellas?

–Como lo desees, señor.

–Cuando vuelva de la sinagoga durante la mañana del Sabbat, las miraremos juntos.

–Como lo desees, señor –repitió–. Buenas noches, señor.

–No es oportuno que me llames señor –dijo Da'ud, levantándose para seguirla–. Tú eres libre, Sari, y no estás sometida a nadie.

–¿Libre!

–Sí, libre.

–Nadie es libre. Nadie puede existir solo, y puesto que todo el mundo necesita a alguien, nadie puede ser libre.

–Libre en el sentido de que puedes escoger la vida que quieras vivir.

–Para escoger, uno tiene que tener la facultad para elegir entre varias alternativas. Cuando no hay alternativa, no hay elección. Me tengo que ir ahora, señor. Buenas noches.

Da'ud se quedó horrorizado. ¡Qué absoluta desilusión en una persona tan joven, qué manera de razonar tan lúcida, qué falta de esperanza y qué fría desesperación! Sólo la forma más abyecta de sufrimiento humano podía haberla afectado hasta tal punto. ¿Qué era peor?, se preguntó. ¿Un cuerpo atormentado por el dolor físico o un alma deformada por una tragedia humana? Sólo estaba seguro de una cosa: era menos osado tratar de alterar el curso del destino humano que luchar por prolongar la vida de un hombre moribundo. Ningún ser humano creado a imagen de Dios merecía vivir su existencia sin que se le concediera una oportunidad de felicidad. Eso debía darle al menos, pero ofreciéndosela de tal manera que ella la aceptara con gusto...

Da'ud se pasó la noche dando vueltas y más vueltas en su cama, víctima de una pesadilla, que le atormentaba una y otra vez, de una niñita, con la piel de color azulado debido al frío, abandonada en un profundo hoyo de nieve acumulada por una ventisca. Cada vez que, después de moverse laboriosamente a través de la nieve que le llegaba hasta las rodillas, estaba a un brazo de alcanzarla, la niña parecía derretirse y desaparecer en la blancura, volviendo a aparecer en una parte más alta de una pendiente interminable, constantemente fuera de su alcance. Era ya de madrugada cuando al fin se quedó apaciblemente dormido, y se despertó mucho más tarde que de costumbre. Era casi mediodía cuando llegó a la estancia junto a la biblioteca del viejo palacio donde él y el monje Nicolás trabajaban juntos unas cuantas horas al día.

–No estarás enfermo, ¿verdad? –le preguntó el investigador griego cortésmente, con la punta de su barba plateada levantándose hacia él en actitud inquisitiva.

–No, no, gracias. Me retuvieron asuntos de familia.

–El califa ha estado preguntando por ti. Está en sus aposentos, aquí en el viejo palacio.

–Voy a verle inmediatamente.

En el mismo momento en que se le llevó ante la presencia del califa, bastó una mirada a su palidez y a las sombras oscuras debajo de sus ojos para que Abderramán se diera cuenta de la razón del desaliño y estado de confusión en que se hallaba su protegido.

–¿Asuntos del corazón, mi desdichado erudito?

Da'ud se ruborizó. Era la primera vez que su soberano había visto su serenidad perturbada.

–¿Es hermosa?

–A mí me lo parece.

–¿Dura de corazón como lo son todas, obligándote a suplicar sus favores, atrayéndote más cuando más te rechaza?

–En cierto modo, diríamos que sí.

–Es curioso pero la razón por la que quería hablar contigo es semejante.

–Soy hombre de poca experiencia en esas lides –replicó Da'ud cautelosamente, aunque de forma sincera.

–Lo que necesito no es tu experiencia. Yo he tenido más que suficiente. Si he decidido abordar un asunto tan delicado contigo es porque he tenido buena prueba de que he sido sabio al depositar mi confianza en ti. Ni un solo detalle de la correspondencia secreta que te confié ha sido divulgado jamás. Y te comportas con tal modestia y discreción que ninguno de mis visires tiene la menor sospecha de que estás en posesión de información tan vital. Si hubieras sido un muslim te habría recompensado con el título de visir por la inquebrantable lealtad que me has mostrado, pero hacerlo así sería contraproducente. Los imanes utilizarían tu ascenso a un rango que te confiere autoridad sobre los muslimes, como pretexto para avivar el resentimiento de mis otros visires, incitándolos de esa manera a a undir intrigas contra ti. Pero puedes estar seguro de que te recompensaré de otra manera.

»Y ahora vayamos al grano. Como eres un médico cualificado, pienso que puedo hablarte con libertad. Para expresarlo con franqueza, mi bella Zahra, la más joven y amada de mis concubinas, parece estar cansándose de mí. Puesto que le doblo la edad, esto no es sorprendente, aunque encuentro la situación intolerable. Hay que hacer algo para remediarlo. Tú que conoces todos los secretos de los sabios de la antigüedad, ¿puedes sugerir algo que mejore mi actividad sexual?

–Con todos los respetos a vuestra religión...

Abderramán desechó, con un gesto despreocupado de la mano, la consideración que Da'ud había empezado a mencionar.

–... el vino es el mejor estimulante que conozco. Pero supongo que habéis recurrido a él en la intimidad de vuestra alcoba.

–Por supuesto.

–¿Carne de lagarto?

–No.

–Entonces sugiero que la probéis, sobre todo el estómago y los intestinos. Otro método que dicen que es eficaz es el del pene seco de buey, pulverizado y espolvoreado sobre un huevo pasado por agua.

–Todo eso está muy bien –masculló con irritación el califa–, pero estas cosas no son fáciles de conseguir y pueden provocar comentarios inoportunos en la cocina. ¿No puedes sugerir algo más sencillo, más simple?

–Los sesos de cualquier animal o pájaro actúan como afrodisíacos, y si están condimentados con pimienta, ginebra, canela, anís o nuez moscada, esto aumenta su eficacia. Toda clase de huevos son también beneficiosos, ya sean de paloma, perdiz, pollo u otras aves, así como, naturalmente, los testículos de los gallos. Una combinación de estos ingredientes, mezclados con cebollas asadas, resulta siempre muy eficaz. Por otra parte, sería prudente que os abstuvierais de aquellos alimentos que refrescan la sangre, como lechuga, pepino, melones y, sobre todo, vinagre. Los nenúfares tampoco son aconsejables, ni alimentos que causen flatulencia como guisantes y lentejas.

–Me entusiasman los nenúfares.

–Como lo deseéis. Probad los remedios que os he sugerido. Son los más conocidos. Si producen el efecto deseado, continuad con ellos. Si no, buscaremos otros métodos.

–Gracias, mi sabio amigo. Y ahora pasemos a los asuntos del día. Los príncipes cristianos del norte están otra vez en desacuerdo. Nada nos puede convenir más. Cualquier cosa que debilite a Ramiro de León nos fortalece a nosotros. Debemos, por consiguiente, utilizar todos los medios a nuestro alcance para avivar la rebelión contra él en Castilla e incitar a todos los príncipes de menor importancia a que le incordien. Así que toma nota y formula lo que tengo que decir en los términos latinos apropiados...

Durante la cena del Sabbat de aquella semana, Ya'kub no hizo referencia al tema del matrimonio de Sari. Da'ud interpretó este silencio como una clara indicación de que había decidido dejarle que eligiera su propio destino, al menos de momento. Después de todo, el asunto no era urgente. Ahora que sus hijas estaban casadas, Sola disfrutaba de la compañía de la muchacha, y derivaba una profunda satisfacción del vínculo de confianza que estaba formando pacientemente con esta extraña y silenciosa criatura, a quien arropaba con su calor maternal. De hecho, aunque tenía buen cuidado de no admitirlo, por no disgustar a su marido, comprendía la atracción que la original belleza eslava de Sari ejercía sobre su hijo y el desafío que su personalidad le presentaba, tanto en su calidad de hombre como en la de una persona que cura las enfermedades humanas. Así que el Sabbat por la mañana, después de que volvieran los hombres de la sinagoga, se las arregló para distraer a Ya'kub hablando de las reparaciones que necesitaba el tejado antes de que se echaran encima las lluvias del invierno, mientras que Da'ud llevaba a su cuarto a Sari para explicarle cómo tenía que cuidar de las plantas.

–Ésta necesita que se la riegue frecuentemente, pero aquélla, pequeña y espinosa, parece necesitar muy poca agua. Mira, toca la tierra –dijo. Obediente, Sari puso el dedo índice, ligeramente, sobre la tierra que estaba algo seca–. No, debes apretar un poco más hasta que notes el grado de humedad bien dentro del tiesto –añadió Da'ud, empujando suavemente el dedo de Sari con el suyo. Pero en cuanto sintió que él la tocaba, ella retiró bruscamente la mano, como si la hubieran quemado–. ¿Te he hecho daño? –le preguntó Da'ud, al ver que se había puesto pálida.

Ella no contestó, así que Da'ud continuó:

–A ésta le gusta la sombra, esta otra se vuelve hacia el sol de la mañana. Ambas necesitan que se las riegue cada tres o cuatro días para que la tierra se mantenga a un grado uniforme de temperatura, como ésta –dijo, cogiéndole esta vez la mano en la suya y haciéndole palpar la tierra oscura y húmeda debajo de la palma de su mano. Y otra vez ella la retiró, con más brusquedad que antes–. ¿Te pasa algo en la mano? Déjame que te la vea.

Sari hizo un gesto negativo con la cabeza.

–Entonces, ¿por qué la retiras cuando la toco, como si te doliera?

De nuevo el tenaz mutismo...

–¿Es que me tienes miedo?

Percibió un relámpago de color azul oscuro mientras, por una fracción de segundo, Sari levantó los ojos hacia él con expresión de terror. Después, nada.

–Sari –empezó Da'ud otra vez, resuelto, directo, pero suave también–, mi madre nos ha dicho a mi padre y a mí que ha llegado el momento oportuno para buscar un marido adecuado para ti. ¿Te ha explicado ella las relaciones íntimas que existen entre un hombre y su mujer?

–¿Quieres decir entre macho y hembra?

–Esa es una manera más cruda de expresarlo.

–Yo no necesito que tu madre me enseñe eso.

–¿Quién te lo enseñó entonces? ¿El mercader?

–¡Oh, no, no fue él! Me trataba muy bien. Fue el único que...

–¿Que qué?

–¿Y esas plantas que están allí?

–¡Deja en paz a las plantas! Sari, aquí tenemos la costumbre de que las mujeres núbiles contraigan matrimonio con jóvenes de una posición semejante a la suya y a la dote que traen con ellas. Mi padre ha pensado ya en alguien conveniente para ti, pero yo me he opuesto a su sugerencia.

–Gracias.

–¿Por qué me das las gracias?

–Porque no quiero casarme jamás.

–Pero el matrimonio es parte del curso natural de la vida humana.

–Lo que llamas curso natural de la vida no existe. Cada ser humano está condenado a ser atrapado por su propio destino.

–Nadie está condenado. El destino se puede cambiar. Todo hombre tiene libertad para ejercer su influencia sobre las condiciones de su existencia.

–Estamos de acuerdo. Yo soy libre para no casarme.

–¿Ni siquiera conmigo?

–Por favor, no te burles de mí. Si ése es el deseo de tu padre, saldré de esta casa inmediatamente y me volveré a unir con el mercader en la ruta que esté siguiendo ahora.

–Nadie quiere que te vayas de esta casa y no me estoy burlando de ti. Desde el momento en que te levanté la cara aquel primer día en el mercado de esclavos, me sentí rebosante de amor por ti. Desde entonces tu imagen no se ha separado de mí, ni de día ni de noche, pero esperé hasta que te hicieras mujer para decírtelo. Es más, he desafiado a mi padre y rehusado el matrimonio que ha estado planeando hace mucho tiempo para mí.

–No debiste hacerlo. Debes casarte, puesto que es «el curso natural de la vida humana».

–Me niego a casarme con una mujer a quien no amo.

–No creo saber exactamente lo que es el amor, pero si quiere decir que te preocupa mi bienestar de una manera u otra, entonces no te cases conmigo.

–Pero sé que te haría muy feliz, digna de estima, y rica.

–A cambio de poder poseerme, adueñarte de mi cuerpo y hacer con él lo que desees.

La escalofriante amargura de esta reacción obligó a Da'ud a responderle de manera más enérgica.

–¡Tonterías! A lo que te refieres es a un mero deseo primitivo. Pero lo que te ofrezco es un amor sincero y perdurable. La unión física de dos personas que se aman la una a la otra, unión ordenada por Dios y la naturaleza, es el placer más grande que Dios ha otorgado a sus criaturas, una experiencia que no se puede comparar con ninguna otra. Ni la vida de un hombre ni la de una mujer son completas sin esta experiencia.

–Hablas con el ingenioso lenguage de un erudito, pero la miel de tus palabras no tiene poder para transformar la realidad. Y ahora, ¿podemos terminar con las plantas? Pronto será hora de poner la mesa para la comida del mediodía. –No queriendo insistir más, Da'ud dejó el asunto de momento.

Semana a semana las plantas que estaban en el antepecho de la ventana crecían con una fuerza asombrosa. Tenían un color verde lozano, tallos erguidos y hojas brillantes, como si una mano amorosa cuidara de ellas. Hacia el final del verano. Da'ud se despertó una mañana y vio que había surgido casi de repente una magnífica flor, de un color rosa vivo, del extremo de una de las plantas espinosas, y que sus pétalos se rizaban saliendo de un centro de tono amarillo brillante. Al ver a Sari, que estaba cruzando el patio, la llamó lleno de excitación:

–¡Sari, ven corriendo! ¡Mira!

Da'ud vio a Sari sonreír, por primera vez, ante el espectáculo de una flor tan exuberante y de colores tan vivos saliendo de una planta tan inhóspita. Sus finos dedos de muchacha acariciaron delicadamente los frágiles pétalos y, al mirarle, el reflejo azul de sus ojos reveló, al fin, una tenue llamarada de placer.

–¿Lo ves, querida Sari, ése es el curso natural de la vida. Incluso a la más árida, a la menos atractiva de las cosas con vida, si se la cuida con esmero, le llega el momento de florecer, el momento de regocijarse y crear nueva vida. Si me dejaras cuidarte como has cuidado tú a estas frágiles plantas, te haría florecer más de lo que te puedes imaginar. Dices que no sabes lo que es el amor, pero sin algo parecido a él, como el cuidado que has prodigado a estas tiernas plantas, no habrían sobrevivido y florecido como lo han hecho.

–Pero ellas no son seres humanos. No piden nada, no exigen sacrificios.

–No considero el amor entre un hombre y una mujer como algo que exige un sacrificio. Es más bien un compartir todas las experiencias de la vida, las alegrías tanto como penas y dolores.

–No he oído nunca palabras tan hermosas como las tuyas, pero aun así no pueden disfrazar la realidad del destino de la mujer, con su cuerpo subyugado a los ciegos instintos animales de los hombres, contra cuya fuerza son indefensas.

–Están subyugadas solamente cuando no hay amor, indefensas cuando están enfrentadas a hombres brutales. Sari, sea lo que sea lo que has visto o experimentado en tu infancia, no debes por ello rechazar todos los maravillosos dones que la vida ha puesto ante ti. Por cada onza de mal en el mundo hay una medida correspondiente de bien, por cada fardo de miseria, un grado correspondiente de felicidad. Dios nos ha dado la fuerza para sobrellevar lo uno y el deseo de disfrutar de lo otro, cada uno de acuerdo con sus inclinaciones. ¿Qué puedo hacer para demostrártelo?

–Muéstrame lo que es el amor. Ámame sin poseerme.

Una planta sin flor, suspiró Da'ud en silencio. Pero juró, por todo lo que consideraba sagrado, que la haría florecer un día.

El matrimonio se celebró dentro del más estricto círculo familiar. Sólo los rabinos y jueces de la comunidad judía, sus miembros dirigentes y sus distinguidos eruditos, además de unos cuantos amigos íntimos, estuvieron presentes. Nicolás asistió y Abderramán envió un representante cargado de dádivas suntuosas: para la casa de los recién casados, una docena de bandejas de oro, exquisitamente grabadas; para Da'ud, una capa de seda, con las mangas y el cuello bordados de brocado de oro entre los que iba entretejido el nombre del califa; para la novia, un cinturón de plata incrustado de zafiros: «para acentuar el azul de sus profundos ojos del color del mar», escribió en el poema que compuso para ella. El exquisito regalo estaba guardado en un estuche de marfil, construido especialmente a la medida y tallado apropiadamente con un par de pájaros y figuras humanas entre la exuberante vegetación del árbol de la vida.

En su estilo inimitable, los Ibn Yatom lograron, al escoger un grupo tan restringido, hacer destacar su prestigio, ya que el honor tributado a los que habían sido invitados pareció mayor, al figurar entre los pocos privilegiados, y mayor el deseo de todos los demás de penetrar en el exclusivo círculo... Por respeto a la distinción de la familia, nada se preguntó sobre el origen de la bella novia, ni se oyó un cotilleo, ni se levantó en asombro una sola ceja. Por el contrario, gracias al ejemplo dado por Ya'kub, que había aceptado con elegancia una situación que no tenía el poder de alterar, se trató a Sari con la máxima cortesía y amabilidad, como si se le diera el beneficio de la duda. A pesar de su inquietud, se sintió conmovida por la dignidad y elegancia de la ocasión, por el calor humano que la rodeaba y por los honores tributados a Ya'kub y a Da'ud, su esposo. ¡Su esposo! ¡Qué extraño sonaba, qué irreal parecía! No obstante, había demostrado su derecho y cambiado el destino de Sari, exteriormente al menos. ¿Íntimamente? Eso estaba aún por venir...

Ya'kub regaló a la pareja una modesta casa que poseía a una corta distancia de la suya, y como gesto personal de afecto hacia su protegida, Sola la había renovado y amueblado. En su estilo tímido y sencillo, Sari expresó su gratitud, pero nada en su actitud sugería que la casa, símbolo de su nueva y honorable posición, fuera la culminación de la ambición de su vida. Por el contrario, parecía más bien hacerla sentirse violenta, como si no fuera suya por derecho.

Una vez concluida la tranquila recepción, el matrimonio recorrió el corto camino que les llevaba a su casa en amistoso silencio. En el patio se quedaron de pie, inmóviles un momento, dudando, hasta que Da'ud cogió a su mujer de la mano y la acompañó a la sección de la casa reservada para ella. Sari, en actitud pasiva, no manifestó ni protesta ni consentimiento. Se desnudó deprisa, se puso la exquisita camisa de noche que las maternales manos de Sola habían puesto sobre la cama conyugal y se echó juntó a su marido. Lentamente, Da'ud se volvió hacia ella y con infinita ternura levantó el camisón para contemplar la belleza de su cuerpo desnudo. Con la misma ternura, volvió a cubrírselo, permaneció echado hacia atrás cogiendo suavemente la mano de Sari.

–No tienes nada que temer, amor mío –susurró con tono tranquilizador–. No haré nada que te hiera o haga daño. Lo único que quiero es mostrarte que el amor es el mayor placer que puede ofrecer la vida y que deseo disfrutarlo contigo. Contigo y con nadie más. Has de creerme cuando digo que yo mismo no obtendré más que una satisfacción animal de una unión de cuyos deleites tú no participas.

–Me gustaría creerte, pero no puedo. Para mí tus dulces y amorosas palabras no son más que un anzuelo para arrastrarme a... a...

–¿A qué?

–A un pasado que quiero olvidar.

–Debes olvidar lo que ese pasado te recuerda, sea lo que sea. Considera tu verdadera vida como si empezara ahora mismo, en este momento. Piensa en lo que experimentaste en tu infancia, fuera lo que fuera, como una aberración. De ahora en adelante, conocerás sólo el placer de lo que llega conforme al orden natural de las cosas y que nace del amor entre un hombre y una mujer. Yo te amo y te respeto, y deseo unirme a ti, como Dios y la naturaleza decretaron.

–No comprendo lo que significa un amor así, ni de hecho lo que es Dios.

–Lo comprenderás a su debido tiempo. Déjame ahora que te bese, y después nos dormiremos en paz.

La besó tiernamente en la frente, los ojos, las mejillas y después dejó que su boca le rozara los labios. Sari yacía allí, con los ojos muy abiertos, rígida bajo las tiernas caricias de Da'ud. Finalmente, éste decidió dormirse y ella, agotada por los acontecimientos del día, hizo lo mismo.

IX

La noticia de la muerte de Ramiro de León crepitó como una hoguera de broza en verano, por los corredores del viejo palacio de Córdoba. En cuanto el califa regresó a la ciudad desde Medina Azara, se envió orden a Da'ud de que acudiera ante su presencia. Inmóvil sobre su dorado diván, Abderramán pareció no darse cuenta de su presencia, estaba meditando tan profundamente sobre la muerte de su más temido enemigo cristiano, el hombre que le había humillado en Simancas, pero a quien él no había tenido ocasión de humillar. Pero cuando alzó los ojos para dirigirse a su confidente judío, habló con su habitual decisión y sus planes de acción claramente determinados. Había que vengar la afrenta, si no en quien la había perpetrado, sí en su hijo y sucesor, antes de que Ordoño III hubiera tenido tiempo de sentarse y acomodarse en el trono de su padre. Abderramán en persona conduciría a su ejército a la batalla.

–Necesito una garrafa grande del Gran Antídoto antes de la madrugada de mañana –ordenó–. Tú mismo me la entregarás y vendrás solo. Mustafá te esperará en tu aposento en la biblioteca y te escoltará hasta llegar a mi presencia. Te recuerdo una vez más que el secreto es esencial.

Da'ud se inclinó en actitud de conformidad y se preparó para marcharse, pero el califa, poniéndose de pie y adoptando su acostumbrada postura de autoridad, le hizo detenerse con un gesto de su enjoyada mano:

–Mis jefes militares y visires están fuera esperando mis órdenes para marchar contra León. No debes permitir que vean que te he llamado a ti primero. Así que sal del palacio por una puerta diferente. –A un ligero golpe de su pie sobre el suelo,

Mustafá apareció por una puerta baja y pequeña, hábilmente oculta en los paneles de madera que la revestían–: Acompaña a Abdu Solimán a la salida.

Da'ud estudió atentamente el laberinto de pasadizos y entradas a través de los que el eunuco le conducía, pero cuando finalmente salió de entre las innumerables columnas de la Gran Mezquita, filas y más filas, que se extendían hasta el infinito, a su alrededor, se dio cuenta de lo eficazmente que había sido desconcertado. Mustafá desapareció entonces, y le dejó solo para que encontrara el camino de salida de la casa de oración en penumbras. Regresó rápidamente a su hogar, esquivando los asnos con sus pesadas cargas, sorteando los mendigos tendidos en el suelo y casi chocando con los vendedores ambulantes que abarrotaban el estrecho pasaje que llevaba al barrio judío.

Al entrar en su estudio encontró allí a Sari regando sus plantas antes de que se echara encima el calor del día y las abrasara. Cogiéndola suavemente por los hombros, por detrás, la besó levemente en el cuello y en la mejilla, gestos de afecto que había aprendido a aceptar. Ya no se echaba atrás al menor roce de su mano como en los primeros días de su matrimonio. Acostumbrada a su presencia cerca de ella, a veces hasta respondía a su afectuoso abrazo. Pero seguía negándose a entregarle su cuerpo. Con una mezcla de repugnancia y desprecio, había visto muchas veces cómo el semen de Da'ud, con su olor dulzón y empalagoso, le brotaba del pene para perecer junto a ella, sin sentirse aparentemente afectada por la frustración que a él le causaba este hecho. Da'ud, por su parte, se abstenía escrupulosamente de apremiarla, aunque de vez en cuando, mientras estaban sentados por la tarde en el patio de su casa, él aludía a la posibilidad de tener hijos.

–¿Hijos? –respondía ella invariablemente–. ¿Por qué he de sufrir al tenerlos, y padecer después con ellos en un mundo violento e injusto?

–No están condenados *a priori* a una vida de sufrimientos.

–Tampoco tienen el bienestar asegurado. Pero, por favor, Da'ud, si deseas tan fervientemente un heredero, toma otra mujer que te satisfaga físicamente y procree a vuestros hijos. No quiero ser la causa de tu descontento. No te lo mereces.

–Nadie más que tú engendrará a mis hijos –contestaba él invariablemente–; si no ahora, tal vez más adelante, cuando lo desees.

Mirándola ahora, con su esbelto cuello blanco inclinado sobre las brillantes hojas verdes de los seres inanimados que ella alimentaba, se preguntaba a sí mismo cuando llegaría ese momento...

–Me coges por sorpresa –dijo Sari–. No estoy acostumbrada a verte en casa a media mañana.

–Hoy quisiera trabajar aquí yo solo.

–Te dejaré entonces para que te dediques a tus estudios –contestó ella, y se retiró.

Con movimientos rápidos y concentrados Da'ud pesó y midió, trituró y mezcló los cuarenta y dos ingredientes del Gran Antídoto, agotando casi sus reservas de los componentes más difíciles de encontrar, a fin de preparar la exagerada cantidad que el califa le había pedido. Cerca del atardecer, vertió la mezcla en una garrafa cubierta de paja, la tapó firmemente con un corcho y la colocó cuidadosamente en un estante alto. Después, y como precaución, llenó un cacharro con pasta de *bezoar* y lo metió en el bolsillo de la túnica que iba a llevar el día siguiente. Hasta entonces no pudo respirar a gusto. Pero cuando empezó a ordenar su mesa de trabajo, el espectáculo de los recipientes vacíos le causó un profundo malestar. ¿Qué ocurriría si el califa, por un imperioso capricho, pidiera más cantidad del valioso antídoto antes de que él abasteciera de nuevo sus provisiones?

Si hubiera sabido lo que le esperaba, habría deseado que esto fuera su única preocupación...

Las nieblas de la mañana seguían aún arrastrándose sobre el río cuando Da'ud salió por las soñolientas calles de Córdoba a la mañana siguiente. Estaba a punto de entrar en la biblioteca como hacía cada día, cuando una áspera voz le llamó a sus espaldas. Volviéndose bruscamente, se encontró frente a frente con el recaudador de impuestos Abu Bakr, el hombre de la nariz protuberante, ese antiguo cristiano cuyos lazos familiares con la casa real de León todo el mundo conocía. Con actitud altanera y arropado por su voluminosa túnica color escarlata, sus ojos pálidos y muy juntos perforaron los de Da'ud, oscuros y silenciosos como siempre.

–¿Qué te trae al palacio a estas horas tan tempranas? –preguntó manifestando evidentemente su sorpresa.

–Lo mismo te podría preguntar yo a ti –respondió Da'ud.

–El dinero es la primera arma de todo jefe militar. Yo tengo la responsabilidad de recaudarlo y cuanto antes, mejor. Pero tú, sin embargo, no tienes una función tan urgente que cumplir –comentó maliciosamente, guiñando ligeramente los ojos mientras miraba los amplios pliegues de la capa en la que estaba envuelta la esbelta figura de Da'ud.

–Eso no es totalmente cierto –replicó Da'ud con calma–. Puesto que soy uno de los médicos de la corte, tengo la responsabilidad de suministrar ciertos remedios para tratar a los heridos.

–Estos se preparan generalmente en la farmacia del palacio bajo la vigilancia adecuada, y no en la biblioteca o en ningún otro lugar.

–Quiero comprobar el tipo de resina que Galeno recomendaba para el tratamiento de lesiones en los nervios de cuerpos jóvenes y vigorosos.

–¿Y esto? –preguntó fríamente el visir, moviendo un extremo de la capa de Da'ud hasta dejar al descubierto la botella que sostenía escondida debajo de ella.

–Ésta es una nueva poción de drogas que generan calor y que yo mismo he preparado: manzanilla, melisa, lavanda, cilantro y hachís. Es muy probable que esta combinación alivie el dolor de los soldados heridos en la batalla.

–¿Y para esto vienes, a hurtadillas, al palacio, de madrugada, con tu así llamada poción, oculta debajo de tu ropa? Acuérdate de esto, joven investigador. En época de guerra, tu supuesta erudición no te servirá de nada. –Dicho esto, Abu Bakr se dio la vuelta y se dirigió a la entrada principal del palacio.

Los pensamientos de Da'ud se amontonaban unos sobre otros. Tenía sólo unos segundos para escaparse de la red de intrigas que le había atrapado cuando menos se lo esperaba. ¿Qué mejor coartada podían haber concebido los ocultos partidarios de León, en el corazón de la corte del califa? No tenían más que acusarle de introducir ocultamente «drogas sin controlar» en el recinto del palacio para que se levantaran contra él sospechas de regicidio. ¿Sería oportuno informar al califa del incidente para demostrar su inocencia *a priori*? El riesgo era igualmente espeluznante, dada la obsesión de Abderramán por mantener el secreto en que era necesario sepultar todo lo relacionado con el antídoto. Mientras Mustafá le conducía otra vez a través de los laberintos de puertas y pasadizos, Da'ud se dio cuenta de que estaba atrapado, de que le amenazaba un peligro mortal por dondequiera que pasaba. El eunuco estaba ahora deslizándose hacia adelante. Abriendo una pequeña puerta, hizo entrar a Da'ud en el aposento privado del califa. Al cruzar el umbral, Da'ud percibió un trozo de tejido color escarlata, el borde de la túnica de Abu Bakr, que desaparecía por la puerta principal de enfrente. Fue esto lo que le impulsó a actuar.

Entregándole la botella a Abderramán, permaneció erguido ante él y empezó a decir:

–Os pido venia para hablar, ¡oh Príncipe de los Creyentes! Vuestro honorable recaudador de impuestos, Abu Bakr, me detuvo cuando estaba a punto de entrar en la biblioteca hace un instante, y distinguió la botella que llevaba escondida bajo mis vestiduras. Ante su insistente interrogatorio, repliqué que contenía un medicamento que yo mismo había preparado para aliviar el dolor sufrido por los soldados heridos en el campo de batalla. Pareció encontrar mi explicación sumamente sospechosa, y adoptó una actitud que pudiera llamar amenazadora, aunque no puedo decir si ésta era cierta o fingida. Temo que...

–Razón tienes en temer –interrumpió el califa abruptamente–. Arriesgas tu vida al revelar esta flagrante violación de la confidencialidad que te hice jurar.

–Me doy perfecta cuenta de ello, pero no arriesgo menos si los cortesanos que conspiran contra vos, con los nobles de León, me señalan con sus dedos acusadores a fin de desviar las sospechas de sus propias acciones traicioneras.

Abderramán escuchaba con expresión inescrutable. Las maquinaciones de Abu Bakr no eran nada nuevo para él, pero su ejecución perjudicaría a su tesoro más que a sus enemigos; algún otro cristiano converso estaría dispuesto a traicionarlo si el precio fuese adecuado, porque un hombre que traiciona una vez –sea a sus amigos, a su gobernante o a su religión– raramente vacila en traicionar otra vez. Lo que el joven e inquieto erudito que tenía ante él no sabía era que Abu Bakr era bien capaz de suministrarle valiosa información sobre sus enemigos, para demostrar mejor su lealtad. De lo que ni Da'ud ni el propio Abu Bakr se dieron cuenta era de que él hacía uso frecuente de su recaudador de impuestos para suministrar falsa información al enemigo o para incitar a los castellanos contra sus señores en León. Alertado de las intrigas de este musulmán converso, hacía mucho tiempo que había ideado métodos para contrarrestarlas. Sus defensas tenían sólo un punto flaco: su pánico insuperable a la mordedura de una víbora que se había revelado en la batalla de Simancas, pero ahora había superado este pánico gracias a la valiosa botella que tenía entre sus manos. Sin embargo, Abderramán no hizo nada por aliviar los temores de Da'ud. Todo lo contrario.

–El tiempo te revelará la verdad –dijo misteriosamente. Nadie que estuviera a su servicio debía sentirse totalmente seguro...

Con sus facultades agudizadas como el filo de una navaja por obra del peligro que le amenazaba, Da'ud tuvo un destello de intuición, una nueva y atrevida idea que pudiera muy bien salvar la vida del califa, y posiblemente la suya. Sin dudarlo un instante, decidió ponerla en práctica.

–Permitidme, ¡oh Príncipe de los Creyentes!, en mi calidad de médico de la corte, sugeriros el siguiente consejo: si en el curso de la campaña os consideráis particularmente expuesto al peligro de mordeduras de serpiente, tomad un cuarto de un siclo del Gran Antídoto como medida preventiva. –Con el mismo tono mesurado, continuó recordándo al califa el procedimieto acostumbrado a seguir en caso de envenenamiento por mordedura de serpiente–. Si, no lo permitan los cielos, una víbora os ataca, atad una ligadura lo más apretadamente posible encima del lugar de la mordedura para impedir que el veneno se extienda por vuestro cuerpo. Entonces tomad un siclo del Gran Antídoto y aplicad esta pasta de *bezoar* sobre la herida. Si obráis así, nada os pasará. En cuanto a otros tipos de veneno que vuestros enemigos decidan administraros, poned especial cuidado en tomar solamente alimento que haya sido hervido en agua, sin la adición de colorantes y especias o azúcares que disimulen el sabor, olor y aspecto del veneno. Es más, si sospecháis que alguien está planeando envenenaros, haced que él o cualquier otra persona tome una buena porción del alimento que se os está sirviendo y no simplemente un bocado, como se hace a menudo. Como ya sabéis, el Gran Antídoto lo es contra toda clase de veneno, no solamente contra la mordedura de serpiente.

–Tus consejos son muy oportunos, sabio amigo. Mustafá –llamó a su eunuco–, esconded esta botella entre mis efectos personales y custodiadla con vuestra propia vida.

–Yo os sugeriría respetuosamente –insistió Dau'd– que vertierais algo de este líquido en un cierto número de pequeñas ampollas irrompibles, preferiblemente de oro, cada una de ellas con un siclo. Guardad una en vuestra propia persona y las demás las dispersáis entre vuestros efectos personales. De esta manera podéis estar seguro de que, si alguna calamidad le ocurre a una de ellas o a la propia botella en el curso de la campaña, siempre tendréis a vuestra disposición una cantidad en reserva.

–Se hará como aconsejas. Pero vuelve a tus estudios antes de que otros ojos curiosos se fijen en ti.

X

En el aislamiento de las ya bien conocidas estancias de la biblioteca, Da'ud pudo despojarse de la valerosa actitud que había adoptado en presencia del califa. Profundamente preocupado, recorrió a zancadas la habitación y sintió cómo su inquietud iba en aumento conforme ponderaba la exacta significación de su fortuito encuentro con Abu Bakr. Una vez más, su vida estaba en peligro, pero esta vez no tenía poder para defenderse. El poder que poseía sobre su destino había pasado a otras manos, escapado de su control. Frente a cualquier desventura que le ocurriera al califa durante la campaña que se acercaba –y las posibilidades eran infinitas– la culpa se le atribuiría plenamente a él. Solamente en el caso improbable de que la eficacia del Gran Antídoto fuera clara e indiscutiblemente demostrada, él estaría libre de sospecha. Impulsivamente había propuesto el uso profiláctico del antídoto como una precaución adicional, pero era éste un método que no se había intentado ni probado y que, por consiguiente, no garantizaba el éxito. Una vez más, el rostro escondido detrás del honor cortesano le dirigía muecas y miradas lascivas. Si era así, estaba ya dispuesto a renunciar a él.

¡Oh, cómo deseaba ahora recostar su cabeza entre los pechos de Sari, suavemente redondeados, buscando consuelo y seguridad en su amor como un niño asustado busca la seguridad del cálido abrazo de su madre! ¿Durante cuánto tiempo tendría que soportar el pasivo rechazo de su amor, su negativa a concebir a sus hijos? Era como si hubiera estado sometido a una prueba penosa de su capacidad de aguante, pero así como una vez había estado convencido de que la fuerza de su amor provocaría una respuesta, su confianza en ese poder se estaba desvaneciendo. ¿Durante cuánto tiempo tendría que contener su pasión a fin de probar la sinceridad de su devoción por ella? Conforme crecía la tensión en la corte, tensando sus nervios, su paciencia ante la obstinación de Sari empezó a disminuir y con ella la capacidad que la tolerancia de la frustración imponía sobre él. Tal vez debía cambiar su actitud, mostrar menos comprensión, insistir, exigir, hasta tomarla por la fuerza...

La llegada de Nicolás le obligó a recuperar su acostumbrada compostura, pero conforme iba pasando la mañana, su evidente falta de concentración impulsó al monje a preguntarle por su estado de salud.

–Te agradezco tu interés. Estoy bien. Es la condición de mi mujer lo que me causa preocupación.

–¿Serán los problemas de un temprano embarazo? –preguntó Nicolás, con los ojos brillantes y repletos de solicitud.

–Puede ser –contestó Da'ud, con las palabras casi ahogándose en la boca.

Bruscamente, un deseo avasallador de escapar de este mundo angosto y sofocante se apoderó de él, un deseo tremendo de huir, como el pobre difunto ermitaño, a algún lugar solitario donde las mentiras, intrigas, frustraciones y violencia no tuvieran lugar.

Dándose cuenta de su estado, Nicolás puso afectuosamente su mano sobre el antebrazo de su colega.

–Ve y ocúpate de ella. Dioscórides ha dormitado tanto que puede esperar un poco más.

Da'ud se aprovechó del pretexto. Dirigiéndose deprisa hacia su casa, decidió coger a Sari y llevarla con él a caballo a la cabaña del ermitaño y allí, con toda la fuerza de su pasión acumulada, despertar la fuerza vital que debía estar sepultada dentro de ella. Pero en el momento en que entró en la casa, el silencio desacostumbrado que encontró desterró de su mente estas fantasías. Ocurría algo. Y sólo podía ser Sari.

La encontró postrada en su diván, temblando incontrolablemente con una fiebre altísima. A su lado estaba su sirvienta Malka, llorando silenciosamente.

–¿Por qué no me mandaste a buscar enseguida? –preguntó enfadado.

–La fiebre se apoderó de ella de repente, señor, no hace mucho rato. No me atrevía a dejarla. Siente necesidad de orinar cada pocos minutos y tengo que ayudarla a ir al excusado. Cada vez que orina gime del dolor que le produce.

–Está bien –masculló para calmar a la asustada muchacha–. Ahora deja de llorar y ve a buscar los utensilios para sangrar que están en mi despacho –ordenó, mientras levantaba suavemente la mano caliente y flácida de Sari para tomarle el pulso. Pero al sentir que la tocaba se agitó violentamente.

–Quítame de encima tus repugnantes y lascivas manos –gritó en su delirio–. Tú y todos tus viejos compinches, estúpidos y chocheando. ¡Ay! –gimió como si le afligiera entonces un dolor muy agudo, exhalando unos gritos ahogados y levantando las manos como para quitarse de encima un peso imaginario que creía que la estaba aplastando. Da'ud se inclinó de nuevo sobre ella colocando esta vez la palma fresca de la mano sobre el cuello de Sari para calcular su temperatura. En este momento, ella emitió un extraño ruido ahogado y a continuación bramó–: ¡Sacad de mi boca esas cosas horribles y amoratadas que cuelgan de vuestro cuerpo! ¡Marchaos, monstruos pegajosos, salid de entre mis piernas! ¡Ay! –gimió otra vez, poniéndose las manos sobre su sexo–. ¡Salid de mi cuerpo! ¡Fuera!

«¡Dios misericordioso! –susurró Da'ud, echándose en el sofá a su lado–. ¡Así que era eso! Y todo este tiempo ha permanecido en silencio, ocultándolo todo, dejando que le fuera socavando la vida. ¡Pobre niña indefensa, brutalizada por una panda de hombres viejos que andaban buscando una satisfacción perversa que hacía tiempo habían perdido el poder de lograr por otros medios! No era sorprendente que se negara a entregarse a él. Dios Todopoderoso, ¿cómo será posible desagraviarla? ¿Cómo curar su herido espíritu, mitigar el terrible dolor infligido a su cuerpo y a su alma?» La observó muy de cerca durante unos segudos mientras ella daba vueltas y más vueltas en el diván, mascullando palabras que sonaban como juramentos eslovenos mezclados con gritos, ruegos y protestas.

–Dejad de morder... sangre... sangre... ¡ay!, mis pezones... no, por abajo no, no me toques el culo, tú, animal... ¡Salid de mi cuerpo! ¡Fuera, fuera!

La vasija y la lanceta sonaban al chocar una contra otra en las manos temblorosas de Malka al entregárselas a su amo. Éste había decidido sangrar a su mujer inmediatamente para evacuar el exceso de malos humores que le habían causado la infección y la elevada calentura. Satisfecho de que fuera lo suficientemente fuerte para resistir el tratamiento, ligó la parte de la pierna por encima de la rodilla, antes de abrir con la lanceta la vena polítea, manejando el instrumento con tal destreza que Sari apenas sintió el dolor de la incisión. El color de su sangre parecía bastante sano, pero contuvo la hemorragia antes de que la debilitara. Tan hábiles y suaves eran sus manos que ella casi no se dio cuenta de que le estaba vendando la herida.

–Eres muy valiente –le dijo Da'ud sonriendo.

Al fin percibió un destello de agradecimiento en sus ojos azules. Y entonces, con una voz débil, dijo:

–Malka, Malka, ayúdame a ir al excusado.

–Te ayudaré yo –interrumpió Da'ud–. Como médico tuyo, debo examinarte la orina.

Demasiado débil para protestar, Sari le dejó que la incorporara y sujetara mientras se dirigía lentamente por el corredor adonde estaba el excusado, manteniendo sus piernas muy juntas por la sensación abrasadora que sentía entre ellas. Gimiendo, dejó salir unas pocas gotas que Da'ud recogió en un frasco. Con gran alivio suyo, vio que no había sangre en ellas. Una solución refrescante y astringente de *oxymel,* con una alta proporción de vinagre en relación a la miel y una pizca de canela para disolver los humores, y estaría mejor a la mañana siguiente.

No se separó de su lado durante el resto del día, observándola cuidadosamente por si se agravaba su condición, acariciándole la mano, refrescándole la frente febril y llevándole agua a los labios. Hacia el atardecer, como la fiebre volvió a subir, le dio un ligero sedante de semillas de amapola, junto con el *oxymel*. Se trajo al cuarto un colchón y se echó en él, a su lado, para dar unas cabezadas. Al más ligero movimiento de Sari, él se despertaba, comprobaba que la fiebre no había subido, se aseguraba de que ella estuviera cómoda y se volvía a domir, con un sueño ligero e inquieto.

–¿Estás mejor? –le preguntó dulcemente tocándole el cuello y la frente que estaban mucho más frescos ahora.

–Mucho mejor, gracias. Me encuentro como si me pudiera haber muerto.

–No, siendo paciente mía...

–Noté tu presencia junto a mí durante toda la noche.

–Así cuido a los que amo.

–Amor –susurró Sari–. Estar ahí, en vela, tranquilizando. ¿Es eso lo que llamas amor?

–Eso y más.

–Tal vez estoy empezando a comprender.

–Y a darte cuenta de cómo nunca llegaste a experimentarlo.

Sus ojos se mostraron interrogadores, casi atemorizados.

–En tu delirio revelaste un poco de los horrores que sufriste en los años de tu infancia.

–¡Oh, Dios mío! –gimió ella, con las lágrimas cayéndole por sus pálidas mejillas.

–¿Por qué no me lo contaste nunca?

–Porque me daba vergüenza y por un imperativo deseo de olvidar.

–¿Quiénes eran esos hombres?

–Amigos del viejo viudo que me encontró de niña recién nacida cerca de la tumba de su mujer en el cementerio de Praga. Me recogió y me crió, para después reclamar su deuda....

–Calla, calla, querida mía. El resto está ahora claro para mí. No tienes que volver a pensar en ello, ni hablar de ello. Yo también me siento avergonzado de haberte importunado, por poco que lo haya hecho. Te juro que no te volveré a tocar otra vez. Solamente si tú vienes en mi busca, por tu propia voluntad, me acercaré a ti...

Sari cerró los ojos con una expresión de contento como Da'ud no le había visto jamás, arrebolando su translúcido rostro. ¡Qué inmenso sentimiento de alivio debía haber experimentado al confiarse a él! Y ahora que la invisible barrera que se erguía entre ambos había desaparecido, tal vez vendría a él cuando le llegara el momento. Y juntos conseguirían la felicidad que él tanto deseaba.

Este nuevo vínculo de intimidad que había surgido entre Da'ud y su mujer lo mantuvo durante los días y semanas que siguieron a su revelación. Aunque no le contó la naturaleza del peligro que se cernía sobre él, ni le confió el temor que se apoderaba de él cada vez que un mensajero del frente de batalla entraba a galope en el recinto del palacio, ni le describió la perfidia de la sonrisa de Abu Bakr cuando se encontraba con él, ella notaba su estado de tensión, su impaciencia con los criados, su aire distraído, sus silencios meditabundos.

–Estás inquieto y preocupado –le dijo finalmente una víspera del Sabbat cuando volvían, levemente cogidos de la mano, de la comida familiar en casa de Ya'kub–. No te he visto nunca tan enojado con tu padre.

–Sí, lo reconozco, no soy la misma persona estos días. En tiempos de guerra entre dos regiones de un mismo territorio, entre campos opuestos en los que muchos individuos están ligados a sus enemigos por vínculos de sangre, origen y religión, una atmósfera insidiosa de desconfianza se filtra por todos los sectores de la vida en la corte.

–Pero tu trabajo de investigador, ¿no te mantiene inmune a estas intrigas?

–Eso esperaba, pero hasta el conocimiento de los pueblos de la antigüedad que descubro y desvelo se convierte en algo sospechoso en tiempos como éstos. Supónte que descubro un veneno hasta ahora desconocido, ¿quién puede garantizar que no voy a hacer uso de él?

–¿Con qué objeto? A ti no te interesa ponerte de parte de los enemigos del califa.

–No, pero aquellos que lo han hecho pueden desear que así lo parezca.

–Lo comprendo –contestó Sari, apretando la mano de Da'ud con más fuerza, como para tranquilizarle, y entonces, después de un momento de reflexión, añadió–: Pero es posible que no ocurra lo que temes. Y tú disfrutas de la confianza del califa.

–Hasta que alguien se decida a socavarla o debilitarla. El califa raramente pone su absoluta confianza, indefinidamente, en ninguna persona.

–Raras veces, pero no nunca. Según tú lo retratas es un juez perspicaz de la naturaleza humana, lo suficientemente astuto como para distinguir la verdad de la falsedad, la lealtad de la traición. Puesto que tú no tienes nada que reprocharte, nada tienes tampoco que temer.

Tenía razón, por supuesto. Su serena lucidez alivió su obsesión, ayudándole a recuperar el equilibrio que había perdido cuando vio que su destino se escapaba de su propio control al de otras manos sin escrúpulos.

–Hablas con sabiduría y prudencia –respondió, como había oído a su padre decirle con frecuencia a su madre–. El futuro deberá confirmar esa sabiduría y esa prudencia... –Cuando entraron en la casa, la besó afectuosamente en la mejilla antes de separarse, cada uno a su cuarto.

A partir de entonces, cuando regresaba todos los días de la biblioteca, Da'ud sentía la reconfortante presencia de su mujer cerca de él y su interés por él se manifestaba en las más mínimas atenciones: los cojines que apilaba detrás de su espalda cuando Da'ud se reclinaba sobre su sofá, la copa de vino que le escanciaba, calentándola entre las palmas de las manos antes de dársela, las flores recién cortadas que colocaba sobre su mesa. Todo esto lo hacía para aliviar por las tardes la tensión de esos días interminables, la espera de una noticia que anunciara el resultado final de la batalla.

Pero cuando la noticia de la resonante victoria del califa sobre León y Castilla se anunció a toque de clarín por toda Córdoba, esto no bastó para aliviar los temores de Da'ud. Hasta que no vio a Abderramán en persona cabalgar triunfalmente al entrar en el recinto del palacio –resonaban gritos de júbilo, las trompetas retumbaban por el aire y los estandartes, oro y escarlata, ondeaban orgullosamente movidos por la brisa que venía del río– no respiró a gusto. Tan grande era la conmoción por todo el palacio, tan inconmensurable su alivio al ver regresar al califa sano y salvo, que Da'ud sugirió a Nicolás que interrumpieran sus estudios aquel día y se unieran al regocijo general. De hecho, lo que quería era volver enseguida a casa y compartir con Sari su embriagador sentimiento de liberación del terror que le había atormentado, día y noche, desde el principio de la campaña. Estaba a punto de salir de la biblioteca cuando Mustafá entró violentamente.

–Nuestro Ilustre Califa, Glorioso Vencedor y Triunfante Conquistador, requiere la inmediata presencia de Abu Solimán.

Sorprendido por este rápido requerimiento, incierto de si auguraba mal o bien, Da'ud siguió apresuradamente a Mustafá. El eunuco lo condujo, no por pasadizos tortuosos, sino directamente, a través del abarrotado patio del palacio, cruzando el vestíbulo de las ceremonias y de allí hasta el salón de recibir. En el momento en que Da'ud entró, Abderramán despidió con un gesto de la mano a los dignatarios que estaban lisonjeándole. Cuando el último de ellos, consternado por este imperioso despido, había desaparecido, el califa, radiante con la euforia del combate, se adelantó a saludar a Da'ud.

–Te he hecho venir enseguida porque tu participación en esta victoria es mucho mayor de lo que te imaginas –declaró–. Sólo ahora puedo revelarte la verdad. Nunca tuve la menor duda de que mis enemigos tratarían de humillarme explotando la única brecha en mis defensas, es decir, mi terror visceral a la mordedura de la serpiente, de lo cual tú no sabías nada. En la ignominiosa batalla de Simancas, mis médicos fueron testigos de mi flaqueza, fenómeno que hasta entonces desconocían. Fueron ellos quienes traicionaron el secreto, un delito que pagaron con sus vidas.

–¿Os referís a las tres cabezas que me mostrasteis aquel día en Medina Azara?

El califa asintió antes de continuar.

–Como se podía uno imaginar, le pasaron la información a Abu Bakr para que hiciera uso de ella en el momento apropiado. Pero gracias a ti, mi joven y sabio amigo, su complot terminó en la ignominia. La víspera de la batalla decisiva, tomé la mitad de una de las ampollas del Gran Antídoto, como medida profiláctica, exactamente como me aconsejaste y me quedé sumido en un pacífico e ininterrumpido sueño. Hacia la medianoche, Mustafá me despertó, lívido de terror: «¡Una vibora, una víbora!», gritó aterrorizado, pero un segundo demasiado tarde. Ya me había mordido. Sin embargo, no sentí ni pánico ni temor. Perfectamente sereno, tragué una dosis completa del antídoto y Mustafá entonces me vendó con fuerza el brazo, justo encima de la mordedura, sorbió y escupió el veneno y aplicó el ungüento de *bezoar*. Entonces esperé. Esperé la fiebre, esperé el dolor. Pero nada pasó. Absolutamente nada. Una hora, otra, pero seguía sin sentir ningún efecto en absoluto. Así que le di gracias a Alá, le pedí que te bendijera a ti también y me volví a dormir. Aparecí de madrugada, fuerte como un roble, en el campo de batalla, con gran consternación de Ordoño y sus capitanes. En aquel momento crucial perdieron la cabeza. Sus tropas, al ver la confusión en que se hallaban, rompieron filas asustadas al caer sobre ellas nuestras fuerzas, y sufrieron la aplastante derrota que bien merecían, después de la carnicería que infligieron a nuestras tropas en Simancas. Así que te estoy doblemente agradecido, por mi vida y por mi victoria.

–Me haces un gran honor, ¡oh Príncipe de los Creyentes!, pero es un honor que apenas merezco. Fueron los antiguos quienes descubrieron el Gran Antídoto; yo simplemente lo salvé de las arenas del olvido. Lo único de lo que quizá pueda vanagloriarme es de la idea de emplearlo como profiláctico. El hecho de que no experimentaras ninguna reacción puede indicar la eficacia de sus poderes preventivos, porque aunque el Gran Antídoto es un antídoto eficaz, es poco corriente el que la víctima de una mordedura de serpiente no sienta ninguna reacción. Pero un caso aislado no es suficiente para extraer una conclusión general. Lo que es beneficioso para una persona no siempre produce el mismo efecto en otra.

–Si me salvó a mí, eso es prueba suficiente. Pero no se debe divulgar o hacer ni siquiera ahora la menor insinuación del nuevo descubrimiento del Gran Antídoto. Sé –continuó el califa, alzando la mano en ademán autoritario–, sé que tu más preciada ambición es que toda la humanidad se beneficie de este descubrimiento. Comparto tu deseo, pero debes esperar a que yo muera para colmarlo. Mis enemigos no deben enterarse nunca de cómo sus insidiosos designios fueron frustrados, no sea que busquen entonces otros métodos para eliminarme. Si el mundo ha esperado tanto tiempo para que se revelara el antiguo secreto, tendrá que esperar un poco más. Eres todavía joven, con muchos años por delante en que cosechar la fama que te traerá tu descubrimiento. Pero yo estoy empezando a sentir el peso de los años sobre mis hombros y deseo vivir el tiempo que me queda libre del temor que me ha amenazado desde la infancia. Estoy satisfecho de que se me honre póstumamente como el gobernante bajo cuyo patrocinio se descubrió la antigua fórmula. Debes permanecer a mi lado, Abu Solimán. Has tenido mi vida en tus manos y no me has fallado. Ahora te necesito y te necesitaré cada vez más conforme pase el tiempo.

»Pero pasemos ahora a asuntos prácticos. Como esta victoria es tuya también, quiero examinar contigo las condiciones de la rendición de Ordoño. Pedirá la paz dentro de muy poco tiempo y debemos estar preparados para negociar con él, imponer nuestras propias condiciones antes de que tenga tiempo de recuperarse de su derrota. Hemos de decidir cuántas fortalezas tiene que entregarnos y cuáles tienen que ser, decidir también la suma del tributo anual que nos debe pagar y cuánto vamos a pedir por el rescate de los prisioneros que hemos cogido...

–Opino que sería una buena idea el que tratarais a vuestros enemigos españoles con magnanimidad a fin de no incitarlos a buscar la venganza. La paz en vuestras fronteras septentrionales es vital si queréis rechazar los ataques de los fatimíes contra vuestros territorios en el norte de África. Para asegurar esa paz debéis controlar la mayoría de las fortalezas fronterizas.

–Esas sombrías fortalezas bárbaras me interesan menos que el dinero cristiano. Es un dinero que necesito para montar una campaña de gran envergadura contra Al-Mu'izz y sus aliados beréberes en Argelia, así como para reducir mi dependencia de Abu Bakr. Piensa en ello y hablaremos otra vez mañana. Ahora debo retirarme a Medina Azara, donde me espera mi pequeña Zahra, el *repos du guerrier,* amigo mío. ¡Oh!, me parece que se me ha olvidado informarte de que se sintió arrebatada por mis renovadas proezas, debidas en gran parte a tus recetas médicas.

Da'ud también habría deseado refugiarse en Sari y disfrutar del *repos du guerrier,* pero a pesar de la nueva intimidad que había surgido entre ellos y de la sutil sensibilidad que ella revelaba en anticipar sus deseos y responder a sus cambios de humor, tenía pocas esperanzas de que se lo concediera...

XI

–¡Borrad esas despreciables muecas de vuestros cretinos e insolentes rostros! –bramó Toda de Navarra al grupo de nobles, escuderos y sirvientes que la esperaban con desgana en el patio de la fortaleza de Navarra para acompañarla en una de sus salvajes correrías a caballo con que tenía la costumbre de desahogarse, cuando una cólera incontrolable la dominaba–. No toleraré esta flagrante falta de respeto hacia mi amado nieto Sancho, legítimo soberano de León y Castilla. Puede que esté temporalmente depuesto, pero juro por la memoria de su pobre padre muerto, Ramiro II, y de su pobre hermanastro también difunto, Ordoño III, y sobre las cabezas de mis hijos García, rey de Navarra, y su hermana Teresa, madre de Sancho, que lo volveré a reinstaurar en el trono de León, por muy grande que sea el precio para mí y para mi hijo el rey de Navarra.

Mientras así hablaba, los escuderos sostenían la espuela para que Sancho subiera al caballo por cuarta vez consecutiva. Una vez más intentó encaramarse sobre la montura, con el rostro de color escarlata por el esfuerzo, pero le faltaba fuerza en sus flácidos músculos para alzar el peso muerto de su obesidad. Vencido, resbaló hasta caer en el suelo y una vez allí se puso de pie, indefenso, junto a su dócil y sufrido caballo, con las piernas, a partir de las rodillas despatarradas hacia afuera, las manos flácidas colgándole a ambos lados del cuerpo y una expresión perpleja en su cara fofa. Un espectáculo patético.

–Moved el culo –bramó Toda a los escuderos–. Si él no puede subirse sólo a la montura, entonces, por la sangre de Dios, hacedlo vosotros por él, panda de bribones incompetentes. ¡Levantadle por las buenas y sentadle en ella! En cuanto a vosotros –chilló dirigiéndose a los centinelas que se estaban riendo de su nieto por los huecos de la torre del homenaje–. ¡Que no os coja una sola vez más mofándoos de Su Majestad, porque haré que os empalen en la estaca de hierro más cercana!

Tan pronto como Sancho estuvo instalado sobre la montura, con más o menos seguridad, hizo una señal con su dedo índice regordete al maestro de los aprovisionamientos.

–La empanada de carne de caza –ordenó.

Aquél salió corriendo a cumplir las órdenes de su amo y el sirviente rebuscó por entre la docena de cestas cargadas ya en las mulas que iban a salir con el grupo. Finalmente encontró lo que buscaba, una suculenta empanada de dorada superficie y un diámetro de más de la palma de una mano extendida. Con una inclinación respetuosa se la entregó al patético rey sin corona. El resto del grupo esperaba pacientemente acomodado en sus monturas y con sus fogosos caballos piafando sobre las losas resbaladizas, hasta que Su Majestad consumiera el último bocado de la empanada. Sólo entonces se atrevieron a moverse.

Toda galopó furiosamente por delante de su escolta y su burda capa de lana de color gris ondeaba al aire a sus espaldas. Durante horas siguió el curso del río Arga, que zigzagueaba entre los verdes pastos de su valle inferior, estrechándose después, conforme subía de manera regular a través de los susurrantes bosques de hayas de las estribaciones de los Pirineos, hacia su lugar de nacimiento, en las montañas. Como si estuviera poseída por algún espíritu misterioso, galopó a través del bosque hasta que, desde cierta distancia, llegó a sus oídos un grito lastimero. Disminuyendo el paso, escudriñó los bosques con gran atención y vio un claro donde podía detenerse el grupo. Uno por uno se unieron a ella sus cortesanos; Sancho fue el último en llegar. Visiblemente exhausto, exhaló un grito ahogado y después, medio perdió el equilibrio, medio cayó rodando del caballo y se quedó tumbado en la tierra, inmóvil, mirando sin expresión al cielo.

Toda se apresuró a arrodillarse a su lado y todo su ser experimentó una metamorfosis ante los ojos de su séquito.

La capitana agresiva, dominante y voluntariosa, cuya obstinada mirada hacía temblar a todos, no era ahora distinta de todas las abuelas que habían conocido, cálida, afectuosa e indulgente hasta un extremo increíble.

–Sancho, Sancho, corazón –susurró, mientras le acariciaba la frente–. Háblame, dime algo. Soy yo, tu abuela.

Pero el gobernante que había perdido su trono no se daba cuenta de su presencia. Los nobles de Navarra, alarmados a la vista del cuerpo voluminoso de Sancho yaciendo inerte en el suelo, con los ojos vidriosos como si su mente estuviera ausente, se retiraron a una discreta distancia. Habían oído rumores de los «ataques» o «ausencias», como Toda insistía en que se los llamara, pero por el hecho de que la naturaleza de éstos fuera inexplicable, los hombres los temían instintivamente. Sólo Toda tenía el valor de permanecer junto a su nieto.

–Sancho, corazón mío, alma mía, soy Toda, tu abuela –repetía una y otra vez–. ¿Me oyes, me ves, me reconoces?

Pero Sancho siguió sin dar señales de reconocimiento. Yacía inmóvil, una montaña de carne humana, con la mirada fija en la nada. Aunque Toda trataba de ocultar sus sentimientos, cada instante que sus cortesanos lo veían así era para ella una intolerable ignominia. Pero en el fondo no estaba realmente preocupada, sabía por experiencia que los periódicos ataques que sufría Sancho de lo que los franceses llamaban *le petit mal* no duraban más que unos pocos y angustiosos minutos.

En sus incansables esfuerzos para curarle había consultado a todos los médicos de conocida reputación a ambos lados de los Pirineos; «para lo que pudiera servir aquella panda de ignorantes», pensaba. Le aseguraron que su condición no tenía por qué empeorar, aunque naturalmente podía hacerlo, añadieron temerosamente, inquietos por su inmerecida reputación profesional. Si Dios lo disponía, añadieron piadosamente, tal vez desapareciera un buen día tan misteriosamente como había venido. Si no hubiera sido porque Sancho, el hijo segundo de Ramiro y Teresa, la hija de Toda, se convirtió en el heredero al trono de León a la muerte prematura de su hermanastro, Ordoño III, que reinó tan brevemente, su enfermedad no se habría convertido en un asunto de vital importancia política. Pero, siendo las cosas como eran, servía de arma letal en las manos del usurpador, Ordoño IV, miembro de la casa real de León y aliado de Fernán González, el rebelde príncipe de Castilla. ¿Había argumento más convincente de que Sancho no era capaz de gobernar que el espectáculo de ese inmenso bulto de carne postrado en el suelo, ajeno a todo lo que ocurría a su alrededor?

–¡No os quedéis ahí plantados y boquiabiertos, mirando a mi nieto, como una panda de idiotas congénitos! –gritó Toda a su escolta–. Idos a estirar las piernas al bosque y tú, encargado de las viandas, prepara una colación. Tan pronto como Sancho reviva, participaremos todos de ella.

Los soldados se dispersaron con desgana, hablando de todo lo que no fuera la enfermedad de Sancho, por miedo a que Toda los oyera. Cuando volvieron, Sancho se había recuperado y volvía a ser el mismo, aparentemente no afectado por su escapada a las regiones del olvido. Con su acostumbrada bulimia, estaba devorando pichón asado y anguila ahumada, pechuga de pato, empanadillas de buey y jamón curado, en cantidades tan enormes que hasta los hombres con más sólido apetito le miraban asombrados. Una vez hubo empapado la carne con un par de jarras de cerveza, pasó a atiborrarse de una variedad de dulces desconocidos en el norte cristiano. Los había preparado especialmente para él el repostero del califa que había sido capturado en la batalla de Simancas y forzado a formar parte del servicio de su padre. Tan profunda había sido la aflicción de Sancho al tenerlo que dejar atrás cuando fue arrojado del palacio que su abuela, que lo adoraba, redimió al moro y lo anexionó al séquito de Sancho. Saciado al fin, Sancho se tumbó, cerró los ojos y cayó en un sueño profundo, con una expresión de sublime beatitud en su rostro abotargado y su cuerpo, con forma de barril, tan apretadamente distendido que los cortesanos no pudieron contener una risita.

–¡Brutos insensibles, que os creéis y llamáis nobles! –Toda les insultó–. Son vuestras espadas y no vuestras burlas lo que necesito para que me ayudéis a restaurar el honor de la familia. Os quedáis ahí plantados como un montón de impotentes, con muecas burlonas y desdeñosas en vuestros rostros, mientras que el insidioso castellano Fernán González conspira con el usurpador para privar a mi nieto de su derecho legal a reinar en León. Me niego a tolerar esta situación un minuto más.

Al oír estas palabras y sentir mancillado el honor de sus soldados, Rodrigo de Estella, general en jefe de las escasas fuerzas del diminuto principado de Navarra, no pudo contenerse y dijo en el acto:

–Con todos los respetos a Vuestra Majestad, hubo sobrada razón para destronar a vuestro nieto. Su decisión arbitraria, por no llamarla precipitada, de no pagar el tributo anual debido al califa conforme a las condiciones del pacto negociado originalmente por su emisario Da'ud ibn Yatom, ha expuesto el antiguo reino de vuestro nieto al peligro de renovados ataques por parte de las hordas musulmanas. Pero León no es capaz de rechazar tales ataques, debilitadas como lo están sus fuerzas por los constantes problemas que tiene que afrontar procedentes de su rebelde vasallo, el principado de Castilla.

–¡Tonterías! –gritó Toda, desestimando el razonamiento del comandante de las fuerzas–. Abderramán está demasiado ocupado con los fatimíes en Argelia como para preocuparse de nosotros.

–Los soldados del usurpador no pensarán lo mismo. Afirman que el califa siempre mantiene una guarnición en reserva, dispuesta a atacar León en cualquier momento. Algunos de ellos llegan hasta a preguntar si Sancho estaba en su juicio cuando le provocó tan flagrantemente, pero hasta los elementos más moderados dudan en confiar el destino de León a un joven rey cuyo estado de salud, tanto físico como mental... –el guerrero de tez rugosa dudó un segundo antes de pronunciar la obvia verdad– le impiden dirigirlo.

–Sí, está bien –masculló Toda de mala gana, apretándose con una arrogancia masculina el pesado cinturón de plata que le sujetaba la capa–. Ven –dijo, apartando a Rodrigo del inepto grupo de nobles–, vamos a dar un corto paseo y hablar del asunto de hombre a hombre. –Dando grandes zancadas, conforme a su estilo resuelto y varonil, debajo de las esbeltas hayas, Toda inició el tema con objetiva lucidez–: Así que, don Rodrigo, tenemos dos problemas con que enfrentarnos: primero, a Sancho hay que restablecerle la salud para que pueda ganar la confianza y lealtad de sus súbditos; segundo, debemos reunir una fuerza militar lo suficientemente fuerte para someter al usurpador y a los rebeldes castellanos, hacerles postrarse de rodillas ante nosotros, y defender a Sancho en su subida al trono a que tiene derecho. ¿Qué sugerencias se os ocurren para solucionar estos dilemas?

–No las soluciones que a mí me gustarían, señora.

–Explicaos, don Rodrigo. No estoy acostumbrada a oíros hablar en clave. Como hombre de armas, sois generalmente más explícito.

–Está bien, Majestad. Como vos misma os daréis cuenta, no hay un médico en todas las tierras cristianas capaz de curar a Sancho.

–Continuad –interrumpió Toda con impaciencia, enojada ante la repetición de un hecho tan obvio.

–Los grandes médicos de nuestros tiempos han sido congregados por la tolerancia y generosidad de los gobernantes Omeyas en su opulenta corte de Córdoba. Es ahí donde se puede encontrar el mejor tratamiento médico.

–¿Estáis sugiriendo que trate de ganarme el favor de mi encarnizado enemigo, el califa musulmán?

– Hablando sin rodeos, Vuestra Majestad, sí, eso es exactamente lo que estoy proponiendo. Vos dijisteis convincentemente hace un rato que estáis decidida a reinstaurar en el trono que por derecho le corresponde a vuestro nieto Sancho, cueste lo que cueste. Parte del precio que tenéis que pagar es pedirles a los médicos del califa que curen al joven Sancho.

–¿Y ponerlo a merced de mis enemigos? Don Rodrigo, ¿habéis perdido el juicio?

–No, señora. Todo lo contrario. He examinado la situación desde todos los ángulos desde el momento en que Sancho fue destronado. En mi opinión, no hay otra solución, por desagradable que ésta os parezca.

–¡De ninguna manera! ¡Nunca acudiré a Abderramán!

–Con todos mis respetos, señora, los propios súbditos de Sancho no son una amenaza menor para él que el califa. Después de todo, los musulmanes piden sólo tributos, mientras que los rebeldes exigen el trono.

Enfrentada con esta lógica implacable, Toda se quedó en silencio. Domeñada, se dio la vuelta bruscamente y volvió al espacio abierto en el campo. Ella misma despertó a Sancho y después, saltando sobre su silla de montar con una agilidad inesperada dado su tamaño, gritó sus órdenes:

–A Pamplona y ayudad a Su Majestad a que se acomode en su montura. –A Rodrigo, que cabalgaba a su lado, le dijo–: Lo pensaré –y a continuación espoleó a su caballo hasta ponerlo a un galope frenético, camino de la seguridad de su sombría fortaleza gris.

–¿Qué piensas de esto? –le preguntó Abderramán a Da'ud, enseñándole el mensaje que había recibido de Toda, la reina viuda de Navarra y verdadero poder detrás del trono de su hijo García.

–Una petición inusitada –replicó Da'ud cautelosamente.

–Efectivamente lo es, procediendo como procede de ese viejo y formidable caballo de batalla que es la reina madre Toda de Navarra, pero también una oportunidad inesperada de profundizar mi influencia en el norte. El *petit mal*... –masculló al sentarse con las piernas cruzadas sobre sus dorados cojines, con los brazos cruzados en ademán de suficiencia sobre su regazo, y fijó su mirada penetrante en la de su erudito médico.

–Como en todas las enfermedades, depende mucho de la severidad del caso concreto y de la condición general del paciente. Existen, por supuesto, ciertos remedios, pero su efecto varía de una persona a otra. A menos que pueda ver en persona a Sancho, no quisiera aventurar ninguna opinión.

–Su obesidad es bien conocida de todos. Por lo que me cuentan, es el hazmerreír de toda la nobleza cristiana del norte de España.

–Eso puede complicar su condición aún más y prolongar el tratamiento.

–No me agrada la idea de que te ausentes de Córdoba por un período indefinido de tiempo. Tu lealtad y sensato consejo se han convertido en algo indispensable para la paz de mi espíritu.

–Me cuesta trabajo imaginarme que Toda acceda a que Sancho permanezca en las manos del «enemigo» durante mucho tiempo, si es que le deja venir.

–Debes convencerla de nuestra buena fe.

–No estoy seguro de que basten las palabras. Reflexionemos un momento sobre esta situación sin precedentes. De por sí, el *petit mal* no es una enfermedad lo suficientemente severa para impulsar a una mujer del calibre de Toda a dirigirse a su archienemigo en busca de un remedio. Su suprema ambición al curar a Sancho es para hacerle físicamente capaz de gobernar León, pero para restaurarle en el trono, necesita una fuerza militar que a Navarra le falta. Si accedierais en principio a garantizarle cierto grado de ayuda militar, podríais sin duda alguna estar seguros de la absoluta dependencia de León, una vez que Sancho recupere el trono. Si yo tuviera vuestra autoridad para dar a entender que podéis conceder tal ayuda, no me sería difícil convencerla de que permitiera a Sancho regresar conmigo a Córdoba.

–Razonas bien, como siempre, pero has dado al asunto un cariz totalmente distinto. Si se trata de ayuda militar, soy yo quien debe entrevistarse con mi «aliado» personalmente y discutir en el más minucioso detalle las condiciones de tal colaboración. Y más importante aún, como ella es el poder tras la persona del joven Sancho, el futuro rey de León, es preciso poner bien claro la sumisión de Toda a mi poder.

–Es una mujer orgullosa y temible.

–Cuento con tus poderes de persuasión para convencerla de que acompañe a su nieto enfermo a nuestra corte.

XII

Aunque el tiempo era bastante bueno a principios de la primavera de 958, Da'ud se levantó rígido y frío del duro camastro en el que había pasado la noche. La humedad que empapaba las duras piedras grises del castillo de Pamplona se le había metido en los huesos, una humedad desconocida en su templada Córdoba. Sin nada más que un cántaro de agua con que lavarse, lo hizo superficialmente y después se puso su sobria vestidura y el medallón de oro incrustado de joyas que Abderramán insistió en que llevara en tales ocasiones: «Para impresionar a mis enemigos cristianos con la riqueza y el poder del califa de quien sois emisario».

Frío todavía, Da'ud se estremeció ligeramente al entrar en el lúgubre vestíbulo central de la fortaleza, con la única decoración de una desnuda cruz de madera colgada de la pared, encima de la vacía chimenea. Le pusieron delante un parco desayuno de pan moreno y leche de cabra y se le dijo bruscamente que esperara. Conforme pasaba el tiempo, iba creciendo la irritación de Da'ud; estaba acostumbrado a que se le tratara con más cortesía. Estaba pensando en dar un paseo alrededor de las almenas al fresco y vigorizante sol de la mañana, cuando oyó unas rotundas pisadas en la escalera de caracol que llevaba al vestíbulo. Un momento después apareció Toda, acercándose a él con sus andares de hombre.

–Nos encontramos al fin, maestro Da'ud –declaró, evaluándole sin disimulo, mientras se ajustaba la capa dentro de su gran cinturón de plata–. ¿De manera que fuiste tú quien arrancó ese escandaloso tributo del hermanastro de Sancho, el difunto y llorado Ordoño III?

–Ciertamente, señora. Pero le dejé sus fortalezas.

–Mínima compensación –dijo burlonamente Toda. Echándose al coleto de un trago la jarra de cerveza que le trajo un sirviente, pasó a hablar de lo que le interesaba sin más preámbulos y sin ninguna de las fórmulas de cortesía utilizadas en la conversación árabe–. Si eres tan hábil médico como diplomático, mi nieto Sancho estará pronto curado. Pero te advierto que he consultado ya a todos los médicos dignos de tal nombre en toda la cristiandad, así que, si no puedes dar con un tratamiento desconocido para ellos, más vale que lo digas ahora y regreses con tus musulmanes a Córdoba.

Aunque había esperado algo semejante de la formidable Toda, a Da'ud le horrorizó la rudeza de sus modales, pero se controló, como de costumbre, y replicó en un tono sereno y mesurado.

–Hasta que haya visto a Su Majestad no podré juzgar el tratamiento que necesita.

–He informado ya a tu soberano de que sufre lo que se llama *petit mal*.

–Eso no es suficiente información, señora. Un paciente es la persona entera y no la víctima de una única enfermedad.

–¿Ordeno que preparen la vasija para que se le saque la sangre?

–Eso no será necesario.

–¿Quieres decir que no le vas a sangrar? Todos los demás lo hicieron.

–Pero ninguno de ellos logró curarle –replicó Da'ud con sequedad, empezando a perder la paciencia con la prepotente reina.

–Sancho no tardará en venir. Está acostumbrado a dormir hasta tarde.

–¿Está su madre aquí en el castillo?

–¿Teresa? No. Está en las montañas donde le corresponde, dedicada a vigilar el ganado de la familia. Es para lo único que sirve, criatura estúpida y sin carácter. Incapaz de asistir a una batalla, carente de la menor capacidad para la intriga.

–Pero ¿está sana?

–Como un caballo de batalla, como su madre.

–¿Y vuestro hijo, el rey García de Navarra?

–El mismo temple, las mismas agallas. Está de caza. No volverá hasta dentro de unos días.

–¿Así que a vos, señora, se os deja para que os hagáis cargo de todo, por así decir?

–No hay nada sorprendente en eso. Lo he hecho desde muy joven y con gran éxito. ¡Juan! –gritó súbitamente con un rugido–, vete a despertar a Su Majestad el rey Sancho y dile que se reúna con nosotros enseguida. Después da órdenes al jefe de las provisiones de que le sirva aquí el desayuno.

Sancho estaba todavía frotándose los ojos de sueño, unos ojos como dos rajitas hundidas en las bolsas de sus mejillas, sorprendentemente enrojecidas, cuando entró arrastrando los pies en la estancia. Haciendo caso omiso de la presencia de Da'ud, se fue directamente a la mesa supletoria sobre la que se había desplegado una enorme cantidad de alimentos. Empezó con su manjar favorito, una enorme empanada de carne, continuó con patas de pollo, huevos y empanadillas de paté, después mucho pan y queso y media docena de buñuelos que rebosaban de aceite y miel. Agarrando una jarra de cerveza con el puño gordinflón, se acercó lentamente, arrastrando los pies, hacia el médico, con una estúpida mueca de satisfacción en su rostro semejante a una luna llena.

Da'ud se inclinó levemente ante Su Majestad el rey Sancho, depuesto gobernante de León, pero su gesto de sumisión se encontró con una expresión de hosca animosidad. Impaciente pero sereno, Da'ud se dio cuenta de que debía hacerse amo de la situación.

–Señor –empezó con estricta formalidad–, he venido al Reino de Navarra a petición de vuestra abuela, cuyo deseo es que os ayude, en todo lo que sea posible, a que recuperéis vuestra salud. Con todos los respetos, señor, os pido que disociéis el papel que voy a desempeñar ahora de la función que llevé a cabo en nombre de mi soberano durante las negociaciones entre él y vuestro hermanastro, el difunto Ordoño III. Hoy me presento humildemente ante vos en mi calidad de médico de la corte de Abderramán III, con el único interés de curaros de la enfermedad que os aflige.

–¿Y qué queréis tú o el califa, o ambos, sacar de mí a cambio de vuestros servicios?

–Vayamos paso a paso, señor. Hasta que no haya efectuado una cura, no hay por qué hablar de compensación. Si lo logro, y cuando lo logre, examinaremos la situación a la luz de las circunstancias que sean aplicables entonces.

Apaciguada por los modales refinados y cortesanos de Da'ud, Toda asintió, manifestando silenciosamente su aprobación.

Da'ud se dirigió entonces a ella directamente y le dijo:

–Señora, he de pediros que me dejéis solo con Su Majestad.

–¿Solo?

–Sí, señora. Prefiero hablar confidencialmente con mis pacientes.

–¡Qué descaro tan ofensivo! Conozco al muchacho mejor de lo que él se conoce a sí mismo.

–Tal vez sea así, pero no obstante he de insistir.

–¡Tu arrogancia es intolerable, jovencito! Me niego a dejar a mi nieto solo y sin protección. ¿Qué pasa si le ocurre algo?

Al oír esto Da'ud se puso rígido y con helada dignidad le hizo frente a Toda.

–Señora, o ponéis vuestra confianza en mí o no la ponéis. Como lo segundo parece ser lo más probable, no me queda otra opción que regresar a Córdoba inmediatamente. Haced el favor de dar órdenes a vuestos escuderos de que ensillen mi caballo.

–Eso no va a ser necesario –interrumpió Toda. Dándose bruscamente la vuelta salió de la sala sin decir una palabra más.

–Vamos a ver, Vuestra Majestad –dijo Da'ud, volviéndose afablemente hacia su real paciente–. ¿Nos damos un paseo juntos por las almenas para disfrutar de la luz del sol de esta bella primavera?

–A mí no me gusta andar.

–¿Qué es lo que os gusta?

–Comer, dormir y contar el dinero en mis arcas.

–¿Cuántos años tenéis?

–Diecisiete.

–Aparte del *petit mal*, ¿padecéis alguna otra enfermedad?

–No.

–¿Dolores de estómago, un poco de flatulencia de vez en cuando?

–Algunas veces.

–¿Con qué frecuencia os aflige el *petit mal*?

–No he prestado particular atención a este fenómeno.

–¿Duran mucho los ataques?

–Pregúntaselo a mi abuela.

–¿Has conocido mujer?

–No.

–¿Sientes deseo de hacerlo?

–No he sentido tal necesidad.

–Comprendo. Indudablemente, los otros médicos que habéis consultado os han explicado que muchas enfermedades, la vuestra entre ellas, están causadas por un desequilibrio en las cualidades de los humores y que es la misión del médico el restablecer ese equilibrio. El *petit mal* surge cuando los humores están fríos, espesos y húmedos. Por consiguiente, un clima cálido y seco, junto con alimentos suaves y ligeros, y drogas que producen efectos de calor y sequedad, son beneficiosos para aquellos que sufren esta dolencia.

–¿A qué alimentos secos y cálidos te refieres?

–Nueces, higos, almendras, jengibre, y una abundancia de hierbas y verduras.

–Odio las verduras.

–No las odiaréis cuando el propio cocinero del califa os las prepare.

–¿Es que vamos hacer venir a Pamplona al cocinero del califa?

–No, señor, vos vais a venir conmigo a Córdoba.

–¡Por Jesucristo y los doce apóstoles, mi abuela tenía razón! Eres el más descarado e insolente de todos los médicos que hemos sido tan insensatos en consultar. ¿Cómo puedes tener la temeridad de sugerir que me entregue a las garras de Abderramán?

–Señor, permitidme que me explique. Sois aún un hombre joven y tenéis una excelente probabilidad de curaros por completo, si se os cuida ahora de la manera adecuada. La cura que sugiero supone, en primer y más importante lugar, un cambio de clima y en segundo, un régimen diario que yo personalmente determinaré. Si observáis estas dos condiciones, vuestra salud volverá gradualmente a la normalidad. Córdoba disfruta de un clima idealmente adecuado para la condición que os aflige y es allí, en la gran farmacia del califa, donde las drogas que requiero para vuestro tratamiento están disponibles.

–Pero lo que no has mencionado es que tu prescripción facultativa me convierte en un rehén real en la corte de mi mortal enemigo.

–Todo lo contrario, señor. Hoy en día vuestros mortales enemigos son Ordoño IV y su aliado castellano, el rebelde Fernán González. Son ellos y no Abderramán, los que os han usurpado el trono. Como rey, pronto aprenderéis que los enemigos de ayer pueden ser los amigos de mañana, si compartís con ellos un interés común, por transitorio que sea. El califa tiene un poderoso interés en restableceros a vuestro legítimo trono. Como sabio gobernante, debéis explotar esa situación en ventaja propia.

–¿Y convertirme en una marioneta en las manos de mi protector musulmán?

–Perdéis de vista un hecho vital, señor. Aunque el califa demandó tributo de vuestro reino, nunca reclamó soberanía sobre él. Como tampoco ha tratado de convertir a vuestros súbditos a la fe musulmana, ni colonizar vuestros territorios con colonos árabes o beréberes. Tal y como están las cosas hoy, él es el único gobernante que estaría tal vez dispuesto a ayudaros en el campo de las armas con el fin de promover vuestra causa. Inclinaos con el viento, señor. Poneos bien y aceptad hoy la ayuda del califa. Mañana, como rey, seréis libre para actuar como os parezca conveniente. Las circunstancias cambian, las alianzas fluctúan, los príncipes viven y los califas mueren. Aprovechaos de vuestra oportunidad y esperad los acontecimientos.

»Id ahora y pedidle consejo a vuestra abuela e informadla de que, si quiere acompañaros, será bien recibida en Córdoba. De hecho, su presencia allí hará posible el planear con más facilidad la campaña contra el usurpador. Tened la bondad de comunicarme vuestra decisión esta noche a más tardar. Si mi proposición os agrada, nos pondremos en camino hacia Córdoba tan pronto como estéis listo. Si no, regresaré a al-Andalus mañana de madrugada. Mientras tanto, os estaré profundamente agradecido si dais órdenes a uno de vuestros encargados de los caballos de que me prepare el mío. Siento grandes deseos de cabalgar a través de vuestros bellos bosques de hayas bajo la veteada luz del sol que se filtra por sus delicadas y susurrantes hojas.

–Haces que una cosa tan banal como un paseo a caballo suene a algo tan poético...

–La poesía es uno de los ornatos de una vida civilizada.

–¿Y por qué andar cuando puedes cabalgar?

–El ejercicio diario es esencial para mi salud y mi bienestar.

–Siento decir que tendrás que esperar un poco a que el maestro de las provisiones te prepare algunas.

–No es necesario. Una comida al día es suficiente para mí.

–No es sorprendente que estés tan flaco –comentó Sancho burlonamente.

–Flaco pero con buena salud. Alabado sea Dios.

Mientras cabalgaba a lo largo del río Arga, revuelto ahora con las nieves que se derretían conforme iban cayendo de las cimas de los Pirineos, que enmarcaban la escena como un telón de fondo, Da'ud se estaba imaginando la escena que estarían representando ahora mismo Sancho y su formidable abuela: Toda, furiosa y despotricando, desahogando su cólera provocada por el hecho de tener que depender de su enemigo, deliberando con sus asustados cortesanos, cuyo consejo había rechazado y, después, entregándose a una silenciosa resignación ante el espectáculo de Sancho, devorando su pantagruélica comida del mediodía y sumiéndose después en un profundo sueño. En su opinión, el intenso examen de conciencia a que se le había sometido hoy terminaría en una de estas dos maneras: o bien Toda, una mujer pragamática en el fondo, a pesar de sus bravuconerías, accedería a su proposición; o Sancho, ardiendo en deseos de vengar la injusticia que se había cometido contra su patética persona, se daría cuenta finalmente de la lógica del razonamiento de Da'ud, haría valer su prerrogativa real y le aceptaría por sí mismo. Como quiera que fuese, no había la menor duda del feliz resultado de su misión.

¡Qué extraño, reflexionó al bajarse del caballo y caminar por el bosque, bañado ahora en los suaves tonos verdes de la primavera, qué extraño cómo su ambición de juventud de entregarse al estudio de la medicina se había desviado hacia un sendero donde sus conocimientos e incluso él mismo se habían puesto al servicio de fines políticos! ¡Qué lejos se hallaba del ermitaño en su lecho de muerte, el viejo celador con sus articulaciones doloridas y los otros pacientes anónimos que había tratado en lo que ahora parecía un pasado distante! Sin embargo, no le desagradaba el curso que había tomado su vida. Estaba colmado de honores y riqueza, y con tal de que no traicionara la confianza que el califa había puesto en él, su posición seguiría siendo segura, a pesar del resentimiento de los imanes ante los vínculos que le ligaban, judío y *dhimmi*, a su soberano musulmán.

Sólo un aspecto de su vida estaba envuelto en tinieblas, el único dominio en el que las cualidades que le habían traído grandeza –su perspicacia y erudición, su sabiduría y comprensión y sus notables poderes de persuasión– le habían fallado por completo. Habían pasado ocho años desde que se casó con Sari, y ésta seguía esquivándole. Al principio su negativa a admitirlo en su lecho no había logrado más que encender aún más su deseo, fortalecer su decisión de conseguir lo inalcanzable, espoleándole a buscar todos los medios posibles de hacerla superar su aversión física hacia él. Pero sus esfuerzos habían resultado infructuosos y, al tiempo que su frustración y la conciencia de su fracaso crecían, también aumentaba su desesperación por no llegar jamás a crear la apasionada relación con Sari que deseaba tan profundamente. ¿Y la importante cuestión de un heredero de la noble tradición que estaba fundando? ¿Iba a ser sepultado con él el caudal de conocimiento, experiencia, honor y distinción que estaba acumulando gradualmente? Había llegado el momento de pensar en conservarlo. A su regreso a Córdoba con su real paciente, iba a hacer que Sari afrontara sus responsabilidades fundamentales...

–Hemos de impresionarlos y humillarlos.

–Más bien impresionarlos y honrarlos.

–¿Honrar a esa sargentona y a la ridícula figura del futuro rey?

–Sí, y mostrar vuestra magnanimidad, ¡oh Príncipe de los Creyentes! Toda es una mujer poderosa y decidida, la futura gobernadora, *de facto*, de León y Castilla, además de su poder sobre Navarra. Pero es también incisiva y eminentemente práctica. No sacaréis nada en limpio inflamando su resentimiento e incitándola a la venganza. Es ya humillante para ella el verse forzada a acudir a vuestra ayuda y sería innecesario e inútil hacerla morder el polvo. Una recepción real en Medina Azara al impresionante estilo de los Omeya, algo más brillante y exquisito de lo que ella ha visto jamás, demostrará vuestro poder más convincentemente que todos los insultos destinados a humillarla. Una guardia de honor con estandartes de seda escoltará el paso de la comitiva a través de los espaciosos patios y gráciles pórticos del alcázar, hasta el gran salón de recibir, donde Vuestra Majestad y vuestros visires estaréis esperándolos; os daréis un paseo con Toda y su nieto por entre los árboles y fuentes del jardín y les ofreceré vino y suculentos manjares; habrá por supuesto los consabidos regalos de vestiduras honoríficas y nobles caballos de raza, completos con enjoyados arneses. Si tratáis a Toda así, con elegancia principesca y generosidad real, inspiraréis en ella gratitud y admiración, y de esa manera, una mayor inclinación a acceder a vuestras demandas.

Abderramán jugueteó con su enorme anillo de esmeraldas, dándole vueltas a uno y otro lado hasta que sus facetas refractaron la luz, al mismo tiempo que daba vueltas en su mente a las palabras de Da'ud.

–Pero estás empezando la casa por el tejado, mi sabio amigo. Lo que a mí me interesa es la curación. Todo depende de ella. ¿Crees que puedes conseguirla?

–Mucho más fácilmente que Vuestra Majestad o que ellos os imagináis. En la gente joven el *petit mal* desaparece generalmente cuando llega la pubertad, que es cuando se secan sus humores. Sancho ha madurado tarde y no ha conocido mujer.

–¡Qué cosa más extraordinaria! –murmuró Abderramán, incapaz de concebir un príncipe que fuera aún «virgen» a la edad de diecisiete años.

–Ésta es la situación que trato de remediar. Además, introduciré gradualmente a nuestro paciente real a un régimen de ejercicio y dieta destinados tanto a curar su epilepsia como a hacerle perder peso. Una vez que sea visible una mejoría en su condición, puede empezar la negociación de las condiciones de vuestra participación en la campaña militar.

–Tú quieres esas fortalezas que te hice dejar a Ordoño, ¿no es así?

–Las sigo considerando esenciales para asegurar la paz de nuestra frontera septentrional.

–¿Qué otras cosas podemos obtener además del acostumbrado alto tributo?

–La ayuda de Navarra.

–Pero las fuerzas de Toda son virtualmente inexistentes.

–Son suficientes para crear una diversión estratégica en Castilla e inmovilizar a las fuerzas de Fernán González, mientras tiene lugar el principal ataque sobre León. Con una estrategia así, el éxito de la campaña está garantizado.

–Pero ¿estará Toda de acuerdo?

–Creo que puedo garantizarlo, con tal de que ella y su séquito sean tratados con el debido honor y respeto durante su estancia aquí.

–Eso ya lo has dicho –observó significativamente el califa–. Pero considera lo absurdo que puede resultar lo que propones. Supónte que accedo a celebrar esta recepción en honor de los príncipes cristianos. ¿Cómo voy a impedir que mis altivos cortesanos musulmanes se rían de ese príncipe obeso, impotente y epiléptico a quien van a ayudar a recuperar el trono? Supónte que se cae del caballo al cabalgar a través del alcázar.

–Nos aseguraremos de que sea transportado dentro de un palanquín cubierto por cortinas.

–¿Y qué ocurrirá si se atiborra de comida durante la fiesta?

Un centelleo cruzó brevemente los ojos silenciosos de Da'ud antes de replicar con absoluta seriedad.

–Como uno de los honores a conferir sobre la persona del joven Sancho por el poderoso Príncipe de los Creyentes, ¿no sería oportuna una visita a vuestro harén? Se le administra un suave afrodisíaco antes de llevarlo y creo que podemos estar seguros de que no lo veremos mucho durante los festejos.

–Decididamente, Abu Solimán, eres invencible –sonrió el califa, con una sonrisa maliciosa rondándole las comisuras de sus labios finos y apretados–. Ya es hora de que se les dé una oportunidad de demostrar sus talentos a todas esas bellas jóvenes que languidecen en mi harén. ¡Habrá que ver los retozos que tendrán lugar, con todas ellas dispuestas a excitarle y estimularle con sus artes y artificios, haciéndole rodar por aquí y brincando sobre su cuerpo por allá, y el pobre Sancho sin darse cuenta de que se están riendo de él! Y a propósito, ya que hablamos del tema, ¿qué pasó con aquellos afrodisíacos que me mencionaste hace ya años? Aunque soy ya un hombre viejo, todavía ansío los placeres de la carne, pero no quiero darle la impresión a mi bella Zahra de que estoy perdiendo facultades.

–Hay una preparación que sólo conoce un puñado de médicos, cuyos efectos se dice que son milagrosos, pero yo no puedo garantizarlos. Os puedo revelar su composición, pero vos sois responsable de los resultados. Se recomienda el acto sexual a todas las edades de la vida, pero un estimulante demasiado poderoso tiene sus peligros.

–¿Qué peligros puede tener? ¿Recostar mi cansada cabeza entre los bellos senos de Zahra? No se me ocurre una muerte más dulce...

–Como lo deseéis. La fórmula consiste en un litro de aceite de zanahoria y otro de aceite de rábano y un cuarto de litro de aceite de mostaza. A esta mezcla se añade medio litro de hormigas vivas del color del azafrán. Se pone todo esto al sol durante cinco días y entonces se frota el pene con este aceite, dos o tres horas antes de que vaya a tener lugar el coito. Entonces se lava el miembro, que permanece erecto hasta después de la eyaculación.

–Gracias, mi querido amigo, gracias. Haré que Mustafá me lo prepare aquí. No me has fallado jamás en todos estos años, ¿no es cierto?

–He tratado de serviros lo mejor posible.

–Que Dios derrame sus bendiciones sobre ti y sobre tu hogar. No hay heredero todavía, ¿verdad?

Da'ud negó con la cabeza.

–Ha llegado la hora, mi docto amigo. Piénsalo bien.

–El asunto ocupa un lugar preferente en mi mente.

–Bien, bien. Vete con ella y que la fertilidad bendiga vuestra unión.

–Gracias, ¡oh Príncipe de los Creyentes! –murmuró Da'ud, con el corazón hecho pedazos, mientras le hacía una reverencia y se marchaba.

XIII

Ya'kub ibn Yatom no acompañó a su hijo a la recepción ofrecida en Medina Azara en honor de Sancho el Craso y su abuela, la reina viuda Toda de Navarra. Aunque sabía que esto era un triunfo personal de Da'ud, una brillante demostración de su pericia como diplomático y como médico, no se encontraba con el suficiente ánimo como para asistir a los festejos. Se había sentido un poco cansado últimamente, le dijo a Da'ud. Se encontraba agobiado en medio de una gran multitud, irritado por el ruido, desconcertado por el perpetuo movimiento a su alrededor.

–¿Tienes la intención de permanecer allí durante mucho tiempo? –le preguntó casualmente a su hijo, con un ligero temblor en la voz.

Da'ud se ajustó cuidadosamente el delicado borde de plata que remataba las mangas de su sobria túnica, mientras replicaba.

–No más de lo que permanecimos en ocasiones semejantes.

Ya'kub pareció aliviado.

Claramente, su regla inflexible de mostrar una discreción digna y un comportamiento modesto, se había grabado de modo indeleble en la mente de su hijo y heredero, tal vez la más preciada herencia que le podía dejar.

Pero esa no era la única razón por la que la presencia de Da'ud en el palacio sería breve. Puesto que la confianza de Sancho era vital para él, tenía que evitar a toda costa el verse forzado a desempeñar el dudoso papel de mediador, si alguien se atrevía a faltarle al respeto. En un caso así, él, el intermediario, saldría perdiendo inevitablemente, ya que cada una de las partes sospecharía un exceso de lealtad hacia la otra. Es más, pensó objetivamente, «la ocasión debe aparecer como un triunfo de Abderramán, no mío. No se debe dejar que nada desluzca esta impresionante exhibición de la supremacía del califato de Córdoba sobre la totalidad de la Península Ibérica, la absoluta dependencia de los príncipes cristianos del favor y generosidad del califa». En cuanto a la introducción de Sancho en el harén, ése era un honor que sólo el califa podía conferir...

Fue en el servicio del Sabbat del siguiente día cuando Da'ud se dejó llevar por la satisfacción de saborear su éxito. Permitió que se añadiera su propio nombre a la bendición dedicada en el servicio religioso al califa y a su casa y dejó que se cantara un himno especialmente compuesto en su honor. Para los judíos de Córdoba, los grandes hechos de Da'ud y la eminente posición que le conferían garantizaban su seguridad bajo el gobierno del califa; un himno de alabanza para él era un himno de alabanza a Dios por haberles concedido esta protección contra la adversidad. Al final del servicio, los miembros más distinguidos de la comunidad se agruparon a su alrededor, colmándole de bendiciones a él y a todos sus seres queridos. La gente sencilla se contentaba con tocarle las vestiduras. Como jefe de la comunidad, Ya'kub había hecho un esfuerzo por asistir, pero cuando las dos figuras ataviadas con túnicas oscuras regresaban andando a casa, como lo habían hecho todos los Sabbat a lo largo de los años, Da'ud sintió cierta debilidad en la manera de andar de su padre.

–¿Qué te pasa, padre?

–He sentido una gran fatiga últimamente.

–Te voy a examinar en cuanto lleguemos a casa.

Pero Ya'kub le puso a su hijo una mano en el brazo.

–Esta noche no. Tu madre y Sari han hecho grandes esfuerzos para preparar una cena especial a fin de celebrar tu triunfo, y toda la familia estará reunida cuando lleguemos; tus hermanas y sus maridos y todos los nietos. No pongamos una nota de tristeza sobre todo esto. Habrá tiempo suficiente para que me examines mañana.

Padre e hijo, maestros en el arte del disimulo, participaron en la reunión familiar con toda la alegría que la ocasión requería. Solamente al final del suculento banquete, exquisitamente presentado, el rostro enjuto y gris de Ya'kub empezó a revelar su gran fatiga. Sin decir una palabra, salió de la estancia, de forma tan silenciosa y discreta que apenas se notó su ausencia y la alegría de la familia permaneció intacta. Sólo Da'ud comprendió y tembló para sus adentros. Nunca había deseado más ardientemente que sus sobrinos y sobrinas se pusieran pesados y malhumorados debido al cansancio de una larga fiesta familiar, para que sus hermanas, con profusas expresiones de pesar, se levantaran y se marcharan. Al fin lo hicieron y cuando se les dijo que su padre estaba descansando después de la excitación del día, dijeron que le dieran un beso de su parte, y metieron prisa a los niños, que se resistían a obedecer, para que salieran de la casa. Justo cuando el último de ellos se hubo marchado, Da'ud se apresuró a acudir a la cabecera de su padre. Afectuosamente, cogió la mano de Ya'kub con la suya, le tomó discretamente el pulso y después le tocó la frente y el cuello para calcular su temperatura.

–¿Desde cuando estás sufriendo esta intensa fatiga?

–Hace ya algún tiempo.

–¿Has notado algún otro síntoma desacostumbrado?

–Ninguno en absoluto. Te lo habría dicho, de haber sido así.

Mientras hablaba, Da'ud recorrió con sus manos el cuerpo de su padre. Parecía estar más delgado de lo que él recordaba, aunque eso podía deberse simplemente a su avanzada edad. Pero de repente, al tocar con sus dedos sensibles las rodillas de Ya'kub, notó un bulto que no era natural en la rodilla izquierda. Al levantar la túnica de su padre vio un quiste del tamaño de una naranja pequeña en la parte interior de la rodilla. Al apretarlo, vio que era duro.

–¿Cuánto tiempo hace que tienes la rodilla inflamada?

–No tengo la menor idea. Lo noté solamente hace unas semanas cuando tropecé contra un fardo de seda.

–¿Te duele?

–En absoluto.

–Bien –dijo Da'ud con levedad–. Le pediré a madre que te dé para fortalecerte unas gachas de cebada y sopa de leche, y su pollo tan sutilmente condimentado, y además trataremos de bajarte la inflamación añadiendo miel, higos secos y tuétano a tu dieta.

–Eso es una enorme cantidad de alimento para un hombre tan liviano como yo –sonrió Ya'kub lánguidamente–. Nunca he tenido un excesivo apetito y por supuesto no ha aumentado con los años.

–Poco a poco, pequeñas porciones a lo largo del día, y ni siquiera lo notarás. Descansa ahora. Vendré a verte por la mañana.

–Después del servicio de la sinagoga –advirtió Ya'kub–. Debes mantener la tradición familiar. En mi ausencia es tu deber ocupar mi puesto.

–Como lo desees, padre –replicó Da'ud, consciente de sus deberes, con la garganta ahogada por la emoción, al besar a su padre en la frente. Después, se retiró.

Se encontró con la mirada inquisitiva e inquieta de su madre al salir al patio.

–Es grave, ¿verdad? Lo sé, lo siento en lo más hondo de mi ser –dijo, agarrándose y soltándose las manos en nerviosos ademanes de desesperación.

–Es serio, pero quizá no totalmente desesperado. Tendré una consulta con Ibn Zuhr sobre el procedimiento a seguir. Mientras tanto, dale mucho pollo, sopa de leche con canela y gachas de avena, higos secos y tuétano para tratar de suavizar el tumor.

–¿Tumor? –La palabra resonó, como una sentencia de muerte, en el tranquilo aire de la noche–. ¿Dónde?

–En la rodilla.

–No me dijo nada.

–Porque no le dolía.

–¿Qué se puede hacer, hijo mío, qué se puede hacer? –Sola medio imploró, medio gimió, con los ojos arrasados de lágrimas mientras Sari se acercaba a ella para ponerle un brazo alrededor de los hombros.

–Todo lo que sea humanamente posible. De eso puedes estar segura. Y ahora debes enjugarte las lágrimas. No debe darse cuenta de tu angustia. Tu sonrisa, tu presencia cálida y jovial son un elemento vital en su terapia. Cuento contigo. No me defraudes.

–¿Quieres que me quede aquí a dormir esta noche? –dijo Sari.

–Será mejor que no –contestó Da'ud en lugar de su madre–. No está en peligro inminente. No debemos crear en torno suyo una atmósfera de inquietud. Vendré mañana después de las oraciones. Buenas noches, mi querida madre, no te dejes llevar por la desesperación. Con la ayuda de Dios, le curaremos.

Ni Da'ud ni Sari tenían ganas de dormir aquella noche. Durante un largo rato, se quedaron sentados en el patio en la oscuridad, inmersos en sus pensamientos, y aunque cada uno de ellos sabía lo que el otro estaba pensando, ninguno creía que ese era el momento adecuado para hablar. Había pasado la medianoche cuando finalmente se levantaron y rozándose tristemente las mejillas, se dijeron adiós, antes de dirigirse cada uno a su alcoba.

Después de unas horas de sueño intermitente, Da'ud se levantó con el primer albor de la mañana y salió silenciosamente de la casa. Como había hecho casi todos los días durante sus años de estudiante, caminó rápidamente a través de las calles silenciosas y vacías, hacia la parte norte de la ciudad, pasando por la entrada principal del recinto del viejo palacio, más allá del cual vivía la familia Ibn Zuhr. Al abrir la gran puerta de madera en respuesta al urgente aldabonazo, el rostro marchito del viejo sirviente de la familia se iluminó al reconocer a Da'ud.

–Abu Sa'id estará encantado de desayunar contigo en el jardín, como hacíais en tiempos pasados. Ya conoces el camino –dijo, y empezó a andar, a toda prisa y a pesar de sus piernas arqueadas por los años, para anunciar la visita de Da'ud a su señor.

–¡Qué inmenso placer el volver a verte en mi casa! –exclamó Abu Sa'id Hatim ibn Zuhr, mientras se dirigía al jardín tapiado, detrás de la casa, para dar la bienvenida a su antiguo alumno. Era un hombre alto y su exquisita elegancia prestaba un aire aristocrático a su nariz aguileña, a sus ojos grises, pequeños pero expresivos, y a la aguda mandíbula cuyos contornos suavizaba una barba corta y canosa. Los dos hombres se abrazaron afectuosamente y pasearon después juntos a través del exuberante verdor, hacia los bancos de piedra del famoso rincón donde desayunaba el maestro, una especie de hornacina rodeada de una masa de buganvilla de color púrpura. Fruta, leche y miel, y pan de *pitta* recién salido del horno estaban ya colocados sobre la mesa de mármol. Haciéndole señas a Da'ud para que se sentara, Abu Sa'id partió un poco de pan, lo untó de miel y se lo ofreció a su huésped.

–Toda Córdoba está deslumbrada por tus grandes éxitos diplomáticos al lograr traer a nuestra capital a los príncipes cristianos; por mi parte estoy especialmente orgulloso de que lograras inspirarles confianza en tu habilidad como médico. Lo único que me preocupa es que, a lo largo de estos últimos años, te hayas dejado absorber cada vez más por las actividades de la corte en detrimento del ejercicio de la medicina.

–Las circunstancias me han impuesto esa manera de obrar, honorable maestro. Mi trabajo en la tradución de Dioscórides exigía mi presencia permanente en la biblioteca del palacio, y el califa se fue acostumbrando a hacer uso de mis servicios en aspectos cada vez más diversos. Como un súbdito leal no puede negarse a llevar a cabo lo que le pide su soberano, le he servido fielmente en todos ellos.

–Lo comprendo. Y, ¿cómo está tu mujer? –continuó Ibn Zuhr, volviendo a las fórmulas de cortesía de la conversación árabe.

–Está bien, gracias.

–Espero que pronto bendiga tu hogar con un heredero que perpetúe tu linaje, un hijo que demuestre ser un investigador tan eminente como su padre de manera que tu familia, como la nuestra, pase la tradición médica de generación en generación.

–Ese es mi más ferviente deseo –respondió Da'ud, con el corazón encogido de dolor y desengaño.

–¿Y tus padres? ¿Les afecta el paso de los años?

–Mi madre se encuentra bastante bien, pero no le ocurre lo mismo a mi padre.

–¿Es eso lo que te trae aquí a estas tempranas horas de la mañana?

–Siento tener que decir que sí, que se trata precisamente de eso.

–¿Qué dolencia aflige a Abu Da'ud?

–Un tumor en la rodilla izquierda, extrema fatiga, ligera pérdida de peso. Quiero consultarte sobre la conveniencia de tratar de extirpar el tumor quirúrgicamente y si así lo crees, pedirte consejo sobre quién es el mejor cirujano para llevar a cabo esta operación.

–¿Sufre tu padre otras enfermedades?

–No.

–Asumo, entonces, que su salud general es satisfactoria, pues de lo contrario no habrías pensado en una intervención quirúrgica a sus años. Un tumor en la rodilla... Siempre el mismo dilema. Si está localizado, el riesgo de una operación para extirparlo está justificado; si, por el contrario, se ha extendido a otros órganos y los ha corroído, no tiene objeto el someter al paciente al sufrimiento adicional de una operación, ya que de todas maneras sus días están contados. En el caso de tu padre, el tumor no está situado cerca de ninguna arteria u órgano importante, así que no tenemos que enfrentarnos al peligro de dañar otros órganos tan vitales como ésos. ¿El tumor es grande?

–Aproximadamente del tamaño de una naranja pequeña.

–Comparado con otros que he visto, el tamaño no me parece excesivo, hecho que favorece la localización, pero no es posible estar seguro hasta que se haya examinado el lugar donde está ubicado el tumor. Éste puede haber profundizado internamente de forma considerable, de manera que sus verdaderas dimensiones estén ocultas. Pero dejemos momentáneamente este aspecto y consideremos tu segunda pregunta. He servido recientemente de tutor a un alumno excepcional llamado Abu'l

Kasim Khalaf al-Zahrawi, cuyas actuaciones en el campo de la cirugía se pueden calificar de milagrosas. Dotado de una vista firme y una mano rápida y hábil, es eminentemente cauteloso en todas las operaciones que ha llevado a cabo y, a pesar de su juventud, no dudaría ni por un momento en recomendártelo. Así que la pericia del cirujano no tiene por qué entrar en tus consideraciones.

–¿Cuál es tu opinión?

–El estado general de tu padre, la ubicación del tumor y la habilidad del cirujano parecen indicar que los beneficios de la cirugía superan a los riesgos. Si el tumor no se ha extendido, una simple extirpación puede muy bien prolongar la vida de tu padre y permitirle que muera en paz. Pero la decisión definitiva es cosa tuya. Si optas por operar, pondré mis modestas facilidades clínicas a la disposición de Abu'l Kasim. Es lamentable que Córdoba no tenga todavía un hospital ni ofrezca facilidades para la enseñanza en el mismo hospital, comparables a las de Bagdad y proporcionales a la eminencia de los investigadores en el campo de la medicina que alberga dentro de sus murallas. Ahora que el palacio de Medina Azara está casi terminado, tal vez podamos sugerir la idea de construir uno dentro del vasto complejo que va a rodearlo. He oído decir que la casa de la moneda y parte de la administración del palacio han sido ya trasladados.

–Efectivamente, así como los talleres para trabajar el oro y el marfil. Pero cuando se trata de un hospital, dudo que Abderramán, a su edad tenga energía para emprender un proyecto de tal envergadura. Su hijo, por otra parte, recibirá la sugerencia con gusto. Cualquier proyecto que sirva para realzar el prestigio de Córdoba como centro de conocimiento y cultura estimula su imaginación. Hablaré de esto con él en cuanto tenga la oportunidad y, si mi padre se cura, estoy seguro de que estará dispuesto a contribuir con una generosa donación a una institución tan digna de ayuda.

–Hablaremos de esto en otra ocasión. Vete ahora y cuídalo. Sabes que puedes contar conmigo a cualquier hora del día o de la noche.

XIV

La víspera del día de la operación de su padre, Da'ud no pudo disfrutar de un momento de paz. Después de una última visita a la casa de sus padres para calmar la ansiedad de Ya'kub y fortalecer el espíritu de Sola, caminó durante horas a lo largo de las orillas del Guadalquivir, incapaz de disipar el tormento de sus propias dudas. Nadie mejor que él conocía los fatales accidentes que pueden acontecerle al más afamado cirujano... Su vida había estado en peligro dos veces pero fue la suya la que había corrido el riesgo; nunca había puesto, deliberadamente, la vida de otro en peligro. Todas sus muchas preocupaciones parecían ahora triviales comparadas con la terrible responsabilidad de tomar una decisión acerca de la vida de su padre. Era como si estuviera jugando a ser Dios, pero sin la omnipotencia de Dios. ¿Era esto osadía, como había dicho el viejo ermitaño? ¿O era el libre y pleno ejercicio de todas las facultades de que estaban dotados él y unos pocos y selectos colegas? Si Dios no hubiera deseado que el hombre hiciera uso de sus talentos, ¿por qué se los habría concedido a él? Debe ser justo buscar soluciones a los problemas humanos, curas para los sufrimientos de los seres humanos, como lo era para el hambriento el ir en busca de alimento. Y puesto que los antiguos enseñaban que todo en la naturaleza tenía su contrario, deberían existir curas para enfermedades. La búsqueda de estas curas debía continuar. ¿La muerte? La muerte formaba parte de la naturaleza al igual que la vida, su polo opuesto, muerte seguida por el ciclo regular de volver a nacer. Vida nueva, no una prolongación de la vieja... Pero como todos los eruditos que le habían precedido, seguía tan ignorante sobre el origen de la vida como impotente para vencer la finalidad de la muerte. Dios seguía siendo el árbitro definitivo, una verdad que debía reconocer y aceptar, una oración silenciosa en su corazón. Nueva vida, cavilaba en el camino de regreso a su casa. Ésa era la única respuesta a la condición humana, la única manera de contrarrestar la inexorabilidad de la muerte.

La puerta de la calle crujió sobre sus goznes cuando entró en su casa en el silencio de la noche. Al oír sus leves y rápidas pisadas, Sari cruzó el patio para reunirse con él y juntos se sentaron un momento bajo la pálida luz de la luna.

–Sari –empezó suavemente Da'ud, cogiendo la fina mano de Sari en la suya–, sea cual sea el resultado de la operación de mañana, es evidente que los días de mi padre están contados. Tal vez podamos disfrutar de él unos años más y evitarle innecesarios sufrimientos, pero no poseemos el secreto de la inmortalidad. El único consuelo que podemos esperar está en la creación de vida nueva para sustituir aquella que ha seguido su curso. Ha llegado la hora, Sari, para ti y para mí, de renovar el ciclo eterno de la vida.

–He estado esperando que dijeras esto desde hace algún tiempo, pero especialmente desde que Ya'kub empezó a dar señales de fatiga. No tengo justificación para negarte lo que es tu derecho natural. Tú me enseñaste a sentirme libre para escoger por mí misma, pero de ninguna manera puedo escoger por ti. Debes tomar otra esposa, Da'ud, una mujer que te dé una multitud de hijos e hijas que llenen tu casa de vida, juventud y alegría. Yo no albergaré en mi corazón ningún rencor contra ti ni ningún resentimiento contra la madre de tus hijos. Tampoco cambiará mi profundo afecto por ti –murmuró, apoyando su cabeza sobre el hombro de Da'ud– porque a mi manera, insuficiente y traumatizada, he llegado a amarte.

–Pero tú eres la mujer que quiero como madre de mis hijos –contestó Da'ud, con su dolor manifiesto en cada sílaba que salía de sus labios.

–Sí, lo sé. Y desde el momento en que comprendí la sinceridad de tu amor por mí, intenté con todas mis fuerzas... –le contestó, con sus lágrimas humedeciéndole las mejillas y juntándose con las de él–. Pero no puedo continuar frustrando tu deseo. Debes buscar una esposa y sentirte realizado. Eso no quiere decir que el preciado vínculo que nos une tenga que desaparecer.

Confuso, dividido en su fuero interno y en contra de su voluntad, Da'ud no replicó. Tomar otra esposa, una mujer a la que nunca podría amar como había amado y seguía amando a Sari, era reconocer la derrota, admitir su fracaso en disipar el horror de Sari hacia el acto sexual, a pesar de la consumada habilidad –hasta se podría decir, el arte– que había empleado en su largo y paciente esfuerzo para liberarla de ese horror. El fracaso era algo amargo que él no conocía. Le molestaba, se negaba a reconocerlo. Y sin embargo, la lógica de las palabras de Sari era evidente. Otra esposa. No podía pensar en nada más desagradable. Pero peor era aún la idea de no tener hijos.

–Lo pensaré –fue lo único que dijo–. Vete ahora a descansar. Me quedaré levantado un poco más. Tal vez las estrellas me sirvan de consejeras.

El rostro rubicundo de Abu'l Kasim's rebosaba de satisfacción cuando salió del quirófano. Abrazando a Da'ud afectuosamente, le dijo:

–Ha soportado la operación asombrosamente bien. Unas semanas de descanso y volverá a ser lo que era antes.

–¿Y el tumor? –insistió Da'ud.

–Lo suficientemente pequeño para poder ser extirpado y erradicado totalmente; estaba colocado de tal manera que pude rebañar los tejidos que lo rodeaban hasta llegar a donde el tejido estaba sano. Cautericé las raíces de la herida con sumo cuidado para que la recuperación sea rápida. Te ruego que me perdones por no haberte permitido que estuvieras presente. Temí que, al ser hijo del paciente, una reacción emocional por tu parte o por parte de tu padre pudiera afectar mi concentración. Ve ahora a verlo. Está todavía un poco amodorrado debido al sedante de semilla de amapola que le administré, pero aparte de eso está todo lo bien que se puede esperar después de una operación.

A Da'ud le empezó a dar vueltas la cabeza conforme la apretada espiral de tensión en su interior se iba desenroscando. Con una oración de acción de gracias en los labios, entró en el improvisado quirófano y tomó la mano de su padre en la suya, mientras éste dormía plácidamente.

Inmensamente alto, con el rostro oscuro, de amplia estructura ósea y grandes facciones, surcado por arrugas y descarnado, Bahya ibn Kashkil se aproximó a Da'ud ibn Yatom, separándose de la multitud que se había congregado a su alrededor después del servicio religioso del Sabbat, para preguntarle por el estado de salud de su padre. A pesar de su impresionante estatura había cierta timidez en la manera de andar de este desconocido, con esa vacilación propia de los recién llegados a lugares desconocidos.

–Siento sinceramente el imponer mi presencia en momentos tan difíciles para ti –empezó a decir Bahya ibn Kashkil; su tono y su manera de expresarse en árabe denotaban cierta instrucción–, pero quien me dio el nombre de tu padre fue Meir ibn Migash, jefe de la comunidad judía en Marrakech y el más importante comerciante de tejidos de la ciudad. Antes de salir camino de Córdoba, me aseguró que Ya'kub ibn Yatom haría todo lo que estuviera en su poder para ayudarme cuando llegara aquí. Creo que los dos han tenido relaciones comerciales durante años y que se profesan mutuamente un gran respeto. Te puedes imaginar mi consternación al enterarme de la reciente enfermedad de tu padre. Espero que esté bien y camino de una total recuperación.

–Todo lo bien que su avanzada edad le permite –contestó Da'ud con reservada cortesía–. Como hijo suyo y heredero de sus responsabilidades para con la comunidad, tal vez pueda servirte de ayuda.

–Eres muy amable –contestó el recién llegado, inclinándose respetuosamente para besar el anillo de zafiros de Da'ud.

–¿Qué te trae desde Marrakech hasta Córdoba?

–La búsqueda de la seguridad, nada más. No hace mucho mi mujer cayó al suelo al tropezar con una piedra y fue pisoteada, hasta ocasionarle la muerte, cuando iba camino del pozo de nuestro pueblo natal, no lejos de Marrakech. Asaltantes fatimíes aparecieron repentinamente, procedentes del este, e invadieron nuestro pueblo para entablar combate con las tropas zenatas que defienden los territorios occidentales, aún bajo el dominio de los Omeyas. Mi pobre Aisha se hallaba en línea directa a la del avance de los fatimíes y los cascos de sus salvajes caballos árabes la convirtieron en una desdichada masa de ensangrentada carne humana. Tales ataques se están haciendo más frecuentes cada día y juré sobre su tumba que haría todo lo que estuviera en mi poder para proteger a nuestra hija de un destino semejante.

–Comprendo tu dolor –contestó Da'ud cortésmente–. ¿Cómo te ganabas la vida en Marruecos?

–Mi padre me dejó una pequeña parcela de terreno en el pueblo, pero lo que ésta producía no era suficiente para proporcionarnos un nivel de vida adecuado, así que aumenté mis ingresos dando lecciones de hebreo a las clases de párvulos en la escuela judía en Marrakech. Pero no temas, Abu Solimán, no soy pobre y no me convertiré en una carga económica para tu comunidad. Vendí mi casa y mis tierras y, junto con mis ahorros, tengo suficientes fondos para comprar una modesta vivienda. Lo que busco es un empleo, tal vez, si tengo suerte, un puesto docente en vuestra escuela de Talmud Torá.

Mientras los dos hombres seguían de pie conversando, el patio de la sinagoga se había quedado vacío. Sólo una joven, tan alta como el propio visitante, se había quedado sola en un rincón, con sus expresivos ojos castaños fijos en los dos hombres, mientras trataba de captar lo que estaban hablando.

–¿Es tu hija? –preguntó Da'ud, señalándola con un ademán de su cabeza.

–Sí. ¿Me permitís que os la presente?

–Por supuesto.

–Acércate, Djamila, y presenta tus respetos a Abu Solimán Da'ud ben Ya'kub ibn Yatom, hijo del jefe de la comunidad judía de Córdoba.

El porte erguido y confiado de la muchacha al cruzar el patio y el grácil movimiento de su cuerpo, de piernas y brazos largos prendieron una chispa de interés en la mente de Da'ud, aunque no en lo más profundo de sus ojos silenciosos.

–Bienvenida a Córdoba –dijo cuando ella se inclinó para besar el borde de su túnica, y después continuó hablando con el padre–. Un empleo de maestro, dices. Esa decisión la tendría que tomar el director de la escuela del Talmud Torá. Ven a mi casa esta noche al terminar el Sabbat y te daré una carta para él.

–Con todos mis respetos, Abu Solimán, no me atrevo a dejar a Djamila sola al anochecer. ¿Tal vez mañana de madrugada?

–Puedes traer a tu hija contigo –dijo Da'ud, y sus palabras encendieron una chispa de excitación en los ojos alertas y sinceros de Djamila–. Ten la bondad de excusarme ahora –murmuró al despedirse apresuradamente para ir a comer a casa de su padre.

Encontró a Ya'kub bastante bien. No parecía resentirse excesivamente de su operación e iba recuperando lentamente el movimiento de la pierna. Lo que inquietaba a Da'ud era una progresiva debilidad en él y una gradual pero constante pérdida de peso que todos los manjares exquisitos, amorosamente preparados por su madre, no lograban atajar. Su corazón le decía que era simplemente cuestión de su avanzada edad, pero su formación profesional le decía otra cosa; sentimiento y conocimiento luchaban dentro de él, desgarrándole el alma...

–Da'ud, hijo mío –dijo Ya'kub, haciendo un esfuerzo para incorporarse sobre los cojines en que estaba echado, al darse los dos un abrazo–. Soy ya un hombre viejo. Cada día que pasa noto que voy perdiendo más fuerzas. Por eso, estoy decidido a hablarte hoy mismo, antes de que sea demasiado tarde. Da'ud, hijo mío –repitió–, es hora de que le des a nuestra familia un heredero. Comprendo tu amor por Sari. Es una criatura dulce y afectuosa, con un físico que recrea la vista, y noto que ha llegado a amarte casi tanto como tú la amas a ella. Lo que ocurre entre vosotros dos en la intimidad de vuestro lecho no me concierne, pero sí me concierne el resultado. Si no puede procrear a tus hijos, la ley y la costumbre permiten, es más, encarecen, que tomes otra esposa.

–He estado considerando cuidadosamente el asunto durante mucho tiempo, padre, y Sari me alienta a que haga lo que tú me estás sugiriendo ahora. Soy yo el que no me acabo de decidir. Desde el momento en que vi a Sari, comprendí que era ella la mujer con quien había soñado como madre de mis hijos.

–No todos nuestros sueños de juventud llegan a realizarse. Gracias al ambiente acomodado del que procedes y a tus dones naturales, el curso de tu vida ha transcurrido sin problemas y con la misma fluidez del vuelo de un pájaro hacia el cielo. Nunca tuviste que someterte a un duro aprendizaje de privación, fracaso o frustración. Ahora, a tus años, es difícil aprender a aceptar la desilusión, pero debes someterte de manera incontrovertible a los hechos que se presentan en tu camino.

Da'ud no contestó, pero de repente un par de ojos grandes, oscuros y expresivos, encendidos por el deseo de vivir, aparecieron en su horizonte... Sintió un cierto alivio cuando Sola les llamó para que fueran a comer, aunque la comida resultó ser una experiencia penosa con todos los miembros de la familia fingiendo que no se daban cuenta de la manera en que Ya'kub picoteaba, por así decir, sus platos favoritos, ni de su grisácea palidez, ni del esfuerzo que estaba haciendo por permanecer sentado con ellos. Hablaron de todo menos de su salud, pero el tono de forzada normalidad sonaba falso en los oídos de todos ellos. Tan pronto como terminó la comida, Ya'kub regresó a su diván a descansar y Da'ud y Sari se despidieron. El tierno abrazo que Da'ud le dio a su afligida y preocupada madre fue más elocuente que cualquier palabra de consuelo que hubiera podido proferir.

–Me pasaré por aquí un poco más tarde, al atardecer –le dijo al separar los brazos de su cuerpo, besando una lágrima que se le había quedado perdida en uno de los ojos.

En el corto camino a su casa, Da'ud le contó a Sari su encuentro con Bahya ibn Kashkil y su hija:

–Van a venir un momento esta tarde a recoger una carta de recomendación para el rabino Meir. Creo que sería oportuno ofrecerles unos refrescos como señal de bienvenida a la comunidad.

Echado al lado de su mujer para disfrutar de la siesta del Sabbat, con la fina mano de Sari reposando tiernamente en la suya, Da'ud reflexionó sobre la ironía del encuentro de aquella mañana. Como leal secretario de Abderramán, había sido probablemente él quien había escrito de su puño y letra los mensajes que incitaron a los zenatas a oponerse a al-Mu'izz, el rival fatimí del califa omeya, en el norte de África, y que durante muchos años le había arrebatado vastos territorios en el este y en el sur. Fue este violento enfrentamiento lo que había hecho pedazos las vidas de los hermanos judíos que se habían dirigido a él en busca de ayuda. No obstante, había cierto consuelo en el hecho de que su puesto en la corte servía como sólida garantía de la seguridad de los judíos, en Córdoba al menos, proporcionando un asilo seguro para las víctimas de la rivalidad omeya-fatimí en cualquier otra parte del reino de Abderramán.

Irritado, espantó una mosca que zumbaba revoloteando alrededor de su cabeza, y la echó hacia la ventana para que no molestara a Sari, que dormía plácidamente a su lado. ¡Qué bella seguía siendo!, casi tan bella como el día en que se casó con ella. Su piel era tan suave y transparente, su pelo cobrizo tan rico y lustroso, sus brazos y piernas tan esbeltos y delicados; la tierna planta que él no había logrado hacer florecer, a pesar de todo el amor y pasión con que la había regado. ¡Qué diferente era de la joven refugiada de las llanuras de Marruecos, cuya franca y animada mirada y erguida postura denotaban un brío saludable, un deseo de saborear hasta el máximo todo lo que la vida podía ofrecerle! Y Djamila, a su vez, ¡qué distinta de las hijas de las distinguidas familias judías de Córdoba: vibrante, alerta, no había nada en su persona de la lánguida pasividad de aquéllas. Procedente de una modesta familia de pueblo, habría tenido que desempeñar la parte que le correspondía en las faenas de la granja de la familia, que acostumbrarse a luchar para sobrevivir y, si su propia intuición era acertada, que forjar también la voluntad por tratar de alcanzar algo mejor.

Su porte manifestaba una impaciencia juvenil de mejorar su posición en la rica y deslumbrante ciudad de Córdoba, a pesar de su condición de modesta recién llegada.

¿Otro sueño romántico que se desvanecería?, rumió, mientras sus pensamientos volvían a la charla que había tenido con su padre. Una segunda esposa... Pero ¿quién? ¿Quién entre las cotizadas jovencitas de Córdoba estaría dispuesta a dar a luz a sus hijos, pero al mismo tiempo a ocupar un segundo lugar en su corazón, así como en su casa? El prestigio de su posición podía atraerlas –o atraer a sus padres–, pero poco a poco empezarían a sentirse descontentas ante la posición que él les iba a imponer, porque nadie ni nada suplantarían jamás a Sari, el gran amor de su vida. ¡Y qué soso e indiferente ramillete eran estas jovencitas! ¡Qué carga supondría para él! Ni siquiera para lograr un heredero podía Da'ud concebir cómo él sería capaz de aguantar su presencia pasiva e insulsa dentro de su hogar.

¿Quién, entonces? ¿Otra desconocida, otra Sari? Eso no lo podía hacer. Debía encontrar alguien fuera de su círculo familiar, pero no una persona desconocida. Una vez más la imágen de esos brillantes y expresivos ojos apareció en su mente. Una desconocida, pero no desconocida... ¿No había visto Djamila bastante de la vida para saber que tenía que pagar un precio para mejorar su nivel? Ni en sus sueños más descabellados podría haber concebido una posibilidad tan deslumbradora. Joven, maleable, recién llegada de su remoto pueblo marroquí, pero no sin cierto nivel de educación, aceptaría cualquier cosa que él le ofreciera a cambio del inmenso prestigio que adquiriría como miembro de su casa y familia. En su persona, no era ni mucho menos repulsiva. Todo lo contrario: su brío tenía cierto encanto, su energía, nacida de una vida transcurrida entre las bondades y crueldades de la naturaleza, no estaba desprovista de encanto. Se fijaría más en ella esta noche. Si de sus sueños destrozados y los de ella, aún sin realizar, podía salir un hijo, Da'ud estaría satisfecho.

XV

Bahya ibn Kashkil y su hija Djamila llegaron pronto, una hora después de la puesta del sol, a casa de Da'ud ibn Yatom. De estructura ósea grande, con los amplios y libres movimientos de su cuerpo que atestiguaban su vida al aire libre, estos movimientos resultaban desgarbados, fuera de lugar, en el sobrio refinamiento de la casa de un cortesano. A diferencia de su padre y de los otros, poco frecuentes, visitantes que en alguna ocasión penetraron en el *sancta sanctorum* de la casa de Da'ud, Djamila no manifestaba el menor indicio de timidez o asombro. Por el contrario, miraba en torno suyo con curiosidad mal disimulada, maravillándose de las alfombras de rico colorido, del delicado motivo floral de los mosaicos sobre el revestimiento de paneles, de las persianas de las ventanas tan delicadamente talladas que parecían bordados, de las sedas luminosas y los mullidos terciopelos extendidos sobre los divanes. «¡Qué lujoso y qué bello!», decían sus ojos mirando a uno y otro lado, pero Da'ud veía algo más detrás de esa admiración. La manera en que mantenía erguidos el cuello y los hombros, su aire de seguridad en sí misma, imbuido de un orgullo innato, parecían añadir confiadamente: «Yo también viviré un día con bienestar y con lujo».

Mientras Sari atendía a los recién llegados ofreciéndoles vino y dulces exquisitamente colocados en bandejas de plata, Da'ud conversaba en hebreo con Ibn Kashkil para comprobar su conocimiento de la lengua. Aunque resultaba algo básico, era correcto, suficiente para poder ayudar al nuevo maestro de la clase de párvulos en el estudio del Talmud Torá. Mientras escuchaba, observando todo el tiempo a Djamila con sus ojos serenos y silenciosos, Da'ud estaba pensando en añadir a su carta de recomendación que él cubriría, anónimamente, los gastos de la remuneración de su padre.

Con una breve inclinación de cabeza, Da'ud manifestó su aprobación ante las calificaciones académicas de Ibn Kashkil. Alentado por esta actitud, Bahya se inclinó hacia adelante sobre los cojines y aventuró, ya con más valor:

–No estoy familiarizado con las costumbres de aquí, pero en Marrakech Djamila solía ayudarme en la escuela del Talmud Torá en algunas materias de menor envergadura.

–¿Cuáles, por ejemplo? –preguntó Da'ud medio distraído, tratando de disimular su interés por la muchacha.

–En Marrakech y seguramente en Córdoba, solamente los pobres mandan a sus hijos a las escuelas de la comunidad. Las familias acomodadas tienen maestros y tutores en casa. Así que Djamila solía enseñar a los párvulos cosas elementales. Les lavaba las manos, los peinaba, remendaba su ropa y, si tenían hambre, persuadía con halagos al panadero más cercano a que les diera pan de *pitta* recién salido del horno.

–¿Se le pagaba por sus servicios?

–No, en absoluto –replicó Bahya, con cierta indignación en la voz–. Era su deber ayudar a su padre, así como echar una mano a aquellos que eran menos afortunados que ella.

Impresionado, Da'ud se volvió para dirigirse directamente a Djamila. Con refinado encanto y una nueva suavidad en la voz, le dijo:

–Asumiendo que el rabino Meir acepta mi recomendación de darle un empleo a tu padre, ¿estarías dispuesta a desempeñar esa misma función en nuestra escuela?

Con los ojos centelleantes de placer al haber sido interpelada por el gran Da'ud ibn Yatom, Djamila respondió con firmeza, sin el menor indicio de timidez:

–Por supuesto. Sería para mí un honor y un placer.

Da'ud llamó a un sirviente para que le trajera pluma y papel de su despacho. Rápidamente escribió su recomendación, expresada de tal manera que pareciera más bien una orden, la dobló, la selló y se la entregó a Bahya ibn Kashkil.

–Espero que esto te ayude a establecerte en tu nueva casa. Te damos la bienvenida a nuestra comunidad y te deseamos buena suerte en ella.

Fue Sari quien habló primero cuando ambos hubieron partido.

–Una joven fuera de lo corriente, ¿no te parece?

–¿Fuera de lo corriente en sentido positivo o negativo?

–Por supuesto, positivo. Parece tener tal confianza en sí misma y estar tan segura de lo que quiere y dispuesta a lograrlo, cualidades que yo nunca adquirí porque no tuve a nadie que me las enseñara –añadió melancólicamente.

–¿Cómo puedes establecer una comparación tan absurda? Tú eres la esencia de la dulzura, serenidad y comprensión del corazón humano, dones raros y valiosos que ella nunca poseerá. Djamila está ávida de todo lo que la vida le puede ofrecer.

–Esa es una aspiración perfectamente legítima. Mi destino era tal que lo único que le pedía a la vida era un mínimo de dignidad humana, alguna decencia elemental y un poco de afecto sincero; cosas sencillas, naturales y básicas que yo no tenía. Ella ha disfrutado de todas estas cosas. Eran sus derechos inalienables. Ahora busca esas cosas de las que considera que se le ha privado, todos los lujos de la vida más allá de su pueblo mísero y lejano. El que yo haya permanecido indiferente a la riqueza y el prestigio que tú me has conferido, no quiere decir que esta joven no obre bien al tratar de disfrutarlos.

–Puede que tengas razón –accedió Da'ud de mala gana, al levantarse para ir a ver a su padre antes de retirarse a su alcoba. En el corto camino que separaba su casa de la de sus padres, ordenó sus impresiones de este su segundo encuentro con Djamila. Al igual que él, Sari se había dado cuenta enseguida de su deseo de subir de posición. Es más, lo había justificado plenamente, poniendo de relieve el contraste entre ella y la recién llegada. Era precisamente ese contraste un augurio favorable para la relación entre ellas, un factor decisivo en las consideraciones de Da'ud, porque indudablemente no toleraría rivalidades en su hogar. Pero, ¿qué opinión le merecería a Sari que él se casara con Djamila con la sola intención de hacer uso de su cuerpo para engendrar un heredero? En cuanto a él, ni la amaba, ni la amaría nunca; le haría el amor, por lo tanto, sin amor. ¿No podría Sari, con todo lo que había sufrido a manos de los hombres, despreciarle por realizar un acto así, a pesar de lo mucho que lo alentaba a que tomara otra esposa? ¿Era el deseo de Djamila de ascender en la vida, deseo que su propia esposa alababa sin reservas, justificación suficiente o compensación de la manera de obrar deliberada, por no decir cínica, que estaba poniendo en práctica? Paradójicamente, anhelaba de su primera mujer, a quien amaba, la aprobación de su matrimonio con la segunda mujer, a quien no amaba...

¿Debería fingir que amaba a Djamila o enfrentarla francamente a la verdadera situación desde el principio? En cualquier caso, tendría que hacer un esfuerzo para atraerla; Djamila tendría que obtener algún placer para meterse en la cama con un hombre que tenía veinte años más que ella. Esta perspectiva le producía tedio, una situación para la que no tenía ni paciencia ni deseo, pero a menos que suscitara en Djamila cierto grado de pasión, sería incapaz de enfrentarse con la mujer que realmente amaba. Si su padre hubiera estado mejor de salud, le habría pedido consejo, pero tal y como estaban las cosas, no se atrevía a fatigarle. Esperaría un poco más, observaría más profundamente a Djamila, demoraría su decisión...

Cuando llegó a casa de sus padres Ya'kub ya dormía. En respuesta al ferviente ruego de su madre de que salvara a su padre, Da'ud reaccionó con un gesto de desesperación.

–He visto milagros de la naturaleza, he leído casos de otros pacientes, pero no está en mi poder el realizarlos –dijo, abrazándola afectuosamente. Estaban aún así cuando un imperioso aldabonazo sonó en la puerta que daba a la calle. Un momento después apareció Mustafá con un recado urgente para Da'ud. Tenía que acompañarlo inmediatamente al viejo palacio donde Alhákem, el hijo y heredero del califa, estaba enfermo.

Da'ud notó que Sola se puso rígida de indignación ante esta intromisión en la intimidad de su vida familiar. El hijo del califa podría estar enfermo, pero su marido, el padre de Da'ud se estaba muriendo. Da'ud compartía su irritación pero, a diferencia de ella, logró ocultarla.

–Es tarde, madre. Debes descansar un poco mientras padre duerme. Vendré mañana otra vez.

Da'ud encontró a Alhákem inusitadamente callado y meditabundo, postrado en su sofá, retorciéndose de dolor. Atormentado de ansiedad, Abderramán iba de un lado a otro de la habitación, desprovisto de todo su imperioso orgullo ante el sufrimiento de su hijo.

–¡Gracias a Dios que estás aquí! –exclamó, agarrando convulsivamente el brazo de Da'ud–. ¡Debe ser veneno! Uno de sus envidiosos hermanastros que está intentando deshacerse de él para apoderarse del trono cuando yo me muera. ¡Sólo tú puedes salvarle!

Soltándose suavemente de la mano del califa, que lo tenía atenazado, Da'ud permaneció de pie un momento y observó al paciente, antes de inclinarse para tocarle el cuello y la frente.

–De momento no hay fiebre. Si no aparece ninguna, podemos estar seguros de que un veneno no es la causa de esta enfermedad.

–¡Alabado sea Alá! –exclamó Abderramán–, yo no podría haber sobrevivido a una tragedia así.

–¿Dónde notáis el dolor? –preguntó Da'ud sentándose en el borde del sofá de Alhákem.

–Aquí –replicó el joven, señalando la parte inferior del diafragma y superior del abdomen–. Es como si me estuvieran cortando en dos.

Da'ud colocó la mano sobre el abdomen de su paciente. Estaba tenso como un tambor.

–¿Habéis tenido un dolor así alguna vez?

–Sí, pero no ha sido nunca tan agudo y generalmente pasa después de expulsar un flato.

–¿Cuándo lo notáis exactamente?

–Viene y se va sin regularidad alguna y hace ya años que me aflige, de hecho creo que desde mi adolescencia.

–¿Está relacionado con algún alimento o bebida?

–No que yo recuerde.

–¿Preocupación? ¿Inquietud? ¿Tensión?

Alhákem miró de reojo a su padre, que estaba escuchando palabra por palabra toda la conversación. Comprendiendo enseguida lo que ocurría, Da'ud ni siquiera esperó una respuesta. Presionando suavemente el abdomen de Alhákem, dijo:

–No habéis evacuado vuestros intestinos desde hace varios días.

–¿Cómo lo sabes?

–Un médico hábil averigua muchas cosas mediante el contacto de sus dedos. Os encontraréis mucho mejor después de una irrigación que os vaciará el cuerpo de toda la materia superflua y permitirá salir a los gases que lo han inflamado tan dolorosamente. Después de eso tomaréis un baño templado, beberéis una infusión de hierbas sedantes y descansaréis hasta mañana. –Volviéndose al califa, Da'ud continuó–: No hay motivo para preocuparse. Mañana vuestro hijo estará restablecido. Vigilando su dieta diaria, no tiene por qué sufrir otra indisposición así. Como médico vuestro que soy, os sugiero que vos también vayáis a descansar un poco. La preocupación y la ansiedad son perjudiciales para vuestro estado general de salud.

–No puedo descansar ahora. Estoy demasiado agitado. Un viaje a caballo a Medina Azara calmará mi agitación y Zahra tranquilizará mi alma atribulada.

–En mi capacidad de médico de la corte insisto respetuosamente en que permanezcáis aquí y tratéis de dormir.

–Te doy las gracias por tu consejo, pero hay momentos en que un paciente sabe mejor que su médico lo que le conviene.

Cuando el califa se hubo marchado, Da'ud administró rápidamente la irrigación a su hijo y heredero y esperó pacientemente a que surtiera efecto. Después se sentó al lado de su paciente hasta que éste se recuperó del trauma que se había producido en su interior.

–Y ahora decidme –empezó a preguntar cuando vio que el príncipe estaba relajado–, ¿qué es lo que os inquieta?

Alhákem se encogió de hombros con indiferencia.

–Nada en especial –replicó, reacio a revelar sus sentimientos más íntimos.

–¿Una cierta preocupación ante la idea de asumir el papel desempeñado por vuestro padre cuando llegue ese momento?

–Eres un hombre sabio y perspicaz, Abu Solimán.

–Os he estado observando desde que pasasteis de la juventud a la madurez. Me he dado cuenta de vuestras frecuentes visitas a la biblioteca mientras vuestros camaradas se habían ido de caza con sus halcones o estaban perfeccionando sus habilidad en el manejo de la espada. Vuestra inclinación por lo espiritual con preferencia a lo material no es ningún secreto para mí. No obstante, vuestra preocupación ante tener que asumir las responsabilidades del gobierno, no tiene fundamento. Vuestro padre ha actuado de tal manera que la seguridad y prosperidad del reino, así como su administración, están bien aseguradas por muchos años. El edificio está construido sólidamente. Lo único que tenéis que hacer es mantenerlo.

–Con tu leal ayuda y sabio consejo, confío en lograrlo.

–Vuestra inteligencia natural y la cultura que habéis adquirido tan diligentemente, os capacitan admirablemente para la tarea, pero si ése es vuestro deseo, os serviré tan fielmente como he servido a vuestro padre. Pero ahora debéis relajaros, en mente y cuerpo, dejar que toda la tensión abandone vuestro cuerpo mientras flotáis en vuestro baño, y dormir hasta mañana por la mañana. Con vuestro permiso, me despido ahora.

–No. Quédate un momento. Tu presencia me calma y tranquiliza. Hablemos un poco del futuro. Es mi ardiente deseo elevar el prestigio de Córdoba a alturas que competirán con la gloria de Bagdad. Hay que ampliar la Gran Mezquita y embellecerla con elevados arcos y mosaicos resplandecientes. Y sueño con una biblioteca diez veces más grande que la que tenemos, con copias de todas las obras que se han escrito desde la antigüedad. Reuniremos una verdadera escuela de traductores que harán accesibles a todos los conocimientos, las ideas y los conceptos conocidos por el hombre desde los albores de la historia.

–Y debemos fundar un hospital y una escuela médica cuyos niveles de tratamiento e instrucción superen a los de la institución de Bagdad –respondió Da'ud con entusiasmo.

–Nada me proporcionará mayor placer. Hablaremos otra vez de esto cuando llegue el momento oportuno. Ahora me voy a sumergir en mi baño. Tienes mi permiso para retirarte.

XVI

Las verdaderas circunstancias que rodearon la muerte de Abderramán III nunca fueron reveladas. Mustafá quitó inmediatamente todas las señales del aceite con que había frotado el miembro de su amo y señor antes de que el califa se hubiera entregado apasionadamente al abrazo de su amada Zahra, el único objeto de su deseo durante los últimos años de su vida. Juntos, habían transportado el cuerpo del califa al patio delantero del harén, y lo colocaron de tal manera que pareciera que había sufrido un colapso y muerto cuando iba a visitar a su concubina favorita. Preocupados en extremo, los médicos del palacio confirmaron esta versión de la muerte del califa, reacios a hacer más preguntas... La noticia no sorprendió en absoluto a Da'ud. Hacía mucho tiempo que Abderramán sentía que se aproximaba su fin y si había muerto en los brazos de la mujer que amaba, era ésta la muerte más dulce que podía haber deseado.

Anonadado, su designado heredero, Alhákem al-Mustansir, se negó a dejar que Da'ud se separara un solo momento de él durante los días siguientes, ni mientras recibía a las multitudes que acudieron a consolarlo por su gran pérdida, ni durante los festejos celebrados para conmemorar su subida al trono y el título de califa y Príncipe de los Creyentes. Malhumorado, se quejaba constantemente a de lo que consideraba gozo injustificado, extrayendo de Da'ud el pequeño consuelo de que estas demostraciones eran esenciales para poner de relieve su prestigio e inspirar lealtad en sus súbditos. Totalmente incómodo en medio de estas festejos, Alhákem, una figura frágil, tímida, reservada, perdida entre sus vestiduras reales cuando se sentaba sobre su trono dorado, encontraba las decoraciones de vívidos colores que adornaban el palacio desagradables a la vista. Las exhibiciones ecuestres, vertiginosas y briosas, eran un espectáculo que le producía cansancio, y los fastuosos banquetes, impropios de la situación. Sólo los floridos panegíricos recitados en su honor por los mejores poetas del reino, sus brillantes metáforas, de artística rima y esmerado ritmo, le proporcionaban algún placer. Y la quejumbrosa música tocada por los más exquisitos artistas sevillanos, ya entrada la seductora noche andaluza, le iba bien a su melancolía.

Mientras observaba al nuevo gobernante del al-Andalus a lo largo de la semana de celebraciones, Da'ud se daba cuenta de que la naturaleza de sus responsabilidades en la corte estaba a punto de cambiar. Bajo las órdenes de Abderramán, había actuado como un servidor leal, llevando a cabo tareas específicas para las que su talento y su erudición eran indispensables, pero ofreciendo consejo sólo cuando se le pedía, en materias para las que su juicio era competente. Por el contrario, Alhákem lo veía evidentemente como a una ayuda vital en materias de gobierno. Le hacía ir constantemente a su presencia para pedirle consejo en una multitud de materias relativas a la administración del reino. Este era un papel que a Da'ud no le agradaba porque iba en contra de la tradicional discreción de la familia en sus relaciones con la casa gobernante. Estaba expuesto continuamente a las insidiosas intrigas de los envidiosos cortesanos musulmanes; por eso no bajaba su propia guardia ni un instante. Sin embargo, su futuro –es decir, su vida– estaría aún en mayor peligro si faltaba a su promesa de servir a su soberano. Una vez más era prisionero de una situación de la que no podía escapar. Desde entonces, una amenaza constante y oculta se cerniría sobre él, su familia y toda su comunidad. Una cosa era evidente: debía asegurar la continuación de la estirpe de Ibn Yatom sin la menor demora.

En cuanto se terminaron los festejos, Alhákem quiso ver a sus ingenieros y arquitectos para hablar de las ampliaciones y mejoras que había estado planeando hacía tiempo para la gran Mezquita de Córdoba. Da'ud aprovechó la tregua para visitar, por la mañana temprano, la escuela del Talmud Torá. El espectáculo que presenció mientras permanecía de pie, sin que nadie lo viera, cerca de la entrada al patio interior, fue suficiente para disipar las dudas que pululaban aún en su mente. Allí estaba Djamila, con una veintena de niños arremolinados en torno a ella, a quienes iba cogiendo de la mano para lavarles la cara y las manos en el grifo de agua que estaba en el centro del cuadrángulo de piedra sin pulir. Después, con un ligero azote en sus pequeños traseros, los mandaba al interior de la escuela, donde los estaba esperando su padre para instruirlos en los rudimentos de su lengua ancestral. Cuando hubo desaparecido el último de los niños, Da'ud salió a la luz del sol para saludarla.

En un arranque de coquetería, Djamila se ajustó su desordenada túnica dentro del cinturón y se echó hacia atrás el cabello, que le había caído sobre la cara al jugar con los niños. Sólo entonces se inclinó respetuosamente para saludar a su ilustre visitante.

Con exquisita elegancia, Da'ud la tranquilizó:

–Te felicito por el trabajo que estás haciendo aquí. Tu padre lo considera tu deber, pero a mí me parece que obtienes un gran placer de él. Tienes muy buena mano con los niños, una vivacidad que a ellos les encanta y que a ti te es útil para ganarte su confianza.

–Me hace sentirme de nuevo como una niña, cuando los veo riéndose tan contentos.

–Prestas un servicio más importante de lo que crees. Cuando tengan que enfrentarse con las privaciones que les esperan, estos momentos de despreocupada felicidad serán preciados recuerdos que conservarán en su memoria y en su corazón.

–Me brindas más honor del que me merezco.

–Todo lo contrario. No es más de lo que te mereces. Yo, como sabes, no tengo hijos. Deseo con toda mi alma el sonido de esta inocente alegría en el silencio de mi casa.

Al oír voces en el patio, Bahya ibn Kashkil salió para enterarse de quién era el visitante que había ido tan temprano.

–¿A qué debemos este honor tan inesperado? –preguntó a Da'ud, algo sorprendido, aproximándose a él respetuosamente e inclinándose para besarle la mano.

–Tengo un asunto personal del que hablar contigo. Tal vez Djamila pueda ocuparse de los niños mientras hablamos.

Cuando la muchacha hubo desaparecido dentro del aula, Da'ud fue inmediatamente al grano, impaciente por deshacerse de tan delicada materia.

–No es un secreto en la comunidad judía de Córdoba que no tengo hijos, aunque llevo casado con mi amada esposa más de diez años. Tengo ya más de cuarenta y no puedo esperar a que Dios haga un milagro como lo hizo con Abraham y Sara, nuestros sagrados patriarcas. Tu hija Djamila me agrada. Es joven, fuerte, sana, con un deseo de vivir y un entusiamo que encuentro atrayente. Pero, sobre todo, está dotada de un cariño natural por los niños. Esto es lo que me ha incitado a hablar contigo hoy. No obstante, hay algo que quiero dejar bien claro. Nunca repudiaré a mi primera mujer, Sari, porque la amo con un profundo y perdurable amor. Lo que pido es tu consentimiento para tomar a tu hija como a mi segunda mujer y madre de mis hijos, con tal de que ella, por supuesto, esté de acuerdo.

Bahya ibn Kashil se quedó estupefacto. ¿El gran Da'ud ibn Yatom pidiendo la mano de Djamila, hija de un necesitado, aunque culto, campesino de un desconocido pueblo marroquí? Ni siquiera a Dios se hubiera atrevido a pedirle un milagro así. ¡Ojalá su amada esposa Aisha viviera para ser testigo de ello! Pero ¿sería una buena idea –empezó a darle vueltas en su mente convencional, en estos momentos confusa y atolondrada por añadidura– la alianza de un hombre tan grande con una mujer tan humilde? ¿No la estarían humillando constantemente los de alta y poderosa ascendencia, por haber nacido de humilde origen? Súbitamente la voz autoritaria de su difunta esposa empezó a resonar en sus oídos: «¡Despiértate, cabeza de chorlito! Djamila es mi hija además de tuya, y es tan digna y merecedora como los grandes y poderosos, y perfectamente capaz de defenderse entre ellos. ¿De qué otra manera podría haber atraído la atención de Da'ud ibn Yatom? Dale una oportunidad en la vida. ¡Es una mujer capaz de sacar el máximo provecho de ella!».

Como si alguien estuviera hablando en su lugar, Bahya se oyó a sí mismo tartamudear:

–¡Pero no tengo dote que darle! –Tan pronto como las palabras habían salido de su boca, se dio cuenta de lo absurdas que eran, pero no obstante no le avergonzaba su legítimo deseo de casar a su hija con la debida dignidad.

–Hablaremos de ese asunto en otra ocasión –respondió Da'ud con gravedad, cuidadoso de no ofender el orgullo de su futuro suegro–. ¿Puedo, entonces, asumir que aceptas mi proposición?

–El honor que nos tributas es tan inmenso e inesperado que no encuentro palabras con que expresar mi gratitud.

–Lo tomo como lo has expresado. Y ahora, ¿tienes la amabilidad de regresar a tu clase, porque deseo hablar con Djamila a solas y tratar de ganarme su amor? –Enfrentado ahora con la situación que él mismo había provocado, Da'ud se encontró sumamente incómodo. Viendo a Djamila que se dirigía ávidamente hacia él, con pasos largos y gráciles, todo el prestigio de su rango y posición parecía desvanecerse como nieve derretida al toque de la primavera, dejándole expuesto y vulnerable ante esta vigorosa muchacha, rebosante de vitalidad, veinte años más joven que él. ¡Qué viejo le debería parecer, y qué ridícula debía de resultar su figura, un palmo más bajo que ella, de complexión delgada junto a la vigorosa figura de ella, de cutis cetrino junto a la piel rubicunda de Djamila, con el tono rojizo de la tierra de su pueblo natal!

Dándole la espalda para ocultar su turbación, cruzó el patio hasta el extremo más alejado, buscando desesperadamente palabras que expresaran sus intenciones con toda la delicadeza que requería la situación. Pero Djamila lo cogió por sorpresa.

–Mi padre me dice que quieres casarte conmigo –rompió a hablar con el júbilo resonando en su voz.

Asombrado de su valor al tomar la iniciativa, Da'ud se dio la vuelta para mirarla de frente, con un destello de admiración apenas perceptible en sus ojos tranquilos y oscuros.

–Y tu resplandeciente sonrisa me dice que aceptas mi ofrecimiento –dijo, sonriéndole con un encanto exquisito.

–¿Quién no lo haría? –contestó Djamila gozosa, poniéndole los brazos alrededor del cuello y besándole en los labios, con un temblor de sensualidad–. Pero, ¿por qué yo? –preguntó con inocente candor, retrocediendo un paso–. ¿Por qué no una de las hijas de las grandes familias judías, como corresponde a tu posición?

Tenazas de remordimiento apretaban el corazón de Da'ud. ¿Cómo reconocer ante esta inocente criatura el cínico uso que estaba haciendo de su pobreza y de su ambición? ¿Cómo decirle que las hijas de las grandes familias judías detestarían el ocupar un lugar inferior al de su esposa, que había sido una vez una esclava y que ocuparía siempre un puesto de preferencia en su hogar?

–Como ya le he dicho a tu padre, encuentro particularmente atractivos tu juvenil vivacidad y tu gozo de vivir. Y tu amor por los niños responde perfectamente a mi ardiente deseo de engendrarlos.

La verdad estaba en lo que no había dicho, en la ausencia de una declaración de amor que, si seguía los dictados de su conciencia, no podía proferir.

–Sari, mi esposa, a la que amo profundamente, es un ser dulce y tranquilo. Estoy seguro de que vivirás con ella en paz y armonía.

–Por supuesto que nos llevaremos bien. Será como una hermana mayor para mí. ¡Oh, qué feliz soy, qué inmensamente feliz! ¡Quiero cantar y bailar y hacer que el mundo entero participe de mi gozo!

En un arranque de espontaneidad, dio unos pasos de danza y le echó los brazos, hasta tal punto que su exuberancia le anonadó. No tenía más remedio que abrazarla también él, aunque su estilo era más amistoso que amoroso. Pero entonces, recordando el papel que debía asumir, le devolvió el beso con una sensualidad ligeramente más insistente que la de ella. Un aire de expectación quedó suspendido entre ambos cuando se separaron, Djamila para volver a su clase, Da'ud para servir a su soberano.

Con las fuerzas de Ya'kub debilitándose día tras día, no se podía pensar en una celebración para conmemorar el matrimonio de Da'ud ben Ya'kub ibn Yatom y Djamila, hija de Bahya ibn Kashkil. La ceremonia religiosa iba a celebrarse a la puesta del sol en el patio de la casa de Ya'kub, en presencia, solamente, del íntimo círculo familiar. Mientras se servían vino y ligeros manjares, Ya'kub sacó fuerzas de flaqueza para dar la bienvenida a Djamila al hogar de los Ibn Yatom, y poco después Da'ud, Sari y Djamila se despidieron. Recorrieron lentamente la corta distancia hasta su casa, en la templada atmósfera de la noche cordobesa, Djamila alegre y despreocupada, Sari extrañamente serena y Da'ud tratando de ocultar su profundo malestar. Desde aquella mañana había estado imaginándose el momento en que tendría que dejar a Sari y seguir a Djamila al segundo piso que había hecho construir para ella, a fin de proteger la intimidad de su primera esposa. Separarse de Sari sería como hacer pedazos su propia alma. Este pensamiento le causaba una opresión tan inmensa que vaciaba su mente de todas las demás consideraciones.

–Tengo la costumbre de quedarme sentado un rato fuera antes de ir a acostarme –le informó fríamente a su nueva esposa, mientras los tres permanecían de pie, vacilantes, en el centro del patio, bañado por la luz de la luna.

–En ese caso yo subiré y me prepararé –replicó Djamila con su inimitable candor, subiendo los peldaños exteriores de dos en dos.

Enormemente aliviado, Da'ud atrajo a Sari y la hizo sentarse junto a él sobre el viejo banco de piedra, como había hecho tantas otras veces en el pasado. Con los dedos de ella entrelazados con los suyos, Da'ud susurró:

–Te amaré más esta noche que en ningún otro momento desde que te vi por primera vez, porque, en espíritu, la unión que estoy a punto de realizar, será contigo.

Sari aceptó sus palabras con una lenta y triste inclinación de cabeza. Se quedaron sentados así, en íntima comunión, durante un largo y silencioso momento. Entonces Da'ud se levantó y se puso en camino hacia la esposa que le estaba esperando.

Sari se desnudó rápidamente y permaneció echada en el lecho que ella y Da'ud tenían que haber compartido. Instintivamente, alargó la mano hacia el lugar donde él solía estar acostado, al lado de ella, pero estaba frío y vacío y no había una mano que cogiera la suya. Fue solamente entonces cuando la realidad de lo que había ocurrido penetró en lo más hondo de su corazón, con una punzada de dolor tan amarga que le arrasó los ojos de lágrimas. Esta nostalgia desesperada por su presencia, la apremiante necesidad de sentirle allí junto a ella, de disfrutar de la intimidad que había surgido entre los dos, ¿era eso lo que se llamaba amor? Algo así como un cordel se rompió en su interior, desatando una turbulencia de sollozos y lágrimas que procedían de las profundidades de su alma herida.

XVII

El deseo brotó como una llama en el mismo momento en que Da'ud y Djamila se tocaron. Djamila respondió apasionadamente a todos los refinamientos en el arte del amor, en el que Da'ud era un consumado maestro y su grande y vigoroso cuerpo, con sus amplios senos de oscuros pezones, se relajó y se hizo maleable al toque de las manos expertas de Da'ud. Tan poderosa fue la respuesta de Djamila que a Da'ud los sentidos le daban vueltas y más vueltas, borrando la identidad de la mujer que estaba haciendo suya. Cuando ella notó que él forcejaba por alcanzar el orgasmo, se tensó y acercó su cuerpo al de él, uniéndose el uno con la otra en una comunión perfecta. Djamila estaba extasiada. Una gran paz se apoderó de Da'ud cuando al fin descansó, una paz de realización y satisfacción físicas, y de alivio al lograr lo que tanto deseaba. Habría estado satisfecho de dejar que esta sensación le adormeciera de una forma vagamente sensual, pero Djamila seguía inquieta, dominada por un intenso deseo, así que la volvió a penetrar una y otra vez. Agotado, cayó en un sueño profundo hasta la mañana siguiente.

Fue sólo al despertarse y ver su corpulenta y oscura figura echada junto a él, cuando lo invadió una ineludible sensación de vergüenza. No extrajo ningún placer de la contemplación de su macizo cuerpo de campesina, ni sintió deseo de compartir con ella sus pensamientos y emociones, ni necesidad de tenerla constantemente a su lado. La inmensa satisfacción que habían obtenido el uno del otro había sido provocada por la unión de sus cuerpos y no por la fusión de sus almas. ¿Sería capaz de amar a un hijo nacido de un acto sin amor?, se preguntaba a sí mismo, mientras, sin hacer ruido, se levantaba y bajaba las escaleras hacia el patio gris a la luz de la madrugada. Tenía un ardiente deseo de contemplar a su verdadera esposa, Sari, asegurarle que su amor por ella sería imperecedero, pero se contuvo no fuera que, involuntariamente, la hiriera.

¿Por qué no se le había otorgado la gracia de lograr ambas uniones, la espiritual y la física, con la única mujer a quien amaba en su vida, se decía, arremetiendo contra su Dios y su destino, mientras caminaba a paso ligero por las silenciosas calles de la mañana?

Como de costumbre, entró en el palacio por la oculta entrada a la biblioteca y se dirigió discretamente al despacho de Alhákem para entablar su acostumbrado diálogo cotidiano.

–Tienes muy buen aspecto esta mañana, mi docto amigo, descansado y más relajado de lo que te he visto jamás –fueron las primeras palabras del califa al saludarle, poniendo a un lado el antiguo manuscrito que estaba examinando para observar más detenidamente a su cortesano judío–. Una mujer, supongo. –Y sonrió.

Con una leve inclinación de cabeza Da'ud asintió, pero no ofreció ninguna otra explicación.

–Me alegro de encontrarte de tan buen humor –dijo Alhákem–. Espero aumentarlo al comentar contigo una idea de la que ya hemos hablado. Tan ávido de conocimiento como lo estoy yo, sea cual sea la fuente de la que se origine, no puedes por menos que compartir mi ambición de ver nuestra ciudad de Córdoba enriquecida con una biblioteca tan rica y variada como lo es el propio esfuerzo humano. Me la imagino como una mina de conocimiento que atraerá a investigadores de cerca y de lejos, fomentando mi deseo de erradicar la idea, que tiene gran parte del mundo, de que no somos más que una raza de camelleros y consumidores de lagartos cuyo único placer es blandir la espada. Nuestra colección de obras religiosas, históricas y biográficas debe ser enriquecida con otras obras no sólo escritas por nuestros antiguos eruditos árabes, sino también por los persas y los griegos. Tenemos muy pocos libros de astronomía, matemáticas y medicina, por ejemplo. Como uno de los más ilustres eruditos en todo al-Andalus, te considero el más digno de mis cortesanos para llevar a cabo esta noble tarea. Te autorizo, por consiguiente, a que envíes emisarios a todos los rincones del mundo para que busquen y compren en mi nombre todos los libros que consideres merecedores de ocupar un lugar en nuestra gran biblioteca califal.

–Es ésta una tarea que acepto con placer –replicó Da'ud–. Y puesto que expresáis una vez más vuestro deseo de aumentar el prestigio de nuestra gran ciudad, quisiera insistir, respetuosamente, en la idea de fundar aquí un hospital y una escuela de medicina capaces de emular a los de Bagdad. Hay pacientes que vienen en gran número a Córdoba en busca de la ayuda de nuestros famosos médicos y –continuó suavemente– muchos más vendrán ahora que tenemos libertad para revelar que bajo el gobierno de vuestro ilustre progenitor, el secreto del Gran Antídoto fue descubierto por este vuestro humilde siervo.

–¡Y qué gran descubrimiento fue! –dijo Alhákem–. Mi padre me lo contó poco tiempo antes de su muerte. Nos traerá una fama inconmensurable.

–Sí, nos la traerá, pero desgraciadamente nos faltan las condiciones adecuadas para tratar a nuestos enfermos, no digamos a los que vienen de otros países. Con todos mis respetos, ¡oh Príncipe de los Creyentes!, tal situación no nos honra en absoluto.

Alhákem se levantó de un salto y empezó a dar nerviosas zancadas por el cuarto, guiñando los ojos que centelleaban de pura excitación.

–¡Claro! ¡Claro! ¡Tienes toda la razón! ¡Por Alá que construiremos un complejo médico que será la envidia de todo el mundo civilizado!

–Puesto que la idea os parece aceptable, consultaré a mi maestro, Abu Sa'id, que fue el primero en hablar de este asunto conmigo, y a nuestro eminente y joven cirujano Abu'l Kasim. El consejo y la recomendación de ambos serán sumamente valiosos para ejecutar del proyecto.

–No es preciso que lo consultes con nadie. Tú mismo eres más que suficiente y eminentemente adecuado para llevarlo a la práctica.

–Pero...

–No hay «peros», Abu Solimán. Esta será la culminación de tu deslumbrante carrera y el acontecimiento más glorioso de mi reinado. No debemos escatimar gasto alguno. Gracias a tu habilidad para negociar con los príncipes cristianos, nuestros cofres rebosan de dinero... Utilízalo con absoluta libertad. Empléalo para el bienestar de nuestros súbditos y la gloria de nuestro reino.

–Os agradezco profundamente el honor que me tributáis, pero tengo poca experiencia en asuntos monetarios –trató Da'ud de resistirse una vez más, reacio a exponerse a acusaciones de mala administración o malversación de fondos públicos.

–Vamos, vamos... Si fuiste capaz de descubrir el secreto del Gran Antídoto, serás capaz de supervisar las cuentas. Habla del proyecto con tus colegas médicos y preséntame tus ideas de forma que entonces podamos pedir consejo a nuestros arquitectos.

Era evidentemente inútil seguir manifestando más objeciones. Afortunadamente, la situación política del califato era tal que Da'ud no creía que Alhákem necesitara sus servicios en otras esferas: los príncipes cristianos estaban demasiado embrollados en luchas intestinas para dirigir ataques contra sus señores musulmanes; y el fatimí al-Mu'izz, ahora que había conquistado vastas secciones del territorio que Abderramán tuvo bajo su control en tiempos pasados, en el norte de África, parecía satisfecho de dejar a Alhákem con Ceuta y Tánger. De momento, el califa no parecía sentir la menor inclinación por luchar para reconquistar su supremacía al otro lado del Mediterráneo. Sus energías y, por consiguiente, las de Da'ud, estaban ahora dirigidas casi exclusivamente al florecimiento cultural de su reino.

Abu Sa'id Hatim ibn Zuhr invitó a sus estudiantes a que se sentaran en círculo para examinar el intrincado diseño de un esqueleto humano, mientras que él se fue a hablar con Da'ud ibn Yatom, al frescor de su exuberante jardín.

–¿Cómo está tu padre? –preguntó con evidente inquietud.

–No muy bien, maestro, no muy bien –replicó Da'ud, volviendo el rostro para aspirar la fragancia de un jazmín, a fin de ocultar su emoción–. Gracias a la pericia de Abu'l Kasim la herida ha cicatrizado por completo, pero su fuerza vital va disminuyendo día tras día.

–¿Dolores?

–No.

–Su estado parece indicar que se ha formado otro tumor en algún lugar escondido y que está corroyendo los tejidos que lo rodean, penetrando sin piedad en sus órganos vitales. Para eso, hijo mío, no hay cura.

–Lo sé, maestro, lo sé. Pero no me puedo resignar. Si en la naturaleza cada fenómeno tiene su opuesto y cada enfermedad su cura, ¿por qué no se ha inventado nada que detenga esta malignidad?

–Me han llegado rumores de un remedio que se utiliza en los países orientales, pero no he podido averiguar más acerca de él.

Inmediatamente, Da'ud pensó en el comerciante radanita como un posible vínculo con aquellos lugares lejanos, pero hacía tanto tiempo que no había pasado por Córdoba que dio por sentado que había muerto.

–Pediré a los emisarios que el califa me ha ordenado enviar por todo el mundo en busca de antiguos manuscritos, que pregunten en mi nombre por ese remedio. Es siempre posible tropezarse con algo, como me pasó a mí con el secreto del Gran Antídoto.

–¿Que eso te pasó a ti? ¿Quieres decir que fuiste tú quien identificó los ingredientes que faltaban? –exclamó Ibn Zuhr incrédulamente, con su aristocrático rostro iluminado por la admiración–. ¿Cómo? ¿Cuándo?

–Hace muchos años, maestro, y a insistencia de Abderramán, pero me hizo jurar que guardaría el secreto hasta su muerte. Estaba obsesionado por el temor a ser envenenado, accidental o intencionadamente, por el veneno de la víbora y me ordenó que buscara los perdidos ingredientes.

–Cuéntame, cuéntame más –instó Ibn Zuhr a su antiguo alumno, haciéndole que se acercara y se sentara junto a él en un banco cubierto de musgo, a la sombra de una gigantesca higuera. Da'ud le contó a su mentor, con todo lujo de detalles, la manera en que él había descubierto el antiguo secreto.

–Pero eso no es todo, maestro. Cuando Abderramán fue a luchar contra Ordoño, le di un frasco del antídoto para que se lo llevara con él. Entonces, en un arranque de intuición, tanto para calmar sus temores como para producir un efecto real, le sugerí que tomara una pequeña dosis como medida preventiva, si se encontraba expuesto al peligro. Si no le servía de nada, tampoco le podía hacer daño, pensé. Hizo lo que le aconsejé y unas horas más tarde fue mordido, como él había previsto. Entonces tomó una dosis completa del Gran Antídoto y no experimentó ninguna reacción adversa. Ninguna. Absolutamente ninguna.

–¡Increíble! –exclamó Ibn Zuhr–. ¡Totalmente increíble! Pero no podemos deducir a raíz de esto que el Gran Antídoto actúe como profiláctico contra el veneno, ya que tomó otra dosis después de ser mordido. No hay manera de averiguar si tu intuición, como tú la llamas, está bien fundada, sin exponer a alguien a un peligro mortal. ¡Ah! –suspiró–, si al menos tuviéramos condiciones necesarias para observar las reacciones de pacientes en idénticas circunstancias ante diferentes formas de tratamiento, para tomar nota e intercambiar nuestras observaciones...

–Un hospital y una escuela de medicina –sonrió Da'ud–. Con la ayuda de Dios, pronto los tendremos. Alhákem está entusiasmado con la idea de construir el centro médico del que hemos hablado, y me ha encargado que me haga responsable de su ejecución.

–¡Qué magníficas noticias me estás dando! Si no fuera por la enfermedad de tu padre, habría motivo para celebrarlo. Hemos de reunirnos con Abu'l Kasim y discutir el plan con detalle. Tenemos muchas razones para estar agradecidos

–murmuró el maestro al acompañar a su antiguo discípulo a la salida–. Y, ¿me permites que te desee una gran felicidad con tu nueva esposa?

–Felicidad es una palabra demasiado fuerte. Satisfacción, tal vez. Mejor dicho, puedes desear que llegue a ser un día padre de un hijo.

Aquella noche, y las noches siguientes durante tres meses desde el día de su matrimonio con Djamila, Da'ud realizó el acto sexual con ella. Exuberante por naturaleza y totalmente carente de inhibiciones, extraía ilimitado placer de las interminables variaciones que él llevaba al abrazo del amor; como médico, el cuerpo de la mujer no tenía secretos para él. Pero cuando no apareció la regla al tercer mes consecutivo, el ardor de Da'ud empezó a disminuir. Por el contrario, su inquietud por la condición de Djamila aumentó. Vigilaba con meticulosa atención su dieta diaria y su estado de salud, con una agitación que ella consideraba excesiva. El embarazo y la maternidad son cosas sencillas y naturales, solía decir riéndose, con su sólido instinto campesino, pero aceptaba sus atenciones sin poner reparos. Da'ud insistió en que sus visitas a los párvulos de la escuela del Talmud Torá, que la echaban tanto de menos desde su matrimonio, fueran restringidas «para impedir un accidente, una caída, un golpe, un esfuerzo físico desmedido al jugar con los niños. Pronto tendrás tu propio hijo de quien ocuparte», añadió en un esfuerzo por seguirle la corriente.

Acostumbrada a la vida al aire libre, sin ninguna clase de trabas, Djamila era incapaz de permanecer dentro de los confines de la casa, algo que a Sari sí le gustaba. Así que se dedicó a visitar a las damas de las familias distinguidas de la comunidad, todas ellas tan deseosas de conocerla como lo estaba ella de cultivar su amistad. Las tres hermanas bar Simha, casadas hacía ya tiempo con prósperos comerciantes y madres de familias numerosas, eran particularmente insistentes en sus tentativas de acercamientos amistosos, disimulando detrás de sus efusivas sonrisas la curiosidad que sentían por conocer a la segunda esposa del hombre que tan altivamente las había rechazado. A Da'ud no le agradaba esta familiaridad, tan ajena a la tradición familiar de mantener una saludable distancia de aquellos con pretensiones de intimidad. Pero no dio importancia al asunto. No era éste el momento para enfadar o irritar a Djamila. Consciente de lo que este asunto le desagradaba, Sari trató de calmarle: «Una vez que nazca el niño, tendrá poco tiempo para tales trivialidades», solía decirle, poniéndole una mano tranquilizadora en el brazo.

Conforme aumentaba el tamaño de Djamila, crecía la agitación de Da'ud. Llegó hasta a consultar a las estrellas –costumbre que hasta entonces había considerado con evidente escepticismo– para asegurarse de que los cuerpos celestiales estarían en posición favorable cuando llegara el momento del nacimiento de su hijo.

Estaba una noche ocupado en estos quehaceres cuando llegó un sirviente de la casa de su padre. Se apoderó de él, al verle, una repentina debilidad y una sensación de náusea. Lleno de oscuros presentimientos se dirigió apresuradamente a la cabecera de su padre. Tan consumido estaba éste que apenas se distinguía el bulto de su cuerpo bajo el montón de colchas que su madre había puesto sobre la cama para mantenerle caliente. Su rostro hundido, con la piel tirante sobre los huesos prominentes, tenía el color gris de una muerte cercana y su respiración era débil como la agonizante brisa de la tarde. Al darse cuenta de que Da'ud estaba cerca de él, le hizo una señal con un dedo esquelético para que se acercara a él.

–Que Dios te bendiga con un hijo fuerte y sano –dijo en un susurro, con el último aliento de vida que le quedaba. Entonces volvió la cabeza y encontró al fin la paz.

A pesar de los muchos meses que llevaba preparándose para la muerte de su padre, este hecho irrevocable significó un golpe brutal para Da'ud, que ni sus conocimientos médicos ni su experiencia pudieron mitigar. ¿Por qué no se había encontrado una cura para las aflicciones humanas? ¿Por qué era la muerte un decreto inmutable de Dios y de la naturaleza? Las eternas preguntas chocaban y pasaban a toda velocidad por su mente, sin encontrar ni ahora ni nunca contestación para ellas. Durante semanas se vio dominado por el dolor y la rebelión, que se asentaron sobre su corazón como una fría losa de hielo. Sólo Sari parecía ser capaz de apaciguarle.

–El niño vendrá a llenar el vacío que Ya'kub ha dejado en los corazones de todos nosotros –repetía una y otra vez–. Piensa en el hijo, el futuro, la nueva vida que has creado como una continuación de la vieja.

Su apoyo era constante y aunque nunca se llegó a acostumbrar a dormir sin tenerlo a su lado, extraía consuelo del hecho de que si sus noches pertenecían a Djamila, su vida, sus más íntimos pensamientos y sentimientos, seguían siendo, como siempre, suyos.

Fueron pasando las semanas que faltaban para el nacimiento, con Da'ud tenso y preocupado, bajo su sereno exterior, Djamila inquieta e impaciente por que llegara el momento final, Sari tratando de calmar al uno y animar a la otra.

Y un buen día, en las primeras horas de una helada mañana de invierno, el llanto de un niño recién nacido rasgó el silencio de la casa de Da'ud, como una llamada a la vida. Era un llanto fuerte y sano, como una respuesta a los moribundos deseos de Ya'kub. Pero su fuerza era la fuerza de Djamila, no la del deseado hijo de Da'ud.

Da'ud palideció, sus hombros parecieron hundirse y sus labios temblaron con un helada rabia, cuando la comadrona le dio tímidamente la noticia. Bruscamente se dio la vuelta dispuesto a salir de la casa, pero Sari lo detuvo con firmeza.

–El parto fue fácil, la niña es sana y Djamila está bien. Vendrán muchos más hijos. Vamos, coge a la criatura en tus brazos –le instó Sari, haciéndole un gesto a la comadrona para que diera a la niña.

–¿Vendrán más hijos? –preguntó Da'ud con desgana, mirando, sin saber cómo reaccionar, a la criatura rojiza y arrugada que tenía en sus brazos.

–Déjame cogerla un momento –dijo Sari. Incrédulo, con su viejo y apremiante amor por ella retorciéndole el corazón,

Da'ud la observaba mientras le cogía el pequeño fardo de sus brazos y lo acunaba contra su pecho.

–¡Qué criatura tan diminuta, tierna y milagrosa! –susurró, con los ojos arrasados por las lágrimas–. Un milagro de la vida, un ser que hay que criar, amar y moldear hasta hacer de él un perfecto ser humano.

Una oleada de calor, procedente de algún origen primordial y misterioso, surgió de la más oculta e íntima fibra de su ser, provocando en sus sentidos una agitación tan poderosa que casi la hizo desmayarse. Un profundo rubor se extendió por sus mejillas pálidas y traslúcidas, al susurrar lentamente:

–Querido Da'ud, creo que al fin me has hecho comprender el significado de la vida y del amor.

Cuando levantó sus ojos hacia los de él, su color azul oscuro estaba bañado en una luz de amor que Da'ud había perdido la esperanza de vislumbrar jamás en ellos.

–Sí. Vendrán muchos hijos –repitió como un eco, cogiéndole el rostro gentilmente entre las manos–, pero serás tú quien les dé a luz.

–¡Sí, oh sí, amor mío, seré yo quien les dé vida!

Da'ud llamó a la comadrona y le volvió a entregar a la niña.

–Llévasela a su madre –ordenó.

Entonces él y Sari yacieron juntos en el lecho. Su unión fue extática, una tremenda fusión cósmica más allá del tiempo, del lugar y de la sustancia, una fusión perfecta del apasionado brote de vida que había permanecido latente durante tanto tiempo en el cuerpo de Sari, y el torrente del amor de Da'ud por ella, que éste había guardado encerrado en su alma. Nunca pensaron en que iban a conocer una felicidad semejante, una felicidad que era tan vasta, tan capaz de abarcarlo todo que no les dejaba separarse el uno del otro. No salieron de su cuarto hasta el mediodía, radiantes por el gozo, que era mayor por haber tardado tanto en llegar.

Desde aquel día en adelante, Da'ud y Sari se movieron en un espacio que no era de este mundo. Arrebatados por un huracán de pasión cuya ascensión no tenía fin, fueron transportados a un estado de sublimación imposible de concebir, por el milagro de esa total unión, en cuerpo y alma. Vivieron como en trance, envueltos en una nube de amor y pasión, de ternura y éxtasis. Y su exaltación irradiaba alegría sobre todos los que los rodeaban.

Todos, excepto Djamila. Con su existencia ignorada, su lecho abandonado, la vigorosa vida de su hija desatendida, ella, no obstante, luchó valerosamente para mantener su orgullo y su dignidad. No tenía motivos para hacerle reproches a su esposo: le había advertido desde el principio que era Sari a quien amaba. Si le hubiera dado un hijo, habría adoptado indudablemente una actitud distinta, si no hacia ella, al menos hacia el niño recién nacido. Tal y como eran las cosas, ella había dejado de existir para él y sólo el bebé Amira permanecía allí para demostrar que ellos dos habían formado también una vez un solo cuerpo.

PARTE II

DA' UD Y HAI

XVIII

Fue la única ocasión en toda su vida en la que Da'ud ibn Yatom permitió que se abriera una brecha en la muralla de discreción celosamente erigida para proteger la intimidad de su vida familiar. El día de la circuncisión de Hai, su primogénito, abrió las puertas de su casa de par en par para que entrara todo el que quisiera acudir a compartir su júbilo.

Se habían dado los últimos toques a la nueva casa que se había hecho construir para acomodar a su creciente familia, sólo unas semanas antes del día en que Sari salía de cuentas. Desde la puerta que daba a la calle, un estrecho pasillo llevaba a un espacioso patio, alrededor del cual se habían erigido tres alas. La central era para uso exclusivo de Da'ud: allí trabajaría y recibiría a los pocos visitantes que iban a su casa. Las dos laterales eran para cada una de sus dos mujeres y sus hijos respectivos, una separación destinada a asegurar la paz y la tranquilidad de la familia entonces y en el futuro. En un frenesí de actividad, los grandes artistas griegos en el arte del mosaico y los artesanos del mármol, los expertos árabes del agua y los alicatadores, los pintores beréberes, los vendedores de alfombras persas y los comerciantes de seda de Córdoba, habían ido y venido en un estado de agitación y conmoción nacido de su deseo de prestar sus servicios, adelantándose unos a otros para completar sus tareas en el plazo fijado previamente.

Unos momentos antes de que llegaran sus invitados, Da'ud se llevó a Sari al extremo del perfectamente sincronizado jardín acuático que embellecía el centro del patio. Allí, en el silencio íntimo de su felicidad, se detuvieron a contemplar el angosto canal, que se asemejaba al órgano sexual de una mujer, y que yacía entre dos filas gemelas de oscuros cipreses, una espuma como llovizna de vapor cuyo origen se escondía bajo el follaje y que se dispersaba en el aire, como un velo, antes de caer sobre sus tranquilas aguas. Erguidos, inmóviles y silenciosos como centinelas, pero con un aspecto infinitamente más suave, las siluetas afiladas de los árboles estaba reproducidas por un solo y pequeño ciprés con hojas como plumas, colocado en un círculo de mármol en el centro del canal. La mirada de Da'ud se volvió entonces hacia él.

–He plantado este arbolillo frágil y tembloroso esta mañana, de madrugada, para que crezca al mismo tiempo que Hai. Mientras él sea joven mediremos su estatura contra el árbol y cuando Hai llegue a la madurez, contemplaremos el árbol adquiriendo fuerza y vigor y elevándose como él a las gloriosas alturas de sus cualidades y destrezas, de su dignidad y de su orgullo. Y esto –continuó volviéndose hacia su mujer mientras se sacaba de la manga de su oscura túnica una pequeña bolsa de terciopelo–, esto es para ti. –Alzando tiernamente la mano de Sari, le volvió la palma hacia arriba y colocó en ella una cadena de oro de la cual colgaba una réplica del arbolillo, delicadamente diseñada en oro incrustado de esmeraldas.

–¡Qué típico de ti –sonrió Sari dulcemente– el disponer siempre de la frase elegante, del gesto exquisito!

–Pero ninguna de mis palabras ni de mis ademanes bastan para expresarte la calidad inconmensurable de mi felicidad. ¿Cuántos seres humanos disfrutan del privilegio en el curso de su vida, por muy grande que sea el precio que tengan que pagar, de lograr la totalidad de sus ambiciones?

–¡Qué pensamiento tan aleccionador, un pensamiento que debe inspirarnos humildad! –murmuró Sari mientras su mente regresaba a los primeros recuerdos de su vida, la salvaje violencia, los bajos instintos, el temor y el pánico, el dolor, la fealdad, la miseria, la soledad, únicos habitantes del sórdido mundo de su infancia de huérfana. No podía decir, al igual que Da'ud, que había logrado la ambición de su vida; hasta que él la rescató, no sabía que la vida contenía nada que mereciera la pena ambicionar. Su única ambición había sido huir, aunque no sabía a dónde. Si no hubiera sido por el comerciante radanita y después por Da'ud, nunca habría llegado a saber que la vida podía ser otra cosa que el horror con el que estaba familiarizada; y aún más, que el amor, una emoción que no había ni recibido ni otorgado, era el catalizador que transformaba el deseo animal en el éxtasis humano.

¡Y qué éxtasis! ¡Qué suavemente la había tocado, qué tiernamente la había acariciado, qué sensibles eran sus manos al más ligero temblor del placer que empezaba a nacer en ella!; manos seguras, protectoras, amorosas, que la llevaban suavemente, gradualmente, por los senderos de su creciente deseo hasta que ella misma se alzaba, subiendo hasta las vertiginosas cúspides de pasión a las que él entonces la arrastraba. Todos estos meses, desde el nacimiento de Amira, se habían entregado a su amor y a sus sentidos; sus cuerpos y sus dos seres separados, se fusionaban en una sola y vibrante entidad, cada uno de ellos inmerso en el otro, penetrado por el otro. Y cuando estaban separados, ambos anhelaban el contacto y la presencia del otro, impacientes por unirse una vez más. ¡Qué poco le había faltado para vivir su vida sin haber probado su don más glorioso, el perfecto amor de un ser humano por otro, y el gozo de su realización en la creación de otro ser humano, un acto propio de Dios! ¡Cuántas otras, nacidas como ella en una vida de miseria, no lograban experimentar un cambio de fortuna tan milagroso! Era esta conciencia de los caprichos del destino humano, ¿por qué ella y no otra?, lo que la llevaba irremediablemente, a la humildad.

Mirando ahora a su marido, se sintió llena de una excitante sensación de libertad. No sentía ya el peso constante de la culpabilidad por la frustración y desdicha que le había causado. Ahora que le había otorgado por propia voluntad aquello que él había esperado con tanta paciencia, deseado con todos sus sentidos, pero nunca exigido por la fuerza; ahora que le había dado tanto como ella había recibido, se consideraba su igual en la relación de amor, libre para permitirle acceder fácilmente en la intimidad de sus pensamientos.

–A veces me pregunto por qué estabas tan sereno, casi sorprendentemente sereno, durante todo mi embarazo y, sin embargo, exageradamente inquieto cuando Djamila llevaba a Amira en su vientre....

–Me he estado preguntando lo mismo durante todos estos meses –contestó Da'ud con la misma naturalidad–. Lógicamente, habría tenido que estar angustiado, porque en el curso de tu embarazo o en el momento de dar a luz, algún daño irreparable que pudieras haber sufrido en tu infancia podría haber resultado desastroso. El mero pensamiento de que pudiera perderte en las agonías del parto habría sido suficiente para tenerme atormentado de día y de noche. Pero no fue así. Desde el momento en que te entregaste a mí tan generosamente, tan plenamente, con un amor y una confianza sin límites, supe, en lo más íntimo de mi ser, que los cielos bendecían nuestra unión. Lo mismo que la primera vez que te vi sabía que te iba a amar a ti y sólo a ti durante todos los días de mi vida, también poseía la inquebrantable seguridad de que Hai estaba destinado a venir al mundo sano y salvo, como el símbolo vivo de nuestra unión, el testimonio de nuestro amor y su continuación.

–Sin embargo, las comadronas no creen que el parto fuera fácil. Estaban seriamente preocupadas. Hubo un momento en que sentí como si me hubieran arrancado una parte de mí misma.

–He hablado con ellas –dijo Da'ud con cautela.

–No podré tener más hijos, ¿verdad?

–Probablemente no. Pero no me importa. No tengo el menor deseo de volver a verte sufrir. Te tengo a ti y al fruto de nuestro amor, Hai, cuyo nombre significa «vida». Con dos tesoros así, sería ingrato pedir más.

–Y tienes también a Amira, y a Djamila.

Da'ud la hizo callar con un gesto brusco de la mano.

–Ha cumplido su misión –declaró rotundamente, casi categóricamente.

El hilillo de sonido que era el llanto de Hai llegó hasta ellos a través de la brisa de la tarde, poniendo fin a una conversación que Sari, de momento, no tenía interés en continuar.

Se dirigió apresuradamente a su parte de la casa para amamantar a su hijo recién nacido, mientras que Da'ud, colocándose las mangas de su oscura toga en su sitio, se preparó para recibir a sus invitados.

El venerable erudito, rabino Samuel ben Mar Shaul, fue el primero en llegar. No había sido nunca un hombre robusto, pero entonces era menudo y tenía un ligero temblor, y una barba rala y blanca que hacía juego con el blanquecino vapor suspendido, como un velo, sobre el jardin acuático. Lágrimas de emoción arrasaron sus ojos desvaídos, al abrazar a su antiguo alumno, un muchacho inteligente al que había augurado desde el principio un gran futuro académico. ¡Qué placer había sido el revelarle las bellezas del lenguaje y de las formas poéticas de la Biblia, explicarle la sabiduría encerrada en las sagas del Talmud! ¡Qué satisfacción había experimentado ante la certeza de que la mente ávida del muchacho absorbía cada palabra que él pronunciaba y reflexionaba detenidamente sobre ella! Aunque en los últimos años hubiera descuidado la observancia de ciertos preceptos que consideraba incompatibles con su vida cotidiana, era consciente de su existencia y les había aplicado su propio y bien razonado juicio. Por eso, el rabino Samuel no era capaz de reprochárselo. Le había conmovido profundamente el honor que Da'ud le había hecho al elegirle como padrino de Hai y aunque sabía que el viaje desde su erudito retiro de Lucena a la bulliciosa ciudad de Córdoba, que fue en otros tiempos su hogar, le fatigaría enormemente, nada en este mundo le habría inducido a rehusar tal honor. Al sentir sus frágiles brazos rodeando la esbelta y sobria figura de Da'ud ben Ya'kub ibn Yatom, el judío más ilustre en todo al-Andalus, pronunció en voz baja una acción de gracias a Dios por haberle conservado la vida y permitirle ser testigo de un día como el de hoy. También Da'ud estaba conmovido y satisfecho. La elección del rabino Samuel no solamente le había ofrecido una manera elegante de honrar a su mentor, sino que, por añadidura, había evitado el riesgo de suscitar envidias entre los miembros prominentes de la comunidad que competían por disfrutar de su favor.

Poco después del rabino Samuel llegó el rabino Ezra, el que iba a llevar a cabo la circuncisión, seguido segundos más tarde por Abu Sa'id y Abu'l Kasim. Después de saludar a Da'ud, los dos médicos iniciaron una seria discusión con el rabino Ezra acerca de la forma más segura y rápida de quitar el prepucio del recién nacido. Con un aire de indiscutible autoridad, Ibn Zuhr pasó el dedo sobre la hoja finamente afilada del cuchillo que el *mohel* iba a utilizar, mientras que Abu'l Kasim comprobó que la ranura entre las hojas de plata, con forma de loto, de la cubierta que protegería el pene del bebé era de la anchura adecuada.

–Estos instrumentos fueron fabricados especialmente por expertos artesanos para esta ocasión –insinuó el rabino Ezra, con cautela.

Después de un gesto de aprobación dirigido a Abu'l Kasim, Ibn Zuhr asintió:

–Están bien. –Al hablar, puso discretamente en la mano del que iba a llevar a cabo la circuncisión una cajita de oro que contenía unos polvos alcalinos blancos–. Espolvoréalos sobre la incisión antes de poner el vendaje –le dijo, e inmediatamente después, en compañía de Abu'l Kasim, se retiró para unirse a los otros invitados.

Era un grupo selecto. El hermano más joven del califa asistió a la recepción como representante personal de Alhákem, junto con otros príncipes de la casa de Omeya, ricamente ataviados y deslumbrantemente enjoyados; ilustres visires acompañados de cortesanos de rango inferior; rabinos y jueces de los tribunales de justicia judíos acudieron procedentes de todas las comunidades de al-Andalus; poetas, eruditos y filósofos, en gran número; y, de entre los príncipes cristianos, los reyes de León y Navarra enviaron emisarios personales. La reina Toda, que no toleraba que nadie la acusara de ingratitud, envió un obsequio al hijo del hombre a quien su nieto debía la salud y el trono: un juego de ajedrez en miniatura. Las piezas estaban hechas de la más delicada filigrana, unas de plata, otras de oro, con el tablero de vistoso jaspe, con cuadrados en los que alternaban los colores rojo y verde. La delicadeza que revelaba el haber construido un juego tan atractivo a los ojos de un niño como fácil de manejar por sus pequeñas manos, emocionó profundamente a Da'ud.

Contemplando a la multitud de invitados que pululaban entre los cipreses o se paraban a conversar junto a la cinta de agua que fluía entre ellos, Da'ud se sintió lleno de un orgullo que le producía cierta inquietud. Cuando un hombre ha llegado a la cima de sus ambiciones, cuando los hombres más ilustres del país le rinden homenaje como al más íntimo confidente del califa reinante, como erudito y médico y como el más famoso judío de al-Andalus, ¿qué otra cosa le queda por alcanzar? Al no poder ostentar el título de visir que le protegiese de la oposición de los imanes a que un judío tuviera autoridad sobre los árabes, ya había llegado a todo a lo que podía aspirar. Por lo tanto, el futuro le ofrecía solamente, o inmovilidad o decadencia. Otros hombres más jóvenes, impelidos por la ambición, como lo había estado él, tratarían inevitablemente de competir con él por el favor del califa... Y ¿quién podía predecir el futuro de su felicidad personal, perfecta ahora, pero extremadamente vulnerable, con dos esposas y dos hijos, enfrentados unos con otros, a uno y otro lado del jardín que había creado para ellos? ¡Pero basta de pensamientos oscuros!, se dijo a sí mismo. ¡Saborea tu triunfo! Lo mismo que has eludido peligros en el pasado, así te defenderás en el futuro a ti mismo, a tu amada Sari y al hijo que durante tanto tiempo deseaste. El rabino Ezra le estaba haciendo señas para que se acercara. Su madre, Sola, ya había cogido al bebé de brazos de Sari y se lo había pasado al rabino Samuel que, apoyado en un montón de cojines de seda, lo sostenía en su regazo esperando los servicios de quien lo iba a circuncidar. Con sus nuevos y relucientes instrumentos meticulosamente desplegados sobre un impoluto soporte de mármol, el rabino Ezra se acercó al niño, le quitó los pañales y faldones y separó sus piernecitas, que se resistían a que se las tocara. Sari, que observaba la ceremonia desde la ventana de su cuarto, ahogó un grito de angustia y todo su cuerpo empezó a temblar violentamente. Lo único que deseaba hacer en aquel momento era huir, huir del espectáculo de las vigorosas manos de Ezra separando las piernecitas del niño en contra de su voluntad, como otras manos más crudas, más brutales habían separado a la fuerza sus piernas de niña, hacía tantos años... También entonces tuvo que ahogar sus gritos por temor a sufrir una violencia mayor a manos de aquel viejo... Sola, desconocedora del íntimo tormento que estaba atravesando, puso sobre ella una mano maternal, un toque de calor humano que parecía estar derritiendo algo helado en lo más profundo de su ser. Sin inmutarse, dejó que sus lágrimas fluyeran libremente, derramando con ellas todo el dolor que había acarreado en silencio, dentro de su ser, desde su infancia. Fue como si con su propio renacimiento en la persona de su hijo, se hubiera desvanecido al fin ese dolor. El sonido de los gritos de protesta de Hai, sanos y vigorosos –débiles para los otros, pero que a los oídos de su madre resonaban como un gemido penetrante–, estaban mezclados con sus propios sollozos, unidos a su propia y demorada protesta. Fue solamente entonces cuando su deseo de huir se desvaneció para siempre, junto con el dolor, arrastrado por el torrente de sus lágrimas purificadoras. Tenía que estar ahí para proteger a su hijo, acunarlo en sus brazos, amamantarlo en sus pechos, consolarlo como a ella no se la había consolado jamás. Nunca lo abandonaría para que afrontara solo las tribulaciones de la vida. Nunca, mientras hubiera aliento en su interior.

En el otro lado del jardín, Djamila también estaba llorando asomada a su ventana, con lágrimas ardientes de resentimiento y orgullo herido. Luchaba por convencerse de que no lloraba por ella. Da'ud no había ocultado sus intenciones cuando la tomó como su segunda esposa. Ella aceptó el trato que se le ofreció; no podía echarle la culpa a nadie más que a sí misma. Además, por muy ostensiblemente que la ignorara, ella era y seguiría siendo un miembro de su familia, con todo el respeto y derecho a la convivencia que se le debía como a tal. No, era por Amira por quien lloraba, por su hija, de cuya existencia Da'ud hacía caso omiso. El espectáculo de los bulliciosos grupos pululando de un lado a otro del jardín desató en el interior de su ser una oleada de rebeldía que le hizo subir la sangre a la cabeza. Para Hai, una celebración pública sin precedentes en los anales de esta discreta pero poderosa familia. Para Amira, nada. Nada en absoluto. Apenas una reunión familiar. El hecho de que Da'ud no hubiera ido a su lecho desde el día del nacimiento de su hija era una afrenta que se veía forzada a tolerar. Pero que no hubiera mostrado ningún afecto por su primogénita era una ofensa que Djamila no podía ni quería perdonar.

Sus amigas, las hermanas bar Simha, que habían ido a acompañarla durante la ceremonia, trataron de consolarla lo mejor posible. Nunca olvidarían la humillación que sufrieron a manos de Da'ud, la ignominia de haberlas puesto en segunda fila en favor de una expósita, encontrada en un mercado de esclavos. Aunque ni ellas ni Djamila habían hablado en esta ocasión de los sentimientos de ésta, la comprendían perfectamente. Pero mientras que a ellas se las había enseñado a reprimir sus resentimientos y aceptar los designios del destino, Djamila estaba educada de otra manera. De espíritu independiente, hervía de indignación y se negaba a someterse. Cesó de llorar, bruscamente se irguió orgullosamente y con una voz serena y decidida, se dirigió a la niñera de su hija.

–Fatma, ve a contemplar la ceremonia. Yo me ocuparé de Amira.

Un tenso silencio descendió sobre la concurrencia y muchos pares de ojos estaban clavados en las manos del rabino Ezra: los de Ibn Zuhr, cuya penetrante y fija mirada estaba velada de inquietud; los de Da'ud, cuya inmutable compostura estaba ahora desmentida por el incesante movimiento de sus dedos sobre el borde de plata de su túnica; los del rabino Samuel, ojos de un anciano llenos de lágrimas de compasión; los de Sari, ahogados en un mar de angustia, y los de Djamila, ardiendo de resentimiento. Con un rápido y hábil movimiento de su reluciente cuchillo, Ezra introdujo a Hai ben Da'ud ibn Yatom en la ancestral alianza de Dios con el pueblo de Israel. Un estallido de voces surgió en el patio del jardín mientras la multitud colmaba de bendiciones al niño circuncidado y a la gran familia de Ibn Yatom.

Este era el momento que Djamila había estado esperando. Con un amplio movimiento de sus vigorosos brazos levantó a Amira entre ellos y con pasos firmes y decisivos salió con ella al jardín. Allí permaneció de pie, desafiante, provocativa, en medio de la ilustre asamblea masculina, en flagrante violación de todas las convenciones. Su actitud atrevida y agresiva fue como un grito desesperado de protesta: «Y mi hija, tu hija ¿es que ella no merece la bendición de los concurrentes?». Asustada por la multitud que se apretaba a su alrededor, Amira exhaló un grito penetrante. Las cabezas se volvieron ante la conmoción que se acababa de producir. Inquietas miradas se clavaron en el rostro del amo de la casa. Pero Da'ud permaneció impertérrito. Los gritos de Amira alcanzaron entonces un grado de frenesí. Con una fuerza inconcebible en un cuerpo tan pequeño, sacudió violentamente los brazos y las piernas, luchando furiosamente para soltarse de la presión de los brazos de su madre. Djamila no hizo nada para sujetarla. Todo su ser estaba dirigido hacia Da'ud, su esposo, como si por la intensidad de su voluntad pudiera conseguir que él le prestara atención. Pero de nada le sirvió. Con sus piececitos firmemente apoyados contra el pecho de su madre, Amira, en un empujón final, se soltó de ella. Con un gemido de pánico, cayó al suelo y su carita adquirió un tono azulado producido por el terror. Un escandalizado silencio se apoderó de la multitud y se intercambiaron miradas de sorpresa y asombro. Un hombre joven y tímido, a cuyos pies yacía Amira, la cogió en sus brazos, se la devolvió a su madre y con inesperada amabilidad las convenció para que se metieran dentro de la casa. Al mismo tiempo, y haciendo caso omiso de la terrible escena, Da'ud estaba devolviendo a Hai –calmando sus gritos con la gota de vino que se le puso sobre los labios– a los cuidados de su madre.

Así, con Hai suavemente acunado en el pecho de su madre y Amira protegida y a salvo en los brazos de la suya, se restableció el orden. La fiesta podía empezar. Los músicos rasguearon en sus guitarras las melodías, cuyo ritmo penetrante cayó, cautivador, sobre la concurrencia; los poetas declamaron sus elegantes versos, perfectamente rimados y finamente cincelados, en efusivos halagos de su anfitrión y señor, y el vino oscuro y espumoso salió abundantemente de garrafas de plata y de oro para caer en copas de oro y de plata. Los últimos invitados no se despidieron hasta que el repentino canto de un pájaro les recordó que estaba a punto de rayar el alba. Fue una ocasión que todos los que estaban allí presentes iban a guardar en su memoria durante muchos años, cada uno por razones propias.

XIX

A la mañana siguiente, antes de salir para Lucena, el rabino Samuel fue a despedirse de su antiguo alumno. En su presencia, Da'ud parecía despojarse de su aire de grandeza tan sutil y volver a lo que había sido una vez, el discípulo brillante, pero sumiso, del venerable anciano. Su conversación estaba impregnada de tristeza: ambos sabían que probablemente no se volverían a ver. Rememoraron el pasado y hablaron del futuro y Da'ud se confió a su antiguo maestro y le habló de su preocupación motivada por los diversos y múltiples deberes que Alhákem le imponía, no todos ellos de su aprobación.

–Por muy pesadas que sean las obligaciones que se te ordene asumir, no olvides nunca tus responsabilidades hacia tus hermanos judíos –le advirtió el rabino Samuel, con una nota de severidad que estabilizaba el temblor de su voz–. Tu posición en la corte te confiere no sólo el poder de protegerlos, sino también la autoridad moral de juzgar y actuar de árbitro.

–No tengo ni la intención ni el deseo de descuidarlos –respondió Da'ud humildemente–. Por el contrario, llevo algún tiempo buscando a un hombre joven que sea capaz de ayudarme en esta misión. No es que no haya candidatos, pero la elección es delicada. Si muestro favor hacia el hijo de una familia distinguida, puedo incurrir inevitablemente en la hostilidad de otra. De ninguna manera deseo poner en peligro la unidad y la fuerza de nuestra ilustre comunidad de Córdoba.

–En ese caso debes buscar a alguien que no pertenezca a esta ciudad. Tenemos muchos estudiantes distinguidos en nuestras academias de Lucena –replicó el rabino Samuel pensativamente, pasándose una mano temblorosa, de prominentes venas azuladas, por su barba blanca y rala–. De hecho, el joven que me ha acompañado aquí sería ideal para lo que te propones. Es un poco tímido y, al igual que tú, discreto en sus modales, a pesar de su gran inteligencia, y como procede de una familia campesina modesta, le vendrá muy bien la remuneración y estará deseoso de servir. ¿Crees que sería una buena idea hablar con él antes de que nos vayamos? Me está esperando afuera.

Da'ud asintió y ordenó a un sirviente que hiciera pasar al joven. En el momento en que entró en la habitación, los ojos de Da'ud perdieron momentáneamente la serenidad ante la sorpresa de un fugaz reconocimiento de la persona que se presentaba ante él. Este era el hombre que había apaciguado suavemente la conmoción provocada por Djamila durante la ceremonia de la circuncisión el día anterior. Tanto entonces como esos precisos momentos, Da'ud no hizo la menor referencia al incidente. Como tampoco iba a dar la menor indicación de que sabía lo que había ocurrido.

La descripción que el rabino Samuel hizo de Menahem ben Saruq había sido correcta aunque superficial. ¿Lo había hecho deliberadamente?, pensó Da'ud. Encontró un poco fastidiosa la servil humildad del joven, a pesar de la evidente ventaja de una cualidad así en un subordinado. No obstante, y por respeto a la recomendación de su mentor, le hizo unas cuantas preguntas sobre sus estudios y aspiraciones. Fue preciso insistir mucho para hacerle hablar del proyecto que había estado planeando desde hacía mucho tiempo.

Con las desgarbadas manos apretadas entre las rodillas, Menahem clavó sus emocionados ojos en sus nudillos, blancos y huesudos, y finalmente dijo:

–Mi mayor ilusión, lo que más ambiciono en esta vida es escribir un diccionario en hebreo que demuestre la pureza y elegancia de nuestra antigua lengua.

–¿En hebreo? –preguntó Da'ud sorprendido–. ¿Por qué no en la lengua arábiga como tus ilustres predecesores en Babilonia? La lengua arábiga es la que se usa también en la actualidad en nuestras comunidades andaluzas, y sirve cada vez más como modelo para las obras de nuestros más ilustres poetas, ya escriban en hebreo o en árabe.

Menahem se ruborizó, pero había ido ya demasiado lejos para evadir la cuestión. Descargando el peso de su cuerpo de un lado al otro del bajo diván en el que estaba sentado, separó las manos y las frotó una contra otra unos instantes, mientras consideraba su respuesta.

–¿No es el profundo deseo de todo judío orgulloso de serlo y fiel a sus tradiciones el mantener nuestra antigua herencia bíblica como nuestro único y exclusivo modelo literario?

–No estoy totalmente seguro de ello –observó Da'ud con frialdad, irritado por el deseo de este joven, aparentemente tímido, de refutar la creciente influencia de las formas literarias arábigas sobre los literatos judíos de España, hombres que habían asimilado profundamente el espíritu y las letras de su tiempo y de su ambiente–. Aunque tu propósito es digno de admiración, dudo que logres convencer a nuestros poetas de que renuncien a su hábil emulación de los brillantes artificios de la cultura literaria arábiga, tal y como florece hoy en día en al-Andalus. Tus energías y tu erudición estarían mejor empleadas en otro lugar –concluyó secamente.

–Es precisamente «en otro lugar» donde un lexicón hebreo sería de un valor inestimable –intervino el rabino Samuel, haciendo uso de todo el peso de su autoridad en favor de su joven discípulo–. Nuestro pueblo está esparcido y nuestra lengua es uno de los pocos vínculos que nos unen. Si se escribe un diccionario bíblico en hebreo, será accesible a todas las comunidades de la diáspora y establecerá una norma común de pureza y elegancia entre todos ellos. ¿Es que no requiere nuestra sagrada lengua el mismo grado de cultivo, lustre y refinamiento que los árabes prodigan en la conservación de la suya? –Inclinándose hacia adelante, el rabino Samuel mantuvo su argumento con insistencia y con un íntimo conocimiento de su interlocutor–: Como maestro de un hito tan importante en el estudio de la lingüística hebrea, tu prestigio personal sería inconmensurablemente realzado por todo el mundo judío y tu nombre sería respetado para siempre jamás por todos los que honran y conservan nuestro patrimonio judío.

A pesar de la inmediata antipatía que el joven y erudito investigador le había inspirado, cuya humildad era más fingida que real, Da'ud era incapaz, aun sintiéndose consciente de su propio poder y grandeza, de desafiar la autoridad de su mentor. Además, a pesar de su aversión personal hacia el hombre en sí, el proyecto de Menahem no le desagradaba. La realización de un proyecto así, bajo su patrocinio, ganaría para el nombre de Da'ud ben Ya'kub un lugar inmortal en los anales de su pueblo. Él, como le ocurriría a cualquier otro hombre, no podía permanecer indiferente ante semejante perspectiva.

Así que, una semana más tarde, Menahem ben Sarup asumió sus deberes como ayudante de Da'ud en los asuntos judíos. Todos los jueves iba a la casa de éste, donde se le había instalado una pequeña cámara junto al despacho de Da'ud. Allí se preparaba para su reunión semanal con su maestro, que se celebraba generalmente los viernes, el día de descanso de los musulmanes. El resto del tiempo lo pasaba en la espaciosa habitación que le había alquilado a la viuda Tamara, una pariente lejana de la familia bar Simha, que estaba encantada de tener una presencia humana en su mansión, vacía y tenebrosa, y además y a pesar de las apariencias, no podía desdeñar el suplemento que esto suponía para sus limitados ingresos.

A pesar de lo antipático que le resultaba su secretario hebreo, con sus movimientos angulares y una permanente expresión de tristeza, que parecía estar llena de reproches, Da'ud se vio pronto forzado a reconocer que la insistente recomendación del rabino Samuel estaba plenamente justificada. Menahem formulaba su extensa correspondencia en hebreo con las comunidades judías de al-Andalus y con otras partes de los dominios Omeyas en un estilo de impecable elegancia, dando infaliblemente con el tono o matiz que su maestro deseaba comunicar. Cuando se le preguntaba su opinión sobre cuestiones polémicas, replicaba con modestia y equilibrio y con una cristalina coherencia.

Es más: cuando se enteró de que Da'ud era responsable de la adquisición de manuscritos para la biblioteca del califa, sugirió que se hiciera una colección semejante de obras de autores judíos, muchas de las cuales podían encontrarse en los grandes centros talmúdicos de Babilonia. Tal iniciativa aportaría más honor a la comunidad judía de Córdoba, se aventuró a opinar. Él, Menahem, aceptaría plena responsabilidad por el proyecto si Da'ud le daba su autorización y proveía los fondos necesarios. Aunque estaba encantado por el espíritu de iniciativa de su secretario, Da'ud recibió la sugerencia con relativa frialdad, dejando que transcurriera un espacio de tiempo considerable antes de darle su bendición. Había que mantener a Menahem en su sitio; teniendo en cuenta su inteligencia, podía resultar peligroso... Los fondos se extrajeron del patrimonio de Da'ud; no era una persona a quien le gustara compartir con nadie el honor de otorgar su patrocinio a una empresa tan digna de él.

Durante las pocas horas que pasaban juntos todas las semanas, ninguno de los dos mencionó nada sobre el polémico asunto que los dividía: la pretensión de Menahem de contener la creciente influencia de las formas literarias arábigas sobre las letras hebreas. De esa manera, lograron trabajar juntos en una armonía distante e impersonal.

Una apariencia de armonía reinaba también en la vida doméstica de Da'ud, pero también allí se ocultaba la tensión, tras la fachada de serenidad. Como consecuencia natural del ejemplo ofrecido por el maestro de la casa, Hai se convirtió en el eje de la vida en ella. Toda la actividad estaba subordinada a sus necesidades y deseos, y el amor y la atención de toda la casa estaban pródigamente concentrados en él. Su madre, su abuela, su niñera y todos los sirvientes notificaban y comentaban hasta el más mínimo detalle sus movimientos, susurros, acciones y reacciones, que eran comunicados a su padre en cuanto éste volvía del palacio todos los días. Desde el momento en que entraba en la casa, Da'ud no tenía ojos más que para Hai y su amada Sari. En el suave atardecer, dulcemente perfumado, los tres solían sentarse junto al rumoreante canal o entre los cipreses que se iban ya oscureciendo, maravillándose de la precocidad del niño, descubriendo pruebas irrefutables de su inteligencia privilegiada, atribuyendo sus ojos azules a la madre, su cutis oscuro al padre, sus largos, largos dedos, solamente a sí mismo...

Era muy difícil mantener a Amira encerrada en el ala de la casa que pertenecía a Djamila, cuando veía a su padre y a su hermanito jugando juntos en el jardín. Con fogosa decisión se deshacía de toda restricción y caminaba tambaleándose hacia donde ellos estaban. Era Sari quien, al verla acercarse, la cogía en sus brazos con un cariño cálido y acogedor. La sentaba en sus rodillas y le enseñaba las asombrosas manitas de Hai, con sus largos dedos como de araña. Cogía entonces la regordeta mano de Amira en las suyas y le dejaba que tocara suavemente las de Hai. Haría todo lo que estuviera en su poder, resolvió sin decirle nada a nadie, para inspirar en la niña una actitud amorosa y protectora hacia Hai, el amado hijo de su amor. Pero Da'ud continuaba sin hacer caso de su hija, avivando el resentimiento que consumía silenciosamente el corazón de su rechazada madre.

Como había hecho durante los largos meses de su embarazo, Djamila continuaba frecuentando la compañía de las damas distinguidas de la comunidad, sobre todo la de las hermanas bar Simha. A medida que las ausencias de su casa se iban haciendo más frecuentes y prolongadas, fue Sari quien se convirtió en el principal manantial de amor del que pródigamente se nutría la pequeña y extrovertida Amira. Si no hubiera sido por Sari, la niña tal vez no habría nacido; era Sari y no la propia niña, la responsable, en el fondo, de su existencia. Amira no tuvo que sufrir las consecuencias de la inhumana infancia de Sari, ni las de la vida que su propia madre había elegido llevar. Desde el nacimiento de Hai, Djamila no servía para nada, no ocupaba ningún lugar en la intimidad de la casa de Da'ud. ¿Quién podría, por tanto, censurarla si buscaba alguna inocente distracción fuera de las paredes de esa casa? Pero, por otra parte, Amira no tenía por qué pagar el precio que esto suponía. A una niña inocente como ella era no se la debía privar del amor maternal al que tenía derecho, un derecho del que Sari había sido privada tan cruelmente en su infancia. Si Djamila se sentía tan desdichada como para no ser capaz de suministrarlo, Sari la sustituiría lo mejor que pudiera. Da'ud no puso la menor objeción al afecto que Sari mostraba por su hija, pero él permanecía indiferente y distante. Sólo tenía amor para el hijo de su amor, el pequeño Hai.

¿Qué habría hecho sin este remanso de amor, confianza y comprensión donde podía descansar de los problemas cotidianos?, se preguntaba una y otra vez cuando volvía a su casa por las tardes. Los príncipes cristianos, embrollados en rivalidades intestinas, no habían sido particularmente diligentes a la hora de enviar el tributo que le debían a su señor árabe, y el trabajo de la construcción del hospital no podía proseguir sin ese dinero. Así que Da'ud se veía obligado a llevar a cabo continuas maravillas en cuanto al tema financiero, explotando a veces su fortuna personal, a fin de mantener la confianza de aquellos cuyos servicios eran vitales para él. No le contó esto a nadie, excepto a su maestro Ibn Zuhr, en quien confiaba plenamente, aunque sabía muy bien que ni siquiera su silencio podía garantizar la confidencialidad, ni servirle de protección contra las peligrosas insinuaciones de Abu Bakr.

Nadie mejor que ese artero mago de las finanzas era capaz de calcular el coste de las empresas que Alhákem le había encargado, o de estimar los ingresos y los gastos de los que era responsable. ¿Cómo era posible que el judío estuviera dispuesto a anticipar su propio dinero, a menos que hubiera malversado el que sacaba de los tributos, para sus dudosos fines, prestándoselo a dudosos clientes y a exorbitantes tipos de interés, para ser luego incapaz de recuperar el dinero que le debían?, estaría murmurando probablemente Abu Bakr. Y ¿qué pasaba con los manuscritos judíos, solía atormentarse Da'ud cuando se echaban sobre él los negros nubarrones de la sospecha? ¿Por qué se había dejado tentar por la sugerencia de su pedante secretario y había permitido que su deseo de inmortalidad invalidara consideraciones más prácticas? Si Abu Bakr se enteraba de la colección que la comunidad judía estaba acumulando, ¡qué poco tiempo tardaría en diseminar el rumor de que Da'ud estaba explotando a los emisarios de Alhákem, mandados a expensas del califato, en beneficio de su propia comunidad! Tales mentiras, susurradas por hombres de poder en los oídos de hombres deseosos de enterarse de todo, podían adquirir muy fácilmente el barniz de la autenticidad... Aunque era escrupuloso en sus cuentas, irreprochable en el manejo del dinero público que se le había confiado y no cobraba ni una piastra de interés sobre las cantidades que temporalmente anticipaba, Da'ud vivía en un estado de tensión constante, que iba finalmente a privarle de la paz de su espíritu.

Poco a poco, se vio forzado a admitir que las circunstancias y su propia ambición le habían llevado desde su juvenil búsqueda del conocimiento a un mundo que no era el suyo. Hasta sus conversaciones matinales con el califa, lejos de llenarle de orgullo y satisfacción, servían meramente para subrayar la diferencia entre él y el ambiente cortesano en el que se movía. El califa, un musulmán, podía especular libremente con él, un judío, acerca de la línea divisoria entre la lógica cerebral y la fe religiosa; podía expresar cándidamente su pasión por la primera y su profundo escepticismo hacia la segunda, precisamente por la inherente diferencia, imposible de erradicar, entre ellos. Sólo porque Alhákem estaba seguro de que ni el más leve murmullo de sus más íntimas dudas llegaría a los oídos de los siempre vigilantes imanes, se permitía el lujo de compartir sus heréticos pensamientos con su confidente judío.

–Hay veces en que me sorprendo a mí mismo pensando –reconoció una vez Alhákem con una enigmática sonrisa de culpabilidad, como un niño a quien se ha cogido robando de una pirámide de dulces, cuidadosamente construida y preparada para los invitados– que los antiguos tenían razón en adorar a dioses con atributos humanos, seres superiores que hicieron la guerra y la paz, amaron y odiaron, impusieron recompensas y castigos, conforme a lo que consideraban adecuado. Encuentro más fácil creer que fuimos creados a su imagen, más que a la imagen de un Dios misericordioso y benévolo, la Divinidad ideal; es más fácil concebir la humanidad como la marioneta de dioses caprichosos, que como el juguete de tu Yahvé, su Jesús o nuestro Alá. Porque si no somos simples marionetas en el teatro cósmico del único Dios, ¿cómo se puede explicar la miseria que existe sobre esta tierra?

–¡Razón tenéis en sentiros atormentado por esta duda! –respondió Da'ud sin comprometerse, reacio a reconocer que la misma duda atormentaba su propio espíritu, que iba también en búsqueda de una respuesta. ¡Qué familiarizados estaban los exiliados de su propio pueblo con el significado de la miseria y del sufrimiento! La opresión y la persecución podían azotarlos en cualquier momento como a la minoría que eran, una minoría sin tierras propias, a merced de los pueblos entre los que vivían y, por consiguiente, víctimas propiciatorias en las que descargar la venganza por todos o cada uno de los males que afligían a tales pueblos. Y, sin embargo, y a pesar de todo, continuaban creyendo firmemente, considerándose tenazmente como el pueblo elegido del único Dios...

Si el destino de los judíos hubiera sido otro, si no fuera porque las comunidades de al-Andalus confiaban en él para que los guiara y protegiera contra tales tribulaciones, él, Da'ud ibn Yatom, habría renunciado voluntariamente a este mundo a donde lo había conducido su destino y habría, voluntariamente también, renunciado a los honores y a la riqueza, al poder y al prestigio que este mundo le había conferido, para entregarse a una vida de estudio sencilla y sin preocupaciones. Una vida así, libre de toda obligación para con sus hermanos, habría sido posible si los judíos hubieran poseído su propio reino independiente.

Cuando sus pensamientos iban en esa dirección, Da'ud recordaba un pasaje con el que había tropezado en la geografía de Abu Ishak al-Istakhri, un volumen adquirido recientemente para la biblioteca del califa. Había en él una breve mención de un judío khagan que hacía unos dos siglos había reinado sobre los kazares, una poderosa tribu turca cuyo territorio estaba situado en algún lugar entre el mar Negro y el mar Caspio. ¿Había sido Kazaria un reino judío independiente? ¿Existía todavía? ¿Cómo y cuándo, si es que eso había ocurrido, su rey y sus súbditos habían abrazado la ley de Moisés? ¿Debería mandar un emisario al khagan de este lejano reino? Si tal reino judío existía, él de buen grado se desembarazaría de su carga y se iría allí con Sari y su amado hijo, para vivir de acuerdo con sus inclinaciones naturales.

Tal vez, antes de que la delegación que el emperador Otto había enviado al califa regresara de Córdoba a Alemania, haría que Menahem escribiera, con su elegante letra hebrea, una carta al rey kazar haciéndole todas las preguntas que él mismo se había formulado tan a menudo. Si se les recompensaba adecuadamente, los dos miembros judíos de la delegación se esforzarían en que la misiva alcanzara su destino. Si recibía una contestación satisfactoria y tan pronto como la recibiera, ¡con qué alegría emprendería el camino sobre las colinas, por mar y tierra y se afincaría en aquel lugar donde reinaban la paz y la tranquilidad de Israel!

XX

Había sido un invierno duro, más frío y tormentoso de los que se recordaban hacía años y años en al-Andalus. El espectáculo desacostumbrado de la nieve, extendida como espuma sobre los templados jardines de Córdoba, hacía que los niños gritaran llenos de júbilo. No ocurría lo mismo con sus padres. Aunque deslumbrados por la extraña belleza de su ciudad, bañada en sol y bloqueada por la nieve, estaban consternados al ver sus afilados cipreses escorados e inclinados bajo el doble asalto de viento y nieve, los restos de las tejas que habían caído al suelo en una explosión de fragmentos rojizos, las goteras y filtraciones en paredes construidas para clemencia del verano. El gran pesar de Sari fue la muerte de las plantas que había cuidado tan celosamente desde los días previos a su matrimonio. Con el paso de los años habían crecido tanto que tuvieron que ser plantadas en un rincón del jardín, pero a pesar de que parecían tan sanas, no sobrevivieron a los rigores de aquel invierno.

El arbolillo de Hai, que tenía ya cuatro años, había sufrido poco, al estar protegido por los árboles totalmente maduros que lo rodeaban. Sólo una rama o dos sobresalían aquí y allá, como una extremidad fracturada, alterando la suave curva de su esbelta silueta. Para Sari, la muerte de las plantas del ermitaño simbolizaba el paso de sus años solitarios y estériles; la supervivencia del arbolillo, la promesa del futuro de Hai. Si los hombres eruditos de Córdoba creían en la influencia de las estrellas en las vidas de los hombres, ¿por qué no iba a creer ella en algún otro objeto de la creación de Dios como augurio del futuro?, solía decirle sonriente a Da'ud en un esfuerzo por distraerle de sus preocupaciones diarias. Y aunque él no tenía paciencia con la fe de sus colegas acerca del poder de las estrellas, sonreía indulgentemente al oír las fantasías privadas de Sari y su buen humor contribuía a distraerle de su constante meditación.

Con los primeros calores de la primavera Sari volvió a plantar su rincón del jardín. Estaba ocupándose de él una mañana cuando vio llegar a Djamila y a Amira con sus túnicas de ligero tejido y brillantes colores, con bandas de seda tornasolada atadas en torno a sus cinturas.

–Vamos a dar un paseo por la orilla del río –gritó Djamila desde el otro lado del jardín, cogiendo la mano de su hija y llevándola a lo largo del canal de agua hasta la portezuela en la pared que cerraba el jardín en su extremo más apartado. Sari les dijo adiós con la mano y su mirada las siguió con nostalgia. Sentía un gran dolor en su corazón, por la madre y por la hija, al ver la forma tan evidente en que Da'ud las despreciaba, pero éste se negaba a dejarle hablar del asunto. Tal vez surgiría incluso una ocasión apropiada, suspiró al volverse a sus plantas y acariciar una hoja, pálida y tierna aún con el renacer de la primavera. ¡Qué afortunadas eran Djamila y ella, tan radicalmente diferentes, de poder vivir juntas en tan fácil armonía! Y si ella se sentía todavía vagamente culpable por la situación que había surgido entre las cuatro paredes de la casa de su marido, la plena responsabilidad por la manera en que se había desarrollado recaía totalmente en Da'ud. Si no se le podía convencer para que modificara su actitud hacia su segunda mujer y su hija, ella, por su parte, se ocuparía de que Hai y Amira crecieran como buenos amigos.

Libre al fin de las limitaciones físicas de los meses de invierno, Amira corría, brincaba y saltaba al lado de su madre. Se paró un instante para coger un pastelillo recién hecho de la cesta de un vendedor que pasaba por su lado, y se lo metió entero en la boca, le hizo cosquillas en las orejas a un burro atado con una soga, y le pidió a su madre que le comprara una manzana rebozada en azúcar, antes de salir del alboroto del mercado y volver hacia la orilla del río. Djamila sabía que se encontraría allí con las tres hermanas ban Simha, que en el transcurso de los años se habían convertido en sus constantes compañeras. El tiempo y sus diversas experiencias como esposas y madres habían borrado, en cierto modo, el extraordinario parecido que las había distinguido cuando eran jóvenes. Sitbora, la mayor, se había convertido en una mujer mandona y casi oficiosa, una matrona antes de tiempo; Dona había madurado haciéndose espiritual y reflexiva, mientras que Palomba, la más joven, dotada de un pecho de abundantes proporciones y proyectado hacia adelante como el de una paloma, a juego con su propio nombre, había seguido siendo un ser pasivo y fácilmente manejable que estaba de acuerdo con todos y con todo.

El lugar en que tenían la costumbre de encontrarse, la extensión de terreno debajo de la generosa sombra de una acacia, había desaparecido, sumergido bajo las aguas desbordantes del río, agitadas por la nieve derretida. Djamila las encontró un poco más lejos, paseándose por una pradera de anémonas silvestres que habían brotado en cuanto el invierno empezó a retirarse, esparciendo sobre la tierra una capa de color rojo reluciente. Las tres estaban hablando, no como les habría gustado sobre los compromisos matrimoniales de sus respectivos hijos, algunos ya en edad casadera, sino sobre un asunto que había surgido a lo largo del invierno. Sus padres, ambos de avanzada edad, habían fallecido, víctimas del frío y de la humedad que sus frágiles cuerpos no fueron capaces de soportar. En su testamento, el padre había dejado una cantidad considerable de dinero a la comunidad judía, en calidad de legado caritativo, pero sin especificar la institución a la que se debía donar. Las hermanas, deseosas de realzar el prestigio familiar y perpetuar el nombre de su padre, estaban hablando de posibles beneficiarios, cuando Djamila y Amira se acercaron. La niña se alejó enseguida, dando saltos, primero para coger un ramillete de anémonas de pétalos rosa, con cuya suavidad acarició sus mejillas, y después para atormentar a una santateresa a la que persiguió implacablemente de hoja en hoja.

Djamila, cogiendo sin dificultad el hilo de la conversación de sus amigas, hizo inmediatamente una sugerencia que sólo su atrevida mente, libre de restricciones, podría haber concebido.

–¿Por qué no subvencionar una escuela de Talmud Torá para niñas?

Una explosión de risa agitó los senos de las tres hermanas bar Simha.

–Haz el favor de hablar en serio –censuró Sitbora–. Estamos buscando una sugerencia válida para comunicársela a nuestros maridos. Son ya muy reacios a implicarse en esto, porque en casos así es el jefe de la comunidad quien tiene poder para utilizar los fondos conforme a su juicio.

–Pero estoy hablando en serio –protestó Djamila–. ¿Por qué han de verse privadas nuestras hijas de la educación que tan firmemente insistimos en dar a nuestros hijos?

–Hay cierto sentido en lo que dices –dijo Dona pensativamente dándole vueltas a la idea en su mente.

–Sí, yo creo que tienes razón –dijo a su vez Palomba, de acuerdo con su hermana, como era de esperar.

Pero Sitbora hizo caso omiso de ambas.

–La idea es inconcebible –declaró enfáticamente–. Los hombres no la aceptarán y sin ellos no podemos hacer nada.

–¡Tonterías! –dijo Djamila en tono de mofa–. Lo único que necesitas es una habitación y libros. Tenéis ya un maestro.

Tres pares de ojos con forma de gamo se volvieron hacia ella asombrados.

–¿Tú?

–¿Y qué otra persona puede ser?

–¿Tú, un miembro de la gran familia de Ibn Yatom? ¡Tu marido te repudiaría si se enterara! No –declaró Sitbora–, no estoy dispuesta a considerar un idea tan revolucionaria. Es superior a nuestra tranquilidad. Además, ¿para qué necesitan nuestras hijas una instrucción cuando sus vidas estarán dedicadas exclusivamente a sus maridos, a sus hijos y a llevar sus casas?

Después de la debida consideración Dona apoyó su postura, Palomba siguió a ambas con la docilidad de cordero que la caracterizaba.

–Lo que tal vez podríamos considerar –sugirió Dona suvemente– es la construcción de una nueva ala para el orfelinato de las niñas.

–¡Eso es una idea maravillosa! –sonrió Palomba moviendo sus mofletudas mejillas, y poniendo sus hoyuelos en evidencia.

–Pero sólo si eso tiene el pleno apoyo de Da'ud ibn Yatom –advirtió Sitbora–, porque un edificio, una vez construido, requiere cuidado y mantenimiento y la comunidad ha de ser responsable de ello. Francamente, no puedo imaginarme a nuestros tres maridos arriesgándose a poner en peligro sus cordiales relaciones con el marido de Djamila, presentándole una sugerencia así. Sólo si pudiéramos asegurarnos previamente de que la fuese a recibir bien, tendríamos tal vez la oportunidad de convencerlos.

Una vez más los tres pares de ojos se clavaron en Djamila, esta vez a la expectativa, porque aunque las hermanas sabían que ocupaba un lugar secundario en la casa de Da'ud, no tenían idea de lo apartado que su marido estaba de ella.

La rechazada esposa de Da'ud ibn Yatom sintió que le flojeaban las rodillas y se le revolvía el estómago en un repentino ataque de náusea. Nunca revelaría, ni siquiera a sus amigas más íntimas, la posición humillante a que habían sido relegadas ella y su hija. Nadie, fuera del círculo familiar más íntimo, sabía que en la mesa del Sabbat su marido tenía tan sólo un saludo mecánico para ella y apenas un beso para su hija Amira; que su lecho estaba frío; que era solamente Hai a quien su marido se llevaba de paseo con él para inspeccionar los progresos de la construcción del hospital; y que cuando Amira, al verlos salir, salía corriendo detrás de su padre y le suplicaba que la llevase con él, Da'ud le daba un golpecito afectuoso en el trasero y le decía que volviera a donde estaban su niñera o su madre. El orgullo y la posición social de Djamila no le permitían revelar todo esto, ni confesar que a los ojos de su marido ella no parecía tener una existencia real y, por consiguiente, no tenía ninguna influencia sobre él.

Y, sin embargo, una chispa de esperanza se encendió en su mente; ¿se sentiría tal vez halagado por la petición de extender su patrocinio a un proyecto tan digno de consideración como era éste? Es verdad que sería en memoría de Isaac bar Simha, pero bajo el ilustre auspicio de Da'ud ibn Yatom... Pero la chispa se apagó tan rápidamente como había brotado. Si fuera directamente a él con una sugerencia así, la rechazaría en el acto, simplemente porque era ella quien la hacía. ¿Qué les diría entonces a sus amigas? ¿Cómo explicaría una negativa tan inexplicable sin revelar que ella no tenía voz ni voto en la casa de su marido? Evidentemente tenía que encontrar otra manera de presentársela, algún intermediario neutral... Supongamos que se dirigiera a su secretario para asuntos de la comunidad, ese personaje tan discreto y retraído, que daba la impresión de formar parte de las tonalidades grisáceas del aposento en el cual, en silencio, hacía lo que le mandaba su amo...

–Hablaré con Da'ud en cuanto encuentre un momento oportuno, y ahora me tengo que ir –respondió apresuradamente a los tres pares de ojos clavados en ella.

–¿Tan pronto?

Llamó a Amira y añadió levemente:

–Tengo prometido llevar a Amira a ver a su abuelo, tan pronto como el tiempo mejore. Ahora que ya no presta sus servicios como maestro en la escuela del Talmud Torá, ella es su única alumna. No os podéis imaginar el placer que le proporciona enseñarle a leer y escribir –concluyó con cierto aire de superioridad, balanceando el brazo de Amira, a quien llevaba cogida de la mano, conforme se iban alejando.

Demasiado agitada y confusa para regresar a la restringida atmósfera de la casa de Ibn Yatom, Djamila vagó sin destino por los caminos y callejones de su ciudad de adopción. Las aletas de su nariz aspiraban los fuertes aromas de las diversas especias que provenían de la plaza del mercado, el hedor de excrementos de caballo que salía de los establos del palacio, el olor acre de la orina de los asnos secándose al sol, una mezcla de olores de la tierra que la llevó a los felices días de su infancia, una vida que estaba empezando a añorar. Cuando Amira se hiciera mayor, ¿le compensaría el privilegio de ser la hija de

Da'ud, de la ausencia del amor de su padre?, se preguntó a sí misma por la milésima vez.

–Mamá, ¿por qué no nos quedamos junto al río en vez de bajar por estos callejones, que huelen tan mal? –le decía Amira, dándole la lata una y otra vez–. Vamos a casa. Estoy cansada.

–No te pongas pesada –le contestó Djamila con impaciencia.

–Pero es que me dan ganas de vomitar –gimoteó la niña–. Quiero volver a la orilla del río y coger unas flores para Sari, ¿por qué no podemos ir?

–Porque lo digo yo.

–Hablas como mi padre –mascullό la niña, bajando la cabeza mientras le empezaban a temblar los labios y las lágrimas rodaban por sus cetrinas mejillas. El corazón de Djamila se encogió de remordimiento. En un rápido ademán, cogió a su hija en los brazos y la apretó amorosamente contra su pecho. Al diablo con las bar Simha, murmuró entre dientes. Hablaría con Menahem mañana, jueves, y asunto terminado. Para compensar a Amira, se paró en el mercado en el camino de regreso a su casa y le compró un juego de canicas de cristal tornasolado que hacía mucho tiempo que la niña le estaba pidiendo.

A pesar de su aplomo personal, Djamila se sintió incómoda cuando a la mañana siguiente penetró en el ala central de la casa. Raras veces entraba en los aposentos de Da'ud y nunca se sintió cómoda en ellos, porque le causaba miedo su austeridad. Pero ahora, los paneles de madera oscura, los textos hebreos inscritos alrededor de las paredes en una caligrafía roja oscura, las espesas alfombras de color de vino de Burdeos que amortiguaban el sonido de sus pisadas inseguras, aumentaron la inquietud que le producía la naturaleza sin precedentes del asunto que la llevaba allí. La puerta que daba al despacho de Menahem estaba ligeramente entreabierta. Djamila llamó suavemente con los nudillos y sin esperar a que le contestaran, entró en el sombrío aposento. Menahem levantó la cabeza de sus documentos y la miró sin disimular su asombro.

–Buenos días. ¿Puedo hacer algo por ti ? –preguntó cortésmente.

–Creo que sí –replicó Djamila con una sonrisa abierta y confiada–. Es algo relacionado con un legado caritativo cedido por Isaac bar Simha.

–Un donativo sin un beneficiario específico, ¿no es así?

–Estás muy bien informado.

–Es mi obligación.

–Naturalmente. Es precisamente por el hecho de que no se especificó el destino del legado por lo que estoy ahora aquí. Las tres hijas de Isaac bar Simha querían que se dedicaran estos fondos a la construcción de un ala nueva en el orfelinato de las niñas judías, en memoria de su padre, y están tratando de obtener el consentimiento de mi esposo para este loable proyecto.

–Según mi limitada experiencia en asuntos de la comunidad –respondió Menahem cautelosamente–, la autoridad para designar al beneficiario de los legados sin especificar le corresponde solamente al jefe de la comunidad.

–Lo sé. Esa es la razón por la que desearía que presentarais el asunto de tal manera que, al darle a conocer a mi marido los deseos de las tres hermanas, se consideren favorablemente tales deseos.

–¿Y por qué yo? ¿Por qué no presentan sus maridos una petición oficial con ese fin? –preguntó Menahem, con un poco de sospecha ahora.

–Teniendo en cuenta la antigua amistad entre las familias Bar Simha y la de Ibn Yatom, parecería más sencillo el que yo se lo comunicara directamente.

–Entonces, ¿por qué buscas mi ayuda?

–Porque en mi opinión tales asuntos se tratan mejor de hombre a hombre –dijo Djamila.

–Tu petición es tan inusitada como lo es el deseo de las hermanas bar Simha de determinar quién va a ser el beneficiario del legado de su difunto padre. Yo soy un mero funcionario, totalmente subordinado a la voluntad de mi maestro. Insisto en que les corresponde a sus maridos el someter una petición formal a Da'ud Ibn Yatom, y no a mí el plantear el asunto. Si, como supongo, se sienten reacias a apartarse de una tradición establecida y vulnerar los derechos del jefe de la comunidad, sugiero que seas tú quien hable con él directamente.

–Los hombres de Córdoba no están muy predispuestos a prestar atención a los deseos de una mujer.

–Como no lo están tampoco a prestársela a peticiones poco fundamentadas, formuladas por sus subordinados –replicó Menahem con sequedad, bajando la cabeza y continuando la lectura de los papeles que tenía delante.

En un ademán brusco e impetuoso Djamila se inclinó, agarró la mano angular de Menahem con sus uñas ásperas y descuidadas, la extendió con la palma hacia abajo y extendió también la suya, temblando ligeramente de emoción, con los dedos separados, junto a la suya.

–¡Mira! –gritó–, mira la semejanza entre tu mano y la mía, ambas grandes, huesudas, musculosas, manos que han trabajado la tierra, arado y labrado, para ganarse la vida. Somos campesinos, tú y yo, masilla en las manos de los príncipes. ¿Quién y qué los invistió con el poder de manipularnos como si fuéramos marionetas sin vida, voluntad u opinión propias? ¿Qué tiene de malo la proposición de las hermanas bar Simha para que tú no te atrevas a exponerla?

–Nada, absolutamente nada de malo. Es simplemente que necesito el patrocinio de tu marido para terminar mi diccionario y mi gramática hebreos. No puedo incurrir en su desaprobación por hacer caso omiso de la tradición.

–¡Qué servil y cobarde eres! –le espetó Djamila, con lágrimas de frustración abrasándole los ojos.

Menahem levantó la cabeza y la miró fijamente.

–Indudablemente, en tanto que esa actitud, por despreciable que te parezca, me ayude en mi propósito. Pero, de campesino a campesino, te diré que tal vez no dure para siempre.

–¿Por qué no va a durar para siempre? –la voz de Da'ud cortó el aire como una helada hoja de acero.

Menahem y Djamila palidecieron, desconcertados ante la presencia de su amo en la casa a esa hora desacostumbrada.

–¿Qué es lo que puede «no durar para siempre»? –repitió Da'ud fríamente.

En un arranque de ciega furia, Djamila se dio la vuelta para enfrentarse a él:

–La sumisión de la mujer al hombre –le contestó airadamente, con todo el resentimiento que la había estado consumiendo. Brotaban chispas de sus airadas palabras.

–¡Ya lo creo! Y ¿ese era el tema de tu conversación con mi secretario? –preguntó Da'ud, distraídamente, cogiendo un documento de la mesa de Menahem y examinándolo brevemente.

–Ni mucho menos –contestó Djamila, sorprendiendo a Menahem por la firmeza con la que mantenía su opinión frente a la aterradora impasibilidad de su marido–. Estaba hablando con él de una petición especial, hecha por las hermanas bar Simha, de que el legado benéfico cedido por su difunto padre, de bendita memoria, se use para la construcción de una nueva ala para el orfelinato de niñas de la comunidad. Menahem me dijo que no es costumbre que las mujeres manifiesten sus deseos en asuntos así y, cuando protesté, él simplemente comentó que tal situación podría no durar eternamente.

–Y a ti, sin duda alguna, te gustaría que cambiara ahora mismo, ¿no es así? –continuó Da'ud, dándole a su voz un tono frío y cortante.

Djamila siguió hablando precipitadamente, como un caballo en fuga, incapaz de controlar la fuerza de su rebeldía:

–Creo que si a las niñas se les diera una educación elemental semejante a la que disfrutan sus hermanos, estarían en mejor posición para comprender las realidades de la vida más allá de los confines de su hogar y podrían exponer sus propias opiniones.

–¿Y tú te has concedido el papel de expresar las «opiniones» de tus íntimas amigas?

–Me gustaría simplemente que se otorgara a sus deseos, dignos de por sí, una consideración favorable.

–Puesto que eres tú quien ha obrado en su nombre, tendría una repercusión desfavorable para el honor de nuestra casa el que yo fuera tan descortés como para negarme a hacerlo

–replicó Da'ud sin un instante de vacilación, neutralizándola por completo–. Pero, aun así, sus maridos deben presentar ante mí una petición formal en nombre de sus esposas. Pero que quede bien claro para todo aquel a quien esto atañe: en modo alguno se debe considerar mi actitud, en este caso, como un precedente. Te prohíbo terminantemente que tomes iniciativas semejantes en el futuro. He tolerado tu amistad con esas mujeres muy en contra de mi criterio. No abuses de mi paciencia.

Y dicho esto, se giró bruscamente sobre sus talones, llamó a Hai, que estaba en el jardín jugando con Amira y sus nuevas canicas de colores, y se lo llevó con él a visitar el lugar donde estaban construyendo el nuevo hospital.

Fue Sari la que continuó el juego con Amira, donde Hai lo había dejado...

Djamila se volvió para mirar a Menahem, radiante de triunfo.

–Como acabas de ver, la sumisión no siempre gana la partida.

–Yo no me regocijaría tan pronto –contestó él mordazmente–. Tu marido es un hombre astuto y decidido. No en vano ha mantenido su posición privilegiada durante todos estos años. Le he observado a menudo echarse momentáneamente hacia atrás para dar un salto más largo hacia adelante en una ocasión más propicia. No digo esto para privarte del placer de tu triunfo, sino para precaverte contra tu impetuosidad. –Dejando a un lado sus papeles, la miró con más detenimiento. Sus ojos se iluminaron con una luz que no conocían y hubo un toque de ternura en su voz cuando le dijo–: Gracias por haber ocultado, en mi favor, el contenido exacto de nuestra conversación. Admiro tu coraje, pero para que sea eficaz, debes suavizarlo con más sutileza.

–De campesina a campesino, he de decir que hablas con prudencia –reconoció Djamila con franqueza–. Tu consejo es bueno. ¿Puedo hacer uso de él en el futuro, si lo necesito?

–Con mucho gusto, pero en circunstancias más discretas que éstas.

–Seré precavida –contestó Djamila con inusitada humildad, al darse la vuelta para marcharse. Él la siguió con los ojos, admirando el contoneo de sus anchas caderas, la altivez con que mantenía erguidos los hombros. Pensativamente, clavó su mirada en el vacío que había dejado al marcharse, antes de volver, con un suspiro de resignación, a sus aburridos y polvorientos documentos.

XXI

Los paseos de Hai con su padre eran uno de los mayores placeres de su infancia. La manera firme en que llevaba agarrada su manita, la fuerza e intensidad de los pasos de su padre, rápidos y suaves, cortando el aire como un remo corta el agua, le imbuían una sensación de indestructible seguridad que ni su indulgente niñera ni su amorosa madre eran capaces de proporcionarle. Como su padre, Hai era un niño tranquilo, silenciosamente absorto, cuidadosamente observador, pero poco hablador. De vez en cuando se soltaba de la mano de su padre para inclinarse a coger una mariquita cuyo pequeño caparazón, rojo y suave, relucía a la luz del sol con los destellos de sus motitas negras, o para agacharse y seguir el curso de una doble fila de hormigas, en meticuloso orden militar, que iban y venían desde trocitos de alimento esparcidos en la tierra hasta los remolinos de sus hormigueros. Da'ud se detenía pacientemente, esperaba y le explicaba a su hijo las maravillas de la creación antes de continuar su paseo como dos buenos amigos.

Pero esta mañana, cuando Hai se paró al ver a un mirlo herido que yacía inerte a un lado del sendero, en un charco de sangre congelada mezclada con plumas, con el débil temblor de su pecho como única indicación de que aún había vida en su interior, Da'ud se negó a pararse para examinar a la desventurada criatura.

–Vamos, niño –le ordenó con cierta brusquedad.

–Pero, padre, el pájaro está sufriendo. Si nos lo llevamos a casa y le curamos la herida, seguramente podrá volver a volar.

–Es demasiado tarde para eso.

–¿No podemos intentarlo por lo menos?

–Hoy no –replicó Da'ud, apretando con más firmeza la mano del niño y haciéndole que se apresurara con una irascibilidad que raras veces mostraba a su hijo.

Mientras continuaba su camino de mala gana, los ojos de color azul oscuro de Hai se arrasaron de lágrimas, tanto por la compasión que sentía hacia la desvalida criatura a quien la vida se le escapaba del cuerpo, como por el asombro que le produjo la severidad de su padre, al no dejarle que intentara salvarlo. Nunca le había hablado tan severamente sin ninguna razón aparente. Solamente cuando divisó la alta silueta de Abu Sa'id Hatim Ibn Zuhr avanzar hacia ellos desde donde se estaba construyendo el hospital, pudo secarse furtivamente los ojos con el reverso de la mano, un gesto del que su padre no se dio cuenta aquella mañana.

Hai no tenía por qué saber que su padre estaba furioso ante la iniciativa de Djamila, que le ponía en una difícil posición frente a las hermanas bar Simha, a las que aborrecía, y a su secretario, que no le gustaba en absoluto. Qué situación tan desagradable había surgido en su familia, se repetía a sí mismo con rabia mientras continuaba su paseo. Era cierto que los medios que había utilizado para conseguir su fin habían resultado más eficaces de lo que él se hubiera podido imaginar; el nacimiento del niñito cuya mano llevaba bien agarrada había sido el inesperado resultado de la presencia de Djamila en su casa. Pero desde entonces, se había convertido en una intolerable causa de irritación para él y, por mucho que lo intentara, sentía muy poco cariño por su hija, que tanto se parecía a la madre. Pero ahora las cosas se habían complicado al abusar Djamila de la posición que él le había conferido, tratando de intervenir en asuntos que no le concernían. Más serias aún eran sus manifiestas opiniones sobre la educación de las mujeres. Si se le metía en la cabeza el divulgar esas ideas más allá de los confines de su hogar, podría muy bien desbaratar el orden tradicional de la vida familiar judía. De una manera u otra, habría que controlarla. Inmerso en estos pensamientos, no se dio cuenta de que Ibn Zuhr se aproximaba. Fue el sonido familiar de su voz lo que interrumpió sus reflexiones.

–¡Hola, hombrecito! –saludó el maestro a Hai alborotando afectuosamente sus rizos color caoba–. ¿Conque estás creciendo al mismo tiempo que las paredes de tu futuro lugar de trabajo? –añadió sonriendo y, después, con un tono de urgencia en la voz, le dijo a Da'ud–: ¡Qué suerte he tenido de encontrarme contigo! Iba a recorrer la ciudad de arriba abajo en tu busca.

Da'ud se quedó rígido. Sólo un asunto de la importancia más vital podía inducir a Ibn Zuhr a interrumpir su rigurosa rutina diaria para ir a buscarlo. Disimulando su tensión bajo su serena dignidad, el maestro cogió el brazo de Da'ud y volvió a recorrer con él el camino por donde Da'ud y Hai habían llegado.

–Esta mañana estaba haciendo mi acostumbrada visita a las obras cuando, de repente, apareció Abu Bakr acompañado de un par de lameculos. Su presencia allí me intrigó, así que me escondí detrás de un pilar y le observé sin que él se diera cuenta. Al principio, parecía estar asombrado ante lo poco adelantadas que iban las obras y la falta de actividad en el solar, ya que hoy sólo había un grupo muy reducido de albañiles trabajando. Pero después de un momento de reflexión, su sorpresa se convirtió en lo que yo calificaría de maliciosa satisfacción, y se marchó evidentemente contento, charlando de buen humor con los amigos que iban con él. Siendo tal maestro de la intriga, pensé que no sería mala idea el comunicártelo enseguida. No es preciso ser un astuto cortesano para darse cuenta de que, como principal recaudador de impuestos del califa, debe de albergar un amargo resentimiento por el acceso que te han concedido al fondo de los tributos que deben pagar los reinos cristianos.

–Tributos que odian pagar –agregó Da'ud concisamente.

–Pero tributos que Abu Bakr puede muy bien acusarte de estar malversando. ¿Hay alguien que no sea yo que sepa que has anticipado fondos de tu propio bolsillo en un esfuerzo por mantener el proyecto en marcha?

–No que a mí me conste, pero en la viciada atmósfera de las intrigas palaciegas todo se sabe sin que nadie sepa cómo.

–Entonces no te detengo. En estas circunstancias, la rapidez es esencial. Vete con Dios –murmuró el maestro al emprender el camino de vuelta a su casa, con el cansancio reflejado en la inclinación de sus hombros.

Hai tuvo que correr como un loco para seguir el paso a su padre en el camino de regreso a casa. Nunca le habían hecho caso omiso tan insensiblemente. Había sido siempre Da'ud quien ajustaba su paso al de su hijito y nunca Hai el que se viera obligado a hacer lo mismo con su padre. Desconcertado por esta nueva y extraña actitud de Da'ud, agotado por el esfuerzo físico que se veía obligado a hacer, el niño luchó por contener las lágrimas que le escocían los ojos. Pero cuando volvió a ver al mirlo, helado ahora por la inmovilidad de la muerte, esas lágrimas que ya no se pudieron contener, arrasaron sus ojos y cayeron rodando sin control por sus arreboladas y ardientes mejillas. En el mismo instante en que cruzó el umbral de la casa de Ibn Yatom, se soltó de la mano de su padre, corrió hacia la reconfortante seguridad de su cuarto, se arrojó boca abajo sobre su cama y ahogó sus sollozos en las almohadas, hasta que el sueño se apoderó de él.

Sin decir una palabra a nadie, Da'ud se dirigió a su despacho y cogió un libro envuelto aún en la cubierta de burdo lino en la que se le había entregado el día anterior. Sin hacer caso de su secretario, dio órdenes de que se le ensillara el caballo más veloz y cubrió la corta distancia desde la ciudad a Medina Azara como alma que lleva el diablo.

Una expresión de intenso alivio se extendió por el abotargado rostro del eunuco blanco que guardaba la entrada a los apartamentos privados del califa, cuando vio acercarse a Da'ud.

–Se acaban de enviar mensajeros a Córdoba en tu busca –dijo con una voz atiplada–. Debes presentarte ahora mismo ante el califa. Lo encontrarás en la sala de lectura.

La sala de lectura, donde había pasado tantas horas tranquilas conversando con su soberano, penso Da'ud con nostalgia. Era un aposento que adoraba, un cuarto de mármol de color gris pálido, cuyas ventanas en forma de arco, situadas a gran altura en las paredes, estaban embellecidas con una tracería tan delicada que no impedía el paso de la luz del día. Escuetamente amueblada, solamente contenía los requisitos esenciales para el estudio: atriles para los libros, intrincadamente tallados e incrustados con marquetería de Damasco, mesas de madera de cedro del Líbano, divanes cubiertos con tejidos beréberes en tonos sobrios, y docenas de cojines de todas las formas, tamaños y colores. Esta pudiera ser la última vez que cruzara su umbral...

Exteriormente imperturbable, Da'ud se preparó para un enfrentamiento con su soberano. ¿Encontraría a Abu Bakr encerrado con el califa, cuando llegara? ¿Y qué actitud habría adoptado el recaudador de impuestos? ¿Una acusación directa de malversación de fondos o, en ausencia de pruebas concretas, alusiones e insinuaciones insidiosas, tanto más difíciles de refutar por su misma vaguedad? Respiró profundamente cuando se abrieron las puertas del salón de lectura para llevarle ante la presencia del califa.

Atónito, contempló el espectáculo que se presentaba ante sus ojos. ¡Así que ésta era la razón! Alhákem II, Príncipe de los Creyentes, yacía en su diván. Tenía los ojos cerrados y el rostro le temblaba debido a dolores espasmódicos. Con su acostumbrado ojo clínico, Da'ud notó su vientre distendido bajo sus vestiduras. Que intente Abu Bakr desacreditarle ahora, pensó con un sentimiento de dulce venganza, al colocar el libro que llevaba en la mano sobre la mesa de madera de cedro y sentarse en el borde del diván del califa. Al pasar los dedos suavemente sobre el distendido abdomen de su paciente, el califa gimió:

–Un enema otra vez no, te lo ruego. No puedo soportar el torbellino que desata en mi interior. Tiene que haber otro método.

–Relajaos, ¡oh Príncipe de los Creyentes!, simplemente relajaos. Respirad profundamente y pensad en algo que os produzca placer: un perfume exótico, la belleza de una rosa recién abierta, la redondez voluptuosa de los senos de una virgen, acariciados por vuestras manos.

Mientras hablaba, Da'ud frotaba suavemente el abdomen del califa. Cuando su paciente pareció algo más tranquilo, se levantó y dijo unas rápidas palabras al eunuco que estaba de pie justo detrás de la puerta. Unos momentos después trajeron una cataplasma caliente. Da'ud la colocó sobre el inflamado abdomen de Alhákem y continuó con su masaje hasta que sintió que la tensión en el cuerpo del califa se relajaba y los gases que lo inflamaban empezaban a hacer ruidos al pasar por sus intestinos, de los que pronto serían expulsados.

–Hace mucho tiempo que no habéis sufrido esta dolencia –observó Da'ud.

–Los visires me agobian incesantemente y no me dejan en paz para dedicarme a mis estudios –se quejó el califa con irritación en la voz–. Es como si no tuvieran otra cosa que hacer más que llenarme los oídos de maliciosas indirectas y falsas alegaciones, incitándome a sospechar hasta del más leal de mis súbditos.

–Un desdichado sino al que los soberanos están inevitablemente expuestos –replicó Da'ud con serenidad.

Los gases iban pasando rápidamente y, a medida que el cuerpo de Alhákem recuperaba su forma normal, continuó la conversación que había empezado, con un tono más firme.

–Imagínate, hasta tratan de divulgar calumnias acerca de un hombre de tu estatura e integridad, un hombre que ha tenido en sus leales manos las vidas de dos califas. ¿Son su malicia y su envidia tan virulentas que empañan su visión de la realidad?

–Digamos que lo que intentan es trastocar las situaciones para que les resulten ventajosas para ellos. Consideremos, por ejemplo, el caso del hospital –añadió Da'ud como sin darle importancia y para tomar él la iniciativa–. Las obras están virtualmente interrumpidas en este momento, simplemente por falta de fondos, ya que los príncipes cristianos son muy reacios a pagarnos el tributo que nos deben. Para poder impedir que los albañiles especializados se vayan a buscar trabajo a otro sitio, he tenido que utilizar fondos de mi fortuna personal; con lo cual, no tengo ni que decirlo, no he exigido del tesoro público ni una piastra de interés. Pero no puedo subvencionar el proyecto en su totalidad, ni puedo continuar anticipando indefinidamente el jornal de los trabajadores. Una situación así se presta a la sospecha, ya de malversación del dinero de los tributos, ya de anticipo de mi propio dinero con el fin de sacar un conveniente caudal de interés a cuenta del erario público.

–Comprendo todo eso, mi leal amigo. Sus sórdidas inferencias no son nada nuevo para mí. Lo que no comprendo es por qué no se me ha informado de la contumacia de los príncipes cristianos.

–Para que no me acuséis también a mí de introducir una preocupación más en vuestras eruditas investigaciones. Aunque finalmente habría tenido que requerir vuestra atención en relación al mencionado asunto. A los príncipes de León y Navarra hay que hacerlos entrar en vereda.

–¿Haciendo uso de la fuerza?

–Si es preciso, pero puede bastar con amenazarlos.

–¿Cómo está Sancho de salud estos días?

–Creo que bien, pero su mujer acaba de dar a luz un niño y sería una buena idea examinar a la criatura. Si ha heredado la enfermedad de su padre, habría que prescribir un régimen adecuado, cuanto antes mejor.

–¡Qué bien nos entendemos tú y yo! –sonrió Alhákem, levantándose de su diván tan sano y vigoroso como si sus dolores no le hubieran afligido jamás–. Daré órdenes para que se reúna una pequeña pero bien armada tropa, capaz de montar un asalto punitivo si fuera necesario, a fin de que te acompañe a León la semana que viene –dijo el califa. Entonces sus ojos se posaron sobre el tomo envuelto en lino que Da'ud había dejado encima de la mesa–. ¿Es ésta la copia de doscientos años atrás de la traducción que hizo Al-Fazari de las obras de los astrónomos indios, que me prometiste hace algún tiempo?

–Exactamente.

–¿Sabes una cosa, Abu Solimán? Creo a veces que te odian por la extensión y profundidad de tu erudición. ¿Qué saben ellos, estos descendientes de espadachines del desierto, de lo que no sean guerras sangrientas y bajas intrigas? Creen que inventar una rima o componer un panegírico les hace hombres de cultura, pero se necesitan muchas generaciones para refinar su espíritu. Pero juntos frustraremos sus planes, por Alá que los desconcertaremos.

Da'ud bajó la cabeza en gesto de asentimiento por el halago del califa. Con manos cuidadosas pero ávidas, Alhákem quitó la envoltura de lino que protegía el frágil volumen y dejó que sus ojos devoraran los desvaídos diagramas y la diminuta caligrafía de la obra antigua.

–Con vuestro permiso, ¡oh Príncipe de los Creyentes!, me despido ahora de vos –dijo Da'ud–. Tengo que empezar mis preparativos para el viaje hacia el norte.

–Vete en paz –murmuró el califa sin levantar sus ojos del valioso libro–, pero, sobre todo, vuelve en paz.

Sintiéndose más relajado y tranquilo de lo que había estado hacía muchos meses, Da'ud salió del recinto del palacio y se puso rápidamente en camino hacia su casa. A la entrada de la ciudad le abordó un vendedor de pájaros ambulante, un africano alto y negro cuyo rostro brillaba de sudor, iluminado también por una franca sonrisa. Llevaba un loro grande encaramado en el hombro y una colección de pájaros multicolores gorjeaba alegremente en una desvencijada jaula que llevaba en la mano.

–Buenos días tengáis, honorable señor. Es evidente que sois un hombre distinguido, un hombre que merece ser propietario del loro que llevo posado en mi hombro. Miradlo bien, ¡oh poderoso señor!, es un pájaro que pertenece a una rara especie, el cuerpo de color gris pálido y la cola escarlata, nada de esos tonos chillones amarillos y rojos y verdes, que te deslumbran los ojos cuando éstos quieren descansar del implacable resplandor del sol. Este es un pájaro de distinción, apropiado para un hombre de distinción.

Divertido por el tono alegre y desenfadado del vendedor, Da'ud le dirigió una sonrisa indulgente, pasó un dedo por la rolliza pechuga del loro y entonces, con gran sorpresa del africano, le puso en su enorme mano amarillenta un puñado de monedas de oro.

–Eso es una fortuna para una criatura como esa –dijo Da'ud, alargando uno de sus dedos para que el pájaro se posara en él–, pero el destino nos ha sido hoy propicio a ti y a mí. Andaba buscando un regalo para mi hijo a quien no le dejé salvar la vida de un pájaro herido, esta misma mañana –añadió como si, al confiarse a este completo extraño, pudiera en cierto modo, purgar su conciencia–. Espero que con este bello ejemplar le podré mostrar mi arrepentimiento.

–Sin duda alguna, señoría, sin duda alguna –balbuceó el negro, anonadado aún por la increíble suerte que había tenido. Siguió a Da'ud con los ojos hasta que desapareció de su vista. Entonces, volteando con todas sus fuerzas la jaula y dando gritos de alegría, se puso en camino hacia el mercado para dilapidar su recién adquirida riqueza.

XXII

Con una formal exactitud que disimulaba lo que le dolía deshacerse de casi la mitad del dinero que su maestro le pagaba, Menahem contó las monedas de su alquiler mensual al ponerlas en la palma extendida de la mano de la viuda Tamara. Aunque su piel áspera y enrojecida era señal evidente de que se había visto obligada a llevar a cabo humildes trabajos domésticos desde la muerte de su marido, sus uñas bien arregladas y sus gráciles gestos eran testigo del refinamiento y la elegancia de la vida que conoció en tiempos pasados. No le dio las gracias. No lo hacía nunca. Simplemente cogió el dinero como si fuera el cambio que le debía un comerciante de la más fina seda de Córdoba, y se lo metió, sin darle la menor importancia, entre los pliegues de su gastada túnica, que conservaba la elegancia de otros tiempos.

Como solía hacer todos los días, excepto los jueves, los viernes y, por supuesto, el Sabbat, Menahem volvió a sus libros y a sus papeles, trabajando para definir y clasificar las raíces básicas de la sagrada lengua de los hebreos, sin ninguna referencia a ejemplos arábigos, o ningún uso de términos gramaticales arábigos. La casona, llena de recovecos, estaba tranquila y no había criados que con sus idas y venidas distrajeran su concentración. Pero de repente, poco tiempo después de haberse enfrascado en su trabajo, el sonido de voces de mujer rompió el silencio. Durante un rato trató de no prestar atención al alboroto, pero al oír mencionar el nombre de Djamila, dejó su pluma, se irguió e hizo esfuerzos por seguir la conversación que tenía lugar en la habitación contigua, a saber: el último cotilleo que las hermanas Ibn Isaac estaban relatando a la viuda Tamara para pasar el rato en esta visita, tan poco frecuente, a su solitaria pariente.

–No estaba en absoluto segura de que iba a tener éxito –decía Dona–, porque todo el mundo sabe que Djamila ocupa un lugar secundario en la casa de Da'ud, donde la que manda es Sari.

–Yo tampoco estaba segura –corroboró Palomba.

–Tonterías –se mofó Sitbora–. Da'ud no permitirá jamás ningún desdoro al honor de la familia. Después de todo, Djamila es la madre de su hija.

–Eso es verdad –volvió a corroborar Palomba.

–Pobre criatura desdichada –comentó Dona tristemente–. A menudo veo a Da'ud llevándose a Hai de la mano a ver las obras del hospital, pero nunca lo he visto llevarse a Amira a ningún sitio, ni siquiera al mercado a comprarle una manzana azucarada, de vez en cuando... ¡Cuánto debe entristecer esto a Djamila!

–Se merece todo lo que recibe –interrumpió Sitbora–. Hija de un nativo de las regiones más remotas de Marruecos, y dispuesta a conseguir todo el honor y riqueza que pueda encontrar en su camino.

–Hay veces que realmente dices muchas tonterías –contradijo Dona–. Conociendo a Da'ud como lo conocemos, ella no tuvo vela en ese entierro. Él quería un heredero, pero no estaba dispuesto a privar a su amada Sari de su posición, ni en su casa ni en su corazón. Djamila era la solución ideal, una simple campesina a la cual podía manejar a su gusto.

«Exactamente como a mí», asintió Menahem en silencio y con amargura, mientras jugueteaba con el dedo índice con las pocas monedas esparcidas sobre la mesa, lo que le quedaba del mísero emolumento que le había asignado su ilustre mecenas. Cuando su diccionario viera al fin la luz del día, sabía bien que Da'ud, al haber patrocinado la empresa, trataría de recabar para sí todo el honor y gloria de la feliz realización, mientras que él, el autor, recibiría un limitado reconocimiento, si es que recibía alguno...

–Mujeres de más elevada alcurnia que ella habrían aceptado con júbilo su ofrecimiento –seguía diciendo Dona–, y ocupe un lugar secundario o no, está muchísimo mejor de lo que habría estado como la hija pobre de un desconocido maestro de hebreo en una escuela del Talmud Torá.

–No estoy de acuerdo contigo –interrumpió la viuda Tamara con la autoridad que la experiencia confiere a las personas ya mayores–. Mejor ser amada por un hombre sencillo que despreciada por uno ilustre.

–¡Qué sabia eres, tía Tamara! –suspiró Palomba con los ojos abiertos de admiración.

El amor de un hombre sencillo, el amor de un campesino por una campesina, reflexionó Menahem, al tiempo que la imagen del porte orgulloso y confiado de Djamila, el contoneo de sus anchas caderas, la plenitud de sus senos redondeados, aparecía ante sus ojos y tentándole. Había en ella una calidad natural, que brotaba de la tierra y que le atraía de una manera en que nunca podría hacerlo la indolencia perfumada de las damas de alta alcurnia de Córdoba. ¿Era su amor lo que ella buscaba cuando le preguntó si podría acercarse a él para pedirle consejo?, se preguntaba Menahem, incierto y dudoso en un terreno en el que tenía muy poca experiencia. Se levantó de sus cojines y recorrió la habitación a zancadas tratando de apaciguar este brote de deseo. Era locura hasta el mero hecho de recrearse en esos pensamientos, se amonestó a sí mismo severamente. La insinuación más vaga de una cosa así precipitaría la tragedia sobre los hombros de ella y sobre los de él.

–Es la niña la que me da más pena –susurró Dona–. No sólo la desprecia su propio padre, sino que es también la víctima de la flagrante predilección que muestra hacia su hermanastro. Aunque nosotras, las mujeres, aceptamos el hecho de que los hijos ocupan un lugar preferente sobre las hijas, ni nuestros padres, ni nuestros maridos hacen caso omiso de sus hijas o las privan del amor paternal, como lo hace Da'ud con Amira.

Mientras escuchaba furtivamente esta conversación, una idea atravesó, como un rayo, la mente de Menahem. En muchos aspectos, Amira podía ser considerada como la huérfana de su padre. Por lo tanto él, Menahem, estaría cumpliendo una obligación sagrada si tomara a la niña bajo su protección y la criara y educara como si fuera suya. «¡Locura!», dijo entre dientes al tratar de sofocar tal idea, al mismo tiempo que la tentación que la imagen sensual de Djamila le había provocado. Tratando de aislar su mente al sonido de las voces de las hermanas, se inclinó de nuevo sobre su mesa para continuar la ordenada y sistemática lista, por orden alfabético, de lo que él definía como las raíces hebreas de una, dos y tres letras, cada una de ellas acompañada por versos bíblicos para demostrar su significado. Gradualmente, la rutina familiar disipó de su mente las fantasías y restableció su equilibrio mental y emocional.

Menahem entró en la casa de Ibn Yatom el jueves siguiente por la mañana en un estado de vaga expectación y de una excitación que le hervía por dentro. Se negó a precisar o definir qué era lo que esperaba o cuál era la causa de esa excitación, saboreando y al mismo tiempo reprimiendo estas nuevas sensaciones. Al estar Da'ud de viaje por los territorios cristianos del norte, tenía mucho que hacer y, a pesar de su inquietud, se entregó a la tarea con su acostumbrado rigor. Era ya casi mediodía cuando levantó la cabeza de sus libros y dejó que los sonidos de la existencia cotidiana entre las cuatro paredes de la casa invadieran sus facultades cognitivas. Hai estaba repitiendo sus lecciones con su tutor, los dos sentados entre los cipreses al aire puro de la primavera; desde su jaula, colgada de una barra de hierro sujeta a la pared, detrás de él, el loro berreaba su versión embrollada del nombre de su amo: «Ayi, Ayi»; y Amira le daba la lata a su madre para que le comprara un canario.

–Muy bien, pero no hoy –le contestó Djamila.

–¿Por qué no? –protestó la chiquilla, dando una patada en el suelo, con un gesto de niña caprichosa–. Hai tiene un loro. ¿Por qué no puedo tener yo un canario?

–Porque es jueves. Los jueves el mercado está abarrotado de musulmanes que compran sus provisiones para el viernes, los judíos para el sábado y los cristianos para el domingo.

Iremos el lunes, un día tranquilo, y así podremos elegir y conseguir un precio mejor –contestó su madre con firmeza, levantándose para entrar en la casa.

El instinto campesino aún prevaleciente en ella, observó Menahem. Pero cuando oyó sus vigorosas pisadas que se dirigían a los aposentos de Da'ud, empezó a concebir la esperanza de que ni las multitudes ni el deseo de conseguir una ganga fueran la razón para su demora. Tal vez la razón fuera que el jueves era el día que él estaba en la casa...

Entró en la habitación sin llamar a la puerta y, de la manera directa y sin ambages que la caracterizaba, empezó a hablar del asunto que ya le había mencionado hacía unos días.

–He venido a hablarte del ala para las niñas en el orfelinato –explicó. De una manera irracional, casi ingenua, a Menahem se le cayó el alma a los pies. Habría deseado, aunque lo había temido, que sus intenciones fueran diferentes.

–¿En qué puedo servirte?

–Es muy sencillo. Cuando llegue la ocasión, me gustaría hablar personalmente con el pintor sobre la elección de colores y dibujos para la decoración del interior. Quiero que el ambiente sea alegre y esté lleno de luz, y no dominado por esos tristes tonos grises y verdes que se ven a menudo en instituciones semejantes. Ya carecen los huérfanos de bastante felicidad en sus vidas. Lo menos que podemos hacer es dar rienda suelta a su imaginación en una explosión de luz y color.

–No creo que haya ninguna dificultad en arreglar eso, porque yo seré indudablemente la persona responsable de vigilar la ejecución del proyecto.

–Si planeamos cuidadosamente nuestro presupuesto –insistió Djamila, ensanchando el resquicio de buena voluntad que él le había abierto con sus palabras–, tal vez haya bastante dinero para equipar el local con juguetes, juegos y...

–Sé lo que quieres realmente –la interrumpió Menahem–. Libros y una maestra para las niñas huérfanas, como hacemos para los niños. Desgraciadamente, es algo en lo que no te puedo ayudar. Es cuestión de principios, de una tradición que yo no tengo el poder de alterar.

–¡Al diablo con la tradición! ¿Por qué han de estar privadas las niñas de las ayudas necesarias que cualquier adulto necesita para enfrentarse a la vida en momentos de adversidad? Piensa, por ejemplo, en la pobre viuda Tamara. Si se le hubieran impartido nociones elementales de aritmética y simples operaciones comerciales, no la habrían estafado, privándola de su fortuna, ni forzado a tenerse que barrer ella misma su propio portal. ¿Cómo crees que nos habríamos arreglado después de que mataran a mi madre si yo no hubiera sido capaz de administrar la granja mientras que mi padre ganaba todo el dinero que podía en Marrakech? Es un crimen tener a las mujeres en una total ignorancia de las cosas que ocurren en el mundo, fuera del recinto de sus casas.

Impelida por la fuerza de sus convicciones, Djamila recorría la habitación con pasos decididos, conforme iba expresando sus pensamientos.

–Tiene que haber, por lo menos, una manera discreta de suministrar a estas muchachas indefensas una educación básica que las proteja de las vicisitudes de la vida, porque no tienen padres que lo hagan por ellas. Tú mismo sabes mejor que la mayoría de la gente la importancia que tiene la educación intelectual para aquellos de nacimiento humilde, y ciertamente no careces de inteligencia. ¡No me digas que no puedes concebir una manera de educar a estas niñas sin escandalizar al sistema establecido!

Djamila se dio la vuelta para mirar a Menahem directamente a la cara, pero la intensidad de la mirada que él le clavó, hizo que se parase en seco.

–¿Qué te ocurre? ¿Es que te asusta mi audacia? ¿Soy la primera mujer a la que has oído salir en defensa de muchachas que no tienen quien las defienda?

–La primera mujer... –repitió Menahem con voz ronca–, la primera mujer que he jamás... jamás... –pero su voz fue perdiendo fuerza hasta que no se le podía oír.

–¿Jamás qué?

Menahem bajó los ojos para mirar a sus papeles, simulando que los estaba cambiando de lugar.

–Vamos. Dime lo que estás pensando. Has ido ya demasiado lejos para echarte atrás. Soy la primera mujer que tú jamás has... –trató de sonsacarle, como se le hace repetir a un niño una lección que no se sabe bien todavía.

–... que he considerado jamás como una mujer –dijo al fin Menahem balbuceando, con la mirada fija aún en sus papeles.

Djamila soltó una sonora carcajada.

–Así que eso es lo que te tiene tan inquieto... Y con mucha razón. De campesina a campesino te diré que esto no es natural en un hombre joven como tú. Pero hay muchas otras mujeres como yo en Córdoba. Hemos de buscar una que remedie tu situación.

–No hay que buscar a nadie. El remedio lo tengo aquí, en esta misma habitación, pero me está vedado. Y aunque no me lo estuviera, dudo que encontrara en mí ningún encanto. No poseo ninguna de las cualidades que inspiran amor en una mujer. Para empezar, estas manos ásperas y sin gracia, que me cuelgan de los brazos –dijo, extendiendo las palmas sobre la mesa–, son francamente repulsivas y, por añadidura, no estoy versado en el arte de cortejar. Así que, como carezco de los medios para procurarme una esposa adecuada a mi posición de erudito, me he resignado a pasar mi vida en soledad.

–¡Qué tontería! –volvió a decir Djamila riéndose, aunque le había llegado al corazón la delicada alusión de Menahem a lo que sentía por ella–. Tiene que haber en algún sitio una joven apropiada...

Menahem levantó la cabeza y decidió hablar sin rodeos y sin ocultar sus sentimientos.

–Después de haber puesto los ojos en ti, permanecerán ciegos ante la mera existencia de cualquier otra mujer. Tu orgullo natural, tu espíritu independiente, la plenitud de tu cuerpo, generoso como la propia madre tierra, todo esto ha levantado un torbellino en mi espíritu. Y hay además ese vínculo especial que nos une: nuestro humilde origen y la manera cínica en que hace uso de ambos nuestro común maestro y señor. Por las noches sueño con arrebatarte de sus garras, durante el día desearía liberarme yo de ellas. Y a menudo, cuando salgo de esta casa, me imagino como un padre amante de Amira, cuyo tratamiento por parte de tu esposo me destroza el corazón. Pero como no puedo lograr mis aspiraciones, debo renunciar a mis necesidades. No espero que correspondas a mis sentimientos. Sólo te ruego que no te rías de ellos.

Djamila ya no se reía, desconcertada ella a su vez por la fuerza de la franca confesión de Menahem.

–Es mejor que te vayas ahora –le dijo, cogiendo su pluma mientras sus ojos, en cuyos reflejos grises brillaban algunas lágrimas, eran testigos de su desconcierto–. Con Da'ud fuera de casa, empezarán a moverse las lenguas de los criados si ven que te demoras en mi despacho y no pasará mucho tiempo antes de que mis enemigos conviertan una observación inocente en una calumnia maliciosa.

–¿Enemigos? ¿Cómo puede un hombre tan dulce y de carácter tan retraído tener enemigos? –exclamó Djamila.

–Un hombre de enjundia adquiere enemigos en el momento en que pone sus pies en Córdoba. El mero hecho de su existencia priva a otro de posición, influencia y renombre. En mi caso esta enemistad es de naturaleza erudita, pero no por eso menos viciosa. Pregúntaselo a tu padre cuando le veas. Él te dará una explicación más objetiva que la mía –concluyó sucintamente Menahem, inclinando la cabeza sobre sus papeles con un aire definitivo de despedida.

Djamila se dirigió de nuevo, rápidamente, hacia el jardín acuático. Su única preocupación era ocultar, a los ojos curiosos de los sirvientes, el torbellino que había desencadenado en su espíritu la declaración de Menahem.

–Ven –le gritó a Amira, que estaba jugando con sus canicas junto al borde del canal–, después de todo he decidido comprarte el canario. –Cogió a su hija de la mano y se la llevó consigo, uniéndose a la corriente de la gente de la ciudad que, partiendo de ella en todas direcciones, se iba reuniendo en la plaza del mercado. Aunque generalmente le molestaban los empujones y el ruido, Djamila encontró en el anonimato de la multitud la máscara ideal para su estado de confusión. ¿Quién habría podido imaginarse que dentro de un cuerpo tan anodino y poco atractivo moraba un alma tan sensible?, se decía para sus adentros, asombrada, mientras pasaba, rozándole, junto a un burro polvoriento, cargado de alforjas llenas de multicolores flores primaverales. Que durante todo este tiempo había estado pensando en liberarla a ella, y también a Amira, de la falsa posición en que vivían. Y, no obstante, tal vez no era realmente tan sorprendente. Si un hombre es capaz de entregarse tan exclusivamente a una tarea en la que cree fervientemente, ¿por qué no iba a ser capaz en grado semejante de entrega a aquellos a quienes ama? ¡Qué maravilloso debía ser el amar y ser amado de esta manera, como Sari amaba a Da'ud y ella a él! Como ella nunca lo había sido... Era verdad, como el propio Menahem había reconocido con encantadora franqueza, que él no era hombre que hiciera perder la cabeza a una muchacha. Sin embargo, había demostrado estar dotado de una comprensión del corazón humano mucho más valiosa que el encanto cortesano superficial de Da'ud. ¡Qué irónico sería, empezó a pensar, el que, por un improbable cambio de acontecimientos, le tocara a ella, Djamila, la misión de instruir a Menahem en las artes del amor, como Da'ud la había iniciado tan hábilmente a ella! Era absurdo, sonrió levemente tratando de quitarse semejante idea de la cabeza, porque, aunque en su interior sentía el chisporroteo de cierto calor al darse cuenta de que alguien la amaba, no sentía más que una vaga sensación de compasión por un hombre digno cuyo amor no podía corresponder.

Pero le preguntaría a su padre acerca de aquellos a quienes él llamaba sus enemigos y descubriría si eran reales o un mero producto de la imaginación de un hombre que sentía rencor hacia su amo y todo lo que éste representaba. Con estas preocupaciones en su mente, Djamila le compró a Amira el canario del color más vivo, con la pechuga más gorda y con el precio más caro que había en todo el mercado, dentro de su jaula de hierro forjado, después de apenas un segundo de regateo, y las dos regresaron alegremente a la casa para colgarlo en la pared frente al loro de Hai, que seguía chillando «Ayi, Ayi».

[illegible]

[illegible]

XXIII

–¿Y Amira? Espero que no esté enferma. –Bahya ibn Kashil preguntó con inquietud al abrirle la puerta de su modesta casa a su hija, la tarde del Sabbat siguiente.

–Estaba profundamente dormida cuando salí y me dio pena despertarla –replicó Djamila, ocultando la verdadera razón de haberla dejado en casa. Porque la charla que quería tener con su padre no era para oídos infantiles...

Bahya asintió, desilusionado pero resignado. No puso en duda que el bienestar de los jóvenes debía ocupar un lugar de preferencia sobre la felicidad de los viejos, pero si esos jóvenes pudieran concebir la inmensidad del gozo que su alegre, inocente y luminosa presencia traía a las vidas en declive de sus familiares viejos, bien podrían perder un poco de sueño para proporcionar ese gozo... Pero no le dijo nada de esto a su hija. Por nada del mundo agriaría el placer del poco tiempo que pasaba con ella, dedicándolo a inútiles recriminaciones.

–Así que, querida hija –empezó, echando vino en una copa y ofreciéndole algunas galletas secas esparcidas en una vieja fuente de estaño. Abollada y todo como estaba, era una de las pocas cosas que se había traído de su antigua casa; hoy, al verla, una triste ola de nostalgia anegó el corazón de Djamila, una sensación desagradable que tuvo forzosamente que reprimir–. ¿Cómo van las cosas en casa en ausencia del amo?

–Más o menos igual. Da'ud está tan preocupado con todos sus compromisos oficiales que lo veo muy poco, hasta cuando está aquí. Tenía la esperanza de que este nuevo secretario le aliviara algo de su trabajo, pero todo parece continuar igual.

–Eso no me sorprende. Menahem es una figura demasiado polémica para que Da'ud delegue responsabilidad en él en asuntos de la comunidad.

–¿Polémica? ¿Un hombre tan retraído, tan anodino?

–Sólo en apariencia, me temo. En su propia esfera, es un hombre con opiniones muy definidas que no vacila en defender. Ha criticado siempre la manera en que nuestros poetas están adaptando temas y metros arábigos a la poesía hebrea, pero el asunto llegó a la crisis recientemente en una reunión de literatos, cuando Saúl ben Hayyuj recitó su nuevo poema que celebraba una fiesta vinícola emplazada en un bello jardín de primavera. Indignado, Menahem atacó duramente a Saul delante de todos los que estaban allí reunidos que, según creo, incluían uno o dos poetas árabes a quienes Saúl ve con frecuencia.

»–Es totalmente inmoral –dijo al parecer Menahem–, celebrar tales placeres cuando Tierra Santa está en manos de gente extraña y el templo está en ruinas. Es más: beber vino aparta a los hombres del estudio de la Biblia, nuestro patrimonio sagrado. Es una costumbre ajena a nuestra tradición.

»Saúl pasó por alto el incidente porque el generoso elogio que le dedicó su auditorio superó con creces la única voz que se alzó en su contra. Y supongo que no quiso dar demasiada importancia a las crítcas de Menahem reaccionando públicamente contra ellas. Pero el asunto no terminó ahí. Siendo Saúl el hombre orgulloso y arrogante que es, con muchos medios a su disposición, decidió vengarse de manera más sutil. Desde entonces está corriendo la voz de que el lexicón en que está trabajando Menahem no es más que una copia de las obras de la escuela de Saadiah Gaon en Babilonia y que la única diferencia es que Menahem se niega tenazmente a permitir ninguna comparación entre el hebreo y el arábigo. Como tampoco permite el uso de palabras arábigas o principios gramaticales como medios de explicación. Así que tiene que inventar equivalentes hebreos para ciertos términos árabes que nadie más que él puede entender. Pero ésa no es la única arma de Saúl. Hay quien dice que está alentando a uno de sus jóvenes estudiantes a demostrar que las raíces hebreas no están compuestas de una, dos o tres letras y a veces más, como Menahem está empeñado en demostrar sino que, como regla general, son de tres letras.

–¿Y a quién apoya Da'ud en este debate?

–Con su astucia característica, a nadie. Hace que se peleen el uno con el otro a fin de mantener su propia supremacía, pero creo que se inclina hacia Saúl. Ha mantenido siempre que nuestros escritores hebreos emulan a los poetas árabes. Aunque el metro árabe se adapta mal al genio de la lengua hebrea y los poemas sobre vino y amor son ciertamente ajenos a nuestra tradición, él personalmente, como la mayoría de nuestros intelectuales, está tan inmerso en las letras arábigas que no encuentra incongruente tal adaptación. Por el contrario, le he oído decir a menudo que esta mezcla cultural es algo que se debe desear ardientemente. En su opinión, una evolución así elevará la poesía hebrea a alturas sin precedentes de creación literaria, colocando a las letras hebreas y arábigas al mismo nivel.

–Y, sin embargo, fue a Menahem a quien escogió para componer el poema inscrito sobre el Arca de la Ley en la sinagoga, en memoria de su padre.

–Ese es un poema religioso. Como tal, mantiene las viejas tradiciones cuyas raíces están en Tierra Santa. Tales obras no han sido afectadas por los modelos arábigos que han inspirado la composición de la poesía secular, una innovación en las letras hebreas.

–¿Crees que Saúl ambiciona el puesto de Menahem como secretario de Da'ud para asuntos hebreos?

–No el puesto en sí. Es demasiado rico para necesitarlo y demasiado arrogante para aceptar ningún puesto de naturaleza subordinada. Pero no se parará en barras para causar la ruina de un hombre que le ha insultado públicamente y herido su orgullo en presencia de poetas árabes cuyo trabajo admira y cuya opinión valora.

–Naturalmente –dijo Djamila rotundamente, mordisqueando una galleta al tiempo que trataba de asimilar el significado de lo que había dicho su padre.

Durante el resto de la tarde, los dos hicieron planes sobre la educación de Amira, pero cuando la casa empezó a oscurecerse con las sombras del ocaso, Djamila se despidió de su padre.

Regresó a casa rápidamente, presa de un temor inexplicable. Con la insistente y persuasiva monotonía del tambor de un nómada, las palabras de su padre retumbaban en su cerebro: «No se parará en barras, no se parará... no se parará...». Temblaba en su interior ante la aterradora realidad que esas palabras enmascaraban, una brutalidad, una violencia tan extrema como el exquisito refinamiento de una cultura famosa a través de todo el mundo civilizado. ¿No se decía que uno de los gobernadores de Sevilla, cuya corte era tan famosa por su música como Córdoba lo era por su poesía, tenía la costumbre de asesinar a sus enemigos en el baño, los decapitaba después y utilizaba sus cráneos como tiestos para macetas que alineaba ordenadamente sobre el antepecho de su ventana? ¿Y la misma horripilante muerte de su propia madre? Si hombres como Saúl abrazaban la cultura árabe con tanto entusiasmo, era lógico asumir que no se mostrarían reacios a adoptar sus métodos para deshacerse de sus enemigos. Sobrecogida por el horror, Djamila buscó consuelo en la inocencia del infantil abrazo de Amira.

Evitó deliberadamente encontrarse con Menahem durante las semanas que siguieron a esta conversación. Él se daría cuenta de que había hablado con su padre y de que, en bien de ambos, debía comportarse con la máxima prudencia. Pero sus pensamientos incidían a menudo en él, solo con sus verbos, sus raíces, sus temores y sus fantasías. Sus horas en vela se llenaban de esos sueños imposibles de colmarle de toda la riqueza de amor y entrega que permanecían encerradas en su alma, ese tesoro, a cambio de esa fachada, falsamente dorada, que en su juventud la había atraído y seducido. Y aunque su cuerpo desgarbado no tenía nada de la elegancia y gracia cortesana de Da'ud, se encontró preguntándose a sí misma si el consuelo de sus torpes abrazos, la sinceridad de su inexperta pasión, no serían preferibles a la fría negligencia de un hombre que ni una sola vez le había dicho que la amaba. Durante sus visitas a las casas de las hermanas Ibn Isaac, escuchaba atentamente el cotilleo que intercambiaban, pero como sus maridos, comerciantes que debían su posición no a su cultura, sino a su dinero, no formaban parte de la erudita elite judía, poco podía averiguar de ellos acerca de la rivalidad entre Saúl y Menahem.

Un jueves por la mañana, unas semanas más tarde, Menahem no se presentó a trabajar en casa de Ibn Yatom. La primera reacción de Djamila fue correr a su casa; estaba enfermo y tal vez necesitaba que le cuidaran. Pero controló su impulso por temor a comprometerlo. Tal vez podría mandar a un criado para que preguntase, pero hasta eso, dada la ausencia de Da'ud de la ciudad, era un riesgo que no quería correr. Si algo terrible le había ocurrido, las hermanas Ibn Isaac serían las primeras en enterarse de ello por su tía, su patrona. Se vistió con una rapidez frenética y tuvo que esperar impacientemente hasta que había transcurrido una buena parte de la mañana para ir a ver a Sitbora, la sobrina a la que era más probable que acudiera Tamara si algo de gravedad hubiese ocurrido.

–¡Menos mal que has venido! –la recibió Sitbora con un tono agrio–. En menudo lío nos hemos metido. Al desgraciado secretario de tu marido, que cree tener derecho a sentar cátedra frente a nuestros grandes eruditos, le dieron anoche una paliza de miedo. La tía Tamara se ha presentado aquí esta madrugada, furiosa y en un estado de agitación incontrolable, a pesar de que ella aseguraba lo contrario. Hicimos lo que pudimos para tranquilizarla y después Samuel la acompañó a su casa y llamó a un médico para que fuera a examinar a Menahem y vendara sus heridas.

–¿Y qué es lo que había hecho Menahem para recibir un ataque así? –preguntó Djamila con indiferencia.

–Todo empezó en una de esas reuniones de alto nivel intelectual en las que los escritores se sientan en los jardines alumbrados por la luna y, mientras beben una copa o dos de vino, se recitan unos a otros sus últimos poemas, ardiendo en deseos de exhibir su talento. Menahem, según parece, los irrita a todos con sus constantes críticas sobre la manera en que copian el estilo de sus colegas árabes, pero a pesar de esto, siguen invitándolo, por dos razones: una porque es indudablemente un erudito y otra porque es el secretario de Da'ud.

»Pues bien, por lo que pude sacar en limpio de lo que me dijo Samuel, cuando finalmente se fue a su casa a desayunar, he de decir que, de forma airada, Menahem acusó a Saúl de haber escrito un poema que sonaba sorprendentemente parecido a la canción de amor de un hombre maduro por un muchacho adolescente. Saúl contestó que su referencia al antílope o gacela o fuera lo que fuera el tema del poema era simplemente una metáfora que representaba al Dios vivo del poeta. Al oír esto, Menahem le acusó de mentiroso. Los árabes, cuyas prácticas homosexuales no son un secreto para nadie, utilizan imágenes así cuando escriben acerca de sus «seres amados», fue lo que por lo visto afirmó. Entonces empezó el lío. Volaron los insultos, la mayoría se pusieron de parte de Saúl y Menahem salió de la reunión en actitud de protesta. Pero en mitad de la noche una panda de matones entró por la fuerza en casa de la pobre Tamara y propinó a Menahem el palizón de su vida.

»¡Qué jaleo! Como si esa pobre viuda no hubiera tenido bastantes problemas con todos esos bribones que la dejaron sin un céntimo, ahora se encuentra con que tiene en su casa a un alborotador. Ya es hora de que regrese tu marido y ponga a su secretario en el lugar que le corresponde. Samuel dice que si esta pelea continúa, toda la comunidad se verá forzada a tomar partido y nos encontraremos luchando por algo que la mayoría de nosotros no comprendemos. Él, por ejemplo, no está dispuesto a dar dinero a una comunidad que no puede impedir a sus miembros que siembren el antagonismo entre sus filas. Tú, Djamila, que defiendes los derechos de las mujeres a expresar sus opiniones en asuntos fuera de la esfera del hogar, tú tienes la obligación de decírselo a tu marido.

«¡Qué miserable farsa!», gritaba angustiada el alma de Djamila. Apresada en una red que ella misma había tejido, se veía ahora obligada a desafiar sus principios y actuar de acuerdo con las convenciones, a fin de desacreditar a un hombre que la amaba, a los ojos de otro que la había abandonado...

–Para cuando vuelva Da'ud, todo esto se habrá olvidado –respondió con un tono ligero, fingiendo no dar importancia al asunto.

–No estoy tan segura. Es bien sabido que Da'ud siente gran admiración por la erudición de Saúl. No le va a gustar mucho la animosidad que Menahem está alentando contra él.

–Pero tiene también en gran estima la erudición de su secretario. Dice que no hay nadie que pueda expresar una frase en hebreo con la pureza y elegancia que lo hace él.

–Bueno, la verdad es que de nada sirve el que tú y yo sigamos hablando de ello –afirmó enfáticamente Sitbora, con un movimiento hacia adelante de su voluminoso seno–. Son los hombres los que arreglan las cosas como les parece adecuado. ¿Dónde está Amira esta mañana? –preguntó para cortar en seco la conversación.

–Ella y Hai se pasan horas y horas juntos, tratando de enseñarles al loro y al canario a conversar. No hay manera de sacarla de allí. Es muy divertido observarlos.

Las dos mujeres hablaron de esto y de lo otro hasta que a Djamila le pareció que había llegado el momento oportuno para despedirse. Recorrió las calles indecisa, luchando con dos sentimientos: por un lado, la elemental caridad humana la inducía a visitar a Menahem y, por el otro, le contenía el temor de las consecuencias que pudiera acarrear la locura de su visita. Ni siquiera podía enviarle una nota manifestando su compasión, por si el mensajero la traicionaba, y el mostrar un interés excesivo en su bienestar motivaría gestos de extrañeza... Pensativa, se encaminó con andares indecisos hacia la plaza del mercado, compró una enorme cantidad de galletas de queso recién salidas del horno y las llevó a casa como sorpresa para los dos niños.

El siguiente Sabbat*h*, a primera hora de la tarde, fue a visitar a su padre otra vez, ansiosa por oír su versión del incidente del miércoles con Menahem. Para su sorpresa, concordaba en todos sus detalles con lo que le había contado Sitbora.

–La sinagoga estaba alborotada esta mañana con la historia. Todo el mundo tenía una opinión que expresar, aunque era difícil saber con certeza sobre qué. Aquello era un verdadero estruendo infernal –dijo Bahya, meneando tristemente la cabeza.

–Es absurdo –replicó Djamila–. Toda esta conmoción por unas líneas de poesía.

–No, hija mía, la cuestión es mucho más profunda. Se trata de determinar la frontera entre mezclarnos armoniosamente con el ambiente que nos rodea y mantener nuestra propia identidad.

–Los musulmanes nunca nos aceptarán como a iguales. *Dhimmis* nos llamó Omar y *dhimmis* seguiremos siendo, protegidos de segunda fila de la Casa de Islam.

–No creo que debamos aspirar a que se nos acepte así. Es nuestra misma diferencia lo que nos protege, porque nuestros gobernantes confían en nosotros más de lo que confían en su propio pueblo, todos ellos posibles rivales. Pero no tenemos nada que ganar desdeñando sus grandes triunfos culturales. Por el contrario, debemos aprender algo de ellos, hacer uso de sus extremadamente esmerados instrumentos literarios para nuestros propios fines, a fin de elevar nuestros propios niveles creativos. Cuanto más alto sea el nivel que alcancemos, según sus propios criterios, más nos respetarán y, por consiguiente, menos expuestos estaremos al tradicional desprecio que tiene el islam por los *dhimmis* que viven entre ellos.

–¿Entonces tú crees que Menahem está equivocado en sus críticas?

–No del todo. Es saludable que se oiga de vez en cuando una voz como la suya para impedir los excesos a que puede llevar la pérdida de nuestros valores específicos.

–Me pregunto si Da'ud lo verá desde el mismo punto de vista.

–Tu marido es un hombre sabio. Hasta ahora ha mantenido un delicado equilibrio entre tendencias opuestas. Pero si este incidente provoca una escisión perdurable dentro de la comunidad judía, es posible que se vea forzado a cambiar su actitud. ¿Cuándo esperas su regreso?

–Lo más tarde antes de las lluvias de otoño.

–Quedan todavía unas pocas semanas. Esperemos que para entonces la tormenta haya pasado.

Tranquilizada en cierto modo por las palabras de su padre, Djamila durmió mejor que las dos noches anteriores. Por la mañana se levantó rejuvenecida y decidió dar un largo paseo sola por la orilla del río. Pero en el mismo momento en que salía a la calle oyó el sonido de un bastón que emitía unos ruidos arrítmicos al apoyarse sobre el irregular empedrado de la calle. Mirando de reojo en la dirección de donde procedían estos sonidos, volvió a mirar y por último se cercioró de que era Menahem quien iba hacia ella, cojeando penosamente y apoyado en un bastón. Casi salió a su encuentro corriendo y regresó lentamente con él hacia la casa.

–La única razón por la que no he ido a verte es que no quería que te volvieran a dar otra paliza –le espetó como única explicación–. ¿Cómo estás?

–Bastante bien. Lo suficiente como para venir aquí y desempeñar mis deberes de los jueves.

–Pensé en mandarte una nota de solidaridad, pero tenía miedo de confiársela a un mensajero.

–Hiciste bien. Quería asegurarte que la paliza que me dieron no me hizo demasiado daño, pero no lo hice por la misma razón. Pasé horas tumbado en mi diván pensando en una manera segura de ponerme en comunicación contigo, pero no se me ocurrió ninguna.

Djamila vaciló un momento antes de contestar.

–Mira, a la entrada de los aposentos de Da'ud, desde mi lado de la casa, hay un nicho con un viejo limosnero de madera dentro. Estuvo durante años en el mostrador de la tienda de Ya'kub, pero después de morir éste, el hombre que compró el negocio la sustituyó con el cofre de marfil que está ahora allí. Le pedí que me diera la caja vieja como recuerdo de la bondad que Ya'kub me demostró siempre, a pesar de mi humilde origen. Nadie se da cuenta de que está ahí y yo soy la única que la saco y le quito el polvo de vez en cuando. Si es absolutamente necesario, la puedes utilizar como un buzón, por lo menos hasta que vuelva Da'ud.

–A no ser que me vuelvan a incapacitar otra vez –comentó Menahem, atribulado.

–Trata de pasar inadvertido durante algún tiempo –le instó Djamila–. No sería prudente forzar a Da'ud a tomar partido en esta disputa, en caso de que resultes tú el perjudicado. Te prometo que le quitaré el polvo al cepillo de vez en cuando, especialmente los jueves por la noche. ¿Te das cuenta de lo útil que es para una mujer saber leer y escribir?

Menahem no se atrevió a preguntar si también él encontraría de vez en cuando, dentro de la caja, una nota escrita por ella. Pero le bastaba con que ella estuviera deseosa de ir en busca de la suya y que fuera capaz de leerla.

XXIV

Nadie, y menos que nadie el propio Da'ud en persona, había esperado llevar a cabo su misión en tan poco tiempo. Aunque la pompa real con la que Alhákem había insistido en hacerle viajar, en su papel de representante personal del califa, había impresionado indudablemente a los gobernantes cristianos, fue el espectáculo del cuerpo de guardias de elite, que formaba la mayor parte de su séquito principesco, lo que inspiró en ellos el temor de Dios. Ligeramente armados, la agilidad de los guerreros montados en sus esbeltos caballos árabes, combinada con la fulminante destreza en el manejo de la espada, fue lo que los hizo temibles adversarios para los soldados cristianos, que estaban obstaculizados por la engorrosa armadura que los agobiaba con su peso. David superando a Goliat, se decía Da'ud para sus adentros, sonriendo, mientras cabalgaba sobre su noble caballo, con la cola ligera y enjaezado con vivos colores, que le había regalado su soberano, y su esbelta figura vestida de oscuro, creando un marcado contraste con su chaqueta de color gris perla.

Tan pronto como se diseminó el rumor del avance del enviado del califa por las cortes de León y Navarra, así como por los dominios del rebelde Fernán González en Castilla, delegaciones de enviados de alta alcurnia, procedentes de los reyes cristianos, salieron a su encuentro. Recibidos por el retumbar de los tambores y el estridente sonido de las trompetas que preceden al cortejo árabe, saludaron ceremoniosamente al médico personal de Alhákem, pero al mismo tiempo que lo saludaban, inclinándose hasta el suelo, dirigían miradas furtivas a los jinetes árabes que jugueteaban inquietos con las empuñaduras de sus dagas damascenas que lanzaban destellos desde sus cinturones.

Los portavoces cristianos comunicaron a Da'ud que sus soberanos había sido informados de su intención de viajar a la corte de Sancho de León para examinar el estado físico de su hijo, nacido recientemente. A ellos, por consiguiente, les agradaría aprovechar esta oportunidad providencial para pagar sus deudas al Príncipe de los Creyentes. Los cofres, le aseguraron, estaban ya de camino procedentes de Burgos y Pamplona, con destino a León... Da'ud sintió un gran alivio. No le agradaba la idea del arduo viaje de León a Burgos y de allí a Pamplona para recoger el dinero que se le debía a su soberano. Evidentemente, León y Navarra estaban tan preocupados con sus luchas para sojuzgar a la rebelde Castilla que no querían provocar a su señor musulmán.

El rey Sancho le había dado a Da'ud una bienvenida real y le había mostrado orgullosamente el retoño que había engendrado desde los días de su milagrosa cura en Córdoba y de aquella tumultuosa noche que había pasado en el harén del califa, le recordó a Da'ud, dándole un codazo con una crudeza que el cortesano judío encontró repelente. Bastó una mirada para asegurarle que ni el hijo y heredero de Sancho ni ninguno de sus otros hijos mostraban ninguna señal de adolecer del *petit mal* de su padre, pero no obstante los examinó a todos escrupulosamente para justificar su visita y les prescribió un régimen detallado a base de dieta, ejercicio y baños regulares.

–¿Baños? –exclamó Sancho asombrado–. Eso está muy bien en el templado clima de Andalucía, pero ¿cómo puedes recomendar una costumbre tan bárbara durante nuestros rigurosos inviernos, cuando los vientos helados se precipitan desde las nevadas cumbres de los Pirineos y los temporales de aguanieve invaden bramando la tierra procedentes del océano? Esos niños se pondrán azules y se morirán de frío.

–La higiene personal es una condición *sine qua non* para la buena salud y el debido desarrollo de las personas –insistió Da'ud con firmeza–. El frotarlos con rapidez en un baño de agua caliente frente a un fuego abrasador no les hará ningún daño, os lo prometo.

Sancho hizo un mohín, no muy convencido. Le había instado a Da'ud a que prolongara su estancia, para cabalgar con él todos los días a la veteada luz del sol de los bosques de hayas, que sabía que le gustarían mucho al médico. Pero Da'ud había rehusado el tentador ofrecimiento; la dureza de la vida en la corte cristiana y la zafiedad de sus cortesanos le hacían sentirse incómodo. Tan pronto como llegaron los repletos cofres de Burgos y Pamplona, se puso en camino hacia casa, azuzando continuamente a su séquito para que se moviera a toda velocidad. La pompa y la circunstancia con las que se le había obligado a viajar no le gustaba, porque iba en contra de los principios que durante más de cuarenta años habían regido su conducta. Lo que realmente deseaba era volver a la comodidad e intimidad de su hogar, a la modestia de su manera de vivir, al lado de su adorada Sari y de su amado hijo Hai, eje de su existencia. ¿Habría crecido mucho el niño durante su ausencia? Hacía mucho tiempo que no lo había medido contra su pequeño ciprés, preocupado como estaba, se reprochó a sí mismo, al tiempo que espoleaba a su caballo en la última etapa del viaje de regreso a Córdoba. Si se daba prisa, llegaría a tiempo de pasar el próximo Sabbat con sus seres queridos...

El jueves, a la caída de la noche, encontrándose a medio día a caballo de Córdoba, Da'ud ordenó a su escolta que acelerara la marcha durante las horas más frescas de la noche, mejor que pararse en otra polvorienta y maloliente posada en el camino y llegar el mediodía del viernes. El hecho de que su impaciencia por sentir cerca de sí la reconfortante presencia de Sari fuera la razón que le guiaba a través de la oscuridad, con el ímpetu de una pasión juvenil, hasta a él mismo le sorprendió, pero esa era la verdad. Los años no habían amortiguado en lo más mínimo su amor por ella. Al contrario, su vida y la de Sari estaban inextricablemente entrelazadas, los hilos de su existencia como seres individuales estaban fuertemente atados en una única cuerda que nada ni nadie podía desenredar. Ni siquiera la presencia de Djamila y Amira bajo su techo había influido en su relación, pero eso, bien lo sabía él, era principalmente porque no les hacía ningún caso. No se había imaginado una situación así cuando tomó a Djamila como a su segunda esposa, nunca creyó que Sari se entregaría a él, como lo había hecho. Por lo tanto, Djamila le había hecho, sin proponérselo, el mayor favor de su vida, como él se lo había hecho a ella cuando la tomó por esposa. Los platillos de la balanza estaban, pues, en perfecto equilibrio.

Pero, ¿y ahora? ¿Era justo que ignorara su existencia ahora que ya no la necesitaba? ¿Era justo que le negara su satisfacción de mujer, el tener tal vez otros hijos? ¿Era su posición social como miembro de su familia suficiente compensación por la manera como la trataba? A pesar de la experiencia adquirida durante su ya bastante larga vida en la manipulación de hombres y de circunstancias, Da'ud se encontraba ahora entre la espada y la pared. Un elemental sentido del honor, así como su reputación de ser un hombre honrado, no le permitían echarlas a ella y a su hija de su casa, ni siquiera bajo capa de un matrimonio de conveniencia con algún hombre que estuviera dispuesto a llevarse a su lecho a la mujer que él había desdeñado. Pero seguir teniéndola en la casa era condenarla a un futuro frío y estéril. Tal vez se presentaría una solución con el paso del tiempo, suspiró, y se quitó el problema de la mente al ver aparecer las sólidas formas de las murallas y minaretes de Córdoba, más oscuros que la misma oscuridad. No pensaba ahora más que en su amada Sari. Una vez dentro de las murallas de la ciudad, mandó marcharse a los guardias reales y cabalgó hacia su casa sólo con un puñado de hombres del séquito para que se hicieran cargo de las arcas y de sus propios avíos.

Con el asombroso presentimiento de los seres amados, Sari se despertó a mitad de la noche, con la intuición de que Da'ud estaba cerca de casa. Por improbable que parezca, porque los viajeros raramente cabalgan por la noche por miedo a los bandidos, aguzó el oído hasta que oyó finalmente el eco de los cascos de los caballos aproximándose en el silencio nocturno. Se levantó enseguida y corrió a despertar a los criados. Medio dormidos, buscaron a tientas lámparas y velas para alumbrar el camino de su señor, pero la casa estaba todavía envuelta en una oscuridad casi total cuando Da'ud entró en ella, seguido por los que llevaban sus pertenencias. Al desconocer sus alrededores, se tropezaron con los criados de la casa, empujando el equipaje de un lado a otro. En medio de tal confusión, el extremo de una de las arcas chocó contra el nicho donde estaba colocado el viejo limosnero de Ya'kub. Se tambaleó unos instantes y cayó después al suelo. Su vieja madera se astilló y se escindió en millares de pequeños fragmentos.

Da'ud dio rápidamente instrucciones al agitado grupo de criados y cargadores, que iban de un lado a otro como pollos descabezados. Cuando al fin se restableció el orden, despidió a los hombres que el califa le había prestado y mandó a sus propios criados a que se acostaran. Conforme se iban marchando, arrastrando los pies, él se metió en el bolsillo un trozo de papel que alguien le había entregrado en medio del alboroto, y se fue a encontrarse con Sari que le estaba esperando en su alcoba.

Con la misma intensa pasión que le había arrastrado a través de la noche, le hizo el amor, alternadamente tierno y exigente, delicado e imperioso, pero siempre, como de costumbre, atento al paso y al ritmo del deseo de ella. El alba hacía palidecer el horizonte cuando se levantaron juntos para entrar en el cuarto de su amado hijo, Hai. Éste estaba aún plácidamente dormido, con su masa de rizos de color caoba rodeándole la cabeza como un halo de bronce.

Al igual que todos los jueves y viernes por la mañana, estuviera Da'ud presente o no, Menahem llegó temprano a la casa de Ibn Yatom a realizar sus deberes rutinarios. En cuanto entró echó una ojeada al cepillo de las limosnas. Un pánico ciego se apoderó de él. ¡El nicho estaba vacío! ¿Por qué? ¿Cuándo? Pero, naturalmente, pronto se dio cuenta. Djamila debía haber cogido la caja para limpiarla, como dijo que lo haría. Era suya. No había razón para que no lo hiciera. Él no debía permitir que su temor, o su amor, le hiciera perder la razón...

Entró en su aposento como de costumbre y empezó a clasificar el inmenso número de documentos que esperaban ser examinados por su maestro en categorías de urgente, rutinario y sin importancia, preparándolas para su regreso. Había tres montones, colocados ordenadamente a su alrededor, cuando la puerta se abrió suavemente. Levantó la cabeza, y en sus ojos brillaba el calor de la espera. Ver a Djamila, aunque sólo fuera un momento, mientras ponía el cepillo en su sitio, era más de lo que hubiera podido desear. Pero la luz desapareció de su rostro. Era Da'ud quien estaba de pie delante de él.

Cogido completamente por sorpresa, se puso de pie en el acto y se inclinó profundamente ante su maestro, pronunciando la tradicional bendición con que se recibe a los que vuelven de un viaje. Pero conforme iban saliendo las acostumbradas palabras de su boca, se preguntó cuándo habría llegado Da'ud. Él había salido de la casa la tarde anterior, cuando empezaba a anochecer, y era insólito que se viajara de noche por el peligro de bandidos errantes. Pero era un peligro del que Da'ud podía hacer caso omiso, se dio cuenta enseguida, seguro como estaba con la protección de los guardias del califa. ¿Habría advertido que el cepillo no estaba en el lugar acostumbrado? ¿Había hecho preguntas inoportunas a los criados o a la propia Djamila? Examinó el rostro de Da'ud buscando alguna indicación de que algo fuera distinto, pero, como siempre, lo encontró inescrutable. La caja era de Djamila, se repitió a sí mismo, suya para hacer con ella lo que quisiera...

–¿Has tenido un viaje agradable, Abu Hai? –preguntó, con voz serena, a pesar de la intensa inquietud que le dominaba.

–Satisfactorio, pero no agradable –contestó Da'ud brevemente, mientras cogía al azar los documentos de los diferentes montones y les echaba una rápida ojeada.

–Estos son los asuntos que requieren tu atención más urgente –dijo Menahem, entregándole el montón más pequeño de papeles–. Los otros pueden esperar hasta que te hayas recuperado totalmente de la fatiga del viaje.

–Nos ocuparemos de ellos inmediatamente –ordenó Da'ud, haciéndole señas a Menahem para que fuera a su despacho–. ¿Ha llegado una respuesta del rey de los kazares?

–No, todavía no.

Los dos hombres se pusieron a trabajar hasta que las sombras empezaron a alargarse en el jardín, indicando que se acercaba el Sabbat. Da'ud le dijo a su secretario que se fuera con el tiempo justo para que uno y otro se dieran su baño ritual, se pusieran vestiduras limpias y se apresuraran a acudir a la sinagoga para las oraciones de la noche. Hai estaba ya lavado y vestido, esperando impacientemente a que su padre estuviera listo.

Lo mismo que Ya'kub había hecho con su único hijo, lo hizo Da'ud con el suyo. Dándose la mano, ambos ataviados con sobrias vestiduras, padre e hijo se pusieron en camino con serena dignidad hacia los servicios religiosos del Sabbat. Pero ya no asistían a la sinagoga donde había orado Ya'kub. Como Da'ud había hecho erigir una casa de oración pequeña, pero exquisitamente decorada, sobre un terreno que había ocupado en otros tiempos uno de los almacenes de Ya'kub, era allí donde él, su hijo y toda su familia se reunían para el culto. Un cierto número de los eruditos más ilustres de la comunidad empezó a congregarse también allí. Pero Menahem, igual que el padre de Djamila, permaneció leal a la sinagoga donde la gran masa de la comunidad judía de Córdoba, comerciantes prósperos y humildes curtidores, ricos joyeros y obreros con las manos manchadas, se reunía para dirigirse a su dios.

Da'ud ibn Yatom recibía cálidas palabras de bienvenida por todas partes, mientras avanzaba al lugar de honor que tenía reservado. Cuando terminaron las oraciones, Saúl fue precipitadamente hacia él, excusándose minuciosamente por desconocer el día de su llegada y, por consiguiente, por no haberle compuesto un panegírico, al estilo árabe, en honor de su feliz retorno. Los dos hombres intercambiaron unas pocas y breves palabras antes de que la asamblea se dispersase, cada uno al seno de su familia.

Djamila vio a su marido por primera vez desde su regreso en la tradicional cena familiar de aquella noche. Fue tal vez la única vez desde que se había unido a su familia en que su rostro impasible la atemorizó. Esa mañana de madrugada, cuando fue a ver si Menahem le había dejado alguna nota en el cepillo de Ya'kub, un criado que estaba barriendo antes de que se levantara su amo, le dijo que la caja se había hecho pedazos en la conmoción causada por la inesperada llegada de Da'ud. Lo que no le podía decir y lo que ella no se atrevía a preguntar, era si había una nota dentro de ella...

En el transcurso de la cena, sin embargo, la actitud de Da'ud hacia ella y hacia su hija pareció ser algo más afectuosa de lo que solía ser, aunque sólo Djamila podría haberse dado cuenta de la diferencia: una sonrisa a medias para Amira por aquí, un destello de reconocimiento de su propia presencia por allá. Aunque temerosa de darle demasiada importancia a gestos tan condescendientes, al menos apaciguaron un poco su mente atribulada. Si Da'ud había encontrado una nota de Menahem cuando cayó el cepillo, la situación sería irreparable y por mucho que se preocupara no podría cambiarla. Si ése no era el caso, como su cambio de actitud parecía indicar y como ella deseaba desesperadamente creer, no habría nada que temer. Sin ningún medio de comprobarlo, de una manera u otra, no tenía otra opción que sentarse tranquilamente y esperar los acontecimientos...

Éstos se iban a precipitar sobre ella con la fuerza y violencia de una tormenta en los días más cálidos del verano.

El Sabbat transcurrió pacíficamente y una atmósfera de gozo contenido por el regreso del amo, sano y salvo, invadió toda la casa. Después de la siesta, Da'ud se acercó a Djamila cuando ésta se estaba preparando para salir de casa y con ese encanto irresistible que no le había manifestado desde hacía muchos años, le rogó que prescindiera de la visita semanal a su padre. ¿No disfrutaba de buena salud? Podía ir a verle a la mañana siguiente, como lo haría él también, si no le había bajado la fiebre. Después de una ausencia tan larga de sus seres amados, deseaba disfrutar de una tarde relajada con toda su familia, insistió con serenidad, mientras le ponía un brazo alrededor de la cintura y la llevaba al jardín.

Una vez que se hubo medido meticulosamente la altura de Hai contra el tronco del ciprés que crecía al mismo tiempo que él, el niño corrió a reunirse con Amira en sus incansables esfuerzos por enseñar a sus respectivos pájaros a que se hablaran el uno al otro.

–¡Qué bien se llevan estos dos niños! –observó Sari, complacida, mientras que ella, Da'ud y Djamila se sentaron junto al lado del canal de agua para beber unos refrescantes sorbetes bajo la ligera brisa de la tarde. Con un breve gesto de asentimiento, Da'ud desvió la conversación hacia una descripción casi lírica de la belleza de la clara luz del sol danzando a través de las frágiles y temblorosas hojas de las hayas de los bosques del norte.

Las mujeres escuchaban, entusiasmadas, cuando el hechizo que su elocuencia había creado fue interrumpido por unos ruidos en la puerta que daba a la calle. Un momento después entró un criado de forma precipitada, pero antes de que pudiera abrir la boca, una mujer le empujó a un lado, decidida a impedir que un subalterno tratara de aplacarla.

Da'ud puso su sorbete en una mesa y miró a la intrusa. Su sorpresa inicial pasó al cálido recibimiento que exigían las convenciones de la hospitalidad.

–Mi querida viuda Tamara –empezó a decir mientras se levantaba y se dirigía hacia ella, con los brazos abiertos en señal de bienvenida–. ¿A qué debemos esta inesperada visita durante el Sabbat?

–No es una visita –dijo con firmeza la anciana, haciendo una leve mueca de dolor al enderezar su inclinada y encorvada figura hasta hacerla recuperar algo de su antigua dignidad y estatura–. He venido a expresar una severa protesta.

–El asunto debe de ser grave para que hayas interrumpido tu descanso del Sabbat –comentó Da'ud fríamente, sin molestarse en ocultar su irritación ante esta intrusión sin precedentes en la intimidad de su hogar.

–Es más que grave. Es un ultraje –aclaró la viuda con altiva indignación.

Con sus delicadas manos delante del cuerpo, movía de un lado a otro con los dedos de una mano la inmensa esmeralda que llevaba en la otra y entonces, adoptando la actitud de las mujeres que, gracias a la posición de sus maridos, han estado siempre acostumbradas a que se las obedezca, pasó a exponer el motivo de su protesta.

–Esta mañana, mientras que mi huésped, tu secretario Menahem, estaba asistiendo a los servicios de la sinagoga, una panda de rufianes entraron por la fuerza en mi casa, cogieron las pertenencias de Menahem y las tiraron todas, absolutamente todas, en mitad de la calle. A continuación se colocaron junto a la ventana de su habitación y esperaron hasta que le vieron volver a casa. Entonces se lanzaron a la calle, se arrojaron sobre él y le golpearon con barras de hierro y trallas hasta que casi perdió el conocimiento. Hecho esto, lo tiraron, magullado y sangrando, sobre el exiguo montón de sus enseres, arrojaron sobre él un vaso de agua para espabilarlo y bramaron en sus oídos: «Te espera algo aún peor si no sales de la ciudad antes del anochecer». Se marcharon entonces furtivamente, evidentemente satisfechos de lo que acababan de hacer.

»Yo te pregunto, Abu Solimán, ¿o debo llamarte Abu Hai?, ¿qué transgresión ha cometido este tranquilo, honrado e inofensivo erudito para que merezca que lo echen por la fuerza de su casa y de nuestra buena ciudad de Córdoba? Cuando le apalearon la primera vez en mitad de la noche, hace un par de semanas, dándome a mí un susto de muerte, dicho sea de paso, asumimos que, con tu ausencia, el orden y la disciplina habrían desaparecido. Pero ése no es el caso, ya que la noticia de tu regreso se divulgó anoche por toda la comunidad. Exijo que se me diga la razón de estos terribles incidentes. Por añadidura, pido plena compensación por los daños causados a mi propiedad, así como por la pérdida de la renta que tendré que sufrir ahora como consecuencia del brutal desahucio de mi inquilino.

–Por supuesto, viuda Tamara –replicó Da'ud con suavidad–. Comprendo tu indignación. Estoy tan escandalizado y afectado como tú por lo ocurrido. Pero dices que mi secretario fue atacado en otra ocasión anterior durante mi ausencia. ¿Tienes alguna idea de por qué?

–Se hablaba de cierta controversia entre él y el poeta Saúl, alguna alegación acerca de una escandalosa referencia en uno de los poemas de Saúl a las relaciones prohibidas entre hombres y muchachos adolescentes, por lo que pude deducir. Se corrió el rumor de que Saúl respaldaba el incidente.

–Tal vez la disputa se haya encarnizado desde entonces –comentó Da'ud, con una cierta candidez–. Te agradezco que hayas venido a informarme del asunto. Lo investigaré inmediatamente en cuanto pase el Sabbat. Respecto a lo de la compensación, no tienes por qué preocuparte. –Hizo una corta pausa, durante la cual parecía estar inmerso en sus pensamientos y entonces continuó–. Creo que tienes una pequeña parcela de terreno entre la ciudad y las colinas, ¿no es así?

–Así es –contestó la viuda fríamente.

–¿Hay una casa en ella?

–Una casa pequeña, pero está abandonada.

–¿Se la puede poner en condiciones para que pueda ser habitada de nuevo?

–Sin duda alguna. Fue en otros tiempos un lugar delicioso. –La mirada de Tamara parecía perderse distraídamente en la distancia cuando, recordando, contestó–: Tuvimos un granjero que vivía allí y que nos suministraba casi todas las provisiones para la casa, de lo que producía la tierra. Su mujer se ocupaba de ella como si fuera un verdadero palacio y cada uno de los sencillos objetos que contenía era un preciado tesoro para ella. Pero eso fue hace muchos años, cuando aún vivía mi pobre Isaac.

–Como compensación, entonces, sugiero que los culpables o, si no se les puede encontrar, la comunidad, te restaure la casita. Entonces podrás alquilarla, tal vez al propio Menahem, ya que la vida en Córdoba se ha hecho intolerable para él.

–¿Tiene suficientes medios para pagarme con regularidad? –preguntó Tamara con un tono suspicaz.

–Eso ya se arreglará. No te preocupes, no estoy aquí para estafarte, como han hecho tantos otros. Tendrás garantías escritas, todas las que sean precisas, y yo las firmaré personalmente. Espero que esto te satisfaga. Ahora uno de mis sirvientes te acompañará a tu casa y ayudará a Menahem a que se pueda volver a mover. Juntos le llevaréis a la casita, con sus posesiones y enseres y allí podrá pasar la noche. Estará tal vez incómodo, pero al menos estará a salvo...

Después de llamar a un criado y darle órdenes, el propio Da'ud acompañó a la viuda por el pasillo que llevaba a la puerta de la calle y se ocupó de que se fuera protegida, para lo cual mandó a un criado que la siguiera muy de cerca.

Durante su breve ausencia del jardín, Sari y Djamila intercambiaron miradas de absoluta consternación. Aunque diferentes por ser tan distintas sus personalidades, Sari tímida y retraída y Djamila vivaz y decidida, ambas mujeres estaban horrorizadas ante la manera en que Da'ud había sellado el destino de Menahem. La escena que acababa de tener lugar ante sus ojos fue una de las pocas oportunidades que habían tenido de observar cómo su marido sometía a hombres y situaciones a su voluntad. La pericia que había demostrado las llenó a ambas de una mezcla de horror y admiración. Lo suavemente que había calmado a la viuda, lo hábilmente que había, al mismo tiempo, condenado y aprobado los ataques contra Menahem y confirmado su expulsión del hogar y de la ciudad, creando una alternativa tan atractiva para la viuda y tan astutamente disfrazada como un generoso gesto de buena voluntad hacia Menahem, que ninguno de los dos podía rechazarla. No en vano el califa mantenía a su consejero judío bien cerca de él, pensó Djamila, atribulada, mientras buscaba la razón por la severidad del castigo impuesto a Menahem, por lo que, se mirara como se mirara, parecía un asunto tan trivial. ¿No podría haber hecho uso Da'ud de procedimientos menos drásticos para solucionar la disputa y restablecer la paz en la comunidad judía?

La respuesta a su pregunta no formulada no tardó mucho en llegar. Al regresar al jardín, Da'ud tomó un largo y lento trago de su sorbete antes de dirigirse a Djamila.

–Siempre he pensado que la vida encerrada entre las paredes de una casa y una ciudad, además de las limitaciones que tu posición como esposa mía te imponen, constituye una serie de restricciones muy opuestas a tu naturaleza dinámica e independiente. Egoísta y desconsiderado, yo te saqué de tu entorno natural, atrayéndote con el halago de las riquezas y el prestigio. Fue un error. El descontento está grabado en tu rostro. Ni los más altos honores, ni la riqueza de los príncipes puede compensar la ausencia de amor en la vida de ningún ser humano. Tú has aprendido ahora esa lección. Tengo, por consiguiente, la intención de hacerte volver a un ambiente que sea compatible con tu naturaleza, pero no sin asegurarme antes de que unas manos amorosas te darán allí la bienvenida.

Anonada, sin comprender lo que Da'ud quería decir, Sari paseaba su mirada de Da'ud a Djamila, sin lograr captar el significado de las palabras de su marido. Da'ud hizo una pausa y dejó que se hiciera el silencio, creando una atmósfera de tensión y presentimiento tan palpable que hasta los niños dejaron de jugar, pues sus almas sensibles se daban cuenta de que un drama humano, cuyo sentido no podían adivinar, se estaba desarrollando en su presencia.

Ligeramente estremecida por un temblor interior, Djamila se mantuvo erguida, mientras esperaba que Da'ud decretara su destino. Con un gesto casi imperceptible, él extrajo de los pliegues de su túnica un trozo pequeño de papel doblado, cuyo sello se había abierto cuidadosamente.

–Fue esto –dijo Da'ud, con el papel entre sus dedos pulgar e índice– lo que me llevó a la solución de un problema en el que estaba pensando hacía tiempo. No son, literalmente, las palabras que se han escrito aquí, compréndeme. La inteligencia de Menahem es demasiado aguda para comprometerse a sí mismo o a ti. No. Es lo que la misma nota representa: una relación que ha madurado hasta el punto de crear un vínculo de mutua confianza entre mi secretario y tú.

Con elaborado cuidado, Da'ud desdobló el papel y leyó: «Estoy casi totalmente recuperado y sigo escrupulosamente tu consejo. Por consiguiente, no parece haber peligro inminente. Tu siempre leal siervo». Por supuesto no hay ninguna firma, pero hay sólo una mano en toda la ciudad de Córdoba capaz de escribir con caligrafía tan primorosa. ¿Fue para leer notas así para lo que tu padre cometió la equivocación de proporcionarte una educación? –comentó fríamente antes de continuar–. Tu interés por Menahem es digno de encomio y el consejo que le diste era indudablemente prudente, pero ambos parecen proceder de un sentimiento más profundo que el que una mujer de tu posición osaría manifestar por el secretario de su marido. En cuanto a Menahem, se traiciona así mismo solamente por una palabra: «siempre». «Tu leal siervo» habría sido suficiente, pero hay momentos en la vida de todos los seres humanos en los que la pasión invalida a la razón.

»De todo esto saco la conclusión de que existe entre vosotros dos un vínculo recíproco de comprensión y afecto y, si mi instinto es correcto, un amor apasionado hacia ti por parte de Menahem. Es por lo tanto a él a quien te encomiendo. Juntos restauraréis la tierra que acabo de disponer que se os entregue en alquiler, y juntos infundiréis nueva vida a una casa abandonada. Apenas tengo que añadir que las formalidades del divorcio y del nuevo matrimonio se llevarán a cabo rápidamente y con la máxima discreción. Ahora –dijo, poniéndose de pie para indicar que su decisión era terminante–, teniendo en cuenta el interés que has mostrado por el bienestar de Menahem, el más elemental decoro requiere que vayas a verle enseguida, alivies sus heridas y le lleves algunas provisiones. Mañana por la mañana enviaré un equipo de albañiles para que hagan la casa habitable, de manera que esa misma noche podáis empezar una nueva vida, una vida llena de amor y libre de toda coerción.

Indignada, fue Sari la que pronunció las palabras que Djamila estaba demasiado estupefacta para proferir.

–¿Y qué va a ser de tu hija, Amira, con todas estas decisiones que has tomado? –preguntó, con una voz que le temblaba de ira.

–Se harán generosas provisiones económicas tanto para ella como para su madre, y se la considerará siempre como mi hija. Su lugar natural de residencia, por supuesto, será con su madre.

–Todo eso está muy bien, pero insisto en que nos prometas solemnemente, tanto a Djamila como a mí, en este mismo lugar y en este mismo momento, que los vínculos fraternales que unen a tu hijo y a tu hija se mantendrán durante el resto de sus vidas. Ellos no tienen por qué pagar el precio de tus errores.

El tono bajo pero inflexible de Sari, unido al apenas velado reproche, hirió a Da'ud en lo más vivo.

–Tenéis mi solemne promesa –contestó bruscamente.

Djamila se puso entonces de pie, con toda su innata dignidad manifiesta en la orgullosa postura de su cabeza y la firmeza de sus movimientos.

–Con tu permiso, Abu Hai, empezaré mi nueva vida a partir de este mismo momento. Cuando termine el Sabbat, ten la amabilidad de pedir a los criados que empaqueten mis posesiones y que las lleven a la nueva casa esta misma noche.

Sin mirar hacia atrás, salió de la casa que en realidad nunca había sido su hogar...

En el helado silencio que siguió a esta escena, Sari evaluó a su marido, mirándole con un desdén mal disimulado.

–¿Por qué? –le preguntó al fin–. ¿Por qué la has humillado así?

–Para mantener mi honor.

–Ella no lo ha mancillado.

–¿No es esta nota prueba suficiente?

–No, Da'ud. Tú la has utilizado como un pretexto para deshacerte de ella, para castigarla por un crimen que ella no ha cometido –dijo Sari en voz baja. La calma con que profirió su reprimenda añadió fuerza y convicción a la verdad que estaba expresando.

–Yo no creo haberla castigado. Tal vez el mayor castigo haya sido el haberme casado con ella. No puedo amarla. Menahem sí. Aquí su vida era falsa y estéril. Allí adquirirá veracidad y florecerá, junto con la tierra. No me censures con precipitación. Deja que el impacto de este repentino cambio de vida vaya suavizándose y que una nueva vida empiece a palpitar en los recién arados surcos. Cuando llegue el momento de la cosecha, entonces será también el momento de evaluar y juzgar la nueva situación.

Sola, que desde la muerte de Ya'kub había vivido en serena reclusión, rodeada de sus nietos y de vez en cuando de sus hijas, se enteró del destierro de Djamila. Sufrió el impacto de esta noticia en silencio. Pero en su interior, el frágil hilo que sujetaba aún su corazón, roto por la muerte de su esposo, se soltó. Murió mientras dormía, unas semanas más tarde, marchándose en silencio para unirse al hombre cuya existencia había sido la razón de su vida.

XXV

Sari y Djamila se acomodaron sobre un montón de cojines de burdo lino cuyos tonos, descoloridos hacía ya tiempo por el sol andaluz, denotaban años de desgaste natural. Un espeso toldo de hojas de viña, entrelazadas a través de una pérgola, les daba sombra, protegiéndolas del reciente calor del mediodía, mientras charlaban. De vez en cuando levantaban la vista para vigilar a sus hijos, Amira, Hai y Dalitha, que tenía siete años. Los tres deambulaban entre los olivos verde grisáceo, que se extendían en la distancia, en filas ordenadas y bien cuidadas detrás de la casita. Sus troncos sinuosos, retorcidos y nudosos eran una invitación para que rodillas jóvenes y ágiles treparan por ellos. Sari observó algo inquieta cómo Hai trepaba por uno, se encaramaba en una de sus ramas, se inclinaba y le tendía una mano fuerte y protectora a Dalitha, que lo subía gateando para unirse con él.

–Hai es siempre tan cariñoso y protector con Dalitha –dijo Djamila sonriendo–. Es como si fuera su hermana pequeña.

–Bien podía haber sido su hermanastra –dijo Sari en voz baja, tristemente–. A veces siento que no lo sea.

Djamila la miró asombrada. En los ocho años desde su rápido destierro del hogar de los Ibn Yatom, ésta era la primera vez que Sari se había referido al asunto de una manera tan explícita.

–Pero, ¿por qué? –preguntó–.Una vez que nació Hai yo no era más que una intrusa en vuestra casa. Tú, Da'ud y Hai formabais una compacta unidad en la que ni Amira ni yo teníamos lugar.

–No es por ti por quien lo siento, sino por nosotros, Da'ud y yo. A mí nunca me pareció bien su actitud hacia ti y hacia

Amira después del nacimiento de Hai. Fue el único asunto que se negó a discutir conmigo. Pero hasta la fecha no le he perdonado por la manera en la que te hizo salir de casa. Es algo que hay entre nosotros, un reproche constante e invisible que mancilla la felicidad de que solíamos disfrutar. No importa el que tú te encuentres infinitamente más feliz ahora de lo que nunca habrías podido estar en nuestra casa. Es la manera en que te usó para deshacerse luego de ti sin un momento de consideración hacia tus deseos: eso fue imperdonable. Hasta ayer, en una ocasión tan festiva como el Bar Mitzva de Hai, celebrada con toda la sobria elegancia y comedida distinción de la familia, que tú conoces tan bien, fue incapaz de tratar a Amira como a su hija. Yo misma me sentí humillada por ella. Hasta el punto de que casi llegué a preferir que no hubiera venido. No te puedes imaginar de qué manera estas cosas empañan mi felicidad.

–Sí, ¡claro que puedo! –contestó Djamila atribulada, con el recuerdo de la circuncisión aún vivo en su memoria–. Menahem es como tú –continuó, respondiendo a los primeros comentarios de Sari–. No lo perdonará nunca tampoco. Está convencido de que fue Da'ud quien respaldó el segundo asalto y su expulsión de la ciudad. Saúl y él debieron preparar el ataque cuando se encontraron en la sinagoga la noche anterior. Menahem conocía a su jefe lo suficientemente bien para darse cuenta de que explotaba la disputa literaria con Saúl para sus propios fines, saliendo del asunto con su honor y su reputación intactos. Ya sabes que nunca le gustó Menahem. Lo empleó más o menos a la fuerza para agradar a su venerable mentor, el rabino Samuel, y aunque Menahem le sirvió fielmente, Da'ud estaba encantado de tener un pretexto para quitárselo de encima, y a mí de paso –añadió riéndose–. Nunca olvidaré lo encantador que estuvo conmigo a su regreso de León, mientras estaba dándole los últimos toques a su sutil y bien meditado plan. ¡Menudo astuto zorro viejo es el tal Da'ud!

–Tú llevas todo este asunto con tanta levedad –comentó Sari asombrada.

–No tiene sentido guardar rencores. Mi rencor no puede afectar a Da'ud. Solamente puede amargarme a mí. Prefiero borrarlo de mi vida y entregarme a cosas más optimistas, más alegres, más vibrantes. Además, hay que reconocer que fue lo bastante perspicaz como para leer en las inocentes líneas de Menahem una verdad que no era ni mucho menos obvia, ni siquiera para mí. Cuando Menahem me declaró su amor por primera vez, reaccioné con una especie de condescendiente compasión. Nada podía haber sido más ajeno a mi mente que el casarme con él. Y, sin embargo, cuando nos encontramos juntos, abandonados y dependiendo para sobrevivir de nuestros propios recursos, resultó tener una capacidad ilimitada para el amor. Me sostenía cuando me tambaleaba, me calmaba cuando me enfurecía, me tranquilizaba y suavizaba cuando todas y cada una de las fibras de mi ser estaban doloridas. Y se convirtió en el padre de Amira que Da'ud no fue ni habría sido nunca. Mira, Sari –sonrió, abarcando con un amplio gesto de sus brazos la recién encalada casita, las hileras de flores de todos los tonos que la rodeaban como un collar de joyas reales, los árboles cargados de frutas y las bien cuidadas viñas y olivares más allá de ella–, hay vida, alegría y belleza en todas partes. Lo único que siento es que mi padre no vivió para ver todo esto.

–Si Da'ud no hubiera estado de viaje por León cuando se apoderó de él la fiebre, tal vez estaría aún entre nosotros.

–Tal vez. Y aunque nunca me perdonaré por haber cedido a los ruegos de Da'ud y haber retrasado mi visita aquella tarde del Sabbat, privándole de mi presencia en su agonía, doy gracias a Dios por haberle evitado la ignominia de ser testigo de mi destierro de la casa de Ibn Yatom.

–¿Quién sabe? –reflexionó Sari–. Tal vez lo habría visto como una bendición, como tú misma has llegado a verlo. Pero ¿amas a Menahem tan profundamente como le estimas? –preguntó con suavidad.

–He aprendido a amarle –replicó Djamila, levantándose abruptamente para poner fin a una conversación que no quería continuar. La pregunta de Sari era una que ella evitaba hacerse a sí misma. Porque a pesar del resentimiento que podía haber tenido en otros tiempos contra Da'ud, no podía negar que había poseído el poder de arrastrarla a un torbellino de amor y pasión, que solamente la manera delicada en que la tocaba era suficiente para despertar en ella cálidos sentimientos y que su actitud distante estimulaba su vehemencia y su deseo. Menahem no había despertado en ella sensaciones tan embriagadoras ni sentimientos tan excitantes. ¿La habría ganado con demasiada facilidad?, se preguntaba a veces. ¿Habría tenido que hacer esfuerzos para conquistarla, agradarla, retenerla? Pero él poseía las cualidades que ella necesitaba para reconstruir su vida: controlado donde ella era impulsiva, cauteloso donde ella era imprudente, protector y totalmente digno de confianza. Djamila no podía decir que no era amada o valorada. Ni podía quejarse de que se la hiciera de menos o se la dejara de lado. Y si su corazón no se había desbordado, ni sus sentidos se habían estremecido ante la vista o al desmañado contacto de él, la culpa no era de Menahem y probablemente tampoco de Djamila: ella no sabía dónde se escondía el misterio del despertar de la pasión. Hacía ya tiempo que había dejado de buscarlo, resuelta a continuar sin inquietudes el seguro y tranquilo curso de su nueva existencia.

–¡Vamos a coger unos higos para los niños! –dijo alegremente mientras se dirigía a una higuera cercana.

Al verla, Dalitha se acercó saltando. Hai la siguió pisándole los talones y cogió la redonda fruta de color púrpura que Djamila le daba, pasando uno de sus largos dedos, tan sensibles al tacto, sobre la pelusa de su piel, aún fresca como la helada. Abrió la fruta cuidadosamente y examinó su carne roja y madura, en busca de gusanos, antes de darle la mitad a Dalitha. Imitándole, la niña la examinó también.

–¡Ay, si parece que tiene un nido de gusanos dentro! –gritó, echándose hacia atrás con expresión de asco.

–Nada de eso –le contestó Hai suavemente para apaciguarla y, poniéndole un brazo alrededor de los hombros, le hizo mirar otra vez–. Es como la barba de un hombre viejo: hilos blancos y rojos mezclados unos con otros en todas direcciones, saliéndole de la piel.

–Entonces las semillas son como pulgas sobre la barba –continuó Dalitha tercamente mientras, estremecida de horror, le vio hundir los dientes en la carne dulce y suculenta.

–No, no lo son. Son las migas que han caído sobre ella cuando él estaba desayunando.

–Amira, ven a verlo –llamó la niña a su hermanastra–. Hai dice que el interior de un higo se parece a la barba de un anciano.

–Si Hai lo dice, tendrá razón. ¡Siempre la tiene, es el más listo del mundo! –dijo riéndose, con evidente buena fe, mientras ayudaba a Sari y a su madre a llenar la cesta de paja amarillenta que estaba debajo del árbol.

–¡Bromista! –rió Hai, dándole a Amira un pellizco en la oreja.

–Hai está tan contento y de tan buen humor cuando viene aquí –le confió Sari a Djamila cuando se inclinaban para poner en la cesta los higos que iban cogiendo–. Tan rebosante de entusiasmo y regocijo. Si no fuera por el peso de sus estudios, estoy segura de que pasaría más tiempo con vosotros. Y a pesar de ellos, aprovecha cualquier oportunidad para escaparse de la sombría sobriedad de la casa y la tensión que el irascible temperamento de Da'ud crea dentro de ella.

–¿Que Da'ud es irascible contigo y con Hai? No lo puedo creer –respondió Djamila sorprendida, mientras levantaba la pesada cesta y se la ponía sobre su fuerte antebrazo, bronceado por el sol.

–Los estragos del tiempo –respondió Sari con tristeza–. Ha padecido últimamente dolores en las articulaciones. Hace ejercicio, por supuesto, y tiene cuidado de no comer más que alimentos ligeros y fáciles de digerir. También se hace una sangría de vez en cuando. Esto parece aliviarlo, pero los dolores vuelven, sobre todo en el invierno. A pesar de ser médico, no tolera fácilmente el dolor y se niega a aplicarse el remedio que ha recetado tan a menudo a otros, una cataplasma de excremento de paloma, creo que es. Dice que no puede aguantar el olor. Conociéndole como lo conoces, puedes imaginarte bien con qué valentía oculta sus dolores al mundo exterior. Somos

Hai y yo los que sufrimos más al oírle quejarse cuando se relaja en la intimidad de su hogar. Hai es más paciente y comprensivo de lo que se podría esperar de un muchacho de su edad, pero, como todos los niños, necesita la compañía de hermanos y hermanas de la que está privado en casa.

–Es un niño inteligente y sensible. Tal vez su entusiasmo por estar con nosotros proceda de un deseo infantil de compensar la manera en que nos trató su padre. Tal vez haya notado que a ti no te parece bien su conducta y esto haya tenido una influencia en él. Los niños se dan a menudo más cuenta de esas cosas de lo que nosotros, sus padres, pensamos.

–No lo sé. Nunca hemos hablado de ello. Más adelante, tal vez, cuando sea un hombre hecho y derecho. Yo quisiera que amara y respetara a su padre, cualesquiera que sean las faltas que llegue a descubrir en él, en años venideros. De momento, creo que es simplemente la atmósfera relajada, libre y desenfadada de vuestra casa, y la alegre compañía de las niñas, lo que le hace sentirse contento.

Djamila dejó de hablar del asunto.

–Tú sabes que Hai será siempre bien recibido aquí. He hecho lo posible para que piense que ésta es su segunda casa, de manera que el vínculo entre él y su hermanastra no se rompa nunca.

–En eso has superado con creces todas las expectativas. No sólo son él y Amira los mejores amigos del mundo, sino que Hai parece haber tomado también a Dalitha bajo su fraternal protección.

–Sí. Ha sido suave y dulce con ella desde que era un bebé. Pero, vamos, ya es hora de que sirvamos la comida festiva que le prometimos para celebrar su Bar Mitzva en el seno de nuestra familia, y después le daremos el regalo que tenemos para él.

–No hay necesidad de ningún regalo. Da'ud se ocupó de que Amira le ofreciera...

–No Da'ud, querida Sari –la interrumpió Djamila, poniendo una mano firme sobre el brazo de Sari–. Nosotros: Menahem, Dalitha, Amira y yo.

–¿Qué locura has cometido ahora?

–Ninguna locura. Ven –dijo Djamila, haciendo que la siguieran al otro lado de la casa–. Hemos reservado una parcela de nuestra huerta para que Hai haga con ella lo que él quiera.

Los ojos de Sari se humedecieron de emoción.

–¡Qué idea tan apropiada! –comentó en un murmullo.

–Exactamente, y además algo que está dentro de nuestras posibilidades. Menahem y yo hemos notado la intensidad con que inspecciona todas las plantas que ve: flores, hojas, raíces, todo. Este pequeño trozo de terreno le permitirá plantar semillas, observar cómo crecen y proseguir su estudio hasta donde le lleve su curiosidad.

Mientras Djamila hablaba, la mente de Sari retrocedió a aquella hilera de plantas que había estado colocada en el antepecho del cuarto de Da'ud, en casa de sus padres, seres tiernos que Da'ud, en sus esfuerzos por devolverla a la vida, había puesto bajo su tutela. Ahora, su espíritu juvenil de querer averiguarlo todo parecía haberlo heredado su único hijo. ¿Al servicio de qué pondría Hai todo lo que estaba aprendiendo?, se preguntó. ¿Trataría únicamente de extender los límites del conocimiento humano, como había hecho Da'ud en su juventud, o se dedicaría a mejorar la salud y las condiciones de vida de sus prójimos? En cuanto a ella, esperaba que llegara a ser el auténtico médico que su padre, a pesar de toda su fama, nunca había llegado a ser.

–Precisamente lo que se podía esperar de dos campesinos –comentó Da'ud sarcásticamente cuando Sari le contó el detalle que habían tenido Menahem y Djamila.

–Pensé que sería conmovedor el que trataran de alentar a Hai en su estudio de la vida de las plantas. ¿Es que has olvidado ya tu propio absorbente interés en los esquejes que te dejó el ermitaño? Todo ello es parte de la educación que tú estás pensando en darle, ¿no es así?

Da'ud contestó con un gruñido de mal humor:

–A mí no me hace falta que se metan en mis asuntos.

–Lo hacen con la mejor intención.

–Eso es lo único que se puede decir de ellos.

Hai se ruborizó al comprobar el desprecio de su padre por personas cuyo afecto y sencillez él había llegado a amar, pero, por respeto hacia él, no dijo nada. Sari, que había aprendido hacía mucho tiempo que, cuando su marido estaba de malhumor, era inútil discutir, hizo lo mismo. Pero el Sabbat siguiente, Da'ud trató de desagraviar a su hijo.

–Tu interés en la vida de las plantas me agrada –le dijo cuando estaban a punto de sentarse a la mesa para la cena–. Un día, antes de que mis articulaciones empeoren, iremos a caballo a la choza del ermitaño, si es que queda algo de ella, y te enseñaré dónde encontré esos esquejes que mencionó tu madre el otro día. Desgraciadamente perecieron en aquel terrible invierno que tuvimos cuando tú tenías, ¿cuántos?, cuatro o cinco años. Entre los millares de especies que se estaban aclimatando alrededor de la choza del anciano, había una determinada variedad de aloe, cuyo nombre él desconocía, pero dijo que tenía fama en Oriente por sus asombrosos poderes terapéuticos. Esas fueron casi sus últimas palabras antes de morir, llevándose con él el secreto de sus propiedades.

–¿Y qué se hizo del ejemplar que estaba cultivando?

–Cuando yo terminé mi investigación sobre los ingredientes que formaban parte del Gran Antídoto y estaba libre para pensar en la mejor manera de continuar cultivándolo, unos gamberros lo habían arrancado y había perecido. Es curioso que mi maestro, Ibn Zuhr, hubiera oído también rumores de una droga empleada como cura de tumores malignos en los países orientales, pero todas las preguntas que hemos hecho acerca de ella y a lo largo de los años han resultado infructuosas.

–¿Crees que será probablemente idéntica a la especie de que hablaba el ermitaño?

–No lo sé, pero sería una magnífica idea el que tú continuaras esta investigación. Tal vez tengas más éxito que yo. No obstante, no debes permitir que tu amor por la botánica te aparte de otros estudios médicos que pronto estarás preparado para iniciar. Si resultas tan brillante en las asignaturas científicas como lo has sido en tus estudios de la lengua judía, las lenguas clásicas y la lingüística, estoy seguro de que Ibn Zuhr, aunque es ya un anciano, estará dispuesto a aceptarte en el grupo de los pocos elegidos que aún accede a tener como alumnos. Tú tendrás más suerte que yo porque ahora tenemos un hospital, merecedor de tal nombre, donde se pueden estudiar las enfermedades y sus síntomas así como observar propiamente los efectos de nuestros tratamientos. Tal vez el mejor consejo que te puedo dar, al llegar a tu mayoría religiosa de edad, es brindar por la sabiduría de nuestro maestro con tragos muy profundos, y sacar el mayor provecho posible de cada uno de los días que Dios lo conserve entre nosotros.

Los ojos de Sari se humedecieron de placer al presenciar el nacimiento de esa transmisión de padre a hijo a la que Da'ud había aspirado hacía tanto tiempo. Que Dios le dé vida, suplicó en su interior, para presenciar el pleno florecimiento de lo que ambiciona para Hai.

Entre el estudio y su insaciable curiosidad, la adolescencia y los primeros años de la madurez de Hai pasaron rápidamente sin que casi se diera cuenta. Su padre, que iba envejeciendo, se quejaba cada vez más bajo el peso de sus responsabilidades. Sus crecientes sospechas de intrigas palaciegas le debilitaban aún más, despojándole de la fuerza que necesitaba para soportar el dolor de sus penosas articulaciones. Sari tenía una paciencia infinita con él y Hai le mostraba gran compasión y afecto durante los breves momentos que podía robar a sus estudios para pasarlos con su padre. En estas ocasiones, Da'ud intentaba iniciar a su hijo en el arte de la supervivencia en la corte de Córdoba, infestada de intrigas, sin dudar ni por un momento que su hijo seguiría sus pasos en ella. Pero Hai siempre encontraba un pretexto válido para interrumpir cortésmente estas conversaciones: un tratado sobre las fiebres que había que leer, diagramas anatómicos que bosquejar, listas de drogas que servían para dar calor o para refrescar que tenía que aprenderse de memoria... Da'ud no trató nunca de detenerle. El poder intelectual y la asiduidad de su hijo eran realmente notables y, como él mismo había previsto con razón, Ibn Zuhr expresó repetidas veces el placer que obtenía por enseñarle.

Las visitas de Hai a la casita de campo se hicieron menos frecuentes a medida que sus estudios se hicieron más difíciles, pero no por ello dejaron de ser un deleite para él. Cuando entraba por la puerta, toda la familia se llenaba de alegría y regocijo. Djamila y sus hijas ocupándose de él, Menahem escuchando, desde el rincón cubierto de libros donde estaba completando su diccionario, las noticias que traía de Córdoba. Entonces él y las muchachas salían a examinar las plantas que habían florecido en su parcela en el transcurso de los años desde su Bar Mitzva, cada una de ellas escogida con enternecedora consideración para las necesidades de la familia; los densos macizos de lavanda de color azul grisáceo para que Djamila los pusiera entre la ropa personal y de cama de la familia; peludas plantas de mostaza de flores amarillas para que le suministraran el condimento para los guisos que preparaba de las verduras que ella misma cultivaba; y, por último, el dulce trébol amarillo, de flores apiñadas como vainas invertidas. Ésta era la planta *melilot* cuya identidad Da'ud había buscado tan obsesivamente, el ingrediente esquivo que le faltaba para completar la composición del Gran Antídoto, cuando era solamente un poco mayor de lo que era en ese momento Hai. La historia de su descubrimiento, repetida una y otra vez como una leyenda en el seno del círculo familiar, había impulsado a Hai a plantarlo. Desde su temprana infancia sabía que sus raíces eran un remedio eficaz contra las mordeduras de serpientes, peligro al que la familia de Djamila, que vivía en el campo, estaba expuesta continuamente. Si por alguna razón pudieran faltarles provisiones del valioso antídoto, las raíces del trébol les resultarían muy útiles.

En los primeros veranos que siguieron a su Bar Mitzva, Hai y las niñas habían convertido el coger y secar las semillas de lavanda y de mostaza en una verdadera fiesta. Empezaban a trabajar por la mañana temprano, riéndose, bromeando y haciéndose cosquillas unos a otros hasta que, agotados, se desplomaban bajo el tórrido calor del mediodía y dormían toda la tarde. Pero una vez que sus estudios le privaron de tiempo para estas diversiones, Hai se vio obligado a dejar la mayor parte del trabajo a las niñas. Como era de esperar, Dalitha, por ser la más pequeña, estaba más consentida. Alegando que el tacto rugoso de las plantas de la mostaza le daba dentera, se negaba a tocarlas y ayudaba a Amira sólo con las de lavanda.

Pero una vez que los estudios de farmacología de Hai estuvieron bien adelantados, volvió a asumir responsabilidad por las especies que había sembrado, tratando por todos los medios de componer una cataplasma que se pudiera calentar y que aliviara los dolores de su padre. Todos los veranos secaba las semillas de la mostaza y las flores del trébol, y las trituraba hasta convertirlas en polvo. A este polvo añadía harina y todo el aceite de lavanda que podía extraer de los tallos de la cosecha de todo un verano, un ingrediente adicional para generar calor, que era no sólo eficaz, sino, esencial en el caso de Da'ud, de olor agradable. Amira resultó ser un ayudante competente y Dalitha se divertía cogiendo los tallos de lavanda esparcidos aquí y allá al ser arrancados de la tierra. Frotaba con todas sus fuerzas entre las palmas de las manos las vigorosas agujas de color de púrpura ahumada y después, sosteniéndolas entre sus manos ahuecadas, inhalaba su refrescante fragancia hasta que Hai terminaba su prolija tarea.

Los tres descansaban entonces bajo la fresca sombra de la pérgola y, mientras se tomaban los sorbetes que Djamila les llevaba, Amira le pedía algunas veces a su hermanastro su opinión sobre un poema que acababa de escribir. En uno de sus poemas celebraba el tema de la primavera que Menahem le había escogido del «Cantar de los Cantares»; otra vez compuso un poema relativo a la cosecha, inspirado por las maravillas de la naturaleza que observaba todos los días, con ecos del lirismo del Libro de Ruth. Hai la alababa sin reservas, y si a veces sugería un cambio de palabras o de ritmo, lo hacía tan indirectamente y con tanto tacto y delicadeza, que no podía en manera alguna herirla.

En estas ocasiones Dalitha se impacientaba, se iba correteando a la casa y salía enseguida de ella, con una mano oculta detrás de la espalda. Decidida a que su hermana mayor no la eclipsara, se acercaba a Hai y, ruborizándose con una mezcla de timidez y admiración por este semidiós de pelo color caoba y ojos azules que se movía con la gracia de un antílope y que sabía absolutamente de todo, solía sacar, tímida pero orgullosamente, de detrás de su espalda, una página de su caligrafía hebrea y se la ponía ante los ojos. Con ese especial calor y suavidad en ellos, que siempre reservó para ella, Hai le ponía un brazo sobre sus hombros de niña y le prometía que pronto ellos también escribirían bellos poemas juntos. A Dalitha le daba vuelcos el corazón cuando Hai le hablaba así, y cuando Hai veía su cara iluminada de placer, su propio corazón se derretía.

A su debido tiempo, cuando Ibn Zuhr estuvo satisfecho con el nivel de competencia de Hai en flebotomía, le permitió que sangrara de vez en cuando a su padre para quitarle los espesos quimos que le estaba causando la dolorosa inflamación en las articulaciones. Era entonces cuando Da'ud, el paciente, y Sari, el ángel de bondad que se quedaba cerca de ellos, tenían la sensación de que su hijo poseía una cualidad que le situaba en un lugar preferente al de los demás médicos que habían conocido. Preocupado porque su orgullo de padre lo cegara, Da'ud sacó la conversación con su venerable mentor cuando fue a saludarle con ocasión del gran festival musulmán de Id il-Fitr.

–Sí –confirmó el viejo maestro, con la mirada en la distancia, como si estuviera contemplando una visión–. Tu hijo posee la extraordinaria cualidad de la que mis estudiantes y yo hemos sido testigos en nuestras visitas al hospital. Le basta con poner su compasiva mirada sobre uno de los enfermos para cuyos sufrimientos no tenemos cura, o tomar entre sus manos una mano febril y sin fuerzas, para que un destello de vida y esperanza vuelva a unos ojos de donde se ha extinguido la luz. Si yo no fuera un riguroso hombre de ciencia, me sentiría inclinado a creer que una corriente de vida fluye de sus ojos y sus manos a los de ellos. El talento que ya posee para la diagnosis y su prodigiosa memoria para curas y drogas le hacen destacar como uno de los más brillantes alumnos que he tenido jamás. Si, a pesar de la vasta miseria humana que no tendrá poder para aliviar, conserva este raro y valioso don, esta capacidad para inspirar una sensación de bienestar y confianza en sus pacientes, para devolverles su deseo de vivir, o para hacer más fácil la terrible prueba de su muerte inminente, llegará a ser un médico de singular envergadura.

–Tus elogios para con él son abrumadores.

–No digo más que la verdad. Soy demasiado viejo para permitirme halagos, como tienen que hacer los hombres que van en pos de la ambición.

–Te doy las gracias, maestro. Que Dios te dé vida y salud por muchos años.

Aquella noche, cuando Hai puso sobre sus doloridas rodillas, con un contacto tan leve que casi no lo sintió, la cataplasma que había preparado, Da'ud sabía que la razón del alivio que experimentó se debía tanto al remedio que Hai le aplicó como al profundo sentido de compasión que fluía desde su hijo. En los ojos de Hai resplandecía una bondad que revelaba la compasión que sentía por todas las formas del sufrimiento humano, y un ferviente deseo de aliviarlo.

XXVI

–¡Panda de bribones y sinvergüenzas! –explotó Da'ud mientras iba cojeando penosamente hacia el jardín, cuando volvía una tarde de la biblioteca del palacio–. Me enseñan a mí versiones arábigas de tratados de los grandes astrónomos griegos como Teodosio, Teón y Geminio, y alegan que fueron traducidos por Hunayn. ¿Es que no saben con quién están hablando? ¿O tienen una opinión tan pobre de mi erudición que creen que pueden engañarme? Un ojo experto puede detectar los errores de traducción con sólo echar una ojeada al libro. ¡Y por todas estas burdas falsificaciones exigen un dineral! ¡Bien merecen el castigo que les impondrán los cadis! ¡Cuando les hayan cortado las manos ya no podrán seguir robando!

»Dios misericordioso, ¡qué cansado estoy de tener que estar siempre precaviéndome contra toda tipo de engaño e invención, contra mentiras y calumnias de toda clase! Y ¡cómo desprecio a los visires, cuyas entrañas están destrozadas por sospechas y envidias, que se apiñan unos contra otros en interminable especulación acerca de las conspiraciones de que creen que les estoy haciendo objeto, confabulado con el califa! Me proporcionaría un indecible placer presenciar su desilusión si por casualidad se enteraran de que es de libros y manuscritos de lo que hablamos, o de la aceptación pasiva por el hombre de un destino ordenado de antemano por Dios, frente al libre albedrío y la habilidad para influir sobre su curso. ¡Qué cansado estoy de todo! –suspiró de nuevo dirigiéndose a Sari, que, profundamente inquieta, le siguió a su habitación. Demacrado y con un color ceniciento, debido a la fatiga, se echó en su diván, desprovisto de toda vitalidad–. Llama a Hai

–dijo en un susurro– y pídele que venga a suavizar mis doloridos huesos.

Hai saludó a su padre alegremente, al entrar en la habitación, pero sus ojos de color azul oscuro se velaron al darse cuenta de la inusitada palidez de Da'ud.

–¿Están esos falsificadores molestándote otra vez? –bromeó mientras colocaba la cataplasma sobre la rodilla izquierda de su padre.

Sus dedos sensibles extendieron la mezcla sobre la articulación inflamada, pero conforme se iban moviendo, notó un bulto debajo del dedo índice que no cedía a la presión que se aplicaba sobre él. Como tampoco Da'ud hizo un gesto de dolor cuando su hijo frotó la dureza del bulto; echó una rápida ojeada a su padre y se sintió aliviado al ver que estaba descansando, con los ojos cerrados, ya que la cataplasma desprendía un calor reconfortante en el lugar donde estaba el bulto. Lo tocó una vez más, sin que Da'ud se diera cuenta, y después ejerció presión sobre el área cercana. Ante esta presión sí reaccionó el paciente, moviendo la pierna ligeramente al sentirse incómodo. Hai pasó, como si fuera lo más natural, a tratar la otra rodilla, con sus manos delgadas y sus largos y afilados dedos –las manos de Sari– trabajando hábilmente, mientras su fértil ingenio se aceleraba: no hay dolor, no hay pérdida de sensación: no hay cura –Megatechne, folio 3 (un axioma confirmado infinidad de veces por su propia observación)– excepto una extirpación quirúrgica, y aun así... Pero tal vez estaba equivocado, se dijo. Tal vez no fuera un tumor cirroso, sino simplemente un absceso que se había endurecido y podía disolverse lentamente mediante drogas que lo suavizaran: amonio, miel, higos bien secos, storax, médula ósea y grasas. *De Medicamentorum Facultatibus V,* su memoria repiqueteaba, sus pensamientos daban vueltas y más vueltas.

Afortunadamente, Da'ud se había quedado dormido y no pudo ser testigo de la alteración experimentada por su hijo. Porque éste no era un paciente anónimo que yacía, desvalido e ignorante, en una cama de hospital. No solamente era su propio padre, amado como lo es cualquier padre por su hijo. Este hombre era un afamado médico por derecho propio, un producto de la misma escuela de donde procedía él. ¿Cómo se debía tratar a un hombre así? ¿Le pedía uno su opinión, se consultaba el diagnóstico con él? ¿Se le decía que estaba destinado a morir, si ese resultaba ser el caso? ¿O se dudaba en cierto modo del diagnóstico, por obvio que pareciera y se fingía aspirar a una cura, a fin de darle alguna esperanza? ¿Se aferraría él, a pesar de todos sus conocimientos, a una esperanza tan frágil, como haría cualquier otro mortal? ¿Haría obligatoria su misma erudición, para todos los demás médicos, el decirle la verdad. «¡Que Dios, que reside en las esferas celestiales, me guíe a través del embrollo de este dilema!»

–Voy a salir –le dijo a su madre. Sari había abandonado la habitación de su marido mientras Hai lo examinaba, y estaba sentada fuera al punzante frescor de los primeros días de otoño, en el jardín que el atardecer iba oscureciendo.

–¿Cómo está? –preguntó con inquietud.

–Descansando –la tranquilizó Hai, y salió de la casa antes de que ella pudiera darse cuenta de su agitación interior.

Inconsciente del tiempo o del espacio, vagó al azar por las calles, con una sección de su mente tan clara como confusa estaba la otra, sus sentidos adormecidos, su cuerpo helado de temor. De forma implacable la noche se echó encima y una luna llena proyectó una palidez fantasmal sobre la ciudad en sueños. Se levantó un viento cortante. Hai empezó a temblar y sus dientes le castañeteaban incontrolablemente. ¿Frío? ¿Miedo? ¿Frustración ante la futilidad de sus limitados conocimientos? Al fin sus pasos le llevaron al único lugar donde esperaba encontrar alivio.

Sin tener en cuenta lo avanzado de la hora, dio un apremiante aldabonazo sobre la maciza puerta de madera. Como los criados se habían retirado hacia tiempo, pasó un buen rato hasta que oyó pasos lentos y vacilantes que se iban aproximando desde el interior de la casa.

–¿Quién llama a mi puerta a esta hora tan inoportuna? –exclamó la conocida voz familiar, ronca aún por habérsele arrancado de un profundo sueño.

–Soy yo, Hai ben Da'ud.

Ibn Zuhr buscó a tientas las barras y cerrojos de su puerta, mientras Hai balanceaba su cuerpo de un lado a otro, dándose palmadas con las manos para entrar en calor.

–Entra, querido muchacho, entra –le instó el maestro, sosteniendo un vela en la mano para alumbrar el camino, al abrirse la puerta. Al poner un brazo protector sobre los hombros temblorosos de Hai, conforme entraban juntos en la casa, recordó aquella otra visita inesperada, de madrugada, haría unos veinte años... –. A tu padre le pasa algo. ¿Qué es, hijo mío?

–Le pido a Dios estar equivocado, maestro, pero temo que sea un absceso cirroso.

Ibn manifestó inquietud.

–¿Sobre la rodilla izquierda?

–Sí, maestro. ¿Cómo lo sabes?

–Eso no importa ahora –contestó el médico bruscamente, tan reacio a creerle como lo había estado Hai, y tal vez con más razón...

–¿Es grande?

–No más grande que la canica de mármol con la que juega un niño.

–Eso es bueno. Iré a verlo mañana por la mañana y comprobaré tu diagnóstico. Si estoy de acuerdo con él, haremos que Abu'l Kasim lo extirpe enseguida antes de que tenga tiempo de extenderse y corroer otras partes. Mientras actuemos deprisa, tenemos una buena probabilidad de salvarle.

–Pero, maestro, he de preguntarte algo. Se había quedado dormido cuando palpé la dureza. Él no sabe que lo tiene. ¿Cómo y qué le diré?

Ibn Zuhr se pasó una mano una y otra vez sobre sus ojos empañados y sus sienes hundidas, antes de decidirse a hablar.

–No habrá necesidad de decir nada. –Poniendo su mano de venas azuladas sobre la rodilla de su alumno, le dijo–: Tu abuelo, Ya'kub ibn Yatom, sufrió la misma enfermedad y tu padre vino a verme exactamente como tú has venido ahora.

–Así que sabes que es un tumor maligno, y también lo sabrá él.

–Probablemente, hijo mío. Pero lo hemos descubierto antes que en el caso de Ya'kub. Anímate, muchacho, anímate. Todavía hay esperanza.

–¿Es eso lo que le vas a decir a mi padre?

–Por supuesto. Nuestra erudición, por llamarla así, no nos confiere el derecho a privar a ningún ser humano del gran consuelo de la creación. La esperanza es a veces la única ayuda que podemos ofrecer. Las reglas y máximas que aprendemos de memoria son conclusiones generales sacadas de la observación de muchos casos. Muchos, pero no todos. No hay dos casos iguales, de la misma manera que no hay dos seres humanos iguales. Lo que es cierto para uno puede ser falso para otro, lo que cura a uno puede hacer daño a otro. Esa es la razón, hijo mío, por la que la esperanza está siempre justificada hasta que Dios pronuncia su juicio definitivo, la única decisión contra la que no podemos apelar.

XXVII

Ralambo se echó su *lamba* cuidadosamente doblada sobre el hombro y con sus pasos largos y ágiles se movió sin esfuerzo a través de sacos de mercancía, comerciantes que regateaban a voces y agobiados mozos de cuerda, cargados de equipaje, hasta que llegó al barco veneciano que estaba a punto de zarpar. Al poner el pie sobre la pasarela, aspiró profundamente el aire cálido y penetrante, y en su rostro reluciente se reflejaba la inmensa satisfacción consigo mismo, con su suerte y con el mundo en su totalidad. Por fin había llegado al puerto de Alejandría y estaba a punto de empezar la última etapa de su viaje, un viaje en el que había pensado durante mucho tiempo. Pronto llegaría al oeste, un mundo del que había oído hablar desde su infancia, pero que los pocos que habían ido a la choza de adobe rojo de su padre no habían visto nunca. Lo único que sabía de él era que sus habitantes esperaban con avidez todas las hierbas y especies, las joyas y los pálidos y frágiles verdeceladones, que los comerciantes orientales llevaban a los puertos del noroeste de su país natal, la gran Isla Roja de Malagasy. Allí la preciada mercancía era vendida a los comerciantes árabes que la transportaban a lo largo de la costa oriental de África hasta el bullicioso puerto egipcio, donde los emprendedores venecianos la volvían a cargar y distribuían aquellos artículos de valor incalculable por las costas del mar Interior o Mediterráneo.

Hasta aquel momento Ralambo no tenía una idea fija de cuál iba a ser su destino definitivo; preguntaría a los comerciantes occidentales que encontrara en los puertos en los que hiciese escala a lo largo de su viaje hasta que cosechara la información que estaba buscando. Anduvo con firmeza por la rampa tambaleante hasta entrar en el barco, haciendo deliberadamente caso omiso del espectáculo de los esclavos blancos, sujetos con cadenas, que desembarcaban de él, con sus sensibles pieles blancas, ahora de color escarlata por haber estado expuestas al implacable sol egipcio. Arrastrando los pies y echados unos sobre otros en una fila que inspiraba compasión, los transportaban al *bedestan* más cercano, donde los tratantes árabes intentarían conseguir gangas al comprarlos y serían enviados después, en barcos destinados a este objeto, a acaudalados potentados orientales que estarían dispuestos a pagar lo que fuera preciso por una carne tan blanca. Ralambo sintió a su alrededor el agudo y refrescante olor a alcanfor, cuando un andrajoso cargador, con las piernas torcidas, doblado en dos bajo el peso de su carga, le hizo echarse a un lado. Medio andando, medio corriendo rampa arriba, el *hammal* depositaba su carga en la bodega del barco, abarrotada ya con sacos de canela, pimienta y almizcle de olor acre.

El capitán del navío, cuya hosquedad guardaba proporción con su tamaño, avanzó torpemente hacia Ralambo con sus bamboleantes andares de lobo de mar y le preguntó cuál era su punto de destino.

Ralambo vaciló un momento antes de contestar:

–Quiero ir hasta el punto más extremo del oeste a donde vaya vuestro barco.

–Sevilla. Tres *dirham* por un sitio en cubierta.

Indignado ante un precio tan exorbitante por un pasaje así, Ralambo dijo:

–¿Y si desembarco antes de llegar a Sevilla?

–Lo mismo –gruñó el capitán, extendiendo su mano gruesa, callosa y ávida.

Ralambo contó de mala gana las monedas de plata, las puso en la sucia palma de su mano y se dio después la vuelta, dirigiéndose para hacer uso de su derecho a un rincón de la cubierta de popa sobre el que extendió su *lamba*. Dejando a un lado la rapacidad del capitán, no podía negar la suerte que había tenido al encontrar un barco que estaba a punto de zarpar en dirección oeste, anclado junto al navío que le había llevado al mar Rojo y que había atracado esa misma mañana. Ahora, bajo la severa mirada del capitán, la diestra y vigorosa tripulación estaba cerrando las escotillas y preparándose a levar anclas. El viento era ligero, el mar estaba tranquilo y el sol brillaba en el cielo, cuando el barco se alejó de los gritos y el bullicio del gran puerto egipcio y echó velas en dirección oeste.

Apoyado sobre el pasamanos, Ralambo observaba cómo la espuma se levantaba de la popa del barco, se rizaba hacia atrás en olas blancas y desaparecía después en la negrura del mar. Como había hecho innumerables veces desde que dejó atrás la seguridad de su hogar, pasó la mano por la bolsa que llevaba aplastada contra el estómago. Colgada de una fuerte correa de cuero que llevaba alrededor del cuello, estaba firmemente sujeta en su sitio, casi tan cerca del cuerpo como su propia piel, por una ancha faja de lino atada concienzudamente en torno a su cuerpo. Hasta entonces todo había ido bien, se dijo, sonriendo y dando unos golpecitos a la valiosa bolsa. Un viaje tranquilo, cálido, sin dificultades, en dirección norte, desde la gran Isla Roja, sin piratas, ni tempestades, ni otras desventuras accidentales, y el fin del viaje ya en perspectiva...

Echando la vista atrás, recordó lo difícil que había sido convencer a su padre de que los comerciantes occidentales pagarían más por el extracto que transportaba que los codiciosos indios, que le quitaban de las manos todas las onzas que podían por lo que él, Ralambo, consideraba una miseria. Durante toda su vida su padre había actuado como intermediario entre los únicos productores del extracto, una tribu en el extremo sudoeste de África, y los mercaderes indios que iban regularmente a la isla Roja a recogerlo. Ralambo le pinchaba para que de vez en cuando, a su manera retraída e ingenua, tratara de conseguir un precio mejor, pero los mercaderes entornaban sus arteros ojos negros y, pasándose las manos regordetas por sus voluminosas barrigas, respondían con sus acostumbrados razonamientos.

–Somos los únicos para los que tiene valor –sonrieron con aire de suficiencia, aplastándolo como si fuera una mosca molesta. Pero los razonamientos de Ralambo eran distintos. ¿Por qué tenían que ser estos indios los únicos capaces de apreciar el valor del extracto, cuyo origen ocultaban tan ferozmente los africanos? Lo que ellos o sus clientes habían descubierto, lo podían descubrir otros también. Él se llevaría el extracto, no al este, sino al oeste. Allí, en algún lugar, habría un hombre con suficiente sabiduría para revelar qué era lo que los indios valoraban tanto...

En su ronda de inspección del barco, el capitán se paró un momento y apoyó su inmenso cuerpo sobre el pasamanos, al lado de Ralambo. En un inusitado arranque de locuacidad, informó a su alto y cetrino pasajero que se dirigían al Pireo, donde cargarían un envío de trigo destinado al puerto de Venecia, lugar de origen de la embarcación. Alentado por esta chispa de cordialidad del hombre de mar, Ralambo le preguntó:

–¿Se encuentran en alguna de esas dos ciudades los hombres más sabios del mundo?

–Si lo que estás buscando son hombres sabios, debes continuar tu viaje hasta donde tenías la intención de terminarlo, lo más hacia el oeste que sea posible, porque es en Córdoba donde encontrarás a los más insignes eruditos en las costas del mar Mediterráneo.

Ralambo estaba a punto de preguntar cuánta distancia había entre Sevilla y Córdoba, pero el capitán se había separado ya del pasamanos y continuaba haciendo su ronda.

Los otros pasajeros del barco se fueron reuniendo, uno por uno, en cubierta. Prósperos comerciantes venecianos, hablaban entre ellos en voz baja, sin hacer el menor caso del hijo de la isla Roja que estaba sentado ahora sobre su lamba, con las rodillas dobladas delante del cuerpo, los brazos alrededor de ellas, los pies descalzos cruzados a la altura de los tobillos y los ojos mirando distraídamente al vacío. Le habría gustado preguntarles, también a ellos, dónde se podía encontrar a los hombres más sabios del oeste, pero tenían un aspecto tan arrogante que le intimidaban. No era un sentimiento nuevo para él. Hijo de madre melanesia y padre africano, había sido objeto de desprecio, desde su infancia, por parte de los dos pueblos que cohabitaban, no muy a gusto, en la isla Roja, los melanesios en las zonas más altas y frescas, los africanos a lo largo de las tórridas costas. Buscando un refugio del acoso de ambos pueblos, un lugar donde pudiera vivir en paz con su delicada esposa asiática –«mi valiosa figurita de porcelana», como solía llamarla–, su padre se había asentado en las estribaciones entre ambas zonas. Vivió apartado, entre la frondosa vegetación del bosque siempre verde y las jacarandás malvas y escarlatas. Fascinado por los diminutos pájaros cuyas brillantes plumas multicolores resplandecían al sol como joyas en sus montajes verde brillante, y encantado con las mariposas cuya interminable variedad de manchas exuberantes eran un festín para sus ojos, amantes de la belleza, había salido pocas veces a un mundo más allá de aquel en que vivía. Si Ralambo había soñado siempre con viajar rumbo al oeste, era no sólo porque, por naturaleza, era inquisitivo e inquieto. Era también porque deseaba liberarse de la reclusión en que se había criado y salir de la isla, a pueblos que no fueran ninguno de los dos a los que pertenecía. En el oeste sería un extraño, pero no sería un marginado, despreciado debido a mezcla de sangre.

Hacia el atardecer, los marineros se reunieron en la cubierta de popa y se pasaron uno a otro una garrafa cubierta de paja de la que cada uno de ellos bebió con sorbos prolongados y ruidosos. En un gesto de compañerismo, uno de ellos le pasó la botella a Ralambo, que bebió como les había visto hacerlo a ellos. Se estremeció al sentir el gusto del líquido rojizo, crudo y picante, sobre la lengua, pero sonrió agradecido para no ofender a los lobos de mar o aparecer ridículo ante sus ojos. La botella hizo las rondas una, dos, tres y hasta cuatro veces, y Ralambo aguardaba su turno como todos los demás. Pero poco después le empezaron a arder las mejillas, la cabeza a darle vueltas y un sopor ineludible a apoderarse de él. Se retiró sin ser visto del ruidoso grupo, se echó sobre su lamba y quedó sumido en un sueño de embriaguez que le mantuvo dormido hasta el mediodía del día siguiente.

Demetrio recorría a grandes zancadas, de atrás adelante, de delante hacia atrás, la media luna que es el puerto de Rodas, víctima de su propia indecisión. ¿Cuántas veces debe un hombre tentar al destino, se preguntaba, sin darse cuenta claramente de cómo había salido ileso del indescriptible horror que había atravesado desde su llegada a Kazaria? Llamado por el rey para tratar a su hermano enfermo, llegó a Atil, la relumbrante capital de los kazares, sólo un día después de que hubieran llegado las noticias de que los rusos avanzaban hacia el río Don. A su llegada al fabuloso palacio dorado, no se le dio ni siquiera tiempo para bañarse y descansar un poco después de su largo viaje desde Bizancio.

–Hemos de ir a toda prisa a la fortaleza de Sarkil –le dijo apremiantemente el rey Judá, haciéndole pasar de forma apresurada por una serie de cámaras doradas que estaban ahora abandonadas, ya que la elite del reino se había ido a caballo a la batalla. Poniendo en su manos las riendas de un robusto caballo sobre el que había echado rápidamente una montura de tejido de alfombra, el fornido y corpulento rey, que tenía una espesa barba, le explicó brevemente–: Estas incursiones se han hecho últimamente más frecuentes. Los rusos están intentando debilitarnos, de manera que un día puedan conquistarnos por completo, tarea que empezaron hace unos quince años. Esperábamos a que nos atacaran, como de costumbre, en Sarkil, el lugar de cruce más fácil a través de los pantanos y marismas del valle del río. Es vital que los hagamos retroceder antes de que entren en nuestro territorio. Gracias a las fortalezas que tus compatriotas nos construyeron hace más de un siglo, hemos logrado siempre resistirlos, pero no hay ni un momento que perder.

–Pero ¿y vuestro hermano?

–Como anterior general en jefe de nuestras tropas se ha negado en absoluto a quedarse atrás. Lo he enviado delante en una litera. La parte principal de nuestras fuerzas salió de madrugada. Si cabalgas deprisa, tal vez puedas adelantarlos. Nos encontraremos en la fortaleza –concluyó, dando fuertes pisadas al emitir sus órdenes a un destacamento de caballería, cuyos fieros caballos estaban piafando, impacientes por ponerse en movimiento.

Había sido todo un fatal error. Esta vez, lo que había parecido otro grupo de asaltantes en la guerra de agotamiento rusa resultó ser una táctica para distraer la atención, destinada a arrastrar a los kazares hacia el noroeste, a sus estratégicas fortalezas río arriba. Mientras tanto, masivos destacamentos rusos subían hacia el valle del Don, avasallando a las reducidas guarniciones que el rey Judá había dejado detrás. Cuando la noticia del pleno alcance de la catástrofe llegó a sus oídos, él y sus hombres estaban acorralados y sus soldados no eran capaces de luchar con las fuerzas rusas que habían tenido tiempo para atrincherarse en la parte alta de la orilla derecha del río, frente a Sarkil. Más que un incursión regular, el ataque contra la fortaleza de los kazares era parte de una masiva ofensiva rusa para someter al deseado reino de Kazar.

Así que, en lugar de tratar al hermano del rey, que había muerto durante el viaje a Sarkil, Demetrio se encontró cuidando de los heridos, los pocos «afortunados» que sobrevivieron tanto a la lucha como a la implacable succión en el seno de las ciénagas del valle del río, entre las que se había librado la batalla. Desde el amanecer hasta la puesta del sol, e incluso hasta la noche, a la parpadeante luz de una sola vela, Demetrio había entablillado huesos rotos, vendado heridas e intentado ayudar con amables palabras a aquellos por los que no podía hacer más. Era totalmente distinto a las flatulencias de los acaudalados comerciantes bizantinos o las migrañas de sus mimadas esposas, que pretendían tenerlo, a su entera disposición...

Una noche, cuando estaba quitando una cuña de madera toscamente tallada de entre los dientes de un soldado cuya pierna había amputado, llegó el rey y se arrodilló junto a él. Con la barba enmarañada, los ojos inyectados en sangre y la ropa desgarrada y salpicada de barro, se llevó al médico a un lado, a un rincón vacío del dispensario, si así se le podía llamar, porque muy poco había que dispensar. Agarrando a Demetrio con premura por los hombros, empezó a decir:

–No sé lo que va a ser de mí y de mi pueblo durante el ataque de mañana, pero cualquiera que sea el sino que nos aguarda, no tienes por qué compartirlo. Una pequeña embarcación de remos con las pocas provisiones que hemos podido salvar está en este momento a punto de ser puesta en el río. Debes escapar enseguida en ella, bajo la protección de la noche sin luna. Si te cogen los rusos, tu habilidad como médico te salvará. Tengo sólo una cosa que pedirte a cambio de darte esta oportunidad de salvarte la vida. Quién sabe, bien puede ser mi último deseo.

Sujetó a Demetrio con más fuerza mientras, con ojos de loco, continuó:

–Es de vital importancia que el destino de mi pueblo sea conocido más allá de los confines de los mares Muerto y Caspio. Hace muchos años recibí una carta de un tal Da'ud ibn Yatom, un gran médico judío de Córdoba, que buscaba información sobre la naturaleza y religión de mi país. Le envié una respuesta, pero no sé si llegó a sus manos o no. Lo que te pido es que vayas a Córdoba, lo busques y le digas lo siguiente:

»Es verdad que hace dos siglos nuestro gran cabecilla Bulan y sus íntimos compañeros abrazaron el judaísmo. Lo hicieron después de un debate entre representantes de las tres grandes religiones: la tuya, el cristianismo ortodoxo, como se practica en el poderoso Imperio Bizantino que proyecta su sombra sobre nosotros desde el sudoeste; el islamismo, la religión de los árabes, que durante siglos nos han acosado en nuestra frontera meridional; y la fe judía, cuyos rabinos no tienen poder temporal y, por consiguiente, no suponen una amenaza para nosotros. Unos años después de la conversión de nuestros jefes, tuvimos una victoria resonante sobre los árabes en los terrenos del sur del Cáucaso, y con el botín que sacamos construimos el templo, tan parecido al que se describe en la Biblia como pudimos lograrlo. Más adelante, nuestro rey Abdías ordenó que se construyeran sinagogas y que se fundaran escuelas donde se enseñaran el Talmud Torá a aquellos de nosotros que habían abandonado las prácticas shamanistas de nuestros antepasados turcos, en favor de la fe judía. Soy descendiente de ese mismo

Abdías y la mayoría de los miembros de mi séquito son también judíos.

»Dile a Da'ud, además, que nuestro reino ha pasado por periodos de gran poder y gloria, tiempos cuando su dominio se extendía hacia el oeste, mucho más allá de los confines del mar Negro; dile que, durante siglos, hemos resistido ataques de los árabes al sur del Cáucaso, aunque en esto he de admitir que tuvimos suerte. Porque tenían guerras más importantes que librar en otros lugares. Pero los tiempos han cambiado y los rusos se han hecho muy poderosos. Pocas probabilidades tenemos contra ellos. Dile todo eso a Da'ud ibn Yatom y dile también que cuando yo muera, lo haré con el *Shema Yisrael* en los labios.

Con la boca reseca de temor, Judá bebió un trago de agua de su calabaza antes de continuar:

–Vete ahora, emisario leal. Rema cautelosamente entre las marismas y las superficies planas de fango, tomando un curso diagonal río abajo. Tan pronto como estés a una distancia a salvo del campo del enemigo, desembarca. Una vez que termine el último asalto, los transportistas de madera reanudarán su tráfico río abajo. Uno de ellos, sin duda alguna, te cogerá y llevará en una balsa hasta el mar Negro, donde encontrarás pasaje hasta Bizancio. Esto te pagará el viaje de aquí a Córdoba –añadió, entregándole a Demetrio una bolsa bien repleta de monedas–. No creo que tu viaje hasta allí sea en vano. Aprenderás mucho del erudito judío, si he de creer sólo la mitad de lo que me escribió acerca de sí mismo. Vete en paz y que Dios vaya contigo.

Qué fácil lo había puesto todo Judá, recordó amargamente Demetrio, dándo la vuelta una vez más a la bahía de Rodas. En la impenetrable oscuridad de la noche, había tenido que ir a tientas palpando con su remo lo que tenía delante y a su alrededor cada vez que daba un golpe de remo para avanzar, aterrado en caso de que un solo movimiento en falso le hiciera salir del estrecho pasillo de agua navegable sobre la que se deslizaba sin hacer ruido, y caer en una marisma de la que ni todos sus gritos le sacarían. No había habido la menor esperanza de llegar a la orilla opuesta aquella noche. Todos sus esfuerzos se concentraron en un solo imperativo: pemanecer sobre la cinta de agua y avanzar hacia el sur. Cuando se distrajo por el breve espacio de un segundo, notó que la proa de su embarcación tropezó con un banco de arena. Presa del pánico por si despertaba al único guardia solitario que cabeceaba un poco más arriba en el curso del río, hizo uso de su remo para volver a poner la barca en el agua.

Empapado por el helado sudor del miedo, fue avanzando lentamente durante toda la noche, pero, cuando empezó a rayar el alba en el oriente, había avanzado muy poco. Escudriñó cuidadosamente la oscuridad, menos opaca ahora, para calcular dónde estaba. Horrorizado, vio que aún podía divisar la masa de piedra caliza clara de la fortaleza de Sarkil y, en la orilla opuesta del río, el movimiento de las fuerzas rusas que reavivaban los rescoldos de las hogueras de la noche anterior para preparar el desayuno. En cualquier momento, los guardias apostados abajo en el valle irían a toda velocidad a lo largo de la orilla del río para proteger el flanco del ejército que se estaba preparando para empezar su ataque final contra Sarkil. Debía ocultarse a toda costa.

Tratando de divisar algo a través de la luz cenicienta, percibió un banco de arena cubierto por una densa masa de juncos a unas pocas brazadas de remo por delante de él. Navegó rápidamente hacia ella, puso un pie en tierra y con mucho cuidado el otro sobre la tierra cenagosa, hasta que se cercioró de que no se hundiría bajo sus pies. Entonces arrastró la barca detrás de él y se escondió entre los juncos. Permaneció así agachado todo el día, por miedo a hacer el menor movimiento que pudiera advertir de su presencia a cualquier soldado. Pero entre los delgados troncos de los juncos consiguió divisar y grabarse en la memoria el curso de la corriente que tendría que seguir bajo el manto de la noche.

La batalla duró todo el día. Los gritos desesperados de los caídos, hundidos en las ciénagas, se mezclaban con los golpes de las espadas y el zumbido de miles de flechas volando de un lado a otro a través del valle, que mataban y mutilaban. Pero a la caída de la noche eran otros sonidos los que llegaban a sus oídos. Desde lo que había sido la poderosa fortaleza de Kazar, estentóreos gritos de victoria salían de las gargantas de centenares de rusos...

Mientras que los guerreros triunfadores se dedicaban a la juerga y la jarana, él se escurrió desde el banco de arena hasta el agua, seguro de su curso por haberlo planeado durante el día. Cuando llegó la mañana siguiente estaba ya remando cerca de la orilla derecha del río y fuera del alcance de las fuerzas rusas. Al alborear, buscó un lugar conveniente donde desembarcar y escalar la sobrecogedora escarpadura de la orilla del río que estaba hendida a intervalos por profundas quebradas. Finalmente escogió un lugar y, utilizando un remo como punto de apoyo en un terreno difícil por su humedad, escaló la distancia con gran dificultad. En el mismo momento en que llegó a la cima, se desmoronó de fatiga.

Durmió durante la mayor parte del día. Pero el despertar trajo consigo un nuevo terror: el de la inanición. Nada le quedaba de las escasas provisiones que Judá le había dado, y al mirar a su alrededor, no veía más que vastas estepas inahabitadas. Desesperado, buscó entre la vegetación cerca de la orilla del río algunas bayas, raíces, cualquier cosa que calmara los dolores que, debido al hambre, le estaban desgarrando las entrañas, a fin de estabilizar los mareos de su cabeza, el temblor y debilidad de sus rodillas. Nada. Y no se atrevía a aventurarse demasiado lejos del río por miedo a no ver a los madereros. Entonces, de repente, un vago recuerdo surgió en la neblina de su mente. Recordó haber leído en algún sitio que las raíces de enea eran comestibles. No tenía otra opción que deslizarse por el terraplén de la orilla, y con las pocas fuerzas que le quedaban arrancar las robustas plantas de raíz.

Así sobrevivió durante dos días enteros hasta que vio una flotilla de maderas bajar lentamente por el río. Una pareja de ágiles jóvenes saltaba de una a otra, apartándolas de los traicioneros pantanos y conduciéndolas hacia la corriente navegable. Su patrón, un burdo cosaco que olía a mil demonios, accedió de mala gana, por una buena porción del contenido de la bolsa de Judá, a dejarle subir a su burda y estrecha balsa y compartir con él el pan duro, la carne de buey salada, el queso y ajo mohosos, que eran sus únicas provisiones. «No hay alcohol», dijo con un gruñido. Ésta era su única restricción. Después de tragarse el trozo de basto pan moreno que el cosaco le tiró, Demetrio se echó, extenuado, y durmió durante la mayor parte del largo y lento viaje río abajo. Afortunadamente, no se dio así cuenta de los golpes y sacudidas de los maderos chocando contra la balsa, ni oyó los gangosos juramentos y malhumoradas expresiones de descontento del maderero, mientras masticaba su ajo, eructando y tirándose pedos, cuando no estaba gritándoles órdenes a sus empleados.

Una vez que estuvo a bordo del barco en Tamatarkha, empezó a respirar con tranquilidad. No había, por supuesto, posibilidad de viajar hasta la lejana Córdoba, a pesar del deseo del rey Judá en su lecho de muerte. El único deseo de Demetrio era volver a su casa, sumergirse durante horas en un baño caliente y yacer cómodamente entre sábanas de seda, con las suaves redondeces de su voluptuosa esposa a su lado. Imaginaba así su retorno al hogar cuando, no se sabe de dónde, bancos de nubes de color plomizo aparecieron de repente en el horizonte. El sol se oscureció, grandes y separadas gotas de lluvía cayeron pesadamente sobre la cubierta. El mar empezó a encresparse y después a alborotarse y enfurecerse conforme el viento pasaba de ser brisa a ser tempestad. El barco se balanceaba de un lado a otro y la tripulación luchaba por mantener las velas derechas contra el viento mientras los relámpagos rasgaban el aire y sábanas de lluvia atravesaban las cubiertas como cortinas hinchadas. La tempestad duró dos días y una noche. Demetrio hizo lo único que era posible: rezar, a Cristo, a María, al propio Dios Padre, implorándoles con toda su alma como no lo había hecho jamás. Ahora sabía por qué los turcos llamaban negra a esta traicionera extensión de agua, y al pensar en su vida pasada, se preguntaba qué crimen habría cometido para que se le sometiera a un castigo así. Cuando, milagrosamente, el barco entró bamboleándose en las aguas del Bósforo, suaves como el mármol, y después en la calma del Cuerno de Oro, hizo el voto solemne de que, como un acto de acción de gracias por su redención, cumpliría su obligación para con el judío que le había salvado la vida.

Se dio cuenta de que para llegar a Córdoba y volver antes del invierno, tendría que hacerse a la vela casi inmediatamente desde Constantinopla. Durante el breve descanso que se permitió, sus preguntas le habían llevado al monasterio al que se sabía que había pertenecido el monje Nicolás. Pero el prior meneó tristemente su mitrada cabeza. Con una mano blanca y suave descansando sobre el crucifijo de plata que llevaba sobre el pecho, dijo:

–Nuestro amado y erudito hermano falleció el año pasado, pero recuerdo el nombre del investigador judío con quien trabajó. Da'ud ibn Yatom era, según creo, un judío de singular erudición.

Con las palabras de Judá tan fidedignamente confirmadas, Demetrio se embarcó en su viaje con un cierto grado de optimismo. Tal vez había algo que aprender de este judío cuya fama había llegado tan lejos. Pero cuando el navío griego en el que había encontrado pasaje para España tropezó con violentas tempestades en el mar Egeo, pensó que el destino le estaba jugando alguna mala pasada. ¿Es que no estaba él cumpliendo la promesa hecha al rey de los kazares? ¿Por qué entonces este repetido tormento? Si el resto del viaje hasta Sevilla iba a ser así, ¿era prudente emprenderlo? Podía, después de todo, escribir todo lo que le había dicho Judá y mandar la misiva a Córdoba con algún emisario fidedigno. Una y otra vez había salido con vida desde su fatídica llegada a Atil. ¿Se iba a atrever a tentar otra vez a la Providencia?, se preguntó, al escorar su embarcación en el resguardado puerto de Rodas.

Al inspeccionar el navío detectó ciertos defectos que impedían hacerlo a la mar sin que se le hicieran ciertas reparaciones; sin embargo, cualquier retraso en su salida haría de su regreso a Bizancio antes del fin del verano, una posibilidad dudosa. Pero esa misma mañana, un sólido barco veneciano, en condiciones de navegar, y buscando también refugio de las dementes aguas del mar Egeo, había atracado en el seguro puerto de Rodas. En cuanto los elementos se calmaran, se haría a la vela y su destino final sería Sevilla. ¿Embarcarse en él o volver con toda rapidez a la seguridad de Bizancio? Que Cristo que está en los cielos guíe mis humildes pasos, oró Demetrio, dando la vuelta al final de la media luna de la bahía, para darle la vuelta otra vez...

XXVIII

Una vasta multitud de musulmanes con sus vestiduras blancas salía de la Gran Mezquita y se dispersaba por los estrechos callejones de Córdoba, cuando Ralambo y Demetrio entraron por las puertas de la ciudad. Cabezas curiosas se volvían al paso de una pareja tan extraña: uno alto, de piel oscura, descalzo y de movimientos ágiles, con una tira de paño de vivos colores cuidadosamente doblada sobre uno de los hombros; el otro, pálido de tez, de ojos azules, elegantemente ataviado a la moda bizantina, con una mueca un tanto arrogante en sus labios más bien delgados y una expresión precavida y desdeñosa. Andando en dirección contraria a la corriente humana que salía de la mezquita, se detenían aquí y allá para pedir indicaciones sobre el camino que tenían que seguir. Ambos estaban sorprendidos por la deferencia que evocaba el nombre de Da'ud ibn Yatom y por el hecho de que todo el mundo a quien preguntaban sabía dónde estaba su casa.

Ralambo sonreía de satisfacción. Su paciencia a lo largo del viaje había merecido la pena. Esperó hasta que los mercaderes venecianos desembarcaron en su puerto natal, dejando a Demetrio como único pasajero a bordo, además de él. Solamente entonces se acercó a él. Su conversación, sostenida en lo poco de la lengua arábiga que ambos sabían, fue forzosamente rudimentaria, pero suficiente para que Ralambo se enterara del nombre del hombre sabio que buscaba. Poco a poco se le hizo útil al médico griego, sirviéndole sus comidas, hirviendo agua para sus abluciones, algo a lo que daba extraordinaria importancia, limpiando y ordenando su camarote, todo esto para asegurarse de que el griego no se opondría a que lo acompañara en su visita al gran Da'ud.

Giraban en la esquina que daba al callejón que les habían indicado y, cuando llegaron a la casa, Demetrio hizo señas a Ralambo para que diera un aldabonazo sobre la pesada puerta de madera. Un criado la abrió y preguntó qué era lo que querían.

–Traigo un mensaje para Da'ud ibn Yatom de parte de Judá, rey de los kazares –contestó Demetrio. A Ralambo no se le preguntó nada: se supuso que era el criado de Demetrio.

Fue el propio Da'ud, con los brazos abiertos, los ojos encendidos expresando bienvenida, quien fue cojeando corredor abajo, apoyado en su bastón, para saludar a Demetrio.

–¡Que Dios sea bendito por haberme conservado la vida hasta este momento! ¡Cuánto tiempo he esperado! –exclamó, con un temblor de emoción en la voz, al coger a Demetrio del brazo y conducirlo al jardín acuático.

Ralambo los siguió en silencio, con los pies descalzos, los ojos abiertos de par en par, admirados por la precisión con que estaba diseñado el jardín, el destello de la luz del sol sobre las tranquilas aguas del canal y el solitario y afilado ciprés, alto y elegante, que se alzaba orgullosamente desde su diminuta isla en el centro.

Da'ud no tuvo paciencia para esperar que se sirviera un refrigerio ni para entregarse a las habitualidades formalidades de una conversación cortés. Una vez establecida la identidad de su visitante, lo llevó a un banco de mármol entre los árboles y empezó inmediatamente a asediarlo a preguntas acerca de lo que él quería creer que era un reino judío independiente. Aunque para Demetrio éste era un asunto de escasa importancia, no pudo permanecer indiferente ante el entusiasmo de Da'ud. Un poco a su pesar, se dio cuenta de que era su ineludible y no muy agradable deber el desilusionarlo.

–Ya veo –murmuró Da'ud, cuando Demetrio concluyó su relato de la aplastante derrota que los rusos habían infligido sobre el reino de Kazar. La luz había desaparecido de sus ojos y los círculos negros debajo de ellos habían vuelto a dominar su pálido rostro. Pero después de unos instantes de profunda reflexión, reaccionó–: No se puede permitir que las cosas queden así. Hablaré de la situación con el califa y tan pronto como recupere mis fuerzas, emprenderé el viaje a Atil. Tiene que haber alguna manera de rescatar Kazaria del poder de los rusos.

–Eso eres tú quien lo ha de juzgar –replicó el bizantino, con una indiferencia teñida de escepticismo–. Yo soy simplemente un médico. –Pero tenía sus dudas acerca de si al emperador de Bizancio, Nicéforo, le agradaría la idea de un poderoso estado judío aliado a los Omeyas de Córdoba, encima de su frontera noroeste...

Mientras los dos hombres estaban absortos en su conversación, Ralambo se había quedado un poco retirado; se desató el cinturón y se quitó la correa de la que colgaba su valiosa bolsa. Luego, cuando ambos callaron, cada uno inmerso en sus pensamientos personales, él se quitó la correa del cuello, sacó de ella la bolsa y se acercó a ellos.

En su simple manera de hablar la lengua arábiga, empezó:

–Yo soy Ralambo, de la gran isla Roja de Malagasy. Algunos mercaderes del oriente nos compran este extracto. –Hizo una pausa, se adelantó para entregar la bolsa a Da'ud y continuó–: Para ellos, pero sólo para ellos, tiene valor. Te la traigo a ti, sabio hombre del occidente, porque quiero saber por qué.

Demetrio cogió una uva de la fuente que le habían puesto delante y una chispa de condescendiente desdén jugueteaba en torno a las comisuras de su boca. El gran Da'ud echaría pronto sin ninguna compasión a este pesado nativo, mezcla de dos razas, a fin de que ambos, Da'ud y él, pudieran entablar una conversación más refinada sobre sus métodos respectivos de practicar la medicina.

Da'ud cogió la bolsa, la abrió y examinó detenidamente su contenido. Después olfateó el polvo de color pardo y el movimiento de sus cejas indicó cierto interés. Cuidadosamente, puso un grano o dos sobre su dedo índice y con la punta de la lengua, comprobó el sabor.

–¿De dónde procede esto? –preguntó a Ralambo.

–Del extremo más alejado de África. Hay una tribu allí que lo produce.

–¿A partir de qué?

–Ese es su secreto.

–¿Sabes qué tipos de plantas crecen en esa parte de África.

–Plantas enormes con hojas grandes y espinosas.

Da'ud le dirigió una apremiante mirada.

–¡Hai! –llamó al otro extremo del jardín–. Ven a reunirte con nosotros, hijo mío, y tráete pluma y papel.

Cuando apareció Hai, Da'ud presentó brevemente a Demetrio y a Ralambo y después, se apresuró a decir:

–Ralambo nos ha traído este extracto que procede del extremo de África y que lo buscan ávidamente ciertos mercaderes orientales. Ha viajado desde allí para preguntarnos por qué. –Mientras hablaba, Da'ud bosquejó rápidamente una hoja larga y puntiaguda, plana y carnosa, con los bordes dentados–. ¿Es éste el tipo de hoja a que te refieres?

–Sí –replicó Ralambo–, pero allí crecen muchas variedades diferentes.

–¿Algunas cuyas hojas se vuelven hacia arriba?

Cansado ya, Ralambo no contestó.

Da'ud y Hai intercambiaron miradas de complicidad, mientras Demetrio, evidentemente aburrido, comentó altaneramente:

–Pues claro, esa es la planta del aloe. Se la conoce desde la antigüedad como una purga muy eficaz para liberar al cuerpo de malos humores y, por añadidura, acelera la cicatrización de ciertas heridas.

–Así es –contestó Da'ud con su tono de sosegada autoridad–, pero creo que existe una variedad particular, hasta ahora desconocida para nosotros, que está considerada en el oriente virtualmente como una droga maravillosa, aunque no puedo decir con precisión cuáles son sus efectos.

Demetrio se dignó entonces mostrar cierto interés en el asunto. Con una irritante superioridad, observó:

–Tuve una vez la oportunidad de conocer a un médico persa a quien nuestro emperador llamó al lecho de muerte de su madre. El pobre hombre estaba hecho polvo porque no fue capaz de impedir la muerte de la mujer. Les dijo y repitió incansablemente a todos los que se acercaban a él que si el mercader chino, ¿o era indio?, que le había prometido alguna que otra droga maravillosa hubiera llegado a Isfahan antes de haber salido él de Bizancio, probablemente la habría salvado.

–¿De qué murió la mujer? –preguntó Hai.

–Creo que fue una enfermedad que te va consumiendo, pero no estoy absolutamente seguro. No era entonces médico de la corte, así que no tuve ocasión de examinarla.

–¿Intentaste descubrir cuál era la droga? –insistió Hai.

–Francamente, no. Me infunden profundas sospechas esos astutos hombres que practican la medicina oriental y que nos ofrecen el elixir de la vida por un dineral. ¿Qué pueden saber ellos que no supieran nuestros grandes maestros griegos?.

Hai enrojeció de indignación ante el intolerante prejuicio y la rígida actitud de la mente del griego, pero Da'ud le hizo controlarse con una mirada.

–¿Qué pueden saber?, esa es precisamente la cuestión –asintió cortésmente el experimentado cortesano–. Y ahora, mi estimado colega, ¿puedo ofrecerte la hospitalidad de mi casa para todo el tiempo que desees permanecer en Córdoba? Debes necesitar un buen descanso depués de un viaje tan largo y azaroso.

Pero a estas alturas, Demetrio se encontraba muy incómodo en presencia del médico judío y su creído hijo. Tantas preguntas, tan exhaustivas investigaciones... Se pasaban de listos los dos...

–Te lo agradezco de todo corazón, pero mi estancia va a ser muy breve y quisiera presentarle mis respetos al jefe de nuestra pequeña comunidad aquí en Córdoba, antes de marcharme.

–Como quieras –contestó Da'ud cortésmente–, pero antes de que te vayas quisiera ofrecerte una muestra de mi gratitud por el gran servicio que has rendido al rey Judá, a mí, y a todo el pueblo judío.

Levantándose con dificultad, se fue dentro de la casa, cojeando, para volver unos momentos después con una copa de oro macizo cuya base estaba incrustada de inmensas esmeraldas cuadradas.

–Te doy las gracias más sinceras por tu generosidad, pero no merezco un regalo tan fabuloso –respondió Demetrio con evidente sinceridad–. No he hecho más que cumplir con mi deber al satisfacer los deseos en su lecho de muerte de un hombre cuyo valor me ayudó a salvar mi vida.

Se ordenó a un criado que acompañara a Demetrio a su destino y, tan pronto como hubo salido de la casa, Da'ud se volvió a sentar y concentró su atención en Ralambo.

–Has demostrado gran valor al viajar desde tan lejos con el único fin de encontrarme. Pero, dime, ¿eres capaz de reconocer la determinada especie de aloe de donde procede este extracto?

Ralambo no contestó.

–Vamos, contesta. ¿eres capaz?

–A nadie más que a los jefes de la tribu se les permite acercarse a él. Pero puedo conseguirte todo el extracto que desees –ofreció ávidamente.

–Es un buen principio, pero no es suficiente.

Hai miró atónito a su padre. ¿Por qué no iba a ser bueno para ellos lo que era bueno para los médicos orientales? Era ciertamente mejor que nada, y les daría la tan esperada oportunidad de descubrir cuáles eran las propiedades de la droga. Pero Da'ud era implacable en la persecución de su objetivo.

–Ya has oído lo que le pasó al médico persa –amonestó severamente a Ralambo–. La droga que le habían prometido, fuera ésta u otra, no llegó a tiempo para salvar la vida de su paciente. Los médicos practicantes no pueden confiar en una cura cuyo origen está a una distancia tan grande. Demasiados peligros amenazan los caminos por donde puede llegar el suministro. Lo que necesitamos es la planta en sí, de manera que podamos aclimatarla aquí y sacar nosotros el extracto.

La infantil felicidad, la ávida expectación que habían iluminado el rostro de Ralambo se extinguieron instantáneamente.

–Eso no te lo puedo traer.

–Tal vez no tú solo, pero como sabes dónde encontrarla, podemos ayudarte.

Ralambo le dirigió una mirada sin expresión, como si no comprendiera lo que le estaban diciendo, totalmente perplejo. Había esperado que se le alabara y recompensara generosamente por su hazaña de llegar hasta allí, pero no que se le hicieran tantas preguntas y que se le hostigara como si fuera un esclavo al servicio de este hombre.

–Por ejemplo –continuó Da'ud, inclinándose con dificultad en un decidido esfuerzo por convencerles–. Os podemos pagar a ti y al jefe africano tanto dinero, en oro o en plata, tantas joyas o espadas o dagas como queráis, o cualquier otra cosa que deseéis.

–Pero sólo por el extracto –repitió obstinadamente Ralambo, con los ojos bajos y las grandes manos oscuras colgándole desmañadamente del cuerpo.

Da'ud no era persona fácil de disuadir:

–Podemos proporcionarte también un sólido barco que te lleve a tu hogar, a tu isla, y desde allí, a través de los estrechos, hasta el extremo de África, para coger allí la planta.

Pero Ralambo negaba con la cabeza.

–Pero, ¿por qué no?

–Me matarán –dijo al fin, tartamudeando.

–Entonces mandaremos una guardia poderosa para que te proteja.

–No, maestro. Si me encuentran, descargarán su venganza sobre la gran isla Roja.

–Ralambo –insistió Da'ud pacientemente, como si estuviera hablando con un niño–, has demostrado tu valor, tu iniciativa y tu decisión, por el mero hecho de haber llegado hasta Córdoba tú solo. Estoy convencido de que eres capaz de llevar a cabo esta tarea sin que te descubran.

–No, maestro. Son una tribu salvaje. No lo voy a hacer.

–Mi amo y señor, el poderoso califa de Córdoba, es también un hombre salvaje. Si se entera de que has venido aquí desde Alejandría, donde gobiernan sus enemigos, los fatimíes, tal vez sospeche que has venido aquí para espiar para ellos. El castigo por esto es la muerte de la manera más bárbara y cruel.

Horrorizado, Hai miró desde su padre, implacable en la consecución de su objetivo, a Ralambo, inocente muchacho de las islas, atrapado en las manipulaciones cínicas de Da'ud. Estaba deseando gritarle: «¡Protégete del grande y poderoso!», pero era demasiado tarde.

–Si hago esto –dijo Ralambo, con la voz estremecida y las manos temblorosas–, ¿me prometerá vuestro señor el califa que, si escapo con vida y vuelvo a Córdoba, podré vivir en paz en su reino?

–Sin duda alguna. Tienes mi solemne garantía.

Con la cara roja de excitación, impelido por una energía que Hai no había visto en él desde que Abu'l Kasim le había operado la rodilla el otoño anterior, Da'ud empezó a planear los detalles de la expedición armada que Ralambo iba a dirigir. Consultó con Hai sobre la mejor manera de transportar la planta y cuidar de ella durante el viaje, teniendo en cuenta mareas, vientos y estaciones, y sacó al fin la conclusión de que si el barco se hacía a la vela sin demora, estaría de vuelta en el curso del verano siguiente. Entonces, al fin, estaría en posesión, no sólo de una buena reserva del extracto, sino también de las plantas de las que se sacaba. A Ralambo se le prometió una considerable cantidad de dinero, parte de ella antes de ponerse en camino y el resto a su regreso.

–Serás un huésped bien recibido en nuestra casa hasta que la expedición esté lista para hacerse a la vela –dijo, sonriendo, al desventurado isleño, cuando todo se le había explicado en claros y simples términos. Una forma sutil de arresto domiciliario, pensó Hai, con una mezcla de admiración y repugnancia por el *modus operandi* de su padre, que agudizó el asco que había sentido hacía ya tiempo por las descarnadas realidades del poder. Cuando le llegara a él el momento de decidir su futuro, ¿sería su padre capaz de comprenderle?, se preguntó a sí mismo al ponerse de pie para ayudar a Ralambo a aprender cómo ir de un lado a otro de la casa.

XXIX

La marcha de Ralambo hizo revivir a Da'ud. Recuperó sus fuerzas y pudo, parcialmente, reanudar sus actividades en la corte. Tan impresionado había estado Alhákem por la determinación de su médico de conseguir la planta de la que se derivaba la así llamada droga maravillosa, tan activo interés había manifestado en la expedición a Malagasy, que mandó a sus más leales mensajeros –bien abastecidos de oro para sobornos– a todos los puertos a lo largo del susodicho viaje. Su misión era asegurarse de que se le diera al barco y a todos los miembros de su tripulación toda la ayuda que necesitaran, y de que no se les pusieran obstáculos en el camino. Si fracasaban, ya sabían cuál era el destino que les esperaba...

Pero el brote de energía de Da'ud no duró mucho. Cuando se echó encima el invierno y los vientos helados se precipitaban desde las colinas, capaces de enfriarle la médula al cordobés más fuerte y más curtido por el sol, su fragilidad volvió a ser evidente para todos. El tiempo que podía pasar en el palacio se hizo cada vez más corto hasta que finalmente tuvo que dejar de ir. Cada mañana se levantaba un poco más tarde, sus siestas se prolongaban tarde tras tarde, de manera que dejaba su lecho solamente unas cuantas horas al día. Sus intereses decayeron, sus deseos disminuyeron hasta el mínimo. Su mundo se iba encogiendo inexorablemente y su espíritu, también en decadencia, se encerró en sí mismo, en su lucha personal por la supervivencia.

Hai y Sari estaban desesperados. No solamente iba perdiendo fuerzas, sino que su carne se iba desintegrando ante sus ojos. Ni la papilla de cebada, ni la sopa de leche, ni ninguna de las otras exquisiteces que Sai le preparaba amorosamente parecían ser capaces de detener su declive físico.

–Es el frío –solía decir él mismo en un susurro, con una débil sonrisa en sus labios grises, cuando los dejaba, agotado, para meterse en la cama–. Cuando llegue el verano, me repondré de nuevo.

Pero cuando aparecieron los primeros brotes de la primavera y el aire dulce y cálido volvió a acariciar los tranquilos estanques y los elegantes cipreses de la gran ciudad de Córdoba, el escaso apetito de Da'ud disminuyó hasta casi desaparecer. El pánico se apoderó de su esposa y de su hijo. Noche tras noche, Hai hojeaba tratados y más tratados, en busca de algún remedio que, con el paso de los siglos, pudiera haber sido olvidado o pasado por alto. Estaba un día cerrando de mala gana su ejemplar de *De Alimentorum Virtutibus,* de Galeno, después de otra noche de búsqueda infructuosa, cuando sus ojos fatigados cayeron sobre un pasaje que había leído muchas veces antes:

«La gente de las antiguas generaciones vivían solamente del aloe porque proporcionaba alimento al cuerpo».

Pero Galeno no había especificado si estos pueblos antiguos estaban enfermos o sanos. Evidentemente, un paciente tan debilitado como su padre no podría soportar los efectos purgativos de tal nutrición. Pero... pero... Se levantó y recorrió la habitación a zancadas, y las paredes se llenaron de las sombras temblorosas de la vela que llevaba en la mano. ¿Y si el extracto contenido en la valiosa bolsa de Ralambo produjera el mismo efecto? ¿Era su precio tan elevado precisamente porque su poder para mantener la vida no estaba neutralizado por su bien conocida acción catártica? ¿Debería probarlo? Que su padre se estaba desintegrando como resultado de la corrosión de sus entrañas que la extirpación del tumor no había podido atajar, era algo evidente para él desde hacía tiempo. Lo era también para su padre, sin duda alguna, aunque Da'ud nunca lo había dicho. Después de todo había tratado a su padre por la misma enfermedad. Parecía que había poco que perder por intentarlo, una cantidad mínima, una sola vez...

Habló del asunto con Sari. Ella no puso ninguna objeción al experimento.

–Pero asegúrate de que vas a intentar sólo un poquito al principio –le precavió, tímidamente.

Sugirió que, para atenuar el sabor amargo del polvo, Hai lo mezclara con un dulce que ella hacía a veces de la raíz del malvavisco. No sólo era un manjar exquisito que le gustaba mucho a Da'ud. Era también algo que él mismo había prescrito para Ya'kub por sus efectos suavizantes en lesiones ocultas.

Una vez preparada la pasta, Sari formó con ella bolitas redondas que colocó en una bandeja de plata que dejó al lado de su marido, teniendo buen cuidado de no forzarle, por miedo a que le molestara su insistencia. Con gran alivio vio cómo Da'ud mordisqueaba los dulces, poco a poco, a lo largo del día, hasta que, cuando llegó la noche, había terminado la cantidad que le había preparado. ¿Se estaba haciendo ilusiones o parecía encontrarse un poco mejor a la mañana siguiente? De una manera u otra, era indudable que no estaba peor. A petición de Da'ud, prepararon una cantidad más grande el día siguiente. Llegada la noche, no quedaban en la bandeja más que una o dos bolas. Cuando se levantó a la mañana siguiente, su paso parecía más firme y su color menos ceniciento. Sari sonrió y le dijo que tenía mucho mejor aspecto, a lo cual él replicó con un centelleo en los ojos, que habían recuperado algo de su antiguo brillo:

–Te dije que me encontraría mejor cuando mejorara el tiempo.

Durante los días que siguieron, un suministro constante del dulce de malvavisco y un poco del extracto de Ralambo añadido en cada tanda se dejaban al lado de Da'ud. Dos semanas más tarde, no podía haber la menor duda: no había sufrido efectos purgativos y su salud había mejorado notablemente. Pero un nuevo pánico se apoderó de Hai y Sari. Casi la mitad del contenido de la bolsa se había utilizado ya. Si Ralambo no llegaba el mes próximo, se perderían todas las esperanzas de salvar a Da'ud. Hai se vio obligado a reconocer qué razón había tenido Da'ud en su inflexible actitud hacia el miserable nativo.

Aunque no le había hablado a nadie de ello, Da'ud se daba cuenta evidentemente de la naturaleza de su enfermedad. En la «droga maravillosa», el elixir de vida como la había llamado Demetrio, él había visto su única esperanza de cura. Su básico instinto de conservación había dejado de lado cualquier otra consideración.

Pero, ¿dónde estaba Ralambo? Cuando la expedición se puso en camino, Hai la había considerado tan llena de peligros que tenía sus dudas de volver a ver al tal Ralambo. Pero ahora, como su padre, empezó a esperar, a rezar, a implorar con toda la fe de que era capaz, a apelar a cualquiera que fuera el ser supremo cuya existencia pusiera en orden la confusión de la creación, que Ralambo volviera con el extracto antes de que se vaciara la bolsa y no hubiera ya nada entre su padre y su inevitable descenso a la tumba.

Las manos de Sari temblaban incontrolablemente al mezclar el último grano del polvo parduzco con su dulce, más una lágrima que había caído en la vasija.

Hai procuraba estar en casa todos los días antes de que Da'ud se despertara de su siesta. Con esa única mezcla de compasión, ternura y vibrante sensibilidad que le caracterizaba, cogía el brazo de su padre en un gesto de compañerismo, disimulando el apoyo que le prestaba, y juntos paseaban entre los cipreses del jardín acuático, hasta que Hai notaba un titubeo en el paso de su padre. Entonces sugería que era ya el momento de aplicar la cataplasma a sus articulaciones doloridas y cubría las rodillas de su padre con la suntuosa piel que el califa le había enviado con sus mejores deseos para una rápida recuperación. A continuación se sentaba al lado de él, mientras Da'ud se reclinaba en el diván, picoteando débilmente las suculentas frutas y delicados dulces con los que Sari intentaba tentarlo.

Dos o tres veces por semana, Alhákem enviaba un emisario personal para interesarse por la salud de su médico, y preguntaba si había alguna manera en la que pudiera ayudarle. El mensajero le confió a Hai, más de una vez, que el califa estaba profundamente afectado por la enfermedad de su padre.

Era su costumbre enviar a uno de los médicos de la corte para prestar sus servicios a sus consejeros más allegados, pero ¿quién podría mandar a aquel que, en habilidad y conocimiento, los superaba a todos? ¿Y quién se ocuparía de él, cuando le llegara su hora, si el gran Da'ud no se recuperaba?

Por orden del califa, se mantenía estricta vigilancia en el puerto de Sevilla para que, en el momento en que regresara la expedición, la valiosa sustancia fuera enviada a toda velocidad a Córdoba, bajo estricta custodia. Una agonizante semana seguía a otra igualmente agonizante. Conforme pasaban los días, Sari estaba cada vez más pálida e inquieta y Da'ud se había convertido en una figura espectral, casi transparente. A veces, su espíritu, separado del cuerpo, parecía flotar hacia esferas que sólo él conocía. Hai permanecía sentado horas y horas a su lado, con los ojos llenos de lágrimas de una compasión que estaba desintegrando su propio ser. Su mente deseaba el regreso de Ralambo con tal intensidad que la presión que ejercía en él llegaba a los mismos extremos de su resistencia física. Se negaba a perder la esperanza, a someterse resignado, a ceder a la frustración que conocen bien todos los médicos cuando no tienen poder para impedir que una vida, de la que han cuidado, se les vaya de las manos. Mañana, el día siguiente, lo más tarde la semana siguiente, la expedición regresaría con el extracto que había detenido el descenso de Da'ud y él retrocedería sano y salvo del borde sobre el cual se estaba tambaleando.

Hai estaba sentado una tarde sumido en estos pensamientos, como si por la mera concentración e intensidad de su voluntad pudiera acelerar la llegada de la expedición, cuando su padre abrió sus cansados ojos. Tomando una de las largas y delgadas manos de su hijo tan parecidas a las de Sari, tan semejantes a una hoja cuando las tocaba, entre las suyas, frías, azuladas, esqueléticas ahora, habló con una firmeza de que hacía tiempo había carecido su voz:

–Es hora de que hablemos, hijo mío. Hay ciertas cosas que deben decirse mientras que yo tenga fuerza para hacerlo. Durante toda mi vida he abrigado la esperanza de que sigas mis pasos como médico de la corte y confidente del califa reinante, de que llegues a la fama, al poder y a las riquezas, aún más lejos de lo que he llegado yo. Pero he notado siempre en ti una aversión hacia las crudas realidades de la vida en los corredores del poder. Ahora que has madurado, me he dado cuenta de que no eres persona adecuada para una vida de fingimiento e intriga. Tu camino es otro. Has heredado la integridad de tu madre y su profunda sensibilidad ante el sufrimiento humano. Esto, combinado con tus grandes facultades intelectuales, harán de ti un médico en el auténtico sentido de la palabra, alguien que cura porque lo que desea es eso: curar.

»He esperado pacientemente a que completaras tus estudios de medicina antes de compartir contigo una impresión que he abrigado desde hace mucho tiempo acerca del Gran Antídoto. Cuando lo preparé por primera vez para Abderramán III, le aconsejé, en un momento impulsivo, que tomara una pequeña dosis como medida preventiva si se encontraba expuesto al peligro de mordeduras de serpiente. Hizo lo que le aconsejé y después de haber sido mordido, no sufrió efectos de ningún tipo.

–¿Ninguno en absoluto?

–Ninguno en absoluto.

–¡Increíble! –exclamó Hai, como había hecho Ibn Zuhr antes que él, hacía ya muchos años.

–La única persona a quien hablé de este fenómeno fue nuestro maestro, Ibn Zuhr. Observó, con mucha razón, que puesto que el califa había tomado una dosis completa del antídoto después de haber sido mordido, no era posible demostrar su efecto preventivo. Ni se puede hacer sin exponer a alguien a un peligro mortal. No obstante, sigo convencido de que mi intuición era acertada. Te informo de esto, hijo mío, para que hagas lo que quieras con esta información. Pero ocurra lo que ocurra, no renuncies de ninguna manera al privilegio, conseguido con tanta dificultad, de asegurar que el próximo califa disponga de suficiente suministro del Gran Antídoto. Esto te garantizará un punto de apoyo en el palacio, ventaja que no debes desdeñar.

Trabajosamente, Da'ud cambió de postura, tomó unos sorbos de agua y descansó un poco antes de continuar.

–En cuanto a la «droga maravillosa» de Ralambo, apenas es preciso que te apremie a que continúes, sin tregua, a la búsqueda. Si nuestra expedición no regresa (según mis cálculos, debería haber llegado ya), no por eso abandones la búsqueda. Haz uso con prodigalidad de la vasta fortuna que ha acumulado la familia, manda más hombres a la isla Roja para localizarla y no descanses hasta que la hayas descubierto. Yo sentí la oleada de vitalidad que me proporcionó.

–¿Tú...?

–Sí. Por supuesto que lo sabía, hijo mío. Por mucho que la endulzarais, era imposible ocultar la peculiar amargura de su sabor.

– Entonces, ¿por qué...? –tartamudeó Hai.

–Se podría decir que actué en complicidad contigo y con tu madre para evitaros a ambos la angustia adicional de que mi última esperanza se desmoronara. Por supuesto tenía esperanzas, como las tendría cualquier mortal, pero con las reservas características de cualquier investigador. No sé si el extracto me podría haber salvado. Lo único que puedo confirmar es que hizo correr por mis venas una corriente vivificante. Continúa la búsqueda, hijo mío, continúala.

–Pero, padre –interrumpió Hai, sintiendo que se le llenaban los ojos de lágrimas–. El barco puede llegar un día de estos. El mismo califa ha ordenado poner una vigilancia permanente en el puerto para que, en el mismo momento en que atraque el barco, un mensajero especial traiga el extracto a Córdoba a toda velocidad.

–Dudo que haya aún tiempo –murmuró Da'ud–. Un hombre puede sentir en sus venas cuando... cuando...

Apretó la mano de Hai y las lágrimas hicieron brillar sus ojos oscuros y ya no silenciosos, mientras que Hai sollozaba desconsoladamente.

–No llores, hijo mío. Ni el hombre más sabio, ni el más poderoso, puede evitar o prevenir o vencer esto que Dios, o la naturaleza, según las convicciones más íntimas de cada uno, ha decretado para todos los seres vivos.

Cerró los ojos un momento, sacando fuerzas de flaqueza para continuar expresando sus pensamientos hasta el final.

–Como ya te he dicho, no puedo obligarte a que sigas mis huellas en la corte del califa, pero sí quisiera encarecerte a que asumieras la dirección de la comunidad judía que tu padre y tu abuelo ostentaron antes que tú. Tu derecho de nacimiento, educación y medios económicos te preparan admirablemente para esta misión y no tengo la menor duda de que, a pesar de tu juventud, la desempeñarás con la misma dedicación para el bienestar de nuestro pueblo de que dieron muestra tus antepasados. Tampoco tengo necesidad de hacer hincapié en que te comportes con la modestia y discreción que son el sello de la familia Ibn Yatom. De hecho, nunca fue necesario instruirte en relación a esta actitud. Estas cualidades son innatas en tu naturaleza.

»Considero también superfluo recordarte la responsabilidad que tienes hacia tu madre, la única mujer a quien jamás amé. Pero sí siento la necesidad de hablar de la otra familia. –Aquí Da'ud hizo una pausa, escogiendo con cuidado sus palabras–. No has hecho nunca un secreto de tu afecto por ellos. Cuando eras niño, esto era indudablemente espontáneo. Era natural que sintieras una afinidad hacia tu hermanastra, con la que pasaste los primeros años de tu vida entre estas cuatro paredes, natural también el que buscaras la compañía de gente joven de tu generación. Pero una vez que te hiciste mayor, tenía la impresión de que sentías cierta obligación de compensarlos en algún modo por lo que tanto tú como tu madre considerasteis manera injusta en que yo los trataba. Nunca llegué a reconciliarme con la situación que yo mismo creé. Sin embargo, al mirar hacia atrás desde mi lecho de muerte, sigo estando convencido de que en las inverosímiles circunstancias que surgieron, obré en beneficio de todos los que estaban implicados en este asunto. Cuando me casé con Djamila para asegurar mi descendencia, nunca me pude imaginar que el resultado sería que Sari te concebiría y daría a luz a ti, mi único hijo. Pero eso es un asunto muy íntimo que concierne sólo a tu madre. Si así lo desea, tal vez te revele algún día la verdad de los hechos. Sea como sea, una vez que tú llegaste al mundo, no hubo lugar ni en mi corazón ni en mi casa para Djamila y nuestra hija. Me pareció preferible darles la oportunidad de vivir sus vidas de una manera humana, digna y modesta, mejor que exponerlas a una perpetua humillación tras una distinguida fachada. ¿Que hice mal en humillarlas? Sin duda alguna. Pero fue un impulso que no pude controlar. Compréndelo y acéptalo, hijo mío, pero si no puedes, al menos no me juzgues.

»A su debido tiempo, tú también te casarás. Como me pasó a mí, tienes suerte de no estar obligado a buscar la riqueza y la distinción en el momento de elegir una esposa. Sigue, por consiguiente, las inclinaciones de tu corazón. Como hijo de Sari y Da'ud, no te traicionarán. Eso es todo lo que tengo que decirte, hijo mío. Ahora quisiera descansar.

Hai ayudó a su padre a recostarse sobre sus cojines. Con infinita suavidad lo cubrió con sus pieles y, con las lágrimas cayéndole por las mejillas y mezclándose con las de su padre, le besó en la frente y le deseó una noche tranquila.

Pero no lo iba a ser.

De madrugada, un penetrante grito de agonía desgarró el aire de las primeras horas del nuevo día. El espectáculo que se ofreció a los ojos de Sari, al precipitarse a la cabecera de Da'ud la dejó enmudecida de terror. De todos los orificios de su cuerpo salían humores de color negro verdoso, fluidos letales que iban consumiendo la misma esencia de su ser. Hai le acarició la frente y cogió el rostro demacrado de su padre entre las manos, manos que le prodigaban el único remedio que le podían ofrecer: su amor y su infinita compasión. Ni todos sus conocimientos médicos, ni su familiaridad con la muerte, podían impedirle que tratara de capturar el espíritu de su padre que se escapaba por momentos, y sujetarlo entre las temblorosas yemas de los dedos para conservarlo para la eternidad. La agonía y la incapacidad de hacerlo estaban grabados en su rostro, y la ira le consumía el alma. La lucha se terminó con las primeras luces de la mañana. Aplastado por la derrota, abrumado por el dolor, Hai rodeó el cuerpo de su madre con sus brazos y ambos, juntos, sollozaron en silencio.

PARTE III

HAI Y AMRAM

XXX

La semana ritual de duelo por la muerte de Da'ud trajo a la casa de los Ibn Yatom una sucesión interminable de amigos y allegados que acudieron a presentar sus respetos a un hombre a quien habían estimado, admirado, amado o temido. Los grandes se desposeyeron de su orgullo y altivez al entrar en la casa; los humildes, acordándose de cómo Da'ud les había curado de las más diversas dolencias, arrastrando los pies corredor abajo, un poco anonadados, ofrecían sus condolencias desmañadamente, se enjugaban una lágrima y desaparecían sin demora. Judíos procedentes de todas la comunidades de España se mezclaban con funcionarios cristianos y dignatarios musulmanes. Les unía la conciencia común de la igualdad del hombre ante la muerte. Sari y Hai, encerrados en su infinito dolor, casi no se daban cuenta de todo esto. Tardaron mucho tiempo en enterarse, por las hermanas de Da'ud, de las honras fúnebres sin precedentes que todo al-Andalus había testimoniado a la memoria de su más ilustre judío.

El califa, según se dice, estaba inconsolable. Se encerró en su despacho durante días y días, negándose a tomar ningún alimento, a no ser un poco de agua, hasta que su familia empezó a preocuparse. Cuando sus médicos personales intentaron aproximarse a él para calmar la persistente tos que había contraído recientemente, no les permitió entrar. «Abu Solimán era el único médico en quien tuve una fe incondicional», masculaba, en hiriente desprecio hacia todos ellos. Destrozado, se retraía una vez más en su inquietante silencio, indiferente a los asuntos del glorioso califato cuyo destino presidía.

Como un espectro, Sari se movía a través de una especie de neblina, con los brazos apretados en torno a su cuerpo para protegerse del escalofrío de desnudez que sentía. De vez en cuando, extendía una mano a un lado, como si sus delgados dedos estuvieran tentando el vacío en busca de la presencia que había desaparecido, llevándose con ella la mitad de su alma. Su carne fría y vulnerable, no quería nada, ni pedía nada. Porque lo que quería, nadie, ni nada, se lo podía devolver. Ni siquiera la ternura de su hijo era capaz de consolarla. Devastado como estaba por la muerte de su padre, unida a la silenciosa tristeza de Sari, más desgarradora que el grito de cualquier asistente al duelo, Hai se sumió en un estado de melancolía que lo paralizó durante muchas semanas.

Fue la llegada de los restos de la expedición de Ralambo lo que le sacó de su letargo. Consumido por una rabia abrasadora ante la crueldad e injusticia del destino de su padre, ante el pensamiento de que había transcurrido un lapso tan breve de tiempo entre su muerte y la posibilidad de aferrarse a la vida, se lanzó de cabeza al desafío que se presentaba ante él. Como había previsto, Ralambo no se encontraba entre el puñado de hombres que habían sobrevivido a los peligros del viaje. El capitán del barco, que había ido a caballo a Córdoba, acompañando al mensajero del califa, lo explicó todo sucintamente.

–Las cosas iban bien hasta llegar a la isla Roja. Allí anclamos y Ralambo desembarcó solo. Regresó al día siguiente con esta caja, firmemente atada y sellada y me la confió a mí durante todo el tiempo que durara el viaje, con estrictas instrucciones de entregártela a ti, si a él le ocurría alguna desgracia.

Cuando terminó de hablar, el capitán le entregó a Hai una caja de palo de rosa, toscamente fabricada, en la que estaba todavía intacto el sello original.

–Pero, ¿y las plantas? –preguntó Hai.

–Eso, desgraciadamente, es otro asunto. Siguiendo las instrucciones de Ralambo, navegamos en dirección al extremo occidental de África meridional, y atracamos en una cala situada en una región más bien seca y árida. Cuando cayó la noche, Ralambo, descalzo y sin hacer el menor ruido, nos condujo al interior, a un área cubierta de unas plantas con el aspecto más extraño que he visto jamás.

–¿Cómo eran de extrañas?

–Crecían en grandes macizos de hojas puntiagudas, con forma de lanza y bordes serrados.

–¿Y qué tiene eso de extraño?

El capitán dudó, reacio a admitir su temor visceral a lo desconocido.

–Trata de explicármelo –le instó Hai.

–Está bien, maestro. Las hojas se retorcían y volvían como los dedos largos y amenazadores de una malévola hechicera. Racimos más pequeños brotaban de los viejos, pero se enroscaban en todas direcciones, como los brazos de un mortífero pulpo.

–Comprendo tus sentimientos –añadió Hai, comprensivamente, alentando al capitán a que continuara.

–Ralambo nos dijo que estas eran las plantas que nos habían mandado arrancar de raíz y transportarlas a Córdoba. Nos apremió para que nos diéramos prisa, porque tan pronto como saliera la luna, tendríamos que precipitarnos al barco y hacernos a la vela antes de que nos descubrieran. Aposté guardias alrededor de esa sección y después busqué a Ralambo en la oscuridad para ayudarle a arrancar los macizos. Pero no le pude encontrar por ninguna parte. Escudriñé entre las densas masas de arbustos que parecían querer echar sus zarpas sobre mí. Pero no se veía rastro de él. Fue sólo entonces cuando me di cuenta del peligro que nos amenazaba. Era tan terrible que Ralambo había huido en un esfuerzo por salvar la vida, a pesar de la fortuna que le esperaba al regresar aquí. En el poco tiempo que teníamos resultó imposible desarraigar las plantas porque sus raíces se extendían en anchura y profundidad por la tierra dura y seca. Así que ordené a mis hombres que cortaran con sus espadas tantos ejemplares de los macizos secundarios más pequeños como fuera posible. No me da vergüenza contarte que nos dimos a la fuga antes de que la luna estuviera en lo alto del cielo, y encontramos nuestro camino hacia el barco mediante la posición de las estrellas y un afortunado golpe de intuición. Como Ralambo no estaba allí para hacerse cargo de las ramas que logramos cortar, muchas de ellas murieron durante el viaje. Lo único que puedo ofrecerte es esto que ves aquí –concluyó el capitán, sacando de un saco tres espesas y secas ramas, en las cuales habían sobrevivido precariamente unas cuantas hojas flácidas, de color verde parduzco.

–¡Un cubo de agua! –le gritó en el acto Hai a Yahya, el antiguo criado de su padre–. ¡Deprisa, y un cuchillo fuerte y bien afilado!

Con mano experta cortó las ramas hasta donde pudo calcular que tal vez contuvieran aún alguna savia, vio que en su interior habían mantenido un poco de humedad y las sumergió entonces en el agua. Hecho esto, se dirigió al capitán.

–Te agradezco sinceramente los esfuerzos que has hecho, a pesar de la deserción de Ralambo. La recompensa que iba a ser suya será tuya y de tus hombres para que la dividas entre ellos como te parezca oportuno.

–Entre los pocos que han sobrevivido al viaje –murmuró el capitán tristemente–. Una epidemia de disentería se declaró en el barco en nuestro viaje de regreso.

–Siento profundamente la pérdida de vidas, pero espero, con el tiempo, poderte demostrar que el sacrificio no fue en vano.

La llegada de las plantas y del extracto arrancó solamente un destello de interés de los ojos azules aunque ya sin brillo de Sari. Para ella era demasiado tarde. Todo eso pertenecía ahora a Hai y él era quien continuaría viviendo su vida. En cuanto a ella, el mundo no tenía nada más que ofrecerle. Con Da'ud había conocido la seguridad, la tranquilidad, la felicidad y, algún tiempo después, la pasión de un amor inmenso y perdurable. Nunca había esperado lograr tanta felicidad. Si no hubiera sido por Da'ud, ni siquiera habría sabido que existía, mucho menos que era posible conseguirla. ¿Qué más podría haber deseado? Había apoyado a su marido durante sus últimos y penosos años con la misma paciencia que él había mostrado hacia ella cuando, poco a poco, la liberó de los terrores de su infancia. En el periodo intermedio, se habían amado hasta excluir todo lo demás, creando un mundo para ellos dos solos. Una vez desaparecido ese mundo, a Sari no le quedaba más que el deseo de una vejez tranquila y un final pacífico, alegrado tal vez por los nietos que Hai le trajera un día. Lo mismo que habría hecho Da'ud, los mediría en comparación con el ciprés de su padre, alto y espléndido ya, sobre su islote de mármol.

Observaba a su hijo pasivamente cuando, con una intensidad nacida de la rabia reprimida que lo impelía, alimentaba a esas extrañas cosas verdes que habían llegado de África. Por la mañana y por la tarde, sacaba las ramas del cubo y examinaba sus extremidades para ver si salían raíces de ellas. Después palpaba las hojas, notando en ella una mayor firmeza conforme pasaban los días y empezaban gradualmente a curvarse. No obstante, Sari notaba en su hijo una inquietud nueva y extraña, inusitada en un carácter como el suyo, sereno y suave. Era como si fuera a la deriva, separado del ancla que su padre había sido para él y sin haber encontrado aún su propio atracadero.

Un viernes, algo antes del mediodía, una vez desempeñados los deberes comunitarios, Hai salió del ala principal de la casa y estaba cruzando el jardín para ir a ver a su madre cuando apareció Dalitha, medio andando, medio corriendo sendero abajo hasta salir a la luz del sol, con los brazos combados bajo el peso de una cesta repleta de higos y uvas.

–¡Qué detalle tan amable! –dijo él, aliviándola del peso y cogiendo de la cesta un higo maduro para compartirlo con ella.

Dalitha sonrió con un poco de nostalgia, al coger la mitad del higo que Hai le ofrecía.

–¿Te acuerdas todavía de cómo me enseñaste a no tener miedo de comer higos?

–Claro que me acuerdo.

–Hace tanto tiempo que no has venido a nuestra casa, que creíamos que a lo mejor nos habías olvidado.

–No me agrada que penséis eso de mí. Mi madre está ahora muy sola, y han caído sobre mis hombros tantas obligaciones que apenas tengo un momento para lo que quisiera hacer –dijo Hai, con un tono triste, contrito, hasta ligeramente culpable.

Apesadumbrada y alicaída, Dalitha contestó:

–Entonces no te quiero molestar. He de irme si quiero llegar a casa antes del Sabbat –añadió, con una voz ronca, como avergonzada.

–¡Tú no te vas a ningún sitio! –Hai la cogió firmemente por la muñeca y la atrajo, riéndose, hacia sí–. Mandaré a alguien para que diga a tus padres que vas a pasar el Sabbat con nosotros. ¡Qué alegría me da volverte a ver! –exclamó, con la suave mirada de sus ojos clavada en ella, como si la estuviera viendo por primera vez–. Has cambiado –murmuró, echándole hacia atrás su brillante pelo negro para ver mejor la ancha frente, pasándole un dedo alrededor de las carnosas mejillas y dando unos pasos hacia atrás para contemplar la belleza de su núbil figura: los senos jóvenes y firmes cuyas curvas daban forma a su túnica, la cintura delgada y suave, la gentil curva de sus caderas y de sus muslos. Una estremecedora ternura parecía escapársele de las yemas de los dedos al coger un rebelde mechón de pelo que se le había caído sobre sus enormes ojos oscuros, y al volvérselo a poner detrás de la oreja. Después le pasó los dedos por la mejilla, acariciándola levemente–. Ven. –Con uno de sus brazos suavemente apoyado en su cintura, paseó con ella a lo largo del canal–. ¿Cómo está todo el mundo en la casita?

Pero mientras ella le hablaba del éxito del diccionario de Menahem, más allá de las fronteras de España; del joven sevillano que los visitaba con frecuencia, no sabía bien por qué; de las plantas de lavanda y mostaza que no había cogido desde la muerte de su padre, Hai no parecía enterarse de una sola palabra de lo que le estaba diciendo. Era el movimiento de sus labios, más finos que los de su madre, y la profunda y reflexiva expresión de sus ojos de color castaño oscuro lo que lo tenían hechizado, despertando en él el deseo de cogerla en sus brazos y mantenerla junto a él para siempre jamás. No era la niña con la que había jugado y a quien había protegido, sino la mujer que había salido de esa niña, tan lozana, tan vital, tan irresistiblemente atractiva.

–¿Y tú? –preguntó ella ahora, con un ligero temblor en su voz ronca–. ¿Es tu dolor muy difícil de sobrellevar?

–Es una pérdida que nada puede mitigar. Y aparte de mi dolor personal, me siento constantemente enfrentado con el vacío creado por la muerte de un hombre de la talla inconmensurable de mi padre. Se siente su ausencia por todas partes, ya que fueron tantas las esferas del empeño humano en las que dejó sus huellas.

–¿Deseas llenar el vacío que él ha dejado?

–¡Ciertamente no! No he heredado ni su sutileza ni su cinismo, cualidades indispensables para sobrevivir en los ambientes en que él se movía. No sirvo para manipular ni a hombres ni a situaciones, pero algo que es aún más importante: soy incapaz de sacrificar seres humanos inocentes al interés de algún imperativo de envergadura aparentemente mayor. Mi intención es dedicar mi vida a la práctica de la medicina, con la modesta esperanza de aliviar los sufrimientos de aquellos que vengan a pedirme ayuda.

Al igual que solía hacer cuando era una niña pequeña, Dalitha miró a Hai con una expresión de ilimitada admiración.

–¿Ves esas ramas con hojas de aspecto extraño, metidas ahí en un cubo? –continuó Hai, ansioso de arrastrarla con él, de compartir con ella el desafío que esas ramas representaban–. Si Ralambo no nos ha engañado, podrían tal vez proporcionarnos un remedio con el que jamás nos hubiéramos atrevido a soñar. Pero nos queda mucho por hacer hasta poder comprobar sus propiedades.

–¿Qué? –preguntó Dalitha, cuya curiosidad había sido despertada por el entusiasmo de Hai.

–Primero tenemos que alimentarlas hasta que sean lo suficientemente fuertes para plantarlas en la tierra y dejar que echen ahí raíz. Después hemos de proporcionarles condiciones y ambiente lo más parecidos posible a los que tienen en su entorno natural, sobre todo protección contra el frío del invierno. Si conseguimos todo esto, debemos esperar con paciencia hasta que echen bastantes hojas sanas y carnosas a fin de producir una cantidad suficiente del jugo que sale de ellas.

Y sólo cuando este jugo se haya evaporado y convertido en polvo, podremos tratar a nuestros pacientes con el extracto y estudiar los resultados.

–¡Qué procedimiento tan largo y tan laborioso! Pero yo te podría ayudar, ¿no te parece?, lo mismo que hicimos con la mostaza y la lavanda. –Algo de la vieja timidez pareció salir a la superficie al mirar Dalitha al héroe de ojos azules de su infancia.

–¿En lugar de escribir poesía para que yo te ayudara a ti a hacerlo, al igual que ayudaba a la hermana que compartimos?

–Yo no tengo el don que tiene Amira para la poesía, pero mi padre me ha estado dando lecciones recientemente en el arte de la traducción.

–¿Y te gusta traducir?

–No tengo la suficiente experiencia para saberlo. Pero la idea de mi padre de traducir obras de lengua arábiga al hebreo, para que los judíos en otros países puedan tener acceso al conocimiento que contienen, me parece una tarea que merece la pena intentar.

–Con una misión de tanta envergadura sobre tus bellos hombros, ¿cómo vas a encontrar tiempo para ocuparte de mis desdichadas plantas? –bromeó Ḥai con la alegría juvenil que tanto le solía gustar a Dalitha.

Hablaron con tanta levedad y durante tanto tiempo que no se dieron cuenta de que el sol iba descendiendo progresivamente en el pálido cielo de los últimos días de verano.

–¡Dios mío, me tengo que bañar y vestir enseguida si quiero llegar a tiempo a los servicios del Sabbat! –exclamó Hai–. Madre estará encantada de disfrutar de tu compañía hasta que yo vuelva. Será un gran placer el que cenes con nosotros. ¡Ha sido todo tan triste y tan solitario, los dos solos, desde que murió mi padre!

Los ojos de las dos mujeres resplandecían de un amor y admiración sin límites, una de ellas acercándose ya al final del espectro de la vida, la otra suspendida, vacilante, al principio de ella, cuando Hai, ataviado con sus oscuras y sobrias vestiduras, las besó a ambas antes de salir para la sinagoga, de acuerdo con la tradición de la familia Ibn Yatom.

A partir de aquel día, Dalitha se convirtió en un asiduo visitante de la gran casa de Córdoba. Con los primeros fríos del invierno, Hai dio órdenes de que se vaciara la antigua habitación de Djamila e hizo que se instalara otra chimenea para suministrar el calor que consideraba esencial para que sobrevivieran las plantas de aloe.

–Parecen estar creciendo con fuerza –le comentó a Dalitha cuando empezaron a trasladarlas los dos juntos–. Las hojas han perdido su color parduzco y van adquiriendo bellas tonalidades verdes, pero creo que es mejor dejarlas en el agua hasta la primavera. Mientras estoy en el hospital, mi madre y los criados se ocuparán de mantenerlas a una temperatura uniformemente templada, pero me gustaría que les echaras una ojeada cuando vengas aquí.

Una vez terminada su misión de vigilancia, Dalitha solía sentarse con Sari hasta que Hai volvía a casa, escuchando el relato de sus recuerdos, al estilo de las personas de edad avanzada. De estos recuerdos emergía una semblanza de Da'ud muy diferente de la imagen que Dalitha había creado en su mente a partir de los fragmentos de conversación que había oído aquí y allá durante su infancia. De esta manera descubrió el origen de la infinita compasión de Hai, su ternura y su amor. ¡Y cómo deseaba llegar a ser el objeto de ese amor, ser respetada y protegida por él como Sari lo había sido por su padre...!

En cuanto le oía entrar en la casa, un fuego brotaba en lo más hondo de su ser, y le prestaba un rubor a sus mejillas y una vivacidad a sus ojos nacida de una mezcla de placer y expectación. Sari salía entonces del cuarto dejarlos solos e inmersos en sus interminables conversaciones acerca de los pacientes que Hai había curado, lo cual merecía espontáneas alabanzas de Dalitha; y de aquellos que no había curado, por lo cual ella trataba de consolarlo; o acerca de los problemas que se le presentaban a ella al tener que crear una perífrasis en hebreo para un término que la lengua arábiga expresaba con una sola palabra.

–No es una tarea sencilla el transformar una lengua estática en una dinámica –comentó un día después de haberle dado un elegante estilo a la traducción de una frase particularmente compleja–. Preferiría con creces traducir ese amor estático que nos ha unido siempre a los dos, en un amor dinámico. Te has convertido en una mujer tan bella, Dalitha, tan atractiva, tan...

Y sus brazos se entrelazaron con la naturalidad de aquellos seres que han sabido siempre que están destinados el uno para el otro.

–Nos casaremos en la primavera, amor mío...

–Una gran fiesta al aire libre...

–Una fiesta alegre y gozosa...

–Con flores y frutas...

–Y canciones y danzas...

–Y todo lo que es dulce y bello...

Las palabras iban saliendo a borbotones de sus bocas, entre un beso apasionado y el siguiente.

Sari estaba embelesada al ver la felicidad de los dos jóvenes; satisfecha también por una unión que veía como una forma de restablecer el equilibrio en la balanza de la justicia entre Djamila y ella; una manera póstuma de borrar la única sombra que había surgido entre su marido y ella. ¡Lo que iba a dar esto que hablar entre los miembros de la comunidad!, se dijo sonriendo. ¡Qué desilusión para todas aquellas muchachas jóvenes que se estaban acicalando con la esperanza de atraer las miradas del joven Ibn Yatom, y para sus padres, que estaban acumulando una dote fabulosa con la que tentarlo! ¡Qué poco le conocían! ¡Qué poca cuenta se daban de lo mucho que, al menos en esto, se parecía a su padre! No les podía desear una felicidad mayor que la que Da'ud y ella habían disfrutado. Sin embargo, y a pesar de todas estas reflexiones, pasó algún tiempo hasta que estuvo dispuesta a aceptar la sugerencia de Hai de que invitaran a Menahem, Djamila y Amira a pasar el Sabbat con ellos a fin de hablar de los preparativos de la boda.

La invitación creó confusión en la casita de campo. Menahem no había puesto los pies en la casa de Ibn Yatom desde que lo expulsaron de la ciudad y Djamila había vuelto por primera vez a ella sólo con ocasión de la semana de duelo por la muerte de

Da'ud. Ambos tenían dolorosos recuerdos, enterrados hacía ya tiempo, que no querían resucitar. En cuanto a Amira, se negó a considerar a su hermanastro, su compañero de bromas y juegos de la infancia, como a la cabeza de la gran casa, a quien ella estaba ahora subordinada. Porque además estaba su matrimonio, que era también materia de consideración.

Entre aquellos que habían ido a presentar sus respetos y condolencias con motivo de la muerte de Da'ud, figuraban el jefe de la comunidad judía de Sevilla y su hijo Ishak. El muchacho había visto de refilón a Amira en las habitaciones reservadas para las mujeres y, desde entonces, con el pretexto de discutir con Menahem cierta teoría de raíces triliterales, iba con frecuencia a la casa. Djamila se había dado cuenta de sus intenciones desde el principio y no mostró la menor sorpresa cuando Ishak le pidió finalmente a Menahem la mano de Amira.

–Aunque amo a Amira tanto como a mi propia hija y la he criado desde su niñez, no me corresponde a mí el otorgar su mano –le dijo Menahem–. En ausencia de su padre, de bendita memoria, es Hai con quien debéis hablar de este asunto.

Al oír esto, Amira se indignó y así quedó el asunto. Recordando el incidente cuando la familia estaba deliberando acerca de la invitación de Sari, Dalitha pensó que era cosa suya asumir el papel de Sari e impedir que los vínculos de afecto que habían unido a Hai y Amira desde la infancia se rompieran irreparablemente.

–De hecho, tenemos dos matrimonios de qué hablar –dijo como si tal cosa, así que tengamos una boda doble, una gran reunión aquí en el jardín, alegre y relajada, como le gusta a nuestra madre.

–¿Y qué hacemos de la grandeza de la más ilustre familia judía de toda España, a la cual te vas a ligar por lazos matrimoniales?

–Eso no es lo que nos va a Hai y a mí –protestó Dalitha.

–Tal vez no, pero las circunstancias te imponen ciertas obligaciones.

–Todo lo contrario. Si somos la familia más ilustre, tenemos libertad para escoger un estilo de vida que corresponda a nuestras inclinaciones. Hai y yo hemos decidido hace ya tiempo que nuestra boda se celebrará aquí.

Por el corazón de Djamila pasó una oleada de calor al observar cómo una chispa de su propio espíritu independiente se encendía en el interior de su hija menor, una muchacha que en muchos otros aspectos se asemejaba a su diligente y estudioso padre. Pero la edad y la experiencia habían atenuado su impulsividad y le habían enseñado a practicar la cautela.

–Creo que debemos esperar a hablar de todo esto con Hai y Sari –sugirió con prudencia.

–Tiene que haber una manera de satisfacer a todos –insistió Dalitha–. ¿Qué opináis de una doble boda, solemne, en casa de Hai y una informal y alegre fiesta familiar aquí en nuestra casa, el día siguiente?

–¡Me niego a casarme bajo el techo de los Ibn Yatom! –dijo Amira, con toda la amargura almacenada a consecuencia de las muchas humillaciones a que había estado sometida desde los días de su infancia, condensada en la violencia de su negativa.

Esta vez fue Menahem quien intervino.

–No puedes negar tu origen, hija mía. Al contrario, debes estar orgullosa de él. Tuviera los defectos que tuviera, tu padre fue un gran hombre. Debes reconciliarte con su casa y su familia antes de empezar una nueva vida en Sevilla.

–No tengo necesidad de reconciliarme con mi hermanastro –dijo sarcásticamente Amira–. Él puede muy bien ser el cabeza de mi familia, pero para mí es aún el niño con quien solía jugar a las canicas.

–Entonces, ¿por qué no casarnos en su casa y nuestra a la vez? –murmuró Dalitha, con la voz quebrada por la emoción.

Amira no pudo manifestar ninguna oposición a esto.

En tales circunstancias, la inquietud que sentía la familia, cada uno de sus miembros por sus razones personales, ante la perspectiva de volver a la que había sido la casa de Da'ud carecía de fundamento. Con su natural sencillez y su perspicaz sensibilidad para interpretar sus sentimientos, Hai les hizo a todos sentirse como en casa y el calor y afecto de su bienvenida hizo que su malestar se desvaneciera. La misma atmósfera alegre y jovial que había caracterizado siempre las reuniones familiares en la casita de campo reinó en la mesa del Sabbat en la casa de los Ibn Yatom. En contra de lo que Amira se imaginaba, nada había cambiado en la actitud de Hai hacia ella: solamente lo que los rodeaba era distinto, prueba evidente para todos los que estaban presentes del verdadero valor de las posesiones materiales...

Hai recibió con placer la noticia del matrimonio de Amira y le asignó la suma que su propio padre había puesto aparte para su dote. Le correspondía entonces a Menahem decir unas palabras:

–Es el deseo de Djamila y el mío propio el casar a Dalitha con la debida dignidad. Nos vamos haciendo viejos y encontramos difícil el trabajo en el campo. Ahora que nuestras dos hijas se van a ir de casa, hemos decidido trasladarnos a Lucena, donde se me ha ofrecido un puesto como profesor de filología y gramática hebreas en una de las academias religiosas de allí. Así que la casa del campo vuelve a ser tuya, Hai, como propietario en derecho, y los ingresos procedentes de ella pueden ser considerados como la dote de nuestra hija.

«¡Qué típico de ellos!», pensó Sari, recordando el regalo que le hicieron a Hai en ocasión de su Bar Mitzva.

–¡Pero esa casa es tuya! –exclamó Hai, asombrado–. ¿No te informó mi padre de que se la compró a los herederos de la difunta viuda Tamara para ti?

–No –contestó Menahem bruscamente, ofendido por la ignorancia en que lo mantuvo su antiguo maestro, una puñalada definitiva, asestada desde el otro lado de la tumba.

–Sé que era su deseo el asegurar tu bienestar hasta el final de tu vida –dijo Hai suavemente.

–Tanto mejor entonces –replicó Menahem con un toque de ironía en la voz–. De esa manera la casa constituye una verdadera dote, no simplemente una simbólica. En cuanto a nuestra seguridad en nuestra avanzada edad, la preocupación de tu difunto padre ha resultado ser innecesaria. La academia nos ha dado adecuadas garantías en ese aspecto.

La noticia de la doble boda causó asombro entre la comunidad judía de Córdoba, así como entre la de Sevilla. Pero era tal el innato encanto y amabilidad, el tacto y la natural elegancia con la que Hai se aproximaba a todos los que asistieron a ella, fueran ilustres o humildes, que los honrados por haber sido invitados a la recepción formal, celebrada con toda la tradicional distinción de la casa de Ibn Yatom, experimentaron un poquito de envidia al no haber sido invitados a participar en lo que fue tema de cotilleo y escándalo: la sencilla y espontánea fiesta familiar del día siguiente en la modesta casita campesina.

El emisario a quien envió el califa en representación suya a la ceremonia matrimonial del jefe de la comunidad judía de Córdoba, trajo consigo, además del tradicional regalo de doce bandejas de oro, una convocación para que Hai se presentara ante su soberano cuando las celebraciones matrimoniales se hubieran terminado. Hai no hizo caso de ella durante un espacio de tiempo razonable, pero finalmente no tuvo más remedio que acatarla.

El día anterior a la cita, el joven matrimonio se imaginó una serie de preguntas que era probable que el califa le hiciera a Hai, y juntos prepararon las respuestas que consideraron adecuadas; respuestas que eran tan sinceras, directas y francas como lo eran ellos. Pero había una tensión inusitada en Hai cuando hizo acercarse a su joven esposa a su lado. Por primera vez desde su infancia, era Dalitha quien apaciguaba y alentaba. Y todo el afecto y el amor con los que él la había rodeado a lo largo de los años, volvieron de ella a él, aliviando sus temores y fortaleciendo su espíritu.

El califa estaba tosiendo, con una tos áspera y persistente, cuando llevaron a Hai a su presencia. Una figura frágil y pálida, hundida entre sus cojines de seda, con los cansados ojos sumidos en sus cuencas, fijó su mirada en el apuesto joven que tenía ante él, buscando en el profundo azul de sus ojos, su pelo de color castaño oscuro con reflejos color caoba, la abierta expresión de su rostro de cutis claro, algún gesto que le trajera algo de la presencia de su padre. Su desilusión era manifiesta.

–Así que tú eres Hai, del cual he oído hablar tanto, el hijo del único hombre en todo mi reino a quien amé y en quien confié.

Hai se inclinó profundamente ante este generoso tributo real a la memoria de su padre.

–No te pareces en absoluto a él.

–No, ¡oh Príncipe de los Creyentes! Me parezco mucho a mi madre.

–Pero has seguido los pasos de tu padre como médico eminente. Tu maestro me dice que tienes un gran porvenir.

–Tengo todavía que demostrar mi valía.

–Te espera aquí un puesto como uno de los médicos de mi corte.

La respuesta de Hai al ofrecimiento del califa, cuidadosamente preparada con la ayuda de su amante esposa, salió elocuentemente de sus labios.

–Me siento profundamente honrado por la confianza que depositáis en mí, ¡oh Príncipe de los Creyentes!, pero no creo merecerla todavía. Tengo mucho que aprender aún para merecer un puesto tan elevado.

–Tu padre, que en paz descanse, no era mucho mayor que tú cuando mi padre, de sagrada memoria, le nombró médico de la corte.

–Mi padre me superaba en conocimiento y sabiduría.

–Abu Sa'id no tiene la misma opinión. Todo lo contrario. Tú eres demasiado modesto.

–Me siento plenamente consciente de mis limitaciones.

–No sólo tuyas, joven erudito. Son las limitaciones del conocimiento humano.

–Ambas, ¡oh Príncipe de los Creyentes! Considero mi obligación el ampliar esas limitaciones.

–Eso ha sido siempre mi propia ambición, como bien lo sabía tu padre. ¿Y cómo piensas lograr tu noble objetivo?

–Mediante el estudio, la experimentación y la meticulosa observación.

–Observación, entre otras cosas, de las plantas que trajimos de África, ¿no es así?

–Entre otras cosas –asintió Hai.

–Pero eso no te impide el que actúes como médico de mi corte.

Conforme las mallas de la red de plata del califa iban avanzando para atraparlo, Hai se reprochó amargamente haber desdeñado los consejos de su padre de iniciarlo en el arte de la manipulación, del que él había sido maestro. Ningún súbdito leal, y mucho menos un judío, podía tener el atrevimiento de negarse a obedecer las órdenes de su soberano para servir en la corte, a no ser que tuviera la suficiente astucia para convencerle de lo contrario.

–No tengo todavía la suficiente experiencia para honrar la confianza que ponéis en mí –reiteró Hai, siendo su manifiesta sinceridad el único medio de persuasión que poseía.

–Dices que todavía no –caviló el califa, aparentemente convencido–. ¿Cuándo, entonces?

Por espacio de un segundo Hai observó al califa, como se observa a un paciente, con su mente concentrada, su ojo clínico en concienzudo y rápido análisis. La tos persistente, la palidez grisácea, la figura encogida: tisis, indudablemente. Galopante e incurable.

–Dentro de un año o dos, ¡oh Príncipe de los Creyentes!

–¡Un año y ni un solo día más! Entonces me curarás de esta enfermedad que día tras día me roba las fuerzas y para la que nadie parece ser capaz de recetar un remedio. Para entonces habrás ya producido esa droga maravillosa que trajimos de África. Tal vez me sirva de ayuda.

–Eso no lo puedo prometer. Hasta ahora sabemos muy poco de ella, ni siquiera si podrá sobrevivir en nuestro clima menos benigno.

–Hablaremos de ello en la primavera. Mientras tanto, te encomiendo que sigas suministrando el Gran Antídoto al palacio. Es una misión que sólo puedo confiar al hijo de Abu Solimán, ¿o debo decir Abu Hai?

–Puedes contar conmigo, ¡oh Príncipe de los Creyentes!

El diagnóstico que hizo Hai de la enfermedad de su soberano resultó rigurosamente acertado. Alhákem murió antes de la llegada de la primavera.

XXXI

Como hacía casi todos los jueves durante los cinco años desde que murió Da'ud, Sari se levantaba temprano y, mientras se vestía, dejaba que sus lágrimas le salieran, sin control, de los ojos. Libres y temblorosas surcaban la suavidad de sus mejillas, donde no había aún arrugas, a pesar del paso de los años. El tiempo no había borrado la desesperada nostalgia que se apoderaba de ella al ver a Hai ejercer su profesión en lugar de su padre, nostalgia de los días cuando ella y su marido lo habían compartido todo, dando y tomando sin restricción ni limitación, cada uno de ellos cuidando del otro en la intimidad del amor que les unía. Era la misión que Hai le había encomendado, en el día de la semana que tenía las consultas en su clínica de Córdoba, lo que le había dado ese leve asidero con la vida, impidiéndola caer en el entorpecedor letargo del dolor.

Su tarea consistía en vigilar a los innumerables pacientes que, ya antes de rayar el alba, se apiñaban alrededor de la puerta de la casa de Ibn Yatom, hasta que se les decía a los sirvientes que los dejaran entrar. Eran tantos que llenaban por completo todas las habitaciones vacías de la gran mansión; Sari y los criados insistían suavemente en que se agruparan de una forma más ordenada. Cuando llegaba Hai de la casa del campo, se levantaban todos a la vez, y extendían sus brazos, flacos y mugrientos, en actitud de súplica. Con una acogedora sonrisa pasaba entre ellos, y su sola presencia era suficiente para tranquilizarlos. Una vez que entraba en su cuarto –el antiguo despacho de Da'ud–, Sari se ocupaba de que volvieran a ponerse en su sitio y esperaran pacientemente su turno.

Esta mañana, al pasear su mirada por la patética multitud allí congregada, le llamó particularmente la atención una persona cuyo porte, a pesar de sus simples vestiduras de color gris y el espeso velo, también gris, que le cubría el rostro, la hacía destacar de la masa de seres humanos que se arrastraban y suspiraban a su alrededor. Había algo en sus altivos movimientos de cabeza, su mal disimulada irritación ante la proximidad de tantos cuerpos malolientes, sus delicadas manos blancas, que no estaban familiarizadas con el trabajo, perceptibles dentro de las amplias mangas de su túnica, que delataba a una mujer de posición acomodada, alguien que bien podía haber llamado a Hai a su casa para beneficiarse allí de su asistencia médica. Cuando apareció Hai en la puerta para llamar al paciente de turno, Sari señaló a la mujer, con un discreto movimiento de cabeza, pero Hai hizo como si no lo hubiera visto. Fuera quien fuera, tenía que esperar su turno.

Eran más de la doce cuando se hizo finalmente entrar a la dama en el despacho de Hai. Con un brusco movimiento de la mano, se quitó el velo, segura, al dejar salir de él la cascada de pelo rubio que le caía en espesos rizos sobre la espalda, de que el hijo de Da'ud ibn Yatom la reconocería.

–¡Princesa Subh! –exclamó Hai, recordando vivamente la descripción que hizo su padre de la belleza de la centelleante cabellera de la princesa vasca, cuyos movimientos acompañaban a los de su cuerpo dejando que el sol, al atravesar sus guedejas las disolviera hasta convertirlas en fragmentos de la más pura luz–. No habría esperado encontraros aquí.

–Ya que te niegas obstinadamente a asistir a la corte de mi hijo y trabajar en ella como médico nuestro, no tengo otra alternativa que buscarte en tu propia casa.

–¿Y qué os trae aquí, ilustre princesa?

–No simules que no sabes nada del desastroso giro que han dado los acontecimientos en el reino del que mi hijo, Hixem II, es legítimo gobernante.

–Me llegan rumores de vez en cuando, pero estoy tan inmerso en mi trabajo que tengo poco tiempo libre para comprobarlos.

–Permíteme que te informe, en primer lugar, de la escueta verdad. El regente, Ibn Abi 'Amir, está a punto de transferir la administración del califato desde nuestros palacios de Córdoba y Medina Azara al nuevo palacio que se ha construido para sí mismo y llamado, con suprema insolencia, Medina Azahira. Este es el paso final en su plan para apartar a Hixem de todo contacto con los asuntos del reino, y para demostrar a todo el mundo dónde se halla realmente el poder del califato. A fin de justificar su escandalosa usurpación del legítimo poder de Hixem, se ha inventado la historia de que mi hijo ha decidido dedicarse a una vida de piedad religiosa, y le ha confiado a él el control del reino.

Roja de indignación, la princesa Subh escupió, sin ceremonia alguna, en las relucientes baldosas del suelo, vergonzosa expresión del odio violento que sentía por el tutor oficial de su hijo. Era un odio proporcionado al apasionado amor que había concebido por él después de la muerte de Alhákem, si no antes, según algunos creían. Durante su viudedad, él la había protegido y aconsejado, y había salvaguardado a su hijo de once años de las maquinaciones del hermano de Alhákem, que conspiraba para arrebatarle el trono al único heredero masculino del difunto califa.

–¡Cómo ha abusado de nosotros el regente, débiles y confiados como éramos! ¡Con qué habilidad corrompió al muchacho, estimulando sus sentidos desde el momento en que apareció la primera sombra de vello en su labio superior! Ahora, a la edad de dieciséis años, Hixem está saciado de todos los placeres que el harén real puede ofrecerle. Indiferente a deleites tan ordinarios, va en busca de otras satisfacciones. Dirige ahora su atención hacia los hombres y, cuando lo veo deslizarse sin control por la turbias pendientes del vicio, mi temor es que pronto exija los cuerpos puros e inocentes de los niños...

Escuchando pacientemente la larga invectiva de la princesa, Hai bendijo en su interior el instinto que le había aconsejado distanciarse de los círculos del poder de Córdoba. Intrigante por excelencia y maestro de la intriga, Ibn Abi 'Amir había ascendido desde administrador de las propiedades e ingresos del único hijo de Alhákem al puesto de *hachib*, chambelán, al más alto dignatario del reino. Para asegurarse el apoyo de Ghalib, el más poderoso jefe militar del califato, había, astutamente, pedido la mano de su hija. A continuación, se había dedicado a ganarse para su partido a los juristas conservadores musulmanes, tarea para la que su propia preparación legal le había sido sumamente útil. Copió, con su propia mano, el texto completo del Qu'ran, después de lo cual perpetró lo que, para Hai, fue uno de los actos más repulsivos en su implacable subida al poder: obras que los rígidos interpretes de la ley musulmana decretaron heréticas, fueron sacadas de la biblioteca que Alhákem y Da'ud habían reunido minuciosamente, y fueron quemadas después. Hai no sabía cuántos cadáveres estaban esparcidos a lo largo del sendero de Ibn Abi 'Amir, ni lo quería saber... Pero la princesa, habiendo dado rienda suelta a su enojo, se dirigía ahora directamente a él.

–Como al hijo del leal confidente de mi pobre difunto esposo y de su padre antes que él, y como médico de gran fama a pesar de tu juventud, me dirijo a ti para suplicarte que rescates a mi hijo del estado de abyecto letargo e impotencia a la que tan cínicamente lo ha reducido su tutor. Todo lo que le queda a Hixem es el derecho a ser bendecido como califa en las oraciones del viernes y tener su nombre grabado sobre las monedas de un califato del que no es más que cabeza nominal.

–Ilustre princesa, yo os ayudaría con mucho gusto, pero desgraciadamente no soy más que un humilde médico y no un cortesano influyente.

–Es precisamente por tu profesión de médico por lo que me dirijo a ti. Quiero que recetes para Hixem alguna poción que lo saque de su letargo, neutralice su inclinación hacia la indulgencia sensual y lo estimule a actuar contra este hombre que ha usurpado su poder.

Era una petición increíble. Desde tiempo inmemorial los reyes habían pedido afrodisiacos a sus médicos en la corte, pero... ¿lo contrario? Jamás se había oído decir. Por añadidura, Hai estaba tan reacio como siempre a tener contacto con la corte, rebosando ésta, como estaba, de intrigas cada vez más complejas. Hacía solamente unos días, un mercenario cristiano al servicio del regente, a quien Hai había tratado por un severo ataque de disentería, había insinuado que se avecinaba un enfrentamiento entre Ibn Abi 'Amir y su suegro, el general Galib, el mismo hombre que le había ayudado unos años antes en su ascenso hasta el poder. El usurpador había ya mandado traer tropas beréberes de África, como refuerzos, y en opinión del soldado, no había la menor duda acerca del resultado del enfrentamiento. Tan seguro estaba Ibn Abi 'Amir de su victoria que se le había oído murmurar entre dientes el título que asumiría cuando saliera triunfante: al-Mansur bi-Allah, Aquel a Quien Dios Había Dado la Victoria. ¿Qué podían lograr la princesa y su degenerado hijo frente a un individuo tan inteligente, poderoso, astuto y carente de escrúpulos, cuya ambición echaba abajo todo lo que se alzaba ante él? A pesar de su escepticismo, Hai trató de contestar con integridad profesional:

–Debo reflexionar sobre lo que me pedís, ilustre princesa. En mi breve experiencia como médico, nunca se me ha pedido recetar una droga cuyos efectos sean opuestos a los de un afrodisiaco. Por ello he de estudiar cuidadosamente el asunto. Pero mientras tanto me aventuro a sugerir que se le recomiende al Príncipe de los Creyentes hacer ejercicio todos los días y cultivar alguna otra esfera de interés relacionada con sus inclinaciones naturales.

–No tiene ninguna otra que no sea el entregarse a la satisfacción de sus sentidos.

–Pero vos, que sois su madre, que lo conocéis mejor que ningún otro ser viviente, podréis alentarle a que se entregue a algún tipo de ocupación: cazar con sus halcones, jugar al ajedrez, componer versos cortesanos, ¿qué pensáis de esto?

–¿O dedicarse, tal vez, a su más reciente amante masculino? He intentado todo eso. Es la desesperación lo que me trae hoy a ti.

–Consultaré las obras de los grandes maestros de la antigüedad en un sincero esfuerzo por ayudaros, pero dudo que haya ninguna droga que sea eficaz, si vuestro hijo carece de la fuerza de voluntad de tomar decisiones en beneficio propio.

Con un suspiro de resignación la princesa se levantó para marcharse. La única persona en el reino de cuya integridad no dudaba había confirmado sus propias convicciones. No había nada más que decir. Lentamente, se volvió a cubrir el rostro con el velo antes de sacarse de la manga una bolsa de cuero bien repleta que puso sobre la mesita baja de madera de Damasco. Hai la cogió enseguida y se la devolvió.

–La consulta de los jueves es gratuita –dijo–. Distribuid el dinero entre los pobres que encontréis en vuestro camino.

Era ya casi de noche cuando el último paciente salió de la casa. Sai estaba todavía levantada, esperando para dar un corto paseo con su hijo a orillas del canal, como había hecho tan a menudo con Da'ud, y hablar un poco con él hasta verlo relajado de las preocupaciones y tensiones del día. Como era de esperar, su primera pregunta se refirió a la furtiva visita de la misteriosa dama. No era preciso que Hai le recomendara encarecidamente que fuera discreta, antes de revelarle su conversación con la princesa Subh; la discreción era una cualidad familiar bien arraigada.

–¡Qué curioso! –observó Sari cuando Hai había terminado de contarle lo ocurrido–, ¡qué curioso que haya sido una princesa vasca la que le diera un hijo a Alhákem, cuando ya estaba tan entrado en años!

–Tal vez una inclinación que heredó de su abuelo.

–Sí. La misma atracción irresistible que genera cualquier diferencia; esa rubia belleza en marcado contraste con las seductoras jóvenes árabes y las sensuales bellezas eslavas que llenan su harén. ¿Sabes –caviló Sari– que pienso a menudo que fue una diferencia así, o una novedad, si prefieres llamarla de otra manera, lo que me atrajo a tu padre como un imán, aquel día en el mercado de esclavos?

–¿No fue su compasión por ti?

–Eso también, por supuesto. Pero todo eso pertenece a un pasado distinto cuya evocación serviría sólo para entristecernos. Hablemos de los problemas de hoy. Dime, hijo mío, ¿a qué palacio vas a hacer llevar ahora el Gran Antídoto?

–Al viejo palacio de Córdoba como antes, hasta que se me ordene otra cosa.

–¿Te lo ordene quién? ¿El califa marioneta o Almanzor, que es quien tiene el poder?

–No creo que lleguen hasta ahí las cosas. El regente es demasiado astuto para intervenir en asuntos que no tienen relación con el ejercicio de su verdadero poder. El hecho de que, desde la muerte de Alhákem, no haya explotado la juventud del muchacho, su inexperiencia y su falta de decisión, para asumir el título de califa, es prueba suficiente del rumbo que tiene intención de seguir. Al permanecer como el poder detrás del trono, como una especie de eminencia gris, provoca menos enemistades de las que provocaría si desafiara abiertamente a la casa reinante de los Omeyas.

–Espero que tengas razón y le pido a Dios que nunca te veas forzado a escoger entre los dos.

–Esa, querida madre, es la razón por la que me mantengo apartado de la corte.

–Una sabia decisión, hijo mío. Y ¿cómo va la plantación del aloe?

–Florece más allá de lo que esperábamos. Una masa de flores color escarlata, que brillan como hierros candentes, ha surgido entre el denso y rizado follaje. Es como si la casa de campo estuviera envuelta en una capa de brillantes colores verde y escarlata.

–Me daba miedo pensar en las plantas durante ese riguroso invierno que tuvimos el año pasado.

–A nosotros también, pero no sufrieron casi, una prueba más de su asombrosa resistencia y vitalidad. Una estación más primavera-verano y tendremos suficiente follaje para extraer la savia de las hojas viejas y secarla al sol de agosto. Si todo va bien, estará lista para ser administrada en el inviermo.

–Me sorprende que nunca hayas hecho ningún experimento con el extracto que el capitán te trajo en esa tosca caja de madera.

–He sentido a menudo la tentación, pero no quería comenzar el tratamiento hasta estar seguro de un suministro continuado de la droga, procedente de nuestra propia plantación. El experimento con padre fue suficiente para disuadirme.

–Debes estar deseando empezar tus observaciones.

Hai permaneció silencioso, con sus dedos largos y delgados jugueteando nerviosamente con una ramita que se desprendía de la primorosamente recortada silueta de un cercano ciprés.

–¿Qué te inquieta, querido hijo?

–Lo que me ha estado inquietando desde el principio. No sabemos todavía si la especie que Ralambo mostró a nuestros hombres es la misma que aquella de la que se extrajo la muestra original del polvo que le dimos a padre. Y aun suponiendo que cumpliera su palabra, ¿serían las propiedades del extracto tan eficaces como deseábamos creer tan fervientemente? Tal vez todo esto es un fraude macabro, una búsqueda vana de una cura milagrosa que no existe, que no puede existir.

–Lo único que podemos hacer es esperar y ver –suspiró Sari con la paciente resignación de las personas de edad. Para apartar los pensamientos de Hai de esta obsesión, hizo su última y más entrañable pregunta de la tarde. Y ¿cómo estaba su nieto Amram, ese niño lleno de vivacidad y energía, cuya inteligencia, estaba firmemente convencida, superaba a la de todos los niños de cinco años de Córdoba o posiblemente de toda España? ¿No hablaba ya de corrido en árabe, hebreo y la lengua romance vernácula? ¿Y no era su caligrafía arábiga de una elegancia raramente trazada por una mano tan joven?

Hai, aunque sentía que sus ojos se humedecían de amor a la mera mención del nombre de su hijo, decidió que era oportuno templar la adoración de su madre.

–Amram no hace más que asimilar lo que oye y observa en sus alrededores inmediatos. Nada hay más simple, a la edad que tiene. Con una madre que pasa gran parte de su tiempo traduciendo obras eruditas del árabe al hebreo, un abuelo cuya escritura tenía fama en todo el califato, y un constante ir y venir en la casa de campo de pacientes procedentes de toda España, ha adquirido su conocimiento sin dificultad, absorbiéndolo como la cosa más natural.

–No todos los niños tienen la habilidad de hacer eso –afirmó Sari obstinadamente. Y, como de costumbre, Hai le dio un abrazo condescendiente, antes de entrar en la casa para acostarse.

XXXII

Al atardecer de una tarde de los primeros días de invierno, Stella, la que había sido niñera de Amram, apareció a la puerta de la casita, cubierta con varias capas de ropa de lana y tiritando de fiebre. De cutis cetrino por naturaleza, había sido siempre exageradamente delgada y sus grandes ojos castaños resultaban aún más intensos por la forma en que dominaban su rostro enjuto y macilento. Pero ahora, con las mejillas hundidas por la enfermedad, su aspecto inspiraba compasión.

Dalitha la metió en la casa y a pesar de la inflexible regla de Hai de que cada paciente debe esperar su turno, insistió en verla enseguida. Con su característica delicadeza, le fue quitando poco a poco la ropa en que estaba envuelta y la ayudó suavemente a que se echara en el diván en el que examinaba a sus pacientes. El contacto de la mano de Hai sobre la frente ardiente de Stella fue suficiente para sosegarla. Tosió, con una tos dura y seca, y sus ojos, suplicantes, se clavaron en los de Hai, cuya expresión afectuosa parecía apaciguarla. Cuando volvió a toser, él le quitó la mano de la frente y se la apretó, levemente, contra el pecho. Sus senos aplastados y consumidos se elevaban y descendían espasmódicamente bajo los dedos de Hai. De repente él se tensó. No por la naturaleza de la tos o la intensidad de la fiebre, sino porque con las yemas de los dedos notó un bulto, un bulto duro que no le causaba dolor. Cubriéndola otra vez ligeramente, se levantó y, dándole la espalda, ocultó su turbación y preparó los instrumentos que necesitaba para sangrarla. Dada la debilidad de su estado general, extrajó de la vena basílica la mínima cantidad de sangre requerida para liberar a su cuerpo del exceso de humores calientes y secos que lo estaban congestionando.

–Casi no me has hecho daño –sonrió Stella lánguidamente, aliviada e inmensamente agradecida. Hai recetó entonces un remedio para ayudarla a expectorar: miel diluida en agua primero y, si eso no era eficaz, una mezcla de miel y mantequilla.

–Me gustaría también que intentaras tomar alimentos como espinacas, melones, pepinos, lechuga y albaricoques y melocotones, si se pueden conseguir aún en esta época del año. No debes preocuparte porque pronto te encontrarás mejor. Arrópate bien otra vez y mandaré a uno de los muchachos que trabajan en la granja para que te acompañe a casa.

Después de haberse ido, Hai hizo una pequeña pausa antes de llamar a su paciente de turno. Necesitaba tiempo para pensar. Stella padecía solamente de un severo enfriamento de invierno. Se le pasaría. Pero entonces, ¿qué? El bulto duro que tenía en el pecho, de cuya existencia ella no se había dado cuenta, debía ser extirpado en cuanto se le quitara la fiebre. Era de esperar que no hubiera afectado a otros órganos, pero eso no se podía saber todavía. Ni tampoco él podía decir si Abu'l Kasim encontraría necesario extirpar todo el pecho. Pobre mujer, que no poseía muchos encantos y que ahora tal vez tendría que ser privada de la misma esencia de su femineidad... Pero era aún joven, tenía mucha vida por delante. Un cuerpo desfigurado era mejor que un cuerpo fatalmente enfermo. Y, ¿quién podría decir, tal vez algún hombre bueno e inteligente percibiría la belleza en esa mirada suya tan intensa, o notaría el calor detrás de ese rostro suyo no muy atrayente? Se debían hacer todos los esfuerzos posibles para curarla. ¿Pero podría hacerlos él? O, mejor dicho, ¿podría lograrlo el extracto de Ralambo del cual iba a haber ahora una amplia cantidad? ¡Qué curioso que la mujer que había ayudado a Dalitha a cuidar de su hijo fuera tal vez la primera paciente en quien se comprobarían sus propiedades! Le dolía inmensamente que esto fuera así, pero ya que el hado había decidido afligirla así, al menos él poseía algunos medios con que intentar salvarla...

Tan segura se encontraba Stella en las hábiles manos de Hai que accedió sin reparos a su sugerencia de que se extirpara en el acto el tumor que tenía en el pecho. No preguntó ni las razones ni los detalles; si Hai lo decía, era suficiente. Y como ella no preguntaba, él no veía razón para revelarle que el riesgo para su salud, para su vida podía existir aun después de la incisión, porque él no podía decirle con cuánta profundidad se había arraigado dentro de ella esa malignidad. ¿Por qué proyectar una sombra tan aterradora sobre su existencia, antes de que se hubiera hecho todo lo posible para curarla?

Antes de la operación, Hai purgó el cuerpo de Stella de la bilis negra que contenía preparando él mismo la poción de opio, valeriana y miel en proporciones que sabía que le impedirían experimentar dolor bajo el escalpelo de Abu'l Kasim, pero que por otra parte no causarían malos efectos. Cuando el cirujano entró en la sala de operaciones –meticulosamente limpia por órdenes específicas de Hai– encontró a su paciente, ya profundamente drogada, yaciendo inerte sobre la losa de mármol sobre la cual iba a ser operada.

Con movimientos hábiles y seguros, Abu'l Kasim extirpó todo el bulto y los tejidos que lo rodeaban hasta que no quedó ningún residuo de él y muy poco del pecho de Stella. Dejó entonces que la sangre fluyera libremente durante algún tiempo, deteniéndola por último mediante la presión sobre las venas que la rodeaban. Cuando empezó a tratar la herida, Hai le instó a que hiciera uso de toda la habilidad que estuviera en sus manos a fin de asegurarse de que la cicatriz donde debiera haber estado la parte más dulce y tierna del cuerpo de una mujer quedara tan suave como la pudieran dejar sus diestras manos. Cuando estuviese vestida, nadie notaría la falta de los contornos redondos, porque los pechos de Stela habían sido más bien planos y su volumen apenas se le notaba debajo de las vestiduras. Pero, ¿y en su noche de bodas?, se preguntó mientras observaba cómo el cirujano cauterizaba la herida abierta y la vendaba. Una vez concluida la operación, la misma pregunta sin formular resonaba en la mente de ambos médicos: ¿habría corroido la malignidad otras partes o se habrían deshecho de ella cuando estaba aún localizada?

Amodorrada aún por los narcóticos, Stella se encontró asombrosamente liviana cuando Hai la cogió en sus brazos y la depositó en una litera que había dejado cerca y la transportó a la casita del campo. Una vez que llegaron allí, Dalitha la puso en una habitación limpia y aireada y aunque ella misma permaneció sentada cerca de la paciente mientras ésta dormitaba durante la noche, Hai entraba constantemente para vigilar cómo estaba, administrándole prudentes dosis de opio y valeriana hasta que pasó lo más agudo del dolor. Limpió la herida a intervalos regulares durante los días que siguieron a la operación, poniendo sobre ella nueces de agalla fresca, pieles de granadas, regaliz y, por supuesto, savia de aloe fresco, cuyas propiedades cicatrizantes son bien conocidas. Vigiló cuidadosamente el posible brote de una infección, como resultado de la operación, pero Abu'l Kasim había hecho tan bien su labor que su ansiedad resultó no tener fundamento alguno.

Las visitas de Hai eran los momentos culminantes de los días vacíos de Stella. El interés por ella, manifestado en sus ojos de color azul oscuro, el suave contacto de sus manos sobre su cuerpo, eran para ella los remedios más eficaces que podía recetar. Si no hubiera sentido tanta admiración y respeto por él, habría apretado su mano sobre el único pecho que le quedaba, para notar la dulzura de sus dedos sobre él y el temblor del otro asiento vital de su femineidad, respondiendo a ese contacto desde lo más profundo de su ser. Alentada por la constante y tranquilizadora presencia de Hai, pronto pudo permanecer sentada por breves espacios de tiempo y tomar algún alimento.

Sin pérdida de tiempo, Hai empezó enseguida a administrarle el extracto de Ralambo, seguido de una bebida de miel dulce para contrarrestar la acidez que la hacía estremecerse. Hai, al mismo tiempo tenso y paciente, esperaba. Pero no por mucho tiempo. Stella empezó a recuperar su vigor físico, como le había ocurrido a su padre. Ralambo no le había engañado. Pero aliviado y todo como estaba de la sospecha que le había atormentado, continuó plenamente consciente de lo precario que era el estado de salud de su paciente. Sólo si tomaba el extracto sin interrupción y se mantenía sana durante un periodo considerable de tiempo, empezaría a asumir que el tratamiento era eficaz. Pero sólo a asumir, porque nunca podría comprobar si era sólo la extirpación o sólo el extracto, o la combinación de ambos, lo que había detenido el desarrollo de la condición maligna. Requeriría una enorme paciencia y la observación escrupulosa de muchos casos semejantes a éste, hasta poder extraer una conclusión.

Unas tres semanas después de la operación, cuando Dalitha entró en la habitación de Stella con su bien repleta bandeja del desayuno y su alentadora sonrisa, encontró a su paciente levantada y vestida. Entre profusas expresiones de gratitud, Stella le dijo a Dalitha que no podía seguir abusando de la hospitalidad de los Ibn Yatom. Se iba a su casa y reanudaría dentro de poco su trabajo como niñera de los hijos de otras familias acomodadas de Córdoba, una ocupación que le encantaba.

–¿Estás segura de que te encuentras lo suficientemente bien como para dejarnos?

–Nunca me he encontrado mejor.

–¡Cuánto me alegro! Voy a ir un momento a decírselo a Hai. Tendrá probablemente alguna medicación que darte.

–¿Qué? –exclamó Hai, pasándose los dedos por el pelo, con un gesto de absoluta estupefacción al oír a su mujer decir esto–. ¿Que se marcha Stella? ¡Eso es imposible! Necesito tenerla aquí. Tengo que estar seguro de que está tomando el extracto exactamente de la manera y en la cantidad en que se lo prescribo, de manera que pueda examinar las reacciones y resultados en el acto, ajustar la dosis y...

–Pero querido Hai –interrumpió Dalitha–, Stella es una persona, no un objeto de estudio. Tiene una vida, necesidades, deseos propios. Como tú no le puedes garantizar cuánto tiempo le queda, no tienes derecho a privarla de los placeres que extrae de la rutina de su simple vida diaria. En cuanto se sienta capaz de hacerlo, se le debe permitir que viva esa vida como cualquier otro ser humano normal.

–Lo sé, pero aun así...

Se encontró al fin una solución. Stella se iría a su casa con una cantidad del extracto suficiente para una semana y con instrucciones estrictas acerca de cómo tomarlo. Cuando se le terminara volvería a la casita para que le dieran más. De esta manera, Hai podría controlar la consumición del polvo y tenerla mientras tanto bajo observación. Conforme iban pasando las semanas y Stella llegaba a la casa, sana y fuerte, a recoger el extracto, la satisfacción de Hai iba en aumento. Cada día, cada semana que pasaba con vida y salud, era algo que se iba ganando en esta batalla contra la fatalidad.

Les contó muy poco acerca de este experimento a sus colegas en el hospital. Solamente Abu'l Kasim preguntaba por el estado de su paciente de vez en cuando y, como Hai, sonreía con cauteloso optimismo. Pero el día que Stella dijo tímidamente que iba a casarse, el rostro de Hai resplandeció con mal disimulado entusiasmo. Stella le dijo que su futuro marido había sido un esclavo en la casa en la que se le había empleado recientemente a ella. Libre ahora, tenía el plan de afincarse con ella en una pequeña parcela de terreno que su antiguo amo le había otorgado en reconocimiento a sus fieles servicios. No, dijo Stella respondiendo tímidamente a la implícita pregunta que leía en los ojos afectuosos de Hai, su desfiguración no le afectaba. Era a ella a quien amaba –su calor, su tolerancia ante las debilidades humanas–. Su cuerpo no era más que la cubierta de ese alma adorada. ¿Qué importaba si había sufrido cierto deterioro físico?

Hai y Dalitha fueron invitados de honor en la modesta fiesta de boda. De todos los que estaban presentes, sólo Hai estaba plenamente consciente del destino del que había salvado a la novia. Fue uno de los momentos más excitantes de su vida. ¿Qué mayor satisfacción podía desear que arrebatar una vida joven de las garras de la muerte y tener el privilegio de verla florecer?

Unos meses más tarde, en el gran hospital, Abu'l Kasim fue en busca de Hai cuando éste estaba examinando a un anciano escuálido que acababa de ingresar, con el estómago tan grotescamente inflamado que apenas podía respirar debido a la presión que ejercía sobre los otros miembros. Venas gruesas y azules sobresalían debajo de la piel de esa especie de tambor tan distendido, y parecía que el cuerpo del hombre iba a reventar de un momento a otro. A los estudiantes que le acompañaban en sus visitas a los pacientes, ávidos por beneficiarse de sus enseñanzas, Hai les estaba explicando rápidamente:

–Esto es un clásico caso de ascitis, agua que se ha acumulado entre el peritoneo y los intestinos, a consecuencia de un tumor en estos últimos. Nuestra primera consideración debe ser tratar primero los síntomas más severos, es decir la ascitis. El caso es demasiado agudo para administrar diuréticos al paciente. No tenemos otra alternativa que perforar el abdomen a fin de evacuar el líquido y disminuir el peso que oprime todo el organismo del paciente. Ve a buscar a Abu Wafid –le dijo a uno de sus alumnos–. Tiene gran experiencia y pericia en esta técnica. Observadlo con atención mientras trabaja. Tenéis mucho que aprender de él.

Abu'l Kasim, que había estado esperando a que Hai terminara su explicación, se aproximó y lo apartó a un lado.

–Venía a discutir otro caso contigo, pero al escuchar tu diagnosis, no he podido evitar el interesarme en éste. ¿Qué opinarías si intentáramos una cura con el extracto de aloe?

–No creo que sea una buena idea. Su acción laxante en intestinos que están ya enfermos debilitaría todavía más al paciente.

–Pero por otra parte podría absorber algo de la vitalidad de la planta. Y si se fortaleciera un poco más, sería posible extirpar el tumor.

–Dudo que el aloe lo fortalezca lo suficiente para eso.

–Merece la pena intentarlo. Es la única esperanza que tenemos.

–En mi opinión, una esperanza vana.

Y así fue. Apenas el pobre hombre había descansado de la perforación de su abdomen, cuando sufrió un ataque de incontrolable diarrea en la cual empezaba ahora a aparecer una cantidad creciente de sangre. Como siempre, el diagnóstico de Hai había resultado ser correcto. La seria expresión en los rostros de ambos hombres al mirar al desventurado paciente era una silenciosa confirnación de su inminente e inevitable muerte.

Se volvieron y el cirujano volvió a hablar del caso que había dejado de lado. Se trataba de una prima suya, una viuda que le había dicho a su mujer, como quien no quiere la cosa, que se notaba un bulto en el pecho.

–Sospecho que es un caso como el de Stella y me gustaría que la trataras como la trataste a ella. ¿Estás dispuesto a verla?

–Me sorprende que tengas necesidad de preguntármelo –contestó Hai con un tono de cordial camaradería–. Pero ¿cómo la vas a persuadir de que me consulte a mí, en lugar de dirigirse a ti, que eres su pariente?

–Mi mujer se ocupará de eso.

Y así fue. Lo mismo que Stella, la prima de Abu'l Kasim se puso con total confianza en las expertas manos de Hai y accedió a que el cirujano llevara a cabo la extirpación que él recomendaba. Durante su convalecencia Hai la visitaba todos los días, y su mera presencia, su profunda humanidad, la calmaban, alentaban y tranquilizaban. También como Stella, tomó el amargo extracto de la manera que se lo hizo tomar Hai. Y, al menos por algún tiempo, ella también se vio libre de un destino del que no había tenido el menor presentimiento.

Conforme iban pasando los meses y con ellos los años, ambos, Hai y Abu'l Kasim empezaron, a considerar cautelosamente que la ininterrumpida buena salud de estas dos mujeres que ellos habían tratado era prueba de la eficacia del extracto en sus afecciones particulares. Pero eran incapaces de explicar por qué. Lo único que podían asumir razonablemente era que, como los tumores de las mujeres habían sido extirpados al principio, la vitalidad que el aloe de Ralambo les infundía constantemente era una ayuda para mantener a raya la corrosión. Pero ¿por cuánto tiempo, si es que lo lograba? La duda persistía.

Mientras tanto, las mujeres de Córdoba, fueran de origen aristocrático o humilde, seguían hablando de este asunto sin cesar. El nombre de Hai estaba en boca de todos: su amabilidad, su delicadeza, su compasión y su encanto. Curiosamente, la proporción de mujeres entre sus pacientes, muchas de las cuales le consultaban por las más mínimas razones, creció de manera significativa. A Hai no se le ocurrió pensar que venían exclusivamente por el placer de sentir el contacto de sus manos sobre sus senos; porque era eso, también, lo que las mujeres murmuraban entre ellas... Hasta que una pareja entró en su consulta del jueves, el marido con la cara enrojecida y una actitud grosera, su esposa escondiéndose detrás de él, Hai no se dio cuenta de la verdad.

–Las amigas de mi mujer la han excitado de tal manera –empezó a decir el hombre con un tono francamente hostil– que está convencida de que tiene un absceso duro en el pecho. Si hay alguien que deba tocarlo, ese alguien soy yo, su marido, y yo no he notado nada. Todo ello es un producto de su erótica imaginación, una excusa para sentir el contacto de tus manos sobre su piel, como todas las demás que han venido corriendo a tu consulta en busca de ese escandaloso placer. Pues bien, tengo la intención de poner fin a esta depravación. Examina a mi esposa, si crees que es necesario, pero en mi presencia y aclara de una vez para siempre esa confusión que tiene en la mente.

Temblando de apuro y vergüenza, la mujer se desabrochó la camisa, dejando apenas sitio para que Hai metiera la mano. Mientras palpaba sus pechos, largos y flácidos, con su marido examinando por encima del hombro, con ojos inquisitivos, cada uno de sus movimientos, ella mantenía los ojos apartados en actitud de modestia. Entonces, bruscamente, la expresión de Hai cambió. Volvió a poner la mano en una parte de uno de los pechos que había tocado ya, y aunque ejerció una mayor presión sobre él, la mujer no sintió ningún dolor. Mientras ella se ajustaba la ropa, Hai se volvió a su marido y dijo con firmeza:

–Tu esposa tenía razón. Hay un tumor de considerables dimensiones en el pecho izquierdo, que recomiendo que le sea extirpado lo antes posible.

–¡Tonterías! –contestó el marido despectivamente.

–Puedo asegurarte que no hay error.

–Es imposible. Lo habría notado.

–No necesariamente. Es bastante profundo.

–¿La has palpado a fondo? ¡No eres más que una criatura lasciva! No creo una palabra de todo esto. Pero aun suponiendo que tuvieras razón, si ha vivido con esto hasta ahora, puede seguir viviendo así.

–No sin las más graves consecuencias.

–¿Esperas en serio que yo pueda disfrutar de una mujer que tiene sólo un pecho?

–Es mejor una mujer con un solo pecho que ninguna mujer –respondió secamente Hai, horrorizado por la brutal falta de sensibilidad del marido.

–¿Qué quieres decir cuando dices «ninguna mujer»?

–En algunos casos, con tumores de este tipo, si se los descuida, pueden tener consecuencias desastrosas.

–Si Alá ha decretado que éste sea su destino, que así lo sea.

–Todo lo contrario. Alá la ha guiado hasta mí para que yo trate de ayudarla, como he hecho con otras mujeres en la misma situación.

–Alá no la habría guiado a un infiel depravado para salvarla. Vamos –le dijo a su mujer, haciéndole además de que le siguiera–. Salgamos lo antes posible de este antro de perdición.

Meses más tarde, Hai supo que, después de haber sufrido espantosos dolores en los huesos, la mujer empezó a toser y escupir sangre, para luego morir de una fiebre incontrolable. Sin embargo, Stella y la prima de Abu'l Kasim, que seguían tomando el extracto con regularidad, gozaban de buena salud...

¿Habría penetrado la corrosión ya demasiado profundamente en el organismo de la mujer, de manera que nada la podía haber salvado, o él y el cirujano podían haberla ayudado también? El dilema atormentaba sin cesar la agitada mente de Hai, quitándole el sueño y provocando en él una inquietud ajena a su plácida y tranquila naturaleza. Ni Dalitha con toda su dulzura, ni el pequeño y alegre Amram con sus precoces preguntas, podían hacer otra cosa que proporcionarle el más breve de los alivios.

XXXIII

Pasaron meses de incertidumbre hasta que, en una de las consultas de los jueves, apareció otra vez la princesa Subh. Ahora, como entonces, cuidadosamente disfrazada, pero esta vez iba acompañada de otra mujer ataviada de forma semejante. Hai se sintió profundamente incómodo al hacer entrar a ambas mujeres en el antiguo despacho de su padre. Era evidente que los grandes, si no los poderosos, estaban decididos a no dejarle en paz... La princesa presentó a su compañera como a la condesa Sabina, una tía suya del País Vasco, cuyos ilustres antepasados, le recordó de manera significativa, habían vencido a Carlomagno en Roncesvalles en el año 778. Aunque el rostro, delgado de por sí, de la condesa estaba demacrado y ceniciento, sus ojos rodeados de círculos negros y su esbelta figura descarnada, logró hacer acopio de energía para mantener el arrogante porte propio de su rango.

Con el sincero interés que le hacía tan popular entre todos sus pacientes, Hai escuchó atentamente mientras la condesa explicaba por qué había ido desde tan lejos para consultarle. Un dolor incesante en la parte superior del abdomen y de la espalda le habían impedido durante algún tiempo conciliar el sueño; había perdido el apetito y, al llegar a este punto, la princesa Subh miró a Hai con su expresión de permanente resentimiento, tenía una extraña dureza en uno de sus pechos. Una nubecilla de temor vidrió sus penetrantes ojos grises.

–Nuestro médico me ha dado poca esperanza, hablamos vagamente de una enfermedad maligna para la que no existe remedio.

–Fui yo quien insistió en que la condesa viniera a verte –interrumpió la princesa–. Las mujeres de Córdoba afirman que la droga maravillosa que mi pobre difunto marido te ayudó a traer de África cura malignidades como esta.

Al oír esto, el malestar de Hai se convirtió en temor. El rumor popular, o la imaginación o simplemente el deseo de hacerse ilusiones, inspirados por el dudoso, tal vez sólo temporal, éxito que había logrado con Stella y la prima de Abu'l Kasim, lo habían transformado en una especie de hombre milagroso investido de poderes que no poseía y que nunca había soñado en reivindicar. Una simple ojeada al cuerpo frágil y consumido de la noble vasca había sido suficiente para convencerle de que las probabilidades de salvarle la vida eran remotas. No se podía negar a tratarla, pero como era su sobrina quien le había hecho concebir esperanzas, era a ella, la madre del califa, a quien tendría que dar cuentas si el tratamiento fracasaba. La princesa Subh y su degenerado hijo podían muy bien haber sido privados del verdadero poder, pero poseían indudablemente aún los medios para arruinar su reputación, o para infligir un castigo más drástico sobre él... Era pues necesaria una explicación totalmente franca...

–Las mujeres de Córdoba me adjudican poderes que todos los médicos, desde la antigüedad, han deseado poseer, pero que desgraciadamente ni yo ni ningún otro miembro de la profesión hemos conseguido todavía. Hay muchos tipos de enfermedades malignas. Somos capaces de identificar algunas y de curarlas a veces mediante la extirpación si no han permanecido en el mismo lugar durante mucho tiempo, si el tumor no está situado cerca de ningún órgano vital y si el paciente es suficientemente fuerte para sobrevivir a la operación. La existencia de otras dolencias que su situación no nos permite ver, la podemos deducir por los síntomas que producen, pero para éstas tenemos poca esperanza de curación. De hecho, Hipócrates opinaba que algunas de ellas era mejor no tratarlas, porque la operación que las extirpaba era más peligrosa que el lento proceso de tales tumores. En ciertos casos, cuando se quita el tumor al principio, el extracto al que la princesa se ha referido puede ayudar a contener la propagación de la malignidad, aunque por cuánto tiempo, si es que es por algún tiempo, no lo sabemos todavía. Serán precisos muchos más días de experimentación y observación para comprobar su eficacia y determinar las condiciones en las que se puede esperar un resultado positivo. La medicina, distinguidas señoras, no es una ciencia exacta. Los fenómenos con que nos enfrentamos son tan variados como la propia raza humana. El tratamiento que puede sentarle bien a una persona puede ser ineficaz y hasta perjudicial para otra. Un médico debe hacer constantemente uso de su experiencia y de su innata intuición para juzgar qué remedio recetar en cada caso particular, y ajustarlo de acuerdo con la reacción de su paciente. De aquí que el extracto que hemos conseguido de África con la generosa ayuda del difunto marido de vuestra sobrina, el ilustre califa Alhákem, puede conseguir una curación en un caso, pero fracasar completamente en otro. No he tratado con él a un número suficiente de pacientes como para poder ofreceros a vos o a cualquier otra persona, un diagnóstico que merezca un pronóstico absoluto.

–No he traído a mi pobre tía enferma desde Bilbao hasta Córdoba para escuchar una disquisición –interrumpió la madre del califa–. Es una cura lo que buscamos, no un discurso.

–Junto con Abu'l Kasim, haré todo lo que esté en mi mano para ayudar a la condesa. Pero repito e insisto en que mi poder es limitado. El dolor de que se queja hace su caso más complejo que los otros que he tratado y no os puedo dar garantía de éxito. Teniendo esto en cuenta –continuó Hai gravemente y dirigiéndose ahora directamente a la condesa–, ¿estáis dispuesta a permitirme que lo intente?

–Me gusta tu franqueza, joven. Me confiere confianza. Y puesto que no existe otro remedio, sería una necedad el desdeñar éste, por muy experimental que sea.

–Os doy las gracias, condesa. Empecemos enseguida. Tomaréis primero una pequeña cantidad del extracto de aloe. Si no os sienta mal, aumentaremos la dosis para fortaleceros suficientemente a fin de soportar la operación que Abu'l Kasim realizará para extirpar la dureza en vuestro pecho. Después volveremos a considerar vuestra condición y decidir el curso que hemos de seguir.

Al levantarse las dos mujeres para irse, Hai estaba demasiado preocupado por la gravedad de la condición de la condesa como para darse cuenta de si la actitud de la princesa hacia él se había suavizado un poco.

El efecto del extracto en la salud de la condesa sobrepasó las expectativas de Hai. Recuperó su vigor con asombrosa rapidez, su apetito mejoró y su cutis perdió algo de su tono ceniciento. Lo único que persistía era el dolor en la espalda. Hai prescribió para esto una poción que contenía suficiente opio para calmar el dolor y permitirle dormir. Hai se dio cuenta enseguida de que era una mujer de implacable decisión y una voluntad de hierro. Cuando iba a verla se mantenía altiva y erguida bajo su mirada inquisitiva y nunca dejaba de preguntarle amablemente por él antes de hablar de sí misma. Raras veces se quejaba y en ningún momento dejó que su ánimo flaqueara o su esperanza se debilitara. Firmemente resuelta a hacer lo imposible para recuperar la salud, se ponía sin vacilación en manos de Abu'l Kasim, sorprendiendo al cirujano y al propio Hai con la rapidez con que se recuperó de la extirpación. Pero el constante dolor en la parte alta del abdomen y en la espalda persistían.

Hai visitaba a la condesa todas las tardes, entrando discretamente en el viejo palacio de Córdoba por la pequeña puerta lateral que daba directamente a la farmacia. Su presencia allí no causaba sorpresa porque iba regularmente, como en los tiempos de Alhákem, a comprobar la cantidad del Gran Antídoto que tenía el califa. Su paciente tomaba el extracto con regularidad y él continuaba administrando opio cuando era necesario para calmar el dolor y asegurarse de que dormía profundamente durante toda la noche. Si estaba descansada, tenía un aspecto asombrosamente bueno. Comía con gusto, sus hundidas mejillas se iban rellenando y su cuerpo parecía menos descarnado. Todo parecía realmente un milagro.

Los ojos de Sabina se iluminaban en el momento en que Hai entraba en la habitación. Lo llamaba su salvador, incapaz de encontrar palabras adecuadas para mostrarle su agradecimiento y alabarle. Cuando él le preguntaba sobre el dolor, ella desechaba la pregunta con altivez. «No es nada que no pueda soportar», solía responder, quitándole importancia a la molestia, en un esfuerzo para convencerse a sí misma y a los que estaban a su alrededor de que no le ocurría nada serio. Pero la conciencia profesional de Hai le advertía que debía atenuar su optimismo. Era demasiado pronto para asegurar una cura. El tumor que Abu'l Kasim extirpó había penetrado profundamente en su carne y el dolor constante que sentía se podía deber a la corrosión de una parte escondida, cuya extirpación sería demasiado arriesgada. Pero su profunda compasión por esta valerosa mujer lo refrenaba, lo mismo que le había impedido revelar a Stella y a la prima de Abu'l Kasim el alcance del peligro a que habían estado expuestas. Si sus esfuerzos conseguían para sus pacientes al menos un aplazamiento, que disfrutaran de cada momento en su plenitud, sin que un temor constante, indescriptible, se apoderara de su aliento, de todos sus gestos. Ya habría tiempo suficiente para el sufrimiento y el terror...

Estaba un día vigilando la obtención del jugo del aloe, alrededor del mediodía, cuando vio a un grupo de jinetes que se aproximaban a la casita, procedentes de Córdoba. Conforme se iban acercando, distinguió las figuras de dos mujeres en el centro del grupo, rodeadas por un séquito de guardias e innumerables acompañantes. Entró deprisa en la casa para lavarse y ponerse vestiduras limpias, ordenó a un criado que preparara refrescos para las distinguidas señoras que habían ido a verlo, y salió al umbral de su modesta vivienda para darles la bienvenida, a medida que ellas se iban bajando del caballo.

–He venido a decirte adiós. Salgo para Bilbao mañana por la mañana – anunció la condesa Sabina al entrar con paso firme en la casa.

Se sirvió generosamente de las frutas frescas, vino, nueces y dulces que se pusieron frente a ella, mientras Hai, cautelosamente, preguntó:

–¿Os sentís lo suficientemente fuerte para emprender este viaje?

–Gracias a ti, no me he encontrado tan bien desde hacía meses.

–Aun así, estimada condesa, es preferible que os quedéis aquí un poco más, para que pueda seguir vuestros progresos.

–Mi sensación de bienestar es suficiente progreso.

Hai dirigió una mirada de súplica a la princesa con la esperanza de que persuadiera a su tía, pero Subh mantuvo un silencio sepulcral. De hecho, había poco que ella pudiera hacer. Hai conocía lo suficientemente bien a su paciente para saber que, una vez que había tomado una decisión, nada podía apartarla de ella. Tampoco parecía justo el intentarlo.

–Como queráis, estimada señora. Si es vuestro deseo el volver a vuestro hogar y familia, no seré yo quien os detenga. Os proporcionaré suficiente cantidad del extracto para dos meses. Con adecuada antelación, bastante antes de que se haya terminado, enviad un par de mensajeros de confianza a los que entregaré una cantidad para otros dos meses. Conociéndoos, como he llegado a conoceros, no tengo la menor duda de que continuaréis tomando el polvo diariamente, conforme a las instrucciones.

–¿Durante cuánto tiempo?

–Toda vuestra vida.

–¿Toda mi vida? –repitió la condesa, horrorizada.

–Siento tener que decir que sí,

–¿Pero y si viajo lejos, o por cualquier razón se interrumpe el suministro del extracto?

–Os veréis obligada a limitar vuestros viajes a distancias razonablemente apartadas de Córdoba. Por mi parte garantizo que un amplio suministro del polvo estará siempre disponible para vuestros mensajeros. En cuanto al dolor que tenéis en la espalda, si aumenta, pedidle a vuestro médico que os prepare una poción de acuerdo con esta receta. –Hai escribió rápidamente una lista de ingredientes en una pequeña hoja de papel, que dobló, selló y se la entregó–. Si ocurre algo grave, hacedme llamar e iré a Bilbao yo mismo a ocuparme de vos.

Las dos damas nobles salieron poco tiempo después, dejando sobre el diván donde habían estado sentadas una bolsa de terciopelo generosamente repleta de denarios de oro.

Según lo acordado, dos mensajeros del País Vasco iban regularmente a la casa de campo cada dos meses, una vez, dos, tres. Los ojos de Hai resplandecían de satisfacción cada vez que veía las dos figuras cubiertas de polvo aproximarse a lo largo de la carretera norte-sur, porque su llegada significaba que todo seguía bien en relación con la noble condesa. Para tranquilizarle, ella mandaba siempre un mensaje con ellos. Una vez escribió acerca del inmenso placer que derivaba de sus paseos a caballo junto al río, otra vez de las deleitosas e inocentes horas que pasaba con sus nietos. Aquí describía las puestas de sol de tonos rojo y malva que inflamaban el estuario, allí el dulce y puro canto del pájaro que resonaba en sus oídos al caer el manto de la noche. ¡Qué ávidamente saboreaba cada momento, cada faceta de la vida, de su vida! Hai solía sonreír al leer las líneas de cuidadosa caligrafía.

Pero la cuarta vez que les tocaba ir a los mensajeros, éstos no aparecieron. Hai esperó una semana, después otra y su preocupación iba creciendo conforme pasaban los días. Cuando después de dos semanas seguía sin tener noticias de ellas, decidió llevar él en persona el extracto a Bilbao para asegurarse de que no se le había acabado el suministro a la condesa. Su mente estaba plagada de dudas y recelos durante todo el viaje. ¿Por qué no habrían llegado los mensajeros? ¿Habrían sido atacados por bandidos? ¿O habría perdido la condesa fe en su tratamiento? Lo más probable era que hubiera recaído y se hubiera sentido demasiado enferma para enviar a sus recaderos. Hasta era posible que hubiera muerto y que nadie se hubiera molestado en comunicárselo. Lo que le esperaba a su llegada a aquella lúgubre mansión de piedra era una trágica combinación de sus más graves temores.

Identificándose a sí mismo como el médico de la condesa Sabina, de Córdoba, se le llevó apresuradamente a sus aposentos. Estaba a punto de entrar en ellos, donde yacía la condesa, cuando el médico local, que protegía ansiosamente la entrada mientras se le estaba administrando la extremaunción, trató de prohibirle el acceso.

–¡Así que tú eres el famoso Hai Ibn Yatom! –dijo en tono de mofa, mirando al joven erudito vestido de ropas oscuras, con evidente desprecio–, ¡el que ha traído a nuestra amada condesa a esta triste situación, con ayuda de la que tú llamas droga maravillosa!

–Seré quien juzgue eso –replicó Hai, empujando para hacerse paso ante el enclenque médico, mientras el sacerdote salía de la alcoba, después de haber esparcido a su alrededor una nube de incienso, incapaz de disipar el fuerte olor enfermizo que emanaba del cuarto.

Apenas podía verse el rostro contraído de la condesa, debajo de las pieles que se habían amontonado en torno a ella en un desesperado intento para que dejara de tiritar. Sin embargo, ¡qué fría se encontraba! Suavemente, Hai se sentó sobre el lecho y puso una mano refrescante sobre la frente ardiente de la condesa. Aunque la fiebre velaba sus ojos, emanó de ellos un extraño resplandor de alegría cuando lo vio. En un lastimoso gesto de súplica –Hai no supo decir si era la vida o la muerte lo que deseaba para ella–, la condesa extendió sus descarnadas manos hacia él. Hai las cogió entre las suyas y una corriente de compasión pasó del alma de él a la suya,

–Gracias por haber venido –murmuró débilmente–. Tu presencia es un consuelo inestimable para mí.

Eso fue todo. Ni quejas, ni recriminaciones, ni exigencias. «¡Qué característico de su alma noble!», pensó Hai, mientras su mirada experta observaba el tono ictérico de su piel y el tinte amarillo en el blanco de sus ojos. No necesitaba saber nada más, ni que su orina era oscura, ni que sangre y fluidos negruzcos salían de ella. Todo el sistema vital de la pobre mujer se había corroído, como el dolor incesante en su espalda le hizo sospechar hacía tiempo. El cáncer debía haberse extendido desde el pecho, a través de todo el cuerpo, pudriendo y provocando la fiebre fatal. El proceso que él había tratado de detener lo había vencido. Y, sin embargo, pensó mientras sostenía entre las suyas las manos de su paciente, inertes y como de cera, apretándolas suavemente para darle ánimos, ¿no había ganado para ella unos meses más de vida, valiosos momentos de luz solar y de felicidad, arrebatados a las garras de la malevolencia de la naturaleza? Durante seis meses el extracto parecía haberle dado nueva vida. ¿Una victoria burlona en la eterna batalla contra la mortalidad? Tal vez, pero para la condesa y sus seres queridos, un don inestimable...

A petición de la moribunda, Hai permaneció a su lado, sólo, durante toda la noche. Le humedeció los labios secos y agrietados por la fiebre, le puso compresas refrescantes sobre la frente. En un último esfuerzo para aliviar sus sufrimientos, preparó una poción que esperaba que la calmara, pero cuando se la acercó a los labios, la rechazó, incapaz ya de tragarla.

De madrugada su pulso dejó de latir y el último y estridente aliento salió de sus labios.

En el momento en que Hai salió de la alcoba de Sabina, destrozado por el dolor y abatido por su derrota, el doctor local se abalanzó sobre él.

–¡Fue tu extracto de aloe lo que fatalmente la debilitó! –gritó con la agresividad del débil y del ignorante–. Sus efectos laxantes son bien conocidos. ¡Qué locura el administrárselo a una persona que sufría ya de constante diarrea!

–¿Severa o leve?

–Progresivamente severa.

–¿Cuándo se hizo evidente el deterioro?

–Hace unas tres semanas.

–¿Pero no antes?

Cogido *in fraganti* el médico vaciló. Fue la doncella personal de Sabina la que contestó entre sollozos:

–No, no antes.

–Entonces –se dio la vuelta, encolerizado, para mirar al hombre frente a frente–, no sólo impediste a la condesa que enviara mensajeros para recoger su suministro de los polvos. Le impediste también que me comunicara a mí el empeoramiento de su situación. No quiero decir con esto que en estas circunstancias tan graves yo podría haberla salvado. Ni mucho menos. Pero refuto con todo mi poder tu acusación de que el extracto la debilitaba. Todo lo contrario. Creo que debió los últimos meses de vitalidad de que disfrutó, en parte al menos, a las propiedades revitalizantes del aloe. Fue el cáncer, no el extracto, lo que la empeoró.

Hai había pensado en quedarse en Bilbao para asistir al funeral y presentar sus últimos respetos a una dama noble y valerosa, pero no vio razón para exacerbar con su presencia la hostilidad del médico local en el entierro. Así que se marchó para pasar desapercibido. Lágrimas de duelo oscurecían su visión al emprender el camino de regreso hacia Córdoba.

El temor se volvió a apoderar de él conforme se iba acercando a Córdoba. ¿Daría la princesa Subh crédito a las calumnias del doctor vasco cuando llegaran a sus oídos? Y si lo hacía, ¿qué sanción le administraría? ¿Llegaría hasta el punto de ordenar que se marchara de Córdoba, forzándole a abandonar la plantación de aloe que tanto trabajo le había costado llevar a buen término? ¿O, como una persona que había presenciado con sus propios ojos la mejoría que el extracto había producido en el estado de salud de su propia tía, desestimaría la acusación como el acto vengativo de un colega envidioso?

El incesante interrogatorio a que Hai se sometía en relación con la eficacia de su tratamiento en este caso o en aquél, su perpetua frustración ante su incapacidad de producir pruebas concretas e irrefutables de sus resultados, estaban exacerbados por su ansiedad acerca de la actitud que adoptaría la madre del califa. Todos los jueves escudriñaba a la multitud de pacientes que llenaban la casa de Córdoba, sin saber bien si era su presencia o su ausencia lo que deseaba. La manera furtiva y encubierta de obrar era tan endémica en la corte de los Omeyas, que Hai estaba constantemente en el *qui vive,* y cuando una semana le seguía a otra, llegó casi a desear que la princesa le afrontara abiertamente, antes que dejarle suspendido en un limbo de incertidumbre. Sólo a su madre, que se había vuelto súbitamente vieja y frágil, le confiaba sus inquietudes, pero ni siquiera sus palabras sabias y tranquilizadoras le servían de nada para calmarlas.

Fue de una manera totalmente inesperada, más dramática de lo que él habría podido prever, como Hai recuperó finalmente la paz de su espíritu.

XXXIV

La citación fue entregada por una delegación conjunta compuesta de dignatarios de la corte del califa y de la sede de Almanzor en Medina Azahira. Flanqueada por una formidable exhibición de espadachines a caballo, la delegación llegó un poco después de la salida del sol, en el mismo momento en que Hai estiraba sus miembros entumecidos para espabilarse, con el jugo de un melocotón, que había cogido de una cesta y mordisqueado, resbalándole por uno de sus brazos extendidos. El repiqueteo de los cascos de los caballos, el amenazador sonido metálico de armas que se acercaban a la casita de campo rompiendo la paz de las primeras horas de la mañana resucitaron en él la inquietud que había apaciguado gradualmente. A pesar de la suavidad del templado aire de la mañana de verano, sintió un ligero estremecimiento al ponerse su batín y prepararse para la inminente confrontación.

Los guardias esperaban fuera en actitud amenazadora mientras los cabecillas de la delegación entraban en la sencilla casa de campo de Hai. Tan apremiante era su misión que limitaron al mínimo sus fórmulas de cortesía y fueron inmediatamente al grano de su visita.

–Nuestro ilustre califa Hixem, Príncipe de los Creyentes, y su leal sirviente Almanzor te ordenan poner tu pericia médica al servicio exclusivo de la corte. Se ha declarado una epidemia de peste en Sevilla, procedente de los territorios del norte de África, según parece. Es muy posible que ya haya portadores de la enfermedad dentro de nuestras murallas. Nuestro ilustre y poderoso soberano no está dispuesto a aceptar tu obstinada negativa a ponerte a su servicio. Como súbdito leal y como el más erudito y famoso médico en todo al-Andalus, es tu deber sagrado el prestar servicio a la corte.

¿Qué corte?, se preguntó David al tiempo que el fantasma de su propia vulnerabilidad, esa misma sombra en la que Da'ud había caminado antes que él, alzaba su fatídica cabeza. ¿Cómo iba él, un judío solitario e indefenso, en un reino en el que el poder estaba flagrantemente dividido, a salir incólume de los tentáculos de este monstruo de dos cabezas. Su padre había sido lo suficientemente astuto para abrirse camino entre ellos. Pero no él.

–¿Dónde tiene nuestro glorioso soberano su residencia en este momento? –le preguntó al severo portavoz del grupo.

–En Medina Azara.

–¿Y Almanzor, su chambelán?

–Está en su camino de regreso de su campaña triunfal contra el condado de Barcelona. Hemos enviado mensajeros para instarle a que retrase su regreso hasta que haya pasado el peligro.

–La fortuna les ha sonreído a los grandes y poderosos del reino –murmuró solemnemente Hai, muy aliviado. Por el momento los dos hombres estaban relativamente bien protegidos, aislados de las masas que pululaban por la ciudad, entre las cuales la infección podría propagarse como fuego en seco helecho. Y con sólo el califa en los alrededores de Córdoba, su dilema era menos agudo.

–Cabalgaré inmediatamente a Medina Azara para asegurarme de que se han tomado todas las medidas posibles para proteger al califa y para impedir que la peste penetre en el recinto real. Inmediatamente después tomaré idénticas medidas en Medina Azahira. Es imprescindible que los dos complejos estén aislados de contacto alguno con la ciudad.

–Eso es factible –respondió uno de los dignatarios, después de unos instantes de reflexión–. Un amplio suministro de comida y bebida se mantiene siempre en reserva en ambos palacios para un caso de emergencia.

–Toda el agua, dentro y fuera de la ciudad, debe hervirse antes de beberla –Hai empezó a dar instrucciones–. Pero tened la bondad de excusarme ahora, caballeros. Debo ir deprisa al palacio del califa. No hay un momento que perder.

Los dignatarios se miraron unos a otros, estupefactos ante esta descortés despedida; pero atribuyéndola a la gravedad de la situación, decidieron no tenerla en cuenta y se dieron la vuelta para marcharse.

Pero no era la gravedad de la situación lo que había impelido a Hai a ofenderlos con la brusquedad de sus palabras. Era su vital necesidad de poner en orden la confusión de sus pensamientos. Ninguna medicina había demostrado ser eficaz contra la peste. ¿El extracto de Ralambo? Muy poco probable. Si los antiguos, que habían descubierto muchas de las propiedades que poseía el aloe, no la habían mencionado jamás como un remedio contra la peste, debía haber resultado ineficaz contra ella, en tanto que sus efectos laxantes serían sumamente perjudiciales. No era un brote de vitalidad lo que se necesitaba en este caso, sino algo más potente, algo que actuara como un antídoto contra la sepsis que la peste provocaba. Hurgando en su arcón en busca de una túnica oscura limpia, se quedó de inmóvil de repente, como traspuesto. Las palabras que su padre había pronunciado en su lecho de muerte le acudieron a la mente, resonándole en el cerebro. «De manera más bien impulsiva le aconsejé tomar una pequeña cantidad del Gran Antídoto como medida preventiva... la acción preventiva no se demostró... sin embargo, yo permanecí convencido... saca de esto la consecuencia que quieras.»

¿Qué era la plaga sino la difusión de alguna sustancia venenosa por todo el cuerpo? ¿Y qué era el Gran Antídoto sino el más potente antídoto contra cualquier veneno que conocía el hombre? El que su eficacia contra la plaga no hubiera sido documentada y transmitida, junto con el resto de los conocimientos médicos de los pueblos antiguos, pudiera muy bien ser debido a que algunos ingredientes eran raros, otros difíciles de obtener, otros costosos en extremo. Ahora, como entonces, sería imposible suministrar un antídoto así para toda la población de una región gravemente afectada por la peste. Pero sí se podía administrar a un grupo pequeño y aislado de gente. Como su propio padre había razonado antes que él, no podía ciertamente hacer ningún daño.

Cogiendo la primera vestidura que tuvo a mano, Hai se la puso, y se la fue abrochando apresuradamente en su camino hacia el dispensario donde guardaba sus drogas, hierbas, especies y minerales terapéuticos. Echando una rápida ojeada a los metódicamente ordenados tarros, colocados en los estantes, cada uno de ellos con su correspondiente etiqueta, calculó que, junto con la cantidad del Gran Antídoto conservada permanentemente en el viejo palacio, podría preparar una cantidad suficiente para las familias cercanas a las dos cabezas del califato, además de para la suya. ¿Y qué se haría entonces de los harenes reales, los visires, los capitanes de los ejércitos del califa? Para ellos no tendría otra opción que preparar el antídoto de las cuatro especies –mirra, semilla de laurel, aristoloquia y genciana–, de las cuales tenía cantidades abundantes. Amasadas hasta formar un polvo medicinal, con miel licuada, la combinación de las cuatro fue el primer remedio preparado por los antiguos contra todo tipo de veneno. Conservaría aparte su pequeña reserva de bezoar para el caso de que surgiera alguna emergencia imprevista. No podía hacer más que eso.

Pero, ¿debía hacerlo? Al hacer concebir esperanzas de protección contra la temible peste, se estaba tendiendo, una vez más, una trampa a sí mismo, precisamente como había hecho con el extracto de Ralambo. Si tenía éxito, su fama se proclamaría por todos los confines de la tierra; si fracasaba, las consecuencias serían fatídicas. No había tiempo para vacilar. Pero había sólo una decisión que él, Hai Ibn Yatom, podía tomar. Su búsqueda incesante, su irresistible deseo de desterrar los males que plagaban a la humanidad, le empujaban incesantemente a intentar, intentar... Pacientemente, explicaría a los poderosos, a los hombres influyentes que siempre había rehuido, que por improbable que fuera la oportunidad de éxito, siempre sería mejor que ninguna oportunidad en absoluto.

Dalitha se acercaba corriendo a su lado, y su palidez hacía evidente su ansiedad.

–¿Qué significaba una delegación tan importante, tan amenazadora llegando a su casa a una hora tan inoportuna? –preguntó, con su voz ronca, quebrada por la inquietud. Al mismo tiempo que medía los cuarenta y dos ingredientes de que estaba compuesto el Gran Antídoto, Hai se lo explicó rápidamente, pero no mencionó que el brote de la epidemia tuvo lugar en Sevilla, para evitarle la preocupación adicional al pensar en Amira y su familia. A continuación le confió las últimas fases en la preparación del valioso antídoto para el cual su acopio de componentes había sido suficiente.

–Cuando esté listo –le dio instrucciones–, debes tomar una dosis preventiva del tamaño de una nuez y darle un poco menos a Amram.

–¿Y Sari y tú?

–Ella y yo tomaremos nuestra ración del suministro del palacio en Córdoba. El resto se lo entregaré al califa en Medina Azara, tan pronto como haya arreglado las cosas para que madre sea transportada allí. De ninguna manera debe quedarse en el corazón de la ciudad.

–¿Y para quién es esta ración que está aquí?

–Para Almanzor, si vuelve, y los miembros de su familia más allegada.

Al oír esto Dalitha se estremeció. Con su profundo conocimiento del corazón humano, Hai interpretó su reacción, la miró con una expresión de tristeza y, poniéndole un brazo protector alrededor de los hombros, dijo:

–Sé que es injusto. ¿Por qué ellos en lugar de Stella, la fiel niñera de Amram, o Yahya, el leal criado de la familia? Bien sabes los esfuerzos que he hecho para evitar ser atrapado por las redes de la vida de la corte, pero esta vez no me queda opción.

–¿Y si este experimento con los antídotos fracasara?

–Estaré expuesto al mismísimo peligro que si hubiera desobedecido las órdenes del califa o, peor aún, si él sucumbiera a la enfermedad de la peste. Haga lo que haga, o deje lo que deje de hacer, estaré expuesto a las acusaciones de negligencia de mi deber, si algo funesto le ocurriera. Siguiendo la intuición de mi padre sobre la acción profiláctica del Gran Antídoto, intuición que considero razonable, tal vez consiga un indulto, no sólo para el califa, sino también para la humanidad. Tengo que intentarlo, Dalitha, tengo que intentarlo.

Indefensa ante la fuerza avasalladora que lo arrastraba, Dalitha no tuvo más remedio que asentir.

Hai encontró al califa, relajado, como de costumbre, entre sus cojines. Una joven, apenas núbil, estaba medio reclinada, medio sentada, a la cabecera de su diván, frotándole su estrecha frente sudorosa, mientras que un adolescente, de aspecto asombrosamente parecido, estaba echado a su lado, con una de las manos escondida debajo de las suntuosas vestiduras de su soberano. Un mirada más detenida confirmó la primera impresión de Hai: las dos jóvenes criaturas, seducidas y corrompidas a lo largo de su vulnerable sendero desde la infancia hasta la adolescencia, eran gemelas y sus suaves y parcialmente formados cuerpos un manjar exquisito e inusitado con el cual el califa intentaba satisfacer su ya hastiado apetito sexual. Enfrentado con esta repulsiva escena, un nuevo dilema surgió en la angustiada mente de Hai. La cantidad del Gran Antídoto disponible para la familia del califa era limitada, suficiente para su madre, la princesa Subh, el propio califa y quienquiera que disfrutara ahora de su favor. Hixem no había tenido aún hijos, pero Hai no tenía la menor idea de cuántas otras desventuradas criaturas, como los gemelos, eran objeto de sus deseos. ¿A quién le correspondería la fatídica misión de seleccionar el puñado de seres privilegiados destinados a ser incluidos en el círculo íntimo del califa? Con un gesto lánguido, Hixem le indicó que se podía sentar.

–Así que, Abu Amram, te has dignado al fin venir a cuidar de mí –dijo con una voz que, aunque por razón de su edad debía tener la fuerza y el vigor de la juventud, sonaba débil y fatigada–. No he pegado un ojo en toda la noche desde que oí que teníamos la plaga entre nosotros –prosiguió con un temblor histérico–. Estoy aterrado, absolutamente aterrado de sucumbir a ella. Tú eres el único que puedes salvarme –dijo con un tono medio suplicante, medio quejumbroso, mientras se arrebujaba entre sus cojines.

–No se conoce un remedio contra la peste –empezó a decir Hai, cautelosamente–, pero tienes una buena oportunidad de librarte de ella si permaneces aquí en Medina Azara, aislado de la ciudad. No se debe permitir que entre en el recinto del palacio ni alimento ni bebida y se deben dar instrucciones de que la cantidad de alimento de emergencia dentro de él sea equitativamente distribuida, de manera que un mínimo de sustento esté a la disposición de todos los que moran aquí hasta que pase el peligro. Lo más importante de todo es que se hierva hasta la más mínima gota de agua antes de beberla.

–Explícale todo eso a Yunus –suspiró el califa con voz cansina–. Estoy demasiado fatigado para preocuparme de todos esos detalles.

–Finalmente –continuó Hai, sin hacer caso de la criminal indiferencia del califa frente al destino de aquellos que estaban a su servicio–, debes dar órdenes estrictas de que no se permita que nadie de fuera entre en el palacio.

–Excepto tú –interrumpió Hixem–. Pero ¿cómo puedo estar seguro de que no traerás la infección contigo? Por Alá, estoy pensando en retenerte aquí, por si te necesito.

–Con todos mis respetos, ¡oh Príncipe de los Creyentes!, mis deberes como médico de la corte incluyen la asistencia médica a tu chambelán y su séquito en Medina Azahira.

–Mi chambelán, siempre mi chambelán, invalidándome –gimoteó el joven y depravado soberano–. Pero te prohíbo, bajo pena de muerte, entrar en la ciudad de Córdoba bajo ningún pretexto. Puedo necesitarte en cualquier momento y quiero que tengas buena salud. Aunque no sé bien por qué –dijo, cambiando caprichosamente la dirección de la conversación–. Me defraudas. Esperaba más de ti. Supónte que caigo víctima de la peste. ¿Qué puedes hacer por mí con todo tu gran conocimiento y experiencia?

–Como ya he insinuado, muy poco. Puedo solamente impediros que la cojáis, recomendándoos las precauciones necesarias.

–No creo en su eficacia –dijo Hixem, enfurruñado.

–Puede haber otra manera –se aventuró a decir Hai, frotándose sus manos largas y delgadas, mientras medía sus palabras–. Los hombres de la antigüedad daban mucho valor al Gran Antídoto contra todo tipo de veneno. Y en mi opinión, la plaga es también una forma de veneno. Si tomaras una pequeña cantidad del Gran Antídoto como medida preventiva, antes de ser contaminado, hay posibilidad de que esto pudiera salvarte.

–¡Posibilidad, posibilidad! –gruñó el califa–. ¿Qué tipo de posibilidad?

–Una vaga posibilidad, pero mejor que ninguna en absoluto.

Los ojos de Hixem pestañearon ligeramente con lo que pudiera ser un destello de esperanza, pero se volvieron oscuros y amenazadores un instante después.

–¿Y cómo sé yo si mis enemigos no te han sobornado para que mezcles veneno en tu remedio? ¿Hay manera más conveniente de deshacerte de mí que atribuir mi muerte al brote de la plaga?

Controlando su enojo ante semejante ultraje a su integridad profesional, Hai se irguió y replicó con absoluta calma:

–Hay veces, ¡oh Príncipe de los Creyentes!, en que un hombre debe depositar su confianza en aquéllos a quienes llama para que le presten ayuda.

–La experiencia me ha enseñado a no confiar en nadie –murmuró el califa, y sus labios gruesos y húmedos se curvaron con la malevolencia de los hombres débiles.

–En ese caso, siento no poder serviros de ayuda.

Y al decir esto, Hai hizo un movimiento para levantarse y despedirse.

–¡No, no! ¡Espera! No te he despedido todavía. Supónte que tomo el Gran Antídoto como un profiláctico. ¿Me puede hacer algún daño?

–Ninguno en absoluto.

El califa examinó entonces a Hai con ojos inexpresivos y lánguidos, como si estuviera tratando de evaluar su lealtad.

–¿Ofreceríais la misma protección al hombre que gobierna el reino en mi nombre?

–Es por orden suya, como lo es por la tuya, por lo que estoy aquí.

–Es verdad, es verdad –murmuró el califa, deseando la muerte de Almanzor, pero sabiendo que no era capaz de mantener su reino sin él...

–Muy bien. Te ordeno que nos administres el Gran Antídoto a mí, a mi familia y a todos los que están dentro del recinto del palacio.

–Eso está más allá de mis posibilidades. La extrema escasez de algunos ingredientes del antídoto me imposibilita la preparación de una cantidad tan grande en un espacio de tiempo tan corto. En este momento hay suficiente cantidad disponible para vos y vuestra familia inmediata. Para mañana el antídoto de las cuatro especias, que es en sí un antídoto de considerable poder, estará listo para ser administrado a los otros miembros de la corte.

–¡Mi familia y yo! –contestó sarcásticamente el califa–. No te burles de mí. Además de mi madre, yo considero mi familia a un grupo de jóvenes deleitosos, como estos encantadores gemelos, a los cuales me siento sentimentalmente vinculado. –Bajando la voz hasta convertirla en un susurro, levantó una mano para acariciar los desnudos senos adolescentes de la muchacha y se inclinó a continuación para besar la suave frente de su hermano gemelo–. Sin ellos, mi vida pierde su deleite. Te ordeno que des las instrucciones pertinentes para asegurarte de que el Gran Antídoto se administra a todos los que amo.

En este momento crucial en la vida de Hai, un instinto profundamente enraizado –valiosa herencia que le había dejado su padre, como pensó después– se encendió como un faro que le sirvió de guía.

–El frasco que he traído de la farmacia del palacio de Córdoba contiene todo el suministro del Gran Antídoto disponible ahora. La dosis por persona es igual al tamaño de una nuez. Os encomiendo, ¡oh Príncipe de los Creyentes!, gobernante supremo de nuestro glorioso califato, decidir, haciendo uso de vuestra gran sabiduría, a quién se le debe administrar.

Colocando el preciado frasco sobre la mesa dorada que estaba al lado del califa, Hai se levantó y pidió permiso para retirarse, antes de que el desventurado Hixem hubiera comprendido el alcance de la responsabilidad que Hai había hecho recaer en sus hombros.

XXXV

Cuando Hai llegó a los alrededores de Córdoba, el espacio entre las murallas de la ciudad y las colinas del norte parecía un hormiguero. Columnas de seres humanos, frenéticos y desesperados, que habían oído el rumor de la epidemia antes de que se cerraran las puertas de la ciudad, corrían de un lado para otro en busca de un refugio temporal fuera de la ciudad hasta que el peligro de contagio hubiera desaparecido. Mezcladas con ellos estaban las multitudes que entraban todos los días en la ciudad para ocuparse de sus negocios: aquella mañana habían encontrado las puertas cerradas y los cerrojos echados para impedir su entrada. Al contemplar el espectáculo que se ofrecía ante sus ojos, Hai se sintió presa de sentimientos encontrados: por una parte, un enorme alivio al pensar que se habían tomado a tiempo las precauciones necesarias, lo que aseguró que los palacios permanecieran intactos, libres del peligro de contagio; por otra, frustración de que, al serle prohibida a él la entrada a la ciudad, no podría ayudar a los colegas de su hospital en su lucha por aliviar los sufrimientos de las desdichadas víctimas de la plaga.

No se detuvo en la casa de campo. Después de asegurarse de que Sari estaba bien, cogió el Gran Antídoto que Dalitha había terminado de preparar, sacó, en un impulso repentino, una mínima cantidad del frasco, y emprendió el galope a Medina Azahira para entregarle el antídoto a 'Abd al-Kalik, el hijo primogénito del regente. Como había hecho con el califa, dejó la elección de aquéllos a quienes se le iba a administrar al propio heredero de Almanzor. Eran las primeras horas de la tarde cuando regresó a casa. Con la ayuda de Dalitha, compuso el antídoto de las cuatro especias, y después de hacer una corta visita a Sari, una vez más, se echó en el lecho, exhausto, y se sumió en un sopor profundo pero sin sueños.

Fue Dalitha quien, unas horas más tarde, le zarandeó vigorosamente hasta que Hai se movió.

–Creo que alguien está llamando a la puerta –le dijo.

Hai se tiró de la cama de un salto y escuchó atentamente. No había duda. Una llamada con los nudillos, débil e irregular, se podía oír claramente en el silencio de la noche. Se precipitó hacia la puerta y, al abrirla, un hombre viejo, aturdido y febril, cayó en sus brazos como si estuviera sumido en un sopor etílico. Hai lo levantó, lo echó en el diván y, al acercar una vela a su rostro, reconoció a Yahya, el antiguo criado de la casa de Córdoba. Sostuvo un vaso de agua junto a los labios temblorosos del anciano y a continuación le examinó las ingles y los sobacos por si veía en ellos señales de los temidos bubones. Hasta entonces no había ninguna. Pero había aún una posibilidad... Sin dudarlo un momento, se dirigió al dispensario sobre cuyas inmaculadas paredes blancas la luna había proyectado las sombras deformadas de sus vasijas redondas y frascos de cuello largo. Con mano firme midió la dosis del Gran Antídoto que había extraído del frasco entregado al hijo de Almanzor, volvió a la casita y la vertió casi a la fuerza en la garganta del hombre postrado y tembloroso, junto con una copa de vino.

–Intenta tragártela –le instó Hai–. No la vomites.

Y, milagrosamente, Yahya no la vomitó. Hai permaneció sentado junto a su paciente durante el resto de la noche, humedeciendo sus labios secos y agrietados con un pedazo de algodón empapado en agua, refrescando su frente que ardía de fiebre, murmurando palabras de aliento, creyendo firmemente que viviría. De madrugada y antes de cabalgar a los palacios con el antídoto de las cuatro especias, le dio a Yahya otra dosis del Gran Antídoto y, como había hecho antes, un trago tras otro de vino. Aunque el hombre seguía delirando, su condición no había empeorado. Durante tres días y tres noches consecutivos, Hai repitió el tratamiento, hasta que, poco a poco, le fue bajando la fiebre. Al amanecer el cuarto día, Yahya estaba tranquilo y, aunque débil, era capaz de hablar un poco.

A las preguntas de Hai de cómo había llegado a la casa, replicó que, cuando regresó del mercado y vio que Sari se había ido, huyó de la ciudad con todos los que habían oído el rumor de una epidemia, y logró escaparse a tiempo. Fue en el curso de aquel día cuando notó los primeros síntomas de fiebre. Seguro de que en la casa de campo le socorrerían, sacó fuerzas de flaqueza y se encaminó allí.

–¡Alabado sea Dios, joven maestro!, eres tú quien me ha salvado la vida –murmuró entre lágrimas, agarrando, agradecido, las manos de Hai.

Durante los tres días críticos de la infección de Yahya, Hai había mantenido a su madre bajo estricta vigilancia, pero al no haberse manifestado ningún indicio de una fiebre incipiente y estando Yahya algo mejor, relajó su vigilancia y empezó a considerar los fenómenos de que acababa de ser testigo. Era bien sabido que Yahya disfrutaba de una resistencia física poco corriente, pero sobrevivir a un brote de la plaga a una edad tan avanzada parecía casi milagroso. Igualmente increíble era el hecho de que Sari, que había comido platos preparados por su criado, no hubiera contraído la enfermedad. Se podía, por supuesto, atribuir todo eso a la suerte. En todas las epidemias había siempre algunos supervivientes. ¿Por qué no iban a haber figurado Sari y Yayah entre ellos? Pero esto no era lo que creía Hai... Estaba convencido de que la intuición de Da'ud y la suya propia habían resultado correctas, pero no podía alegar que el Gran Antídoto fuera eficaz contra la plaga basándose en un único ejemplo de lo que él consideraba una cura, como en el caso de Yahya, y un ejemplo satisfactorio de lo que él consideraba un tratamiento profiláctico, como en el de Sari. A pesar de todo su conocimiento, experiencia y capacidad de deducción, no podía adelantar una prueba irrefutable de su convicción, como no podía tampoco afirmar categóricamente que en ciertos casos el extracto de Ralambo podía prolongar las vidas de aquellas personas afectadas por formas específicas de enfermedades malignas.

La epidemia resultó ser de proporciones moderadas. Pasó con bastante rapidez y no se dio parte de ninguna muerte entre los habitantes de ninguno de los dos palacios reales. En este caso era también imposible saber si fue su aislamiento o la administración de los antídotos como medidas preventivas, lo que los había salvado. Algunos lo atribuían a una de las dos cosas, otros a la otra; otros invocaban a Alá y al destino que Él les había asignado, otros tenían tendencia a creer en una combinación de lo humano y lo divino. Pero creyeran en lo que creyeran, hubo pocos que no depositaran en Hai cierta confianza por haberles salvado la vida.

Por consiguiente, nadie en el reino, de este palacio o del otro, desde los más poderosos hasta los más humildes, osaba proferir una palabra en su contra. Gracias a su obstinada perseverancia en la búsqueda de remedios para las enfermedades humanas, había conseguido el derecho a continuar, sin que nadie se lo impidiera, su retirada vida dedicada a la cura y a la investigación.

Pero su paz iba a ser alterada una vez más. Cuando la vida en Sevilla volvió a la normalidad y se reanudó el contacto con el puerto de Córdoba, el rabino jefe de Sevilla le llevó la noticia que temía. Amira y toda su familia habían perecido en la plaga.

Era como si se hubiera extinguido toda la luz en la casita de campo. Una oscura capa de silencio cayó sobre ella y cada miembro de la familia reaccionó a la tragedia de una manera distinta. Hai se entregó a un ataque de ira, porque sabía que si su hermana y su familia hubieran estado a su lado, probablemente los habría salvado a todos. La rabia de Sari estaba dirigida contra la Divina Justicia, y sollozaba sin cesar. ¿Por qué a ella, que había ya vivido su vida, ella para quien el mundo había perdido todo su sabor, se la había salvado, mientras que se había permitido que toda una joven familia pereciera? Dalitha, destrozada, se encerró en sí misma y su ira se dirigió contra Dios. Anonadada con un dolor silencioso, se sumergió en sus traducciones, intentando desesperadamente borrar la tragedia de su mente. Tan plenamente se enclaustró en lo más hondo de su ser que Hai tuvo que sacudirla, físicamente, para asegurarse de que entendía lo que le estaba diciendo cuando le comunicó su decisión: en adelante, Sari viviría permanentemente con ellos en el campo.

Era una decisión en la que había estado pensando hacía mucho tiempo. Cuando su madre salió de sus alrededores habituales, dando un paso vacilante desde el umbrío interior de la casa de Córdoba hasta el espacio luminoso, ligero y abierto de la residencia de su hijo en el campo, se reveló de manera patente el alcance de su fragilidad. Hai se dio cuenta bruscamente de lo vacilantes que se habían hecho sus movimientos, nebulosa su visión, temblorosa su voz. Y ahora este golpe final. Hai temía que, a no ser que estuviera rodeada constantemente por el amoroso cuidado de su familia, no sería capaz de vivir mucho tiempo más.

Sari aceptó la decisión sin vacilar. Pasada la primera impresión por la muerte de Amira, dejó que el resto de sus días transcurrieran con la serena melancolía de la resignación, ya dormitando a la luz del sol para calentar sus frágiles huesos, ya acariciando suavemente la cabeza de su nieto para calmar su agitación, ya escuchando pacientemente a su hijo cuando iba a compartir con ella las dudas, las vacilaciones, las frustraciones que le asaltaban en sus incesantes esfuerzos para demostrar la validez de sus suposiciones. Era la infinita variedad de la especie humana lo que le desconcertaba, solía decir una y otra vez, porque en el número de casos que había tratado con el extracto de Ralambo, no podía alegar que las circunstancias de las vidas de sus pacientes fueran comparables, y todos los demás factores iguales.

–¿Por qué tiene un hombre un deseo tan intenso de vivir que ese mismo deseo le confiere la fuerza para luchar por lograr esa supervivencia, mientras que otro se deja dominar por la desesperación y no es capaz de luchar contra la muerte? ¿Y qué decimos de la edad y de las condiciones materiales de la existencia: unos seres privilegiados y bien alimentados, que residen en buenas casas, rodeados de cuidados, mientras que otros, pobres y desnutridos, viven en lugares míseros e insalubres?

¿Por qué hay algunos rodeados de amor, y otros a los que no se les muestra más que indiferencia? Mi entendimiento no alcanza a comprender y mucho menos a medir la influencia de todas estas circunstancias en mis pacientes, aunque estoy convencido de que todos desempeñan un papel al decidir si van a vivir o a morir.

–Te exiges demasiado, hijo mío –solía responder Sari con un suspiro de desesperación–. Has salvado ya a tantos y llevado consuelo y resignación a tantos otros, que deberías sentirte satisfecho.

–Nunca lo estaré. La confianza ciega que la gente deposita en mí, me aterra. Día tras día soy testigo de lo inútil de mis esfuerzos para luchar contra las fuerzas que despliegan su poder frente a mí. Sólo yo sé cuántos pacientes no he logrado curar, y sus tumbas son un testimonio silencioso de mi incapacidad para vencer la indiscriminada crueldad de la naturaleza contra el hombre, así como una acusación, hecha piedra, de mi pretensión de hacerlo. Cuanta más experiencia adquiero, tanto mayor es mi consternación al presenciar el caos de la creación. No hay criatura más maravillosa que el ser humano, una forma tan intrincadamente y, al mismo tiempo, tan perfectamente formada que sólo puede haber sido concebida y ordenada por un espíritu divino. ¿Por qué, entonces, el sublime poder que la creó permitió que surgiera el desorden y alterara la perfección de sus funciones? ¿Con qué intención introdujo el Omnipotente el sufrimiento humano en el esquema de lo que Él mismo había organizado? He visto bastante de todo esto para saber que no hay justicia en la administración de enfermedades y dolencias, ni distinción entre lo justo y digno y lo malvado, lo honesto y lo depravado. Si se puede crear una cosa tan perfecta, ¿por qué se creó al mismo tiempo la imperfección para destruirla?

–Calla, hijo mío –dijo Sari en un susurro, poniendo su mano, ya translúcida y de venas finas y azuladas, sobre la de su hijo para calmar su atribulado espíritu–. Durante años he oído a tu padre, descanse su alma en paz, meditar sobre los mismos dilemas, discutiéndolos con filósofos y eruditos de todas las ideas y creencias. Pero ni el más sabio de ellos podía aventurar una explicación satisfactoria. Perplejo, renunció a la búsqueda y se contentó con aliviar, cuando podía hacerlo, los males que surgían en la creación de Dios.

–¿Frustrando sus designios insondables?

–No, hijo mío. Haciendo uso de la habilidad que Dios le había concedido para mitigar los sufrimientos de su prójimo.

– Pero, ¿por qué se debía haber permitido la existencia de tal sufrimiento? –insistía obstinadamente Hai–. ¿Por qué algunos no los padecían y se les permitía morir apaciblemente en sus lechos, mientras otros se veían forzados a soportar una carga intolerable de sufrimiento y morir en la agonía?

–No tengo respuesta para tu pregunta. Soy ya una anciana y he aprendido a aceptar lo inevitable en lugar de rebelarme contra ello. Hombres y mujeres más sabios que yo han tratado de comprender lo que ahora te tortura y tampoco lo han logrado. ¿Por qué voy entonces a conseguirlo? Lo único que pido es salir de esta vida con la misma paz con la que Dios me ha concedido vivir en ella.

Y así fue. Al despertarse Hai una mañana, entró en el cuarto de su madre y vio que ésta se había ido serenamente a disfrutar de su eterno descanso, con una apacible expresión reflejada en su rostro.

XXXVI

Algo vital se quebró dentro de Hai después de la muerte de su madre. Su vibrante sensibilidad, esa rara cualidad que hizo de él el gran médico que fue, lo convirtió en un ser tan emocionalmente frágil, que no era capaz de aceptar la pérdida de aquéllos a quienes más había amado. Era como si se hubiera desgarrado una parte de su ser, dejando una herida abierta para la cual no había remedio. En su infinito dolor fue a Dalitha a quien se dirigió en busca de consuelo, y su necesidad era tan apremiante que la obligó a salir de su propio dolor, un dolor no expresado. Igual que Hai había socorrido a otros, dándoles con prodigalidad hasta agotar sus propios recursos internos, ella tenía que socorrerle a él.

Su tristeza los unió más. Durante algún tiempo Dalitha pensó que su marido era una vez más enteramente suyo, que no lo tenía que compartir con los otros muchos cuyo bienestar se había convertido en su principal preocupación. Su vuelta a ella, su implícita seguridad en que ella le ayudaría a recuperar su estabilidad emocional, Dalitha las atribuía a una cierta compensación por la pérdida de la mujer que ambos habían amado. Pero no la cegó. Aunque su acercamiento había llevado una nueva dimensión a su amor, tenía que ser, inevitablemente, de corta duración. Conforme iba disminuyendo el dolor de su desconsuelo inicial, la obsesión de Hai por encontrar la panacea para curar los sufrimientos del hombre lo volvería a absorber, y ella sería relegada a segundo término en la escala de sus prioridades. Una vez más, se resignaría sin quejarse; porque a pesar de todo el amor que los había unido desde su infancia, Dalitha se había dado cuenta hacía tiempo de que era impotente para desviar a su marido del sendero a lo largo del cual le empujaban sus extraordinarias cualidades.

Un año después de la muerte de Sari nació Natán, el segundo hijo de Dalitha y Hai. Fue sólo entonces, en los amorosos cuidados prodigados a esta vida nueva y tierna, cuando Hai encontró un bálsamo para curar su alma dolorida.

A Amram no le gustó desde el primer momento aquella criatura arrugada que berreaba sin cesar y que usurpó su sitio como el eje alrededor del cual giraba la casa. Aunque se daban cuenta de la manera en que había reaccionado, ni Hai ni Dalitha podían compensarle por la atención a que tenía derecho su hermano pequeño. Con el paso del tiempo su resentimiento se hizo más profundo, y siguió consumiéndolo durante muchos años.

Conforme los niños iban creciendo, aumentaba también el asombro de sus padres ante la enorme disparidad de sus caracteres. Mientras que Natán parecía haber heredado la sensibilidad y suavidad de su padre, Amram era tan distinto a los dos que había veces en que apenas podían reconocerlo como a su hijo. Poco después del nacimiento de Natán empezó a presentar síntomas de una agresividad que desentonaba con la atmósfera pacífica que reinaba en casa de Hai. Solía aislarse durante horas y horas, totalmente absorto en batallas libradas entre ejércitos opuestos de soldados de plomo en miniatura, y sus gritos estentóreos, al enfrentar un ejército contra el otro, resonaban por la casa de campo exacerbando los nervios de los pacientes de Hai que esperaban a pasar a su consulta. Intrigado por los colores chillones de los soldados de juguete, Natán se aproximaba tímidamente a su hermano, ávido por participar en los juegos bélicos; pero Amram lo empujaba bruscamente, excluyéndolo de los triunfos de sus ruidosas campañas militares. Alicaído, Natán volvía a donde estaba su madre y se agarraba a sus rodillas para ocultar su desilusión. Con el corazón lleno de compasión por él, Dalitha interrumpía su versión hebrea del último tratado de Abu'l Kasim y sentaba al niño en las rodillas para consolarlo.

Aunque Amram resultó ser un estudiante tan brillante como la precocidad de su infancia había pronosticado, mostró poca aptitud para la práctica de la medicina, con no poca desilusión de su padre, cuyas esperanzas se vieron defraudadas. Adolescente inquieto, inició pronto la costumbre de ausentarse de casa más a menudo y durante periodos más largos de los que Hai consideraba justificados. Cuando se le preguntaba dónde había estado, solía contestar que estudiando poesía árabe con amigos musulmanes en Córdoba. Pero eso era verdad solamente en parte. La realidad era que pasaba mucho de su tiempo vagabundeando por las calles y mercados de la bulliciosa ciudad, con los oídos bien abiertos a lo que se decía a su alrededor.

Al volver de sus merodeos por la ciudad, las conversaciones que mantenía con su padre eran de un tenor sin precedentes entre las tranquilas paredes de la casita de campo. ¿Por qué, preguntaba apremiantemente Amram, había dado su padre, deliberadamente, la espalda a la corte, donde se hallaba la sede del auténtico poder? Y, si por elección propia había rechazado el poder y la influencia política, ¿por qué permaneció también indiferente a la riqueza material, la única otra forma de poder que podía servirle de defensa? ¿Por qué rehusaba cualquier forma de pago de la mayoría de sus pacientes, y aceptaba sólo honorarios simbólicos de personas que podían pagarle? Serena y pacientemente, Hai explicaba a su rebelde hijo que había presenciado demasiados sufrimientos para apreciar el valor ilusorio de las riquezas del mundo. Todos los hombres eran iguales frente a la enfermedad, le decía una y otra vez, y sus fortunas ni les servían de nada ni los podían consolar. Por ello él, Hai, no tenía derecho a explotar sus sufrimientos en provecho propio. El ver a sus pacientes levantarse de sus lechos de enfermo y reanudar una vida normal tenía más valor para él que una docena de cofres llenos de oro.

¿Y qué decir de la situación de su madre en todo esto?, Amram se sentía a menudo tentado de preguntarle, agresivamente, a su padre, al igual que su abuela Djamila se había atrevido a desafiar a Da'ud el día de la circuncisión de Hai. Con el paso de los años, Amram había visto a su padre sumergirse tan profundamente en sus observaciones e investigaciones, que parecía haberse olvidado de la presencia de Dalitha. ¿Qué derecho tenía él de dejar que esa desmedida ambición de sobrepasar los límites del conocimiento humano, le cegara a las necesidades de aquellos seres más queridos y allegados? ¿No merecían ellos también la ternura que prodigaba a sus pacientes? Su madre había mantenido valerosamente su actitud de respeto y admiración por él, sin dejar salir de sus labios la más leve expresión de protesta. Se había refugiado simplemente en sus traducciones, pero el descuido en que la tenía provocó la tristeza en sus profundos ojos oscuros y su envejecimiento prematuro. Amram estaba deseando ver si era capaz de hacerse valer y exigir de Hai una muestra del amor que ella bien se merecía, una señal de agradecimiento por su incondicional entrega a su marido. Pero ni siquiera Amram se atrevía a introducirse en un terreno tan delicado, como no se atrevió jamás el propio Hai a inmiscuirse en la intimidad de su madre para interrogarla acerca de las circunstancias de su nacimiento. Las desagradables conversaciones entre padre e hijo dejaban a aquél profundamente melancólico y a Amram lleno de amargo resentimiento por la entrega de su padre a la ciencia y práctica de la medicina, con exclusión de todo lo demás. De todo lo que había oído y asimilado durante sus correrías por las calles de Córdoba, era evidente que el califato de Córdoba, con todo su poder y magnificencia, sólo podría sobrevivir mientras estuviera sentado en su trono un gobernante poderoso a quien nadie se atreviera a desafiar. Se desintegraría totalmente con la más ligera grieta en su cuerpo gubernativo, y los elementos de que estaba compuesto se lanzarían a una lucha feroz para tratar de apoderarse de un fragmento de ese poder y detentarlo ellos mismos.

¿Qué tenían en común, solía interrumpir Amram a su padre, pidiéndole explicaciones, los mercenarios beréberes sedientos de sangre que Almanzor había traído del norte de África para reforzar su ejército, hombres que ejercían el poder militar, con los eslavos del este de Europa, antiguos esclavos que habían ascendido hasta ocupar las filas de la administración y que, como tales, ejercían el poder de manera distinta? ¿Y con qué ojos se imaginaba Hai que los nativos andaluces veían a estos dos grupos extraños que se habían establecido en su tierra y vivido de ella? Cuando llegara el momento oportuno, las tres fuerzas librarían una batalla sin cuartel por conseguir una parte de los vastos territorios que habían explotado los Omeyas, pero que eran entonces incompetentes para gobernar. Sin influencia en la corte, ni fortuna con la que comprar protección, ¿cómo pensaba Hai defenderse en los difíciles tiempos que le esperaban?

–A los médicos se los busca más que nunca en tiempos así. Es su protección lo que los protege –era la invariable respuesta de Hai.

–No tengo estómago ni para la sangre ni para las fístulas. Tendré que buscar otra manera de asegurarme mi futuro.

–Cada hombre debe seguir sus inclinaciones naturales –solía murmurar Hai–, pero sea cual sea el camino que elijas, hijo mío, camina en él con modestia. Ese es el precio de nuestra supervivencia.

Abrumado por el peso de su dolor ante la rebeldía de su hijo, Hai se volvía entonces a su otro hijo, el suave y afectuoso Natán, que, al menos así le parecía a él, estaba destinado a seguir sus pasos.

Almanzor murió como había vivido. Expiró cuando regresaba de una victoria más sobre sus vasallos cristianos, una campaña precedida por el simbólico saqueo de Santiago de Compostela, el santuario sagrado de los cristianos. Cuando llegó a Córdoba la noticia de su muerte, Amram anunció su decisión de dejar la casa de su padre. Aunque profundamente entristecido, Hai estaba convencido de que, como hijo pródigo, su primogénito volvería a él. Amram sabía que no.

Como gesto de despedida, Hai le pasó a Amram la composición exacta del Gran Antídoto, junto con su consejo de que lo administrara como protección contra la plaga: «Este conocimiento, hijo mío, puede a fin de cuentas ser tu mejor defensa».

Aunque Amram estaba tan separado de su hermano como lo había estado siempre, Natán no pudo contener las lágrimas al verle marchar.

Ataviado con la acostumbrada y característica túnica oscura de la familia Ibn Yatom, Amram ben Hai ben Da'ud ibn Yatom recorrió las provincias de al-Andalus, desde Sevilla en el oeste, a Granada en el este, observando y absorbiendo, escuchando y aprendiendo. Por doquiera que iba se volvían las cabezas y se levantaban las miradas con expresión inquisitiva al paso de este desconocido, alto y bien plantado, cuyos movimientos, los de su abuela Djamila, eran sueltos y fáciles y cuyos ojos azules contrastaban marcadamente con su cutis oscuro. Pero eran su refinada dicción y su elegante forma de hablar las que le ganaban la admiración de todos los que le conocían, e inspiraban confianza en los que hacían uso de sus talentos. Unas veces actuaba como intermediario en transacciones de negocios entre judíos y musulmanes, con la diplomacia que había adquirido en el curso de sus correrías juveniles por los atestados mercados de su ciudad natal. Otras ponía sus conocimientos literarios al servicio de este principillo beréber iletrado o aquel esclavo eslavo manumitido, hombres que, por la fuerza de las armas, habían forjado sus propios dominios independientes de los fragmentos de un califato hecho astillas.

Precisamente como había previsto, el glorioso reino heredado por el impotente Hixem II se había desintegrado después de la prematura muerte de 'Abd al-Malik, el hábil hijo y heredero de Almanzor. Cuenta el rumor que el *hachib* fue envenenado por su hermano menor, comúnmente conocido por Sanchol que asumió pronto su papel. Joven vanidoso, arrogante, aficionado al placer, hijo de una princesa cristiana de Navarra, Sancho manifestó evidente desprecio por las costumbres musulmanas, como para arrojar sus orígenes cristianos a la cara de sus descontentos súbditos, víctimas de abusivos impuestos. Pero su última locura fue forzar al desventurado Hixem II a que lo nombrara heredero a su título de califa. Furiosos, los ciudadanos de Córdoba se sublevaron, y hundieron el califato en una vorágine de caos de la cual no iba a emerger nunca, quedando sus vastos territorios como presa de todo el que pudiera empuñar la espada o el estoque.

Apartando momentáneamente la mente de la turbulencia de los tiempos, Amram se recreaba en una cálida sensación de euforia mientras se paseaba por la orilla del mar, más allá de las macizas murallas de Málaga, cuyas torrecillas, en forma de media luna, colgaban suspendidas sobre la costa. El mar estaba en calma y el centelleo del sol sobre su superficie actuaba en complicidad con la euforia de su propio espíritu. Acababa de completar un trato fabuloso entre un vendedor nubio que ofrecía un deslumbrante despliegue de piedras preciosas sin tallar, y Joseph ibn Aukal, el joyero más famoso de todo al-Andalus. Como muchos otros judíos, había encontrado refugio del generalizado caos en el puerto tranquilo que Málaga continuaba siendo, ejerciendo su oficio y acumulando una gran fortuna, sin que nadie le interceptara el camino. ¡Qué ingeniosa, se decía Amram, sonriendo, mientras contemplaba cómo la luz del sol jugueteaba ligeramente con el rizado oleaje del mar, qué ingeniosa la manera en que él había procurado que el propio sol cerrara el trato a su favor! Porque al volcar las joyas desde la ancha palma sudorosa de la mano del nubio hasta su propia mano fina y delgada –la mano de Sari, la mano de Hai– habían salido de las húmedas sombras del *bedestan* a la clara e intensa luz del día, inclinando la palma de su mano hasta que el sol arrancó brillantes destellos a los ardientes rubíes y al oscuro verdor de las esmeraldas. En un abrir y cerrar de ojos Joseph ibn Aukal se había imaginado el bello aspecto de las monturas de oro y aljófares en las que colocaría las joyas para exhibirlas de manera que resultaran lo más atractivas posibles. Su único deseo era que sirvieran de adorno a una mujer cuya belleza superara a la de ellas. Tan contento se sintió el nubio por haber vendido todo lo que tenía a un solo comprador, tan ensimismado estuvo el joyero en la contemplación de la perfección de las piedras preciosas, que ambos habían accedido a pagar la exorbitante comisión que Amram pidió, pero que nunca esperó obtener.

Con una suma así, bien guardada en el bolsillo, podía pensar en comprarse una casa, tal vez al pie del Faro de Djabal, rodeada de cipreses, cerca de las murallas del castillo. Se inclinó distraídamente para coger una concha de forma oval, cuyos delicados dibujos habían atraído su mirada: desde el centro, rayas en que alternaban los colores marrón, beige y blanco, con sus matices armoniosamente mezclados, salían como radios hasta el borde, con un ritmo y una proporción cuya perfección no podría haber sido creada por la mano del hombre. Ésta era la perfección de la creación que nunca había dejado de sorprender a su padre, recordaba Amram con la ternura que la distancia prestaba a sus recuerdos de Hai. Si tal perfección era de este mundo, ¿qué contribuyó a estropearla? ¿Se había cansado o aburrido Dios de su creación? ¿O había encontrado un caprichoso tipo de placer en la aberración, el desorden y el sufrimiento humano? Si era así, ¿cómo adorarlo como un ser sabio, misericordioso y omnipotente, un ser consciente del bienestar del ser humano? Frustrado, como Da'ud y Hai, y todos los filósofos que lo precedieron, Amram volvió a dejar la concha en la playa, renunció a su inútil interrogatorio y volvió a la mundana cuestión de comprarse una casa.

Debería tener un pórtico, con esbeltos arcos de herradura a través de los cuales contemplaría el panorama, en constante cambio, del cielo y del mar. La idea le agradaba. En Málaga la seguridad estaba garantizada porque el gobernador eslavo de la ciudad, esclavo manumitido de uno de los cortesanos de Alhákem, había establecido un pacto con los jefes beréberes itinerantes que garantizaba que no tocarían sus dominios. Indudablemente los beréberes habían concluido tal pacto por pura necesidad: un enclave pacífico donde se comerciara sin interrupción era vital, si sus hombres podían estar seguros de tener un suministro regular de alimento, armas y municiones, para montar sus ataques contra los vestigios del califato.

Una casa, tal vez una esposa, continuó Amram soñando despierto, en su camino de regreso a la ciudad, con la sólida fortaleza de torres cuadradas que la amparaba desde la cima de la colina del Faro Djabal, proyectando su sombra protectora sobre las viviendas que yacían amontonadas unas sobre otras, dentro de las murallas en la llanura de abajo. El rítmico chapoteo del mar, el perfume de la madreselva y el jazmín que llegaban hasta él desde los cercanos jardines del palacio, le arrullaban sumiéndolo en una rara euforia.

Por consiguiente, quedó enormemente sorprendido cuando vio a Joseph ibn Aukal que iba corriendo hacia él a lo largo del sendero arenoso entre las murallas de la ciudad y el mar, sujetándose con las manos su impecable túnica blanca alrededor de los tobillos para poder moverse más deprisa.

–¡Un gran desastre ha asolado tu gran ciudad de Córdoba! –gritó tan pronto como llegó a una distancia desde donde se le podía oír. Sacando una carta de uno de los bolsillos de su *gellebiah,* la agitó en el aire con ademanes de loco, mientras continuaba, casi sin aliento–. Los rumores que han recorrido todos los rincones del *bedestan* estos últimos días no son nada comparados con la realidad que uno de mis clientes me ha descrito en esta aterradora carta. No sólo el implacable asedio que los beréberes pusieron a la ciudad logró, al privar de alimento a sus habitantes, obligarlos a rendirse, a pesar de sus valerosas declaraciones de que estaban dispuestos a morir antes de caer en manos de los beréberes, sino que, al entrar en la ciudad, esos bárbaros perpetraron una matanza indescriptible. Niños de pecho asesinados en los brazos de sus madres y venerables teólogos que jamás en su vida habían empuñado un arma, apuñalados por la espalda al entrar en sus casas de estudio, y la sangre que rezumaba de sus heridas tiñó de color rojizo sus cabellos blancos. Y si se sabía que una mujer poseía una fortuna, se la colgaba de los pechos hasta que confesaba dónde estaba el dinero. En cuanto al botín, lo dejo a tu imaginación. Una vez que todos los objetos de valor se habían sacado de las casas de los ricos, se incendiaron villas y jardines. Lo único que queda de las bellas residencias en los alrededores de la ciudad, por el sector occidental, es un desierto humeante donde los chacales aúllan a la luna en mitad de la noche.

Amram palideció.

–¿Dónde puedo encontrar el caballo más rápido de Málaga? –exclamó, agarrando con todas sus fuerzas el brazo del mercader.

–Déjalo en mis manos.

Amram recorrió el viaje de cuatro días de Málaga a Córdoba en menos de tres. Sin detenerse, cabalgó por el levemente ondulado paisaje, ciego a su belleza de un color verde suave, con su tierna película primaveral salpicada de frágiles flores multicolores que el despiadado calor del verano no había marchitado aún. En su amargura, Amram habría considerado probablemente toda esa belleza como una cínica ilusión: la belleza de la naturaleza como la máscara del arte para ocultar su crueldad...

El hijo primogénito y rebelde de Hai ibn Yatom nunca había deseado más fervientemente que se confirmara la verdad de los argumentos de su padre. Sólo deseaba una cosa: encontrar a Hai y a su hermano Natán, por muy extenuados que estuvieran, prodigando sus cuidados a los heridos de Córdoba en la casita de campo que había sido su hogar, con el ejercicio de su profesión al servicio de la protección de la familia... Si hubiera creído aún en el Dios de sus antepasados, habría rezado, pero el brutal salvajismo de las hordas beréberes –ellas también creación de Dios– había destruido para siempre su fe en la existencia de un ser más elevado. Y si este Ser fuera el misericordioso y omnipotente Ser en que los hombres querían, y necesitaban, creer, ¿cómo podía permitir que se perpetraran tales horrores contra inocentes seres humanos? Pero, si no existía, ¿a quién o a qué podía acudir el hombre ordinario cuando se le negaba cualquier tipo de socorro? En la mente lúcida y perspicaz de Amram, la fe ciega y la desesperación abismal se alzaban una frente a otra. Ninguna de las dos ofrecía una solución. ¿Qué hacer, entonces? ¿Sólo una despiadada lucha para sobrevivir, cada hombre consigo mismo, de acuerdo con las implacables leyes de la naturaleza, donde no había templo ni sacerdote por cuya mediación suplicar misericordia de éste o aquel Dios Todopoderoso?

Era casi mediodía cuando Amram divisó la casa. El espectáculo de los buitres, trazando círculos y bajando en picado, el hedor de carne humana en descomposición que le entraba por las aietas de la nariz, conforme Amram se iba acercando, extinguieron la débil esperanza que había albergado durante su viaje. Y, sin embargo, al entrar en la casa, se fue inclinando para dar la vuelta a las docenas de cadáveres mutilados que encontró tirados en el suelo, razonando contra toda razón que, si no encontraba a su padre, a Natán y a su madre entre ellos, tal vez se les hubiera otorgado cierta protección... Pero conforme se abría paso entre los muertos, sabía que no había podido ser así. Hai ibn Yatom no habría abandonado a los heridos que habían ido a él cojeando y arrastrándose en busca de ayuda, y Dalitha, por su parte, no habría abandonado nunca a Hai. Por la postura en que finalmente los encontró, era evidente que su padre había sido asesinado cuando estaba de rodillas atendiendo a un paciente, cuyo cuerpo estaba cubierto de cuchilladas. Él mismo había sido atravesado por detrás con una espada que, esperaba Amram, le habría quitado la vida en el acto. Había caído al suelo de lado y su cuerpo se había quedado rígido, adquiriendo la patética curvatura de un feto. A Dalitha la habrían arrojado también al suelo, cuando se dirigía a ayudarle. Imposible saber cuántos brutos la habían violado antes de estrangularla...

Ciego, dando traspiés, pasó por los otros cadáveres y salió tambaleándose de la casa. Anonadado por el dolor y el horror, con las náuseas incontrolables que le producía el fétido olor de la hecatombe que le rodeaba, las arcadas se apoderaron de él y vomitó hasta que no le quedó nada dentro. Entonces, enjugándose el sudor frío de la frente y controlando el temblor de su cuerpo, miró a su alrededor en busca de un lugar adecuado para enterrar a sus padres. Mirara donde mirara, sus ojos tropezaban con absoluta desolación. El jardín alrededor de la casa, que había sido la escena de tanta vida, amor y risas, se había convertido en un páramo; a la huerta le habían quitado todo lo que podía servir de alimento, a los árboles frutales les habían amputado las ramas y habían arrancado los tiernos pámpanos de las vides en una incontrolable locura de destrucción. En cuanto a la plantación del aloe, se había hecho cargo de ella la espada haciendo pedazos las hojas anchas y carnosas, pedazos que habían sido abandonados al pie de los desnudos tallos de las plantas para que se pudrieran allí. Permaneció de pie, atónito por el insensible salvajismo de los hombres de las tribus beréberes, cuando oyó unos pasos vacilantes que se acercaban a él desde la casa. Otro paciente desesperado, pensó al darse la vuelta, de cara a la casa. Tardó un momento en darse cuenta de que la figura espectral que se dirigía, tambaleándose, hacia él, era la de su hermano.

Sin decir una palabra, Amram puso su brazo vigoroso y protector alrededor de los hombros de Natán y juntos se dirigieron con paso inseguro hacia la casucha del jardinero al final de la plantación de aloe. Allí, sobre un montón de sacos viejos, se sentaron. Amram le dio a Natán lo que le quedaba de agua en su cantimplora y el resto de las provisiones que había traído con él desde Málaga. Entonces se sentaron en silencio, esperando pacientemente que Natán tuviera fuerzas para hablar.

Natán, con los hombros encorvados, se apretó uno de los dedos pulgares contra la sien y se pasó los dedos de un lado a otro por los ojos, como para olvidar las imágenes que danzaban ante ellos. Pero de nada le sirvió. Al fin, murmuró:

–Fue una carnicería increíble. Al principio nos dejaron aquí en paz, aunque adivinábamos las atrocidades que se estaban cometiendo, al oír los aullidos de dolor y terror que nos traía la brisa y al ver el reflejo de las llamas que se elevaban hasta el cielo, dejando una cortina de humo, posada como una pesada mortaja negra sobre el cadáver de la ciudad. Los heridos huyeron hacia nosotros, tanto beréberes como cordobeses y trabajamos de día y de noche para cuidar de todos los que pudimos atender. Pero entonces, cuando no quedaba nadie por matar en la ciudad, irrumpieron aquí como un torrente, sedientos aún de más sangre. Remataron a los que estaban heridos sin discriminación alguna, sin tener en cuenta si eran sus propios soldados o los hambrientos defensores de nuestra amada ciudad. –Natán hizo entonces una pausa y tragó saliva antes de continuar.

–Cuando vieron a padre, lanzaron a gritos violentas acusaciones contra él de que había tratado y atendido al enemigo y lo mataron en el mismo sitio donde estaba arrodillado, aliviando la agonía de un hombre agonizante de origen desconocido. Lo que le hicieron a madre, delante de mis propios ojos... –y en este momentó se le quebró la voz en un temblor–. No puedo encontrar palabras para describir el horror de todo aquello.

–¿Y tú?

–A mí me perdonaron la vida con la condición de que volviera a la ciudad con ellos y cuidara de uno de sus cabecillas sobre el que había caído una viga ardiendo de una casa en llamas. La casa... –Natán rompió a llorar una vez más, sacudido por sollozos tan intensos que las lágrimas no podían brotar para aliviar su angustia–. La casa –dijo finalmente tartamudeando– era la nuestra. Cuando les dije que el herido no estaría en condiciones de sentarse en una montura durante uno o dos días, mis «captores» se impacientaron y se fueron galopando en busca de otras víctimas. Fue su ansia de sangre lo que me salvó.

Petrificados de horror, los dos hermanos se pusieron de pie, unidos en su tragedia, como no lo habían estado en los días de su infancia. Juntos, cogieron las azadas que yacían abandonadas en el cobertizo y fueron a cavar una fosa doble al pie de los cipreses que señalaban los límites de las tierras de Ibn Yatom. Amortajaron los cuerpos lo mejor que pudieron y los unieron con el chal que usaba su padre para la oración y que encontraron intacto en un pequeño arcón que se les había pasado por alto, milagrosamente, a los saqueadores. Juntos cogieron los cuerpos, los llevaron a la tumba y los tendieron, tiernamente, en la tierra que acababan de remover. Sólo entonces brotaron las lágrimas de los ojos de Natán. Apoyó la cabeza en el vigoroso hombro de su hermano y sollozó hasta que no pudo más.

–¿Y ahora? –dijo Amram al fin–. ¿Qué hacemos ahora?

–En lo que a mí respecta, no hay duda alguna –contestó Natán–. Mi lugar está aquí, mi tarea es reconstruir, volver a plantar, reponer y restaurar las ruinas de lo que ha sido siempre nuestra casa. No queda una sola droga en el dispensario. Vaciaron y rompieron todos los tarros y frascos. Pero hay algo aún más importante: debo continuar los estudios científicos de nuestro padre donde él los dejó o, mejor dicho, intentar, dentro de mis limitadas posibilidades, volver a emprender el camino que él recorrió con gran dificultad.

–¿Por qué? ¿Volver a emprenderlo?

–Porque, querido hermano, las meticulosas anotaciones que hizo de sus observaciones ardieron junto con la casa de Córdoba donde las guardaba; un desastre menor en nuestras presentes circunstancias, una gran pérdida desde un punto de vista más general. ¿Y tú? –le preguntó a su hermano con seriedad.

–No lo sé todavía. No lo sé. Lo único que quiero es poder, poder para protegerme a mí mismo y a todos los que me son queridos. Donde se encuentre el poder, allí lo buscaré y me quedaré con un fragmento de él.

–Pero, ¿dónde se halla el poder? Ayer con los eslavos que gobernaban Córdoba en nombre del califa, hoy con los beréberes, mañana con los árabes, establecidos ya hace mucho tiempo, y tal vez los musulmanes andaluces de Sevilla. La dinastía de los abaditas, cuya fama va creciendo, no se va a quedar ahí sentada sin hacer nada y observando cómo los cabecillas beréberes devoran los restos del califato.

–Ahí está mi dilema.

Era un dilema que Amram no tuvo ocasión de resolver. La mañana siguiente, cuando los dos hermanos iban recorriendo el campo en busca de alimento, los adelantó a lo largo del camino el cabecilla beréber cuyas heridas había tratado Natán.

–Así que nos volvemos a encontrar, muchacho. Y, ¿quién es éste? –preguntó con un tono suspicaz, señalando a Amram con un leve movimiento de cabeza.

–Mi hermano –replicó Natán, apenas capaz de ocultar su terror. El beréber entornó los ojos con mirada amenazadora y con una mano sobre su daga, mientras buscaba un parecido familiar que confirmara las palabras de Natán. Más que sus rasgos físicos era el inconfundible aire de distinción que compartían, lo que finalmente lo convenció–. ¿Es un médico tan hábil como tú?

–No –replicó Amram, en lugar de dejar a Natán que lo hiciera él–. Soy sólo un humilde comerciante.

–No obstante, sabes cómo hablar bien.

–Lo mismo que mi hermano, he recibido la mejor formación intelectual en las grandes academias de Córdoba.

–Es evidente. Y puesto que eres hermano del hombre que me ha salvado, sería impropio de mi honor el hacerte daño. Por Alá, estoy pensando en llevarte a Granada conmigo, donde el jefe de mi tribu Sinhaja es gobernante supremo. Un judío de tu educación sin ambiciones territoriales para su pueblo podría ser de un valor inestimable para nosotros. Vamos, cabalguemos juntos.

XXXVII

Para cuando las blancas cumbres de Sierra Nevada habían aparecido en el horizonte, absurdo telón de fondo para las suavemente onduladas extensiones de olivares de color verde grisáceo y viñas llenas de hojas que se extendían a uno y otro lado, Amram se había dado cuenta, con una perspicacia tan aguda como era posible en estos tiempos tan agitados, de lo que su salvador-captor quería de él. Abu Ali Hamid ibn Abi era, según se hizo pronto aparente, el principal recaudador de impuestos del príncipe beréber de Granada, Zawa ibn Ziri. Vástago de la casa real de Túnez, Ibn Ziri había venido primero a España a la cabeza de un grupo de miembros de una tribu Sinhaja para servir como mercenarios en el ejército de Almanzor, pero cuando la estructura del califato de los Omeyas se vino abajo, no se demoró en aprovecharse del torbellino consecuente. Mientras que las guerreras tropas beréberes mantenían implacable presión sobre la ciudad de Córdoba y un efímero califa sucedía a un califa marioneta en el trono, Zawa ibn Ziri logró establecer su autoridad sobre el anárquico principado de Granada. Sin embargo, a pesar de este considerable logro, no manifestó deseos de echar raíces en una tierra que no era la suya. Lo que deseaba era poder en Túnez.

–Cuando llegue el momento, nuestro gobernante volverá a su país nativo –le confió Abu-Ali a su compañero cautivo–. Debemos prepararnos para ese día. De todos los príncipes en el séquito de Zawa ibn Ziri, es su sobrino, Habbus ibn Maksan, el más adecuado para gobernar. Es un fiero guerrero, es ambicioso y salta si se le provoca. Quiere dar una apariencia de orden a la administración de Granada y está deseando conquistar los territorios vecinos para asegurar y aumentar sus propios dominios. Pero su meta definitiva es forjar una fuerza militar capaz de desafiar el creciente poder de los abaditas en Sevilla.

–No necesito explicar a un hombre de tu inteligencia, que es el dinero, y en gran cantidad, la llave que abre la puerta a todos estos planes ambiciosos. Para conseguirlo, hemos de establecer un sistema eficaz de recaudación de impuestos. No es suficiente que todos los habitantes de nuestro territorio paguen lo que les corresponde. Tenemos que asegurarnos de que el dinero recaudado se guarde en *nuestras* arcas y no en las de los contratados, mediante el pago de una cantidad, para que las recauden. Estos rapaces estafadores extraen enormes cantidades de dinero de los acaudalados comerciantes de la ciudad, a punta de daga si es necesario, pero entregan al tesoro solamente una fracción de lo que recaudan. No es preciso decir que son demasiado indolentes para cabalgar por el campo e imponer impuestos a los habitantes de los distritos circundantes. Ésta, joven amigo, es la tarea que te quiero confiar –concluyó Abu Ali, con un tono que no admitía discusión.

Los dos hombres estaban ahora aproximándose a las murallas de torres cuadradas de la ciudad beréber. Al llegar a la puerta occidental se despidieron. El visir, en medio de un torbellino de tierra rojiza, hizo que su caballo se volviera en dirección al palacio real en las altas laderas del Albaicín, mientras que Amram continuó su camino hacia el sur, cruzando el río Darro y pasando por los terrenos agrestes y abiertos que llevaban al barrio judío.

Ojos oscuros, curiosos y vagamente suspicaces siguieron al extranjero al darse éste la vuelta para entrar en la estrecha calle principal del barrio. Sin hacerles ningún caso, siguió cabalgando despacio, observando atentamente los talleres esparcidos sin orden ni concierto y las oscuras tiendecitas donde orfebres y plateros, comerciantes en seda y guarnicioneros, y artesanos de artículos de cuero que proporcionaban a los soldados escudos y cascos, se dedicaban activamente a su oficio. Al ver a Amram, los judíos de Granada se sentían vagamente incómodos. Había algo en su figura, erguida y vigorosa, en el aire de controlado poder y firme resolución que emanaba de él, que los llenaba de una incómoda combinación de temor y respeto.

Después de recorrer la calle a caballo, Amram se dio la vuelta y se bajó del caballo, junto a la que parecía ser la joyería más grande de ella. Al entrar, se presentó avalándose con la recomendación del famoso joyero de Málaga Joseph ibn Aukal, y preguntó si alquilaban alguna casa en el barrio. Tan elegante era su acento, tan apuesta su figura que el comerciante, inclinado casi hasta el suelo en un estado de verdadera agitación, le dijo que sí, que por supuesto. ¡Qué suerte habían tenido los dos! Su padre había muerto hacía poco tiempo y él se había llevado a su madre a vivir con él. Así que la que había sido casa de sus padres estaba a su disposición. Sería un honor para él enseñársela al estimado caballero, y tenerlo como inquilino. Incluiría al criado de la casa gratuitamente añadió, de manera obsequiosa, pero no carente de malicia.

Un buen principio, pensó Amram mientras seguía la ágil figura de Ibrahim a la luz del día. Era verdad que el principado beréber era todavía un pequeño dominio, pero si las predicciones de Abu Ali tenían fundamento, y él tendía a darles crédito, Granada estaba destinada a ser grande, y él al mismo tiempo que ella.

Era ya bien entrada la tarde cuando el cachazudo criado que había heredado logró tener preparada una sencilla comida y desterrar de la modesta vivienda el olor a humedad y la atmósfera de abandono asociada a la vejez que se había infiltrado en sus paredes. Sólo entonces, cuando todo estaba limpio y tranquilo a su alrededor, pudo reflexionar sobre el destino de la familia de Ibn Yatom. Ya antes del saqueo de Córdoba la fortuna acumulada por su abuelo Da'ud había disminuido considerablemente: indiferente a los bienes materiales, su padre había hecho liberal uso de ella para asegurarse de que su familia viviera cómodamente y que sus hijos fueran educados por los más importantes eruditos de Córdoba. Los beréberes habían echado mano a lo que quedaba, saqueando y destruyendo tanto la casa de campo como la gran casa en la ciudad, antes de arrasarlas. Como jefe ahora de la familia, habían caído dos obligaciones sobre sus hombros. La primera era restablecer la fortuna familiar, como previsión contra la turbulencia de los tiempos. En cuanto a la segunda, había empezado a pensar en ella en Málaga, pero ahora que la tragedia había caído sobre la familia, cobró mayor importancia y urgencia. Le había llegado la hora de encontrar una esposa y asegurar la continuidad de la familia que Da'ud y Hai habían elevado a gran honor y distinción. Si la fortuna le sonreía aquí, en Granada, ambos objetivos estarían pronto a su alcance....

Conforme iba atardeciendo, toda la fatiga ocasionada por las fuertes impresiones, las tragedias y las tensiones de los últimos días cayó sobre él como un peso muerto. Ordenó a su criado que le preparara la cama, y se acostó tan pronto como se hizo de noche. Pero no se podía dormir. La visión de los cuerpos asesinados de sus padres se presentaba una y otra vez ante sus ojos y no desaparecía. Incapaz de disipar las fantasmales apariciones, decidió levantarse, encendió una vela y anduvo de un lado a otro de la desconocida casa, tocando distraídamente una abollada copa de metal, por aquí, cambiando un cojín de sitio, por allí, abriendo una ventana desencajada y contemplando la noche, mientras que sus pensamientos se debatían entre la finalidad de la muerte y el irresistible deseo de vivir. Debía desterrarlos de su mente y ponerlos por escrito para que así le proporcionaran alivio. En el mismo momento en que cogió la pluma, las palabras parecían escapársele sin esfuerzo de la mano. La vida, la muerte y la creación entera fluían al compás del ritmo de sus líneas.

Contemplo los cielos y sus estrellas,
Veo todo lo que pulula por la tierra,
Y en lo más hondo de mi corazón sé que está hecho
Con destreza, conforme a un plan bien diseñado.
El firmamento es como un pabellón: mira hacia arriba
Y verás sus cortinas sostenidas con argollas;
La luna y las estrellas son como una pastorcita
Que suelta a sus ovejas para que pasten sobre la llanura;

Con el fondo de las nubes la luna parece ser
Un barco de vela que atraviesa los océanos;
La nube de lluvia parece una niña que se pasea
Por su jardín regando sus plantas de mirto;
La nube de rocío es como una muchacha, que al menear
La cabeza, deja caer gotas relucientes sobre la tierra;
Y todos los que viven sobre ella son como una bestia
Que avanza torpemente hacia el establo, que es su hogar.
Todos huyen del terror de la muerte
Como palomas temerosas de las garras del águila.
En su día, no serán más que un plato
Roto y convertido en polvo; ése es su sino.

Una vez rimado el último pareado, el sueño se apiadó de él.

A la mañana siguiente, temprano, los comerciantes del paño que estaban examinando su mercancía, preparándola para el día de mercado que se avecinaba, y los artesanos que estaban colocando sus instrumentos sobre sus bancos de trabajo, siguieron con la mirada al desconocido, mientras éste cabalgaba fuera de la zona comercial y le daba la vuelta a su caballo en dirección norte, hacia el Albaicín. Velozmente corrió el rumor de unos a otros: este hombre tiene tratos con la corte del príncipe. ¿De qué tipo? Un misterio. Crecía la especulación y fue en aumento cuando no se vio regresar a Amram aquella noche. Ni al día siguiente. Ni al siguiente. No volvió a aparecer hasta mediados de semana y para entonces los judíos de Granada estaban totalmente perplejos. No obstante, nadie se atrevió a hacerle ninguna pregunta al recién llegado, tan inmerso parecía estar en sus propias elucubraciones. Su vida continuó así durante tres meses, un día o dos los pasaba en Granada, la mayoría entre los beréberes en el Albaicín, seguidos por las mismas ausencias inexplicables de su casa.

La perplejidad de los judíos fue en aumento, pero no era nada comparada con su asombro el día que, con los ojos fuera de las órbitas, lo vieron entrar en el barrio a la cabeza de una reata de mulas cargadas pesadamente y a su lado, una deslumbrante joven esposa. Los que se dedicaban a murmurar y a cotillear estaban encantados. Ahora que iba a haber una mujer en el hogar del desconocido, sus propias esposas no tardarían mucho tiempo en desenmarañar el misterio. Los acaudalados comerciantes estaban menos encantados: muchos de ellos habían estado pensando en Amram como posible marido para una de sus hijas casaderas. Ibrahim fue el primero entre ellos, pero, con gran pesar suyo, fue él, con esos sus ojos que miraban siempre furtivamente, de un lado a otro, el que reconoció a la novia en el momento en que se bajó del caballo y entró en la que había sido casa de sus padres. Tenía una manera de andar, un balanceo de delante hacia atrás que era inconfundible. El corazón de Ibrahim se desplomó al verla. Era Leonora, la hija mayor de su amigo y colega en Málaga Joseph ibn Aukal. El hijo único de Ibrahim había sido destinado a casarse con esta bella criatura. Y ahora este silencioso intruso había venido y se la había quitado. ¡No era sorprendente que se hubiera mantenido tan distante! ¡Dios Todopoderoso, qué ingenuo había sido al confiar en sus melifluas palabras! ¡Y qué confiado! Debería haber sido más perspicaz y darse cuenta de que se estaba tramando algo. Pero eso no iba a ser el final del asunto, juró por todos sus seres queridos. Ni mucho menos. El estimable caballero había dado demasiado por descontado. ¿Creía que Ibrahim era el tipo de hombre que perdonaba un insulto?

Amram llevó el arte de hacer el amor a la misma perfección que confería a todo lo que tocaba. Juez sagaz de la naturaleza humana, había escogido como esposa a una mujer en la que él intuía una ambición, latente y muda aún como le correspondía a una mujer, que respondía instintivamente a la suya. Y lo mismo que se parecía a él en esto, también igualaba su pericia y ardor en los placeres y pasiones del lecho. Contemplándola ahora, y viendo cómo sus inmensos ojos, color azul cielo y ligeramente almendrados, parecían desvanecerse y cerrarse después del placer cuando él le cogía los pezones, pequeños, pero erectos ante la inminencia del placer, entre sus labios; oyendo sus suspiros y gritos de pasión; sintiendo cómo se enredaba en torno a él, unas veces tensa y otras maleable entre sus manos, Amram se maravillaba de su reacción instintiva a la delicadeza inicial, y después a la irresistible fuerza con que la poseía. Su unión era indescriptible, una explosión que parecía hacer pedazos todas las restricciones de sus formas humanas y terrenales, para unirlos en el eterno manantial de la vida. Durante toda la noche se deleitaban mutuamente, uno activo cuando la otra era pasiva, uno descansando cuando la otra se entregaba a la fuerza de su impulso sexual. De vez en cuando se refrescaban con prolongados tragos de un vino que Amram, manteniendo en alto la dorada garrafa, escanciaba en sus relucientes copas de plata hasta que echaban espuma y se desbordaban.

Era casi el mediodía cuando, irradiando el calor del amor, salieron para contemplar el día. Sosteniendo un apetitoso racimo de uvas en una de sus manos, mientras cogía una uva de él y se la metía delicadamente en la boca, con la otra, Leonora anduvo de puntillas, inspeccionando la casa a la que la había llevado su marido, con un ligero aire de desagrado.

–Hemos de salir de aquí enseguida –dijo de manera perentoria, pasando uno de los dedos por el borde desconchado del nicho en que estaba depositada la dorada garrafa–. Apenas tenemos sitio para los dos, no digamos para las muchas arcas que contienen mi dote. Además, un lugar tan destartalado no le va bien a un hombre de tu distinción.

–La distinción no es algo de que a la familia Ibn Yatom le interesa alardear –contestó Amram, con serenidad pero con firmeza–. Preferimos conservarla dentro de la intimidad y distinción de las cuatro paredes de nuestra casa.

–Pero no de paredes tan gastadas como éstas.

–No, amor mío –la apaciguó Amram, cogiendo una uva de su racimo, sosteniéndola entre los dientes y acercando el rostro de ella al suyo para que pudieran morder la fruta juntos y sus labios se tocaran unos a otros–. Buscaré una casa que te agrade, pero hemos de evitar manifestación alguna de ostentación, a pesar de la generosa dote que te ha otorgado tu padre. Como judío al servicio de un principado beréber donde las relaciones entre los hombres son inconstantes y caprichosas, y guiadas solamente por el propio interés, hemos de permanecer tan desapercibidos como sea posible hasta que nuestra posición sea inexpugnable.

Al oír esto, Leonora hizo un mohín, obligando a Amram a que le besara las comisuras de sus labios, hasta que volvió a sonreír.

–Debes tener fe en mí –murmuró él, pasándole un dedo por su nariz recta, alrededor de sus anchos orificios nasales, subiendo después hasta tocar la suavidad de marfil de sus protuberantes mejillas–. Ayúdame en todas mis empresas y te juro por el honor de la familia Ibn Yatom que no te sentirás defraudada.

Antes de partir de nuevo en una expedición de recaudación de impuestos en el valle del Genil, Amram compró una casa abandonada en el extremo oriental del barrio judío. Estaba situada en las laderas inferiores de la colina, dominada por la fortaleza de Hisn Maurur, un fuerte en las murallas de la ciudad desde cuyas torrecillas redondas se mantenía una continua vigilancia sobre los accesos meridionales a la ciudad. Así, le dijo Amram a su mujer bromeando al mostrarle el emplazamiento, podrían refugiarse en la fortaleza en caso de un ataque a Granada por uno u otro de los enemigos beréberes del príncipe.

–Pues bien –continuó–, detrás de esta modesta fachada plantaremos el más hermoso de los jardines. Estará rodeado por un pórtico cuyas columnas serán tan esbeltas como tu cuello, sus arcos de herradura tan perfectamente redondeados como tus senos, estrechándose hacia adentro como se estrecha tu frágil y bella cintura. Las habitaciones saldrán del pórtico, las tuyas a la derecha, las mías a la izquierda.

–¿Y qué se hará de la presente morada?

–La convertiremos en un único y espacioso salón donde, a su debido tiempo, recibiremos a nuestros invitados. Más adelante embelleceremos la fachada occidental con un balcón tan grácil como el pórtico –continuó Amram, conforme la visión de la villa que había conjurado aquel día en Málaga volvía a su imaginación–. Desde allí, amor mío, gacela mía, contemplaremos juntos la puesta del sol en la Vega, teñida de todos los matices, desde el más pálido rosa al más profundo añil. Y si nos volvemos un poco, tendremos la impresión de que podemos estirar una mano y tocar la montaña.

Al ver la leve sonrisa de Leonora, Amram dijo:

–Sabía que mi plan te agradaría –y antes de que tuviera tiempo de hacer el menor comentario, siguió precipitadamente–. Las obras empezarán en el acto. Volveré lo antes posible a inspeccionarlas y a abrazar a mi amor, por quien mi corazón suspirará durante mi ausencia. Mientras esté fuera, las damas de la comunidad vendrán sin duda alguna a visitarte. Su compañía te ayudará a pasar el tiempo, pero sé precavida y no permitas que extraigan de ti ninguna información sobre lo que estoy haciendo. Debes presentar una imagen de un parangón de inocencia y sumisión, una esposa que no sabe nada de lo que ocupa a su amo y señor. Cuando llegue el momento oportuno, todas se inclinarán ante ti, amor mío, pero ese momento no ha llegado aún.

XXXVIII

Tan pronto como vieron que Amram salía de la ciudad, y exactamente como él había previsto, un constante flujo de mujeres invadió la casa de Leonora, en apariencia para darle la bienvenida a la comunidad judía. Ella las recibió con impecable hospitalidad, sonriendo dulcemente, escuchando con atención y profiriendo las apropiadas expresiones de gozo o condolencias según le contaban el nacimiento de un miembro de una familia o la muerte de un ser querido de otra. Pero con un aplomo del que su marido habría estado orgulloso, evadía cortésmente preguntas que suponían la intrusión en asuntos sobre los que Amram le había aconsejado no hablar. Al final, todas estas damas no tuvieron más remedio que resignarse ante el fracaso de su insaciable curiosidad. Cesaron las preguntas, al igual que las visitas. Pero no la curiosidad. Todo lo contrario. Cuando la casa nueva estuvo terminada, alcanzó el paroxismo. Todos los judíos de Granada tenían en los labios la misma pregunta: ¿Cómo habría logrado un forastero, recién llegado a la ciudad, un refugiado del saqueo de Córdoba, hacer tanto dinero en tan poco tiempo? Se alegaba que pudiera ser la dote de Leonora el origen de esta nueva riqueza, hasta que Ibrahim, consumido por la indignación, puso fin a toda esta especulación. Aunque era un duro golpe para su orgullo, confesó que él mismo había hablado con Joseph ibn Aukal de la cantidad que iba a dar como dote a su hija, prometida al hijo de Ibrahim –añadió en voz baja–, compromiso matrimonial que se había dado por sentado casi desde el nacimiento de sus respectivos hijos.

–Aunque no se le puede negar su valor como orfebre –murmuraba Ibrahim en los oídos de sus correligionarios–, tampoco hemos de olvidar que es un miserable tacaño. Comparada con la cuantía de su fortuna, lo que nos ofreció era una miseria. Cuando protesté, intentó aplacarme con vagas promesas de que, con el tiempo, se trataría a su amada hija Leonora, como heredera, de la misma manera que a sus hijos. Fue mi incondicional rechazo de una promesa como ésta, carente de valor, y no digamos la furia de que me considerara lo suficientemente ingenuo para aceptarla, lo que nos salvó de sus cínicas manipulaciones –decía enfáticamente Ibrahim para salvaguardar su maltrecha reputación–. Hacedme caso, amigos míos, no fue con el dinero de Joseph ibn Aukal con el que se construyó la casa de los Ibn Yatom.

Aunque Ibrahim logró suscitar dudas en ciertas mentes acerca de la honradez de Amram, fracasó en poner en contra suya a la mayor parte de la comunidad. Así que, cuando sus esposas y sus hijas volvían de visitar la casa de Leonora con envidiosas descripciones de la elegancia de sus pórticos y la belleza de su jardín, su rencor se iba haciendo cada vez más profundo. Pero no fue hasta que salió de la sinagoga una tarde del Sabbat y se encontró con toda la comunidad judía apiñada en torno a su enemigo y pendiente de sus palabras, como si fuera su príncipe, cuando su cólera se desbordó.

–¡Míralos! –siseó entre dientes de camino hacia su casa, acompañado solamente del hijo al que Leonora había dejado plantado–. Deslumbrados por la elegancia de su manera de hablar, sus modales cortesanos y su ilustre apellido. Pero, ¿qué saben de él y sus turbias ocupaciones? Juro que llegaré al fondo del asunto y vengaré la afrenta infligida al honor de nuestra familia.

–¿Cómo, padre?

–Eso es cosa mía.

Durante toda la cena del Sabbat, Ibrahim parecía estar rumiando algo, a juzgar por la expresión misteriorsa de su semblante y, aunque toda la familia sabía lo que le corroía las entrañas, nadie se atrevió a inmiscuirse en sus pensamientos, ni pronunció una sola palabra. Pero cuando terminó el Sabbat, la expresión de su rostro parecía haberse esclarecido. Había tomado una decisión. Si los judíos no tomaban partido en defensa de su ofendido hermano, él iría a otro sitio en busca de aliados...

Al entrar en su tienda la mañana siguiente muy temprano, Ibrahim levantó cuidadosamente un azulejo que estaba algo suelto en el revestimiento de los paneles de la oscura trastienda y sacó del escondrijo detrás de él un pequeño cofre de marfil en el que guardaba sus joyas más valiosas. Acariciando el cofre, como uno puede acariciar a un amante, lo abrió y lo inclinó después hacia la puerta de entrada para que la luz matutina pusiera de relieve el brillo de las piedras preciosas que tenía dentro. Ibrahim las cogió cuidadosamente, una por una, pensando y reflexionando cuál de ellas sería la más adecuada para montar en la sortija que él mismo pondría en el dedo del hombre cuyo favor quería conseguir. Su elección recayó finalmente en un zafiro cabujón, oscuro como el terciopelo azul de la noche. Para grabarlo en la ancha banda de oro donde estaba pensando montar el zafiro, eligió un diseño de flores de loto depositadas en el interior de unas hojas en forma de horquilla y elegantemente curvadas; el diseño estaba planeado indudablemente con toda la delicadeza por la que Ibrahim era famoso. No era el primer regalo de este tipo que había hecho, pero sí sería, con mucho, el más bello. Durante todo el día permaneció inclinado sobre su banco de trabajo hasta que, a la caída de la tarde, terminó la sortija. La pulió amorosamente hasta que brilló con una luz interna que procedía de la misma materia que la constituía. Entonces la colocó en un lecho de terciopelo y la volvió a poner en el cofre. Lo único que faltaba era encontrar el personaje para el que estaba destinada.

Fueron pasando lentamente los días y las semanas. Consumido por la impaciencia, Ibrahim solía sacar la caja de marfil, cuando estaba a solas, desenvolvía la sortija y admiraba la oscura pero vívida calidad de la joya, el impecable trabajo de artesanía del grabado de oro. Si el favor que esperaba conseguir no hubiera sido tan importante para él, tal vez habría sentido la tentación de quedársela...

Estaba arreglando uno de los pendientes de un juego de filigrana, finos como una red, que había hecho para la reciente favorita de Abu Ali, cuando Abu'l Hasan apareció al fin en la tienda.

–Bien, bien, mi buen y leal amigo –bramó con voz estentórea, dándose palmadas sobre su redondo abdomen–. ¿Están los cofres repletos hasta rebosar?

–Desgraciadamente, Abu'l Hasan, los tiempos no son como solían ser.

–Nunca te he oído decir otra cosa y, sin embargo, no hay visir en la corte de Zirid que no haga ostentación de una joya que lleve el contraste de tu artesanía, y no digamos las *chucherías* que fabricas para sus amantes.

–Pero a un precio ridículo, créeme, totalmente ridículo.

–Haces brotar lágrimas de mis ojos, amigo mío, de verdad que sí. Así que, ¿cuánto tienes para mí?

Ibrahim desapareció unos instantes en los oscuros recovecos de su trastienda y regresó con una repleta bolsa de cuero. Cuidadosamente la colocó entre las abultadas venas y arrugas de la extendida palma de la mano de Abu'l Hasan. La mano del beréber ascendía y descendía conforme calculaba expertamente su peso.

–Menos que la última vez –masculló, con sus ojos inyectados en sangre, medio velados por unos párpados perezosos.

–Exactamente lo mismo, a pesar del rigor de los tiempos.

–Nuestro príncipe no va a estar satisfecho.

–Es lo máximo que está a mi alcance. No es prudente presionar a un comerciante hasta llevarlo a la ruina porque, al hacerlo, le privas de las sumas considerables con las que, mediante el ejercicio de un comercio próspero, puede estar capacitado para contribuir al tesoro público de nuestros gobernantes. Pero creo que puedo prestar una contribución de diferente tipo. Hay un forastero entre nosotros, un tal Abu Musa Amram ben Hai ibn Yatom que parece haber acumulado una fortuna considerable en muy poco tiempo. Parece ser muy misterioso en lo que se refiere a sus ocupaciones. Tal vez unas cuantas preguntas resulten provechosas.

Abu'l Hasan rompió a reír, soltando una estentórea carcajada mientras se sostenía el abdomen para controlar las sacudidas que la risa le provocaba–. ¡Eres realmente incorregible! Estás dispuesto a hacer cualquier cosa para zafarte de mis garras, ¿no es así? Pero esta vez no has tenido éxito, amigo mío. Da la casualidad de que Abu Musa es colega mío. Abu Ali le nombró recaudador provincial de impuestos y es cierto que desempeña su tarea de manera excelente.

Ibrahim sintió que el suelo resbalaba bajo sus pies. No se le habría pasado por la cabeza una cosa así. Con las entrañas revueltas a causa del pánico, buscó una manera de enmendar la situación. Para ocultar su turbación se retiró de nuevo a la trastienda y volvió con la sortija del zafiro. Tomando en su mano la mano derecha del recaudador de impuestos, le puso la sortija en el dedo meñique, haciéndola pasar suavemente por las articulaciones más abultadas.

–Investiga, de todas maneras –susurró, volviendo la mano de Abu'l Hasan hacia la luz para que pudiera ver la sortija en su posición más ventajosa–. Por mucho que haya traído al tesoro público, ha debido quedarse con una suma considerable.

–No es probable –mascullo el recaudador de impuestos distraídamente mientras retiraba su mano de la del comerciante, doblaba los dedos con la palma hacia arriba y estiraba su dedo meñique para poder contemplar mejor la hermosa joya que lo adornaba.

–No es probable –repitió, con los ojos clavados en el dedo.

Desesperado, Ibrahim cogió un colgante con una perla que tenía cerca.

–Un pequeño obsequio para complacer a tu esposa –suplicó.

–Gracias, amigo mío, pero a mi esposa le horrorizan las perlas. Ya sabes que se tragó una cuando era niña.

Y con estas palabras se dio la vuelta para marcharse.

–Pero preguntarás por ahí... –Las palabras se fueron desvaneciendo en los labios de Ibrahim. Abu'l Hasan, que a pesar de su tamaño se movía con ligereza, ya no lo podía oír.

Como era su costumbre cuando volvía de sus recorridos por las provincias del reino de Granada situadas al oeste y al norte de la ciudad, Amram iba a su casa, se bañaba y se ponía una túnica oscura limpia antes de cabalgar al palacio para entregar los fondos que había recaudado. En el momento en que Leonora oía el sonido de su caballo acercarse a la casa, se precipitaba a su encuentro y, como siempre, se echaba en sus brazos al cruzar Amram el umbral de la casa. ¡Qué dulce, ardiente y acogedor era sostenerla en los brazos después de los rigores del viaje y qué segura, cálida y aliviada se sentía ella envuelta en su sólida fuerza! Se quedaron así de pie un momento, silenciosos ante el placer de volverse a reunir, con una corriente de amor fluyendo entre ellos. Al fin Amram se separó dulcemente del abrazo de su esposa.

–¿Ya?

–Esperemos un poquito más, paloma mía, gacela mía, y disfrutaremos el uno del otro sin restricción alguna. No es prudente dejar una considerable suma de dinero en una casa que está virtualmente sin protección.

–Sin embargo, no dudas en llevar ese mismo dinero sobre tu mismísima persona cuando viajas por carreteras infestadas de bandidos –objetó Leonora.

–Ese riesgo es inevitable. Dejarlo en casa no lo es.

–¿No podemos esperar hasta después de la siesta?

–Preferiría que no. Te prometo que, para cuando te hayas bañado y preparado, estaré de vuelta junto a ti.

Tan pronto como se fue su marido, Leonora ordenó a su criada que le afeitara el pelo del cuerpo, hasta de sus partes más íntimas. Entonces se bañó e hizo que la doncella le frotara aceite de almizcle y jazmín en todos los poros de su suave y uniforme piel. Ya estaba lista. Se puso una túnica de seda musulmana, de color blanco inmaculado, ribeteada de oro, a través de la cual se dejaban adivinar, ingeniosamente, los contornos de su cuerpo: umbrosos, sutiles, eminentemente seductores, y se reclinó, ágil, esbelta y lánguida, sobre un mullido sofá. Su mirada estaba fija en el reloj de sol del patio, y cuando había pasado una hora, empezó a impacientarse. Pasada la segunda, empezó a preocuparse. Pero, cuando pasó una hora más sin que nada se supiera de Amram, su inquietud no conoció límites. Se levantó, se puso alrededor del cuerpo un chal de hilo y recorrió la casa de arriba abajo. De vez en cuando se paraba para clavar su inquieta mirada en el sendero que conducía a través del barrio judío y, cruzando el río, hasta el Albaicín, esperando divisar la silueta de su marido dirigiéndose a su casa. Pero era todavía la hora de la siesta. Plomizo y despiadado, el sol caía de lleno sobre las casas de los judíos arracimadas debajo de ella y sobre la vasta extensión de la reseca llanura de color amarillento, un poco más allá. Nada se movía.

¿Cuál sería la causa de su demora? Leonora sólo podía pensar en dos posibilidades, una tan poco probable como la otra. La primera era que Abu Ali hubiera querido agasajarle y lo hubiera detenido para disfrutar con él de una relajada comida. Tal vez en este mismo momento Amram estaba reclinado entre cojines de seda, con una copa de vino en una mano y acariciando con la otra los senos de una voluptuosa cortesana, que se le había ofrecido como parte de la generosa hospitalidad de su anfitrión...

La otra era que, ¡los cielos lo impidieran!, unos bandidos le hubieran tendido una emboscada cuando se dirigía al palacio, lo hubieran asesinado brutalmente y le hubieran quitado la fortuna que llevaba consigo. Tal vez en este mismo momento su cuerpo yaciera abandonado en los campos entre el barrio judío y el Albaicín, mutilado hasta no poderlo reconocer. Pero no se veían buitres revoloteando por el aire. ¿Habrían arrojado sus asesinos su cuerpo al río para borrar todas las huellas?

Cuando el ocaso empezó a cubrir con sus suaves tintes malva la llanura a sus pies, Leonora pensó en enviar criados en su busca. Pero, ¿a dónde? Si yacía muerto en los alrededores, las aves de presa lo habrían visto y se habrían precipitado sobre él hacía ya rato ¿El río? La corriente se lo habría llevado ya lejos. ¿El palacio? Sería descortés cuando menos y ofensivo en alto grado el buscarlo allí. Estaba dándole vueltas, desesperadamente, en la cabeza a una manera de encontrarlo cuando divisó a un mensajero procedente del palacio que iba a caballo en dirección a la casa. Sin tener en cuenta las reglas del decoro, salió corriendo a su encuentro, pero la verdad era que no estaba preparada en absoluto para oír las noticias que le llevaba.

Su marido, le dijo el joven mensajero, había sido encerrado prisionero en las mazmorras de la fortaleza del Albaicín, acusado de malversación de los fondos que se le debían al tesoro de Zawa ibn Ziri.

–¡Eso no es verdad! –gritó Leonora–. ¡No puede ser verdad!

–Mi amo, Abu Ali, tampoco lo cree, pero se han presentado ante la corte informes nefandos acerca de vuestro esposo.

–¿Quién los ha presentado?

–Eso no lo puedo decir.

El mensajero acompañó a Leonora hasta la casa y, una vez cumplida su misión, se preparó para ponerse en camino. Pero ella lo detuvo y le invitó a que entrara en la casa. Con una sangre fría que lo dejó sin habla, Leonora atravesó el salón y el jardín, desaparecíó en una de las habitaciones de su marido y volvió unos momentos después con una bolsa de cuero bien repleta. Sacó de ella cinco denarios de oro que puso en la palma de la mano del joven.

–Eso es para ti, la bolsa para mi marido. Cuando regreses con pruebas de que la ha recibido, te daré otra cantidad idéntica. Ahora, ¡márchate!

Leonora lo siguió con la vista mientras atravesaba el barrio judío, los campos que llevaban al río y más allá de éstos, al cruzar el puente. Su figura se fue reduciéndo hasta convertirse en un puntito, para desaparecer ladera arriba del Albaicín sobre cuya cima estaba situada la fortaleza, a unos pasos del palacio. Solamente entonces rompió a llorar.

Pero las lágrimas, se amonestó cuando se fueron calmando los sollozos, las lágrimas no servían para disolver los barrotes de la prisión de Amram. El dinero que le había enviado podría comprar algunas pequeñas muestras de consideración de sus carceleros, pero no podía comprar su libertad. Para eso habría que emplear otros medios, procurar sacar partido de la influencia de otras personas. Pero, ¿de quién? Abu Ali había sido siempre pródigo en sus elogios hacia Amram cada vez que regresaba a Granada después de sus viajes profesionales. ¿Eran estos elogios sólo frases vacías? ¿O había algún rival en el palacio, algún artero andaluz a quien molestaba la intrusión de un judío en sus dominios y trataba de desacreditarlo a los ojos de sus amos beréberes? Como mujer, no había manera de poder penetrar en la traicionera maraña de intrigas a través de la cual los hombres que rodeaban al príncipe buscaban su camino. Sin nadie a quien pedir consejo, nadie en la ciudad en quien poder confiar, Leonora tomó pluma y papel y escribió un breve mensaje a su padre. En él le informó del desarrollo de los acontecimientos y le suplicó que acudiera inmediatamente en su ayuda. Después de dormir con inquietud unas horas, se levantó de madrugada y ordenó a un mensajero que fuera a toda velocidad a Málaga.

Con una compostura que causó admiración entre todos los que la rodeaban, Leonora esperó durante toda la semana la llegada de su padre. Pero en el momento en que éste entró en la casa, todas sus emociones reprimidas se desbordaron.

–¡Tienes que ayudarme a sacarle de la prisión, tienes que hacerlo! –gritó histéricamente, echándose sobre él–. Alguien en el palacio ha conspirado contra él. Sea quien sea, hemos de tramar nosotros otra conspiración para deshacernos de él.

–Cálmate, hija mía. Cálmate –susurró Joseph ibn Aukal, acariciando unos momentos la cabeza de su hija antes de soltarse del frenético abrazo con que lo tenía asido–. Ni siquiera me has dado tiempo de ver tu hermosa casa –comentó, relajado y tranquilo en apariencia, mientras dirigía una mirada apreciativa y complacida a su alrededor.

–¡Más tarde, padre, más tarde!

–No hay necesidad de dejarse dominar por el pánico, hijita. He pensado mucho en esto y tengo mis propias ideas sobre ello. En mi opinión, el problema no tiene su origen en el palacio.

–¡Tonterías! –exclamó Leonora, con un gesto de impaciencia–. Ni Amram ni yo hemos revelado la naturaleza de sus actividades a un solo ser viviente en estos contornos. Todo el mundo cree que es simplemente otro comerciante que viaja con frecuencia en el ejercicio de su profesión.

–Tal vez –contestó Joseph, negándose a continuar la conversación–. Y ahora, ¿tendrás la amabilidad de dar órdenes para que preparen un baño para tu padre, que está fatigado por el viaje?

Relajado, Joseph se sentó cómodamente sobre un diván en un sombrío rincón del espacioso salón y bebió a sorbos su vino, mientras su hija se sentó, nerviosamente, en el borde de un montón de cojines, frente a él. Mordisqueaba sin cesar los dulces que habían puesto delante de ellos y tenía sus ojos azules clavados en el rostro de su padre. Al fin Joseph rompió el silencio.

–¿Dónde guarda tu marido sus documentos?

–En la caja de madera de cedro que tiene en su despacho, supongo.

–Tengo que examinarlos. Si mi suposición acerca de la procedencia de este complot es correcta, he de encontrar cierto documento que probará irrefutablemente mi caso.

–Amram es el único que tiene una llave.

–Entonces tendremos que forzar la cerradura –dijo Joseph tranquilamente.

–Pero padre...

–Vamos, vamos, hija, no es éste momento para delicadezas. Tu marido está en la cárcel, cautivo en manos de hombres que dan poca importancia a la vida humana. Cualquier medio está justificado en un caso así. Tráeme enseguida la caja.

El joyero había preparado. De la fuerte bolsa hecha de tejido de alfombra que llevaba en la montura y que había dejado en el suelo junto a él, sacó un fino alambre de cobre y con una destreza que era característica de su oficio, forzó la cerradura. Tranquila y metódicamente, examinó los documentos que contenía la caja, inspeccionando su caligrafía para asegurarse de su contenido y poniéndolos después a un lado. Leonora se movía, inquieta, a la altura de su codo, desesperándose cada vez que descartaba un papel inútil tras otro papel inútil.

–No está aquí –dijo al fin, cerrando la caja con la primera señal de mal genio que había manifestado–. ¿En qué otro sitio puede haberlo puesto?

–En algún sitio en su cuarto, tal vez.

–Llévame allí.

Juntos se encaminaron por debajo del sombreado pórtico al despacho de Amram, donde había papeles por todas partes. Cuidadosamente al principio y después con creciente agitación, Joseph desenrolló pergaminos, hojeó libros, buscó entre montones de papeles en los que se encontraban innumerables borradores de poesía, hasta que al fin, atado con una cinta de seda a un exquisito poema de amor, encontró lo que estaba buscando. Metió los papeles en un bolsillo interior de su túnica, cogió a su hija del brazo y la volvió a llevar al salón.

–Mañana por la mañana me presentaré en el palacio. Con un poco de suerte, Amram estará en casa por la tarde.

Abu Ali Hamid hizo entrar a Joseph ibn Aukal en su destartalado cuarto abovedado, con un aire de cautelosa anticipación. Aunque él mismo, personalmente, estaba deseoso en extremo de probar la inocencia de uno de los recaudadores de impuestos de Granada, temía que Joseph le llevara pocas pruebas concretas que apoyasen el caso de Amram. Lo observó con paciencia mientras que, con sorprendente calma, Joseph se inclinaba para examinar la delicada incrustación de Damasco de un atril vacío que estaba en un rincón del cuarto. Con un estudiado gesto, sacó una bolsa de terciopelo de un bolsillo de su túnica y la puso en el hueco del atril, expresando mientras lo hacía su admiración por la excelente factura del objeto. Entonces se incorporó y se volvió de frente a su interlocutor.

–Permíteme, Abu Ali, que te hable de un asunto del que creo que no estás informado. La esposa de Abu Musa, mi hija Leonora, estaba prometida al hijo de Ibrahim, el joyero más famoso de Granada, casi desde los días del nacimiento de nuestros hijos. Cuando llegaron ambos a la edad de contraer matrimonio, Ibrahim fue a Málaga para discutir conmigo el asunto de la dote de Leonora. No satisfecho con mi oferta original, volvió a Granada, pero dada la naturaleza de las negociaciones, creí que él encontraría una ocasión apropiada para reanudar nuestra charla. No obstante, pasó el tiempo y no lo hizo. Mientras tanto, conocí a Abu Musa, un hombre tan indescriptiblemente superior al hijo de Ibrahim en todos los aspectos que olvidé mi pesar en relación con el rechazo con que recibió su padre mi ofrecimiento. Así que, cuando a su debido tiempo Amram me pidió la mano de Leonora, tuve el placer de acceder a su petición. Teniendo en cuenta la distinción de la familia Ibn Yatom, la erudición del propio Amram y su extraordinario talento para los negocios, ofrecí como dote para mi hija una suma mucho mayor que la que le había ofrecido a su previo rival.

La expresión de Abu Ali se despejó un poco, pero mantuvo su cautela.

–Tu explicación aclara en cierto modo el asunto, pero a no ser que puedas presentar pruebas concretas para respaldarla, no es más que una anécdota sin valor.

–La prueba la tengo aquí –replicó Joseph en el acto, mostrando el contrato matrimonial al que estaba aún adjunto el poema de Amram.

Abu Ali lo examinó, lo puso sobre un cofre junto a él y miró con detenimiento a Joseph a través de sus ojos medio cerrados.

–¿Cómo puedes demostrar que esto no es falso?

–Con esto –respondió Joseph entregándole un papel que había llevado consigo de Málaga–. Esta es la escritura de venta de la propiedad a que se refiere el contrato, mencionándola como asignada a Amram y a su esposa. Está firmada por Amram ben Hai ibn Yatom como vendedor, Ahmad ibn Nasr como comprador y sellada por el catastro de Málaga. Un sello así no se puede falsificar de ninguna manera. Lo que este documento prueba sin duda alguna es que Amram tenía recursos más que suficientes a su disposición para proporcionarle a mi hija una vivienda digna de su posición y mantenerla con la comodidad y desahogo a que había estado siempre acostumbrada. No tenía necesidad de malversar dinero público para ese fin. Estoy seguro de que estarás de acuerdo en que es demasiado inteligente para correr un riesgo así.

Abu Ali no sólo relajó su cautela, sino que dijo:

–Amigo mío, has prestado un servicio inestimable, no sólo a tu familia, sino a mí y a mi soberano. Es a Ibrahim a quien se le debe hacer pagar por diseminar calumnias tan ignominiosas acerca de un hombre en quien he depositado mi confianza.

–No creo que esto sea necesario. He intercambiado una o dos palabras con él esta mañana antes de venir aquí. Si no me equivoco, ha huido ya de la ciudad, dejando su fortuna atrás para aumentar el contenido de vuestras arcas.

Cuando Leonora vio a su marido cabalgando ladera arriba hacia la casa, se lanzó a su encuentro. Al llegar uno junto al otro, él se bajó del caballo y ella se arrojó en sus brazos, sin hacer caso de los ojos curiosos que notaban que estaban fijos en ellos. En un acceso de excitación le pasó las manos por la cara y los hombros, luego por la espalda y más abajo, hasta las regiones del amor, ansiosa de saber que no le habían hecho daño.

–Sabía que podía confiar en ti –susurró Amram, escondiendo la cabeza en la sedosa cascada de sus cabellos, que se había dejado sueltos–. Somos espíritus semejantes, tú y yo, ambos dispuestos a luchar por conseguir lo que queremos. Lograremos grandes cosas juntos, mi inteligente, valerosa y decidida gacela.

Se amaron esa noche con un éxtasis que no habían experimentado ni en los primeros días de su amor. Su pasión se había intensificado al haberse encontrado otra vez después del temor de haberse perdido para siempre.

XXXIX

Desde aquel día cesó el cotilleo de los judíos acerca de Amram. Ansiosa de enmendar la injusticia que uno de sus miembros había cometido con él, la comunidad judía se congregó en torno a él, reconociéndolo no sólo como a su jefe, sino también como a una valiosa fuente de influencia, por no decir de protección, con el poder directivo, si surgiera alguna vez la necesidad de que interviniera en su favor. Siguiendo el ejemplo de sus maridos, la mujeres empezaron a tratar a Leonora con deferencia, respetándola como a la primera entre ellas; Leonora se regodeaba con su adulación y desempeñaba su papel con confianza y aplomo, preparándose para las cosas más grandes que Amram le había prometido ganar para ella...

Como Abu Ali había previsto, Zawa ibn Ziri se marchó poco después a su país de origen. Su sobrino, Habbus ibn Maksan ibn Ziri al-Sinhaji, no tardó mucho tiempo en hacerse con una posición de poder, y tan pronto como le llegaron noticias de la muerte de su tío, asumió el puesto de rey con el sonoro nombre adicional de Saif Ad-daula, «Espada de Lealtad». Guerrero por excelencia, hombre de autoridad y decisiones rápidas, el gobernante de Granada, que se había autoconferido el título de tal, pasó a poner en práctica los planes que había estado meditando durante largo tiempo. Se estableció inmediatamente una administración basada en el modelo de los Omeya, y sus filas se llenaron con andaluces instruidos. A Abu Ali se le ascendió al rango de visir a cargo de las finanzas del reino, con órdenes de recaudar dinero para contratar a mercenarios de otras tribus beréberes, como refuerzos para las tropas Sinhaja de Habbus. Abu Ali arrastró a Amram con él en su ascensióny le dio el puesto que él había tenido de recaudador jefe de impuestos. En su ascenso, Amram se rodeó de un grupo de judíos a quienes contrató, mediante el pago de unos honorarios, para que recaudaran los impuestos, hombres cuya lealtad hacia él era indiscutible. Con la misma rapidez con la que metían dinero en las arcas reales, Habbus lo gastaba montando expediciones militares para extender su poder hasta el río Guadalquivir en dirección norte y hasta Cabra hacia el oeste. Todos los visires estaban convencidos de que no tardaría mucho en desafiar a su archirrival en la lucha por el control de al-Andalus, la dinastía de los abaditas árabes de Sevilla, establecida hacía mucho tiempo.

Pero los sevillanos le ganaron por la mano montando un fiero ataque contra el rico principado de Almería, productor de seda, cuyo vasto territorio tenía fronteras con Granada por el norte, este y sur. Aunque le desagradaba la idea de ir en ayuda del eunuco Zuhair, el gobernante eslavo de Almería, Habbus no tuvo otra alternativa que unirse a él para derrotar a su enemigo común. Solamente cuando los sevillanos fueron rechazados pudieron reanudarse los preparativos para una enorme ofensiva contra ellos, pero al mismo tiempo que Amram redoblaba sus esfuerzos para obtener los fondos necesarios para contratar a todavía más beréberes mercenarios, estaba lleno de dudas acerca del resultado de la inminente campaña. El día que Abu Ali le entregó un presupuesto de la cantidad que se necesitaba para atender a los requerimientos inmediatos del ejército, condujo gradualmente la conversación en la dirección deseada.

–Se me acaba de pasar por la cabeza –empezó a decir– que no hemos hecho provisiones para reforzar nuestras defensas orientales.

–¿Y por qué ha de ser eso necesario?

–Porque, con la mayor parte de nuestras tropas dirigiéndose a Sevilla, nos hemos quedado indefensos y vulnerables ante un ataque de Zuhair.

–Pero Almería y Granada son aliados en la lucha contra Sevilla.

–Lo éramos ayer y lo somos hoy. Pero si mañana nos descuidamos, es muy posible que Zuhair se sienta tentado a atacarnos por nuestro flanco del este. Tenemos que hacer todo lo posible para asegurarnos de que Almería permanece con nosotros.

–¿Y compartir la victoria con ese eunuco?

–Eunuco o no, ha sabido forjarse un buen reino. Mejor tenerlo con nosotros que contra nosotros. A pesar de ser fuertes, no tenemos el poder de luchar en dos frentes simultáneamente. Pero si vamos a invitar a Málaga a que se alíe también con nosotros, estaremos bien preparados para asestar un golpe de consecuencias catastróficas a los abaditas y truncar sus esperanzas de llegar a ser jamás los cabecillas indiscutibles de todo al-Andalus.

Abu Ali clavó su mirada en su ayudante judío, sopesando en su mente la lógica de su argumento contra la que creía que iba a ser la reacción de su soberano. Amram, que sabía que iba a ser reticente, continuó impertérrito.

–Me consideraría culpable de deslealtad a nuestro soberano, si no hiciera lo posible para asegurarme de que se le hacían tener en cuenta consideraciones como éstas.

–¿Y quién lo iba a hacer?

–Tú, como visir y distinguido miembro de su séquito.

–Carezco de tus poderes de persuasión –replicó astutamente Abu Ali, reacio a echarse sobre los hombros esa responsabilidad y el riesgo de sugerirle a su rey una estrategia de tan gran alcance. Pero si insistes, tal vez pueda conseguir una audiencia para ti.

–Considero mi solemne deber el informar al rey Habbus de mis reflexiones –contestó Amram serenamente, encantado de la facilidad con que había conseguido su objetivo: una oportunidad para desplegar sus cualidades ante el propio rey.

Abu Ali no le dio tiempo para reflexionar sobre las consecuencias de su iniciativa y cambiar de opinión. Se le hizo acudir, casi inmediatamente, ante la presencia de Habbus, la primera vez en que se encontró frente a frente con él. A diferencia de la mayoría de sus compañeros de tribu beréberes, el rey de Granada no era ni alto ni delgado. Su inmensa fuerza física estaba concentrada en los abultados músculos de su espalda, hombros y brazos y cuando se ponía de pie, como hizo entonces, a horcajadas sobre sus sólidas y vigorosas piernas, clavando su mirada en los ojos de su interlocutor, emanaba de él un aire de indiscutible autoridad.

Después de los acostumbrados homenajes y pleitesías, Habbus hizo una señal a Amram para que hablara, y le escuchó con absoluta concentración. Amram presentó sus argumentos tan sucintamente que el rey no pudo por menos que captar su lógica. Pero no tardó mucho tiempo en refutarla con la suya.

–Se necesitan dos personas para formar una alianza, docto amigo. Zuhair exigirá un precio elevado por su participación en la campaña.

–Su apoyo activo no es imprescindible. Lo único que necesitamos es una garantía de que no nos atacará cuando vayamos a luchar contra nuestro común enemigo. ¿No fuimos en su ayuda cuando la necesitaba para rechazar el ataque de Sevilla? ¿Quién puede decir que no la necesitará otra vez? Solamente si permanecemos juntos podremos mantener a raya a Sevilla.

–Me has convencido –declaró Habbus con brusquedad militar.

–Pero, ¿quién va a convencer a Zuhair? Mis funcionarios andaluces albergan un odio imperecedero hacia él, un hombre que fue esclavo y que ejerce su dominio en sus tierras.

–No siento tal animosidad hacia él –replicó Amram suavemente, aprovechándose de la oportunidad para negociar en nombre de su soberano–. Y puesto que el califa de Málaga es demasiado débil para resistir él solo a Sevilla, no puede por menos que encontrar ventajoso el unirse con nosotros.

Habbus no dudó. El soberano poder de decisión era suyo y sólo suyo y no rehusó en ponerlo en práctica.

–Que así sea, Abu Musa. Si puedes negociar esta alianza con nuestros vecinos y asegurarte de que ambos lados cumplen al pie de la letra sus condiciones... –Habbus hizo una pausa, y clavó su inmutable mirada en Amram, se dio después unas palmadas, con ambas manos, en sus robustos muslos y declaró con el brío de un soldado–. ¡Por Alá que te haré visir...!

Amram estaba estupefacto. A pesar de su enorme ambición esto era algo que no había entrado en sus cálculos. Ni siquiera habían conferido un honor así a su abuelo, el gran Da'ud. Pero el honor estaba en proporción con el riesgo; Habbus no había dicho nada del destino que le esperaba si fracasaba.

Pero Amram no fracasó. No podía fracasar. Ninguno de los inexpertos caudillos de poca monta que se habían apoderado de los restos del moribundo califato se podía comparar con este astuto, instruido y ambicioso joven que había heredado de su abuelo el arte de manipular a sus interlocutores. Sabía exactamente cómo halagarlos y cuándo amenazarlos, cuándo conceder y cúando mantenerse firme, cómo revelar a quien le escuchaba, en términos que pudieran entenderle, las corrientes que subyacían a la marejadilla de sus escaramuzas, peleas, traiciones e intrigas. Sevilla contra Granada, repetía incansablemente, oeste contra este, unidad en lugar de fragmentación. Al igual que Habbus, estaban convencidos, pero Amram aconsejaba a su soberano que atacara en el acto, mientras había aún alianza.

–Me acompañarás en la campaña –ordenó el rey a su negociador cuando estuvo listo para ponerse en marcha–. Tu presencia disuadirá a mis aliados de traicionarme.

De esta manera, zancada tras zancada, avanzaba Amram hacia el poder que buscaba. Una vez que empezó la campaña, dejó asombrado a Habbus no sólo por su detallado conocimiento del terreno entre Granada y Sevilla –conocimiento que había adquirido durante sus primeros años como mercader errante–, sino también por su profunda intuición de las tácticas militares, artimañas que había concebido durante aquellas largas horas de su infancia, desplegando sus soldados de plomo en el suelo de su casita de campo. A través de toda la batalla estuvo constantemente al lado de su soberano, sugiriendo ávidamente lugares en los que se podía tender emboscadas al enemigo, rutas a lo largo de las cuales podían ser flanqueadas sus tropas, desviaciones para despistarlas.

El resultado fue una victoria resonante. Habbus condujo a sus hombres al mismo corazón de Sevilla, y les dejó vía libre para que se entregaran al pillaje, al robo y crearan el caos a su paso. En un último y espectacular despliegue de su superioridad, prendieron fuego al barrio de Triana, iluminando el firmamento nocturno de color rojo sangre, convirtiendo el Guadalquivir en un río de fuego del infierno, al ir cayendo en sus sombrías aguas los ardientes escombros.

En su triunfal regreso a Granada, Habbus hizo honor a su palabra. Con la debida ceremonia, confirió a Abu Musa Amram ben Hai ibn Yatom el glorioso título de visir. Su admiración por su consejero judío iluminó su rostro curtido, quemado por el sol, al poner sobre sus hombros la capa de brocado con su paño ribeteado de oro, que eran las insignias de su elevado rango.

Leonora estaba extática. Acarició amorosamente el turbante, se llevó el paño de oro voluptuosamente a sus mejillas y después cubrió al hombre que había llegado a tal grandeza con una interminable lluvia de besos, y lo amó apasionadamente hasta el comienzo de un nuevo día.

Pero en el gran banquete que tuvo lugar en el palacio para celebrar la victoria de Granada, Amram sorprendió a la asamblea de dignatarios lujosamente ataviados al aparecer vestido con la túnica sobria, de color oscuro, que siempre había llevado. En el momento en que Habbus lo vio, se dirigió hacia él a grandes zancadas.

–¿Por qué no llevas la capa y el turbante que se te regaló como símbolo de tu honorable estado y de mi estima personal? –preguntó a su visir judío, a boca jarro y con un tono de irritación en la voz.

–Es una antigua tradición familiar, ¡oh Espada de la Realeza! –replicó Amram humildemente, pidiendo disculpas–. Mi bisabuelo, Abu Da'ud Ya'kub ibn Yatom, impuso en la familia una cierta modestia de porte que hemos conservado fielmente de generación en generación.

–Curioso ciertamente, pero totalmente irrelevante –masculló Habbus, descartando la explicación con un gesto de la mano–. En ocasiones oficiales como ésta y cuando se te llame para que me representes, te ordeno que ostentes todas las insignias de tu cargo.

Amram se inclinó en señal de obediencia a los deseos de su soberano, con una vaga inquietud en el corazón. La sensación era desconocida para él, pero cuando Habbus continuó manifestando su estima en otro gesto principesco, su inquietud aumentó.

–Entre las mujeres de mi harén –estaba diciendo el rey– hay una parienta del califa de Málaga, una muchacha dulce y adorable, apenas salida de la edad de la inocencia. En nombre de la casa de los hamuditas, ha expresado el deseo de conferirte una muestra personal de aprecio por tu enorme contribución a nuestra victoria aliada. Tan apasionado fue su ruego que me conmovió y accedí a concederle su deseo. Te espera después de la recepción. Se ha dado instrucciones a los eunucos para que te lleven a su aposento.

La inquietud de Amram se convirtió en algo cercano al pánico. Tan gran honor... tan espléndida generosidad... era vertiginoso... y el vértigo era peligroso. Cuanto más meteórica fuese la subida, tanto más precipitada sería la caída... Las maneras de los hombres no tenían secreto para él, pero de las actitudes de las cortesanas sabía poco. Y cuando tales mujeres estaban emparentadas con casas reinantes, tal ignorancia podía resultar peligrosa. Su constante lucha para maniobrar su camino a través de las alianzas, en cambio continuo, de los rivales reinos de *taifa* era suficientemente peligrosa, sin que hubiera necesidad de añadir a tal peligro maquinaciones femeninas. Hoy Granada y Málaga estaban aliadas. Pero, ¿y mañana? Una palabra pronunciada inocentemente en el delicioso calor e intimidad del lecho, ese instintivo deseo de confiar en una persona con la que uno se ha despojado de toda circunspección en la unión del amor, podía ser finalmente la causa de su caída. Pero desdeñar el ofrecimiento de una dama sería herir su orgullo, provocar su eterna indignación y, a fin de cuentas, producir el mismo resultado. ¿Cómo navegar a través de los traicioneros estrechos a los que le había conducido la creciente marea de su éxito?, se preguntaba, mientras se inclinaba ante Habbus en gesto de reconocimiento por el real favor que se le mostraba.

A pesar de la sencillez de la cámara abovedada en la que Rasmia lo estaba esperando, ella había logrado crear en su interior una atmósfera que no dejaba lugar a dudas en cuanto a sus intenciones respecto a él. Un ardiente incensario de bronce mate exhalaba un fuerte aroma de almizcle y múltiples hileras de flores naturales se apiñaban para deleite de la vista, contribuyendo también a endulzar el aire bochornoso. Por la ventana abierta, el ritmo palpitante de una quejumbrosa canción andaluza de amor rasgueaba lánguida y sensualmente. A pesar de su deseo de resistir todas estas lisonjas, la sangre comenzó a bullir en el cuerpo de Amram cuando Rasmia se levantó de su diván y en el susurro de la muselina de seda en la que estaba envuelto su cuerpo diminuto, fue hacia él con los brazos abiertos.

–¡Al fin! –gritó, y sus ojos grandes y dorados se encendieron de admiración al levantar la cabeza para mirarle–. Se dice de ti que eres el estratega más inteligente, el poeta más delicado y el mejor financiero en todo al-Andalus. Pero nadie habla de la fuerza que emana de ti, de la inquebrantable decisión que se revela en la firme estructura de tu mandíbula, de la penetrante mirada que sale como una flecha de debajo de tu clara y amplia frente. Tal vez tus labios estén un poco apretados –susurró, al tiempo que pasaba un dedo sobre ellos–, pero una vez sean tocados por otros labios, tendrán que suavizarse y entregarse.

Galantemente, Amram tomó la mano que iba recorriendo leve, pero seductoramente su boca, besó la palma de ella y después la cogió entre sus propias manos vigorosas.

–Me siento altamente halagado por el honor que me haces. Pero no es apropiado que una mujer de tu elevado rango confiera sus favores a un hombre de mi humilde posición.

Rasmia soltó una cristalina carcajada y su figura menuda, compacta y finamente redondeada, que apenas le llegaba a Amram al hombro, rozaba tentadoramente su cuerpo.

–Déjame que sea yo quien juzgue eso.

–No, honorable señora, es a mí, un hombre de experiencia a quien le corresponde juzgarlo. Perteneces a la familia real de los humaditas, una rama de la casa de los Omeyas que ha heredado el título, si no el poder, del califa. Pero sigue siendo una dinastía musulmana, elija de la manera que elija continuar observando o dejar de observar su fe. Soy un hombre corriente, no soy el vástago de ninguna dinastía, ni el príncipe de ningún dominio, y soy un miembro de la comunidad judía, de cuyas creencias participo. Si eres sincera en los elogios de que me has colmado, debes permitirme que te guíe mediante la única cualidad que poseo: mi sabiduría y mi comprensión de la manera en que se comportan los hombres. Lo mismo que el aceite y el agua no se mezclan, una relación íntima entre tú y yo será una *mesalliance* fatal, destinada a traernos a ambos la desdicha. Eres una criatura demasiado bella y delicada para que yo permita que seas víctima de cualquier dolor o pesadumbre.

–Pero mi nostalgia hacia ti, ahora que te he visto y oído hablar, será también un manantial de infinito dolor para mí.

–Si tus sentimientos son sinceros, encontrarás consuelo en haber renunciado a mí. Imagínate cuánto más grande sería tu sufrimiento si, por satisfacer esta nostalgia, me pudieras perjudicar.

–Yo te protegeré.

–Si disfruto ahora del título de visir es porque confío solamente en mí mismo para protegerme.

–¡Qué severo e implacable eres hacia mí y hacia ti mismo!

–Es ésta una actitud que ha demostrado ser acertada. ¿De qué otra manera habría llegado a estar contigo ahora?

Rasmia no pudo refutar este argumento. Silenciosamente bajó la cabeza, sabiendo que, de momento, estaba derrotada.

–Ha sido un placer excepcional el pasar unos momentos en compañía tuya –dijo entonces Amram, con una sombra de desilusión, apenas perceptible, pasando por sus ojos al contemplar la menuda y delicada figura de Rasmia–. Si no hubiera nacido en la familia de Ibn Yatom ni tú en la de los humaditas, nuestros destinos tal vez habrían sido distintos.

Los ojos de Rasmia se llenaron de lágrimas al verlo marchar, lágrimas de desilusión, pesar, frustración y autocompasión. Y, sin embargo, pensó, mirando tristemente las delicadas ropas con que se había ataviado, no se sentía herida en su orgullo. Las últimas palabras de Amram contenían un indicio de algo que, en otras circunstancias, podía haber respondido a su amor. Más tarde, tal vez, más tarde...

Amram cabalgó pensativamente Albaicín abajo y a través del río hacia el somnoliento barrio judío, con la visión, ante sus ojos, del cuerpo pequeño y delicado de Rasmia, encogido entre sus brazos para ser acariciado y protegido como una gatita vulnerable. ¡Qué deseable era con sus modales de niña, qué diferente de su resuelta, ambiciosa Leonora hacia la cual se dirigía ahora! Hizo un firme esfuerzo para ahuyentar de su mente la tentadora imagen de Rasmia y concentró sus pensamientos en el placer que vería en los hermosos ojos de su esposa cuando le describiera los corredores del poder por los que había caminado, fiel cumplimiento de su promesa de traerle la gloria. Juntos hablarían de los cambios que su elevada categoría requería: el salón tendría que ser decorado lujosamente con adornos y utensilios de oro y plata, de sus paredes colgarían relucientes tapices de seda para hacerlo digno de los dignatarios que le honrarían con su presencia; se construiría el balcón prometido hacía ya tiempo, y él, Amram, adquiriría para su mujer costosas vestiduras como símbolo de su posición. Al ser el primer judío que había llegado al cargo de visir, debía ostentarlo con el esplendor acostumbrado, a pesar de la tradición familiar. ¡Qué feliz haría a su Leonora, qué enloquecedora sería su pasión en el acto del amor, con su cuerpo esbelto y ágil enroscándose voluptuosamente alrededor del suyo, como los sinuosos zarcillos de una parra exuberante!

XL

Había pasado un año y Amram, muy en contra de su voluntad, tuvo que dejar a Leonora, en avanzado estado de gestación, para asistir a una reunión de dignatarios de Granada en la casa de Abu Ali. Lo que más deseaba ahora era pasar las tardes, frescas y serenas, con su esposa, asegurándose de que su espalda estaba bien sostenida, y acariciar la curva de la fertilidad que llevaba nueva vida en sus entrañas, antes de darle a su esposa las buenas noches con un tierno beso.

Desde que había ascendido al puesto de visir, había recibido muchas invitaciones como éstas de príncipes beréberes y funcionaros andaluces que, como él, ejercían cierto poder en el creciente reino. Al principio se sintió sumamente orgulloso, así como halagado, al ser aceptado por sus iguales, pero pronto pasó la novedad. Y aunque su influencia en la corte crecía día tras día, llevándole gradualmente más cerca de la realización de sus ambiciones, esa misma inquietud que sintió cuando Habbus puso sobre sus hombros la capa de su rango le volvía a afectar cuando se movía en tales círculos. «Camina con modestia, hijo mío, camina con modestia. Ese es el precio de nuestra supervivencia», fueron las últimas palabras que le dirigió su padre, y oía ahora su eco, reprochándole en un susurro el haber traicionado la tradición de los Ibn Yatom. No le dijo nada de esto a Leonora. Era algo que ella sería incapaz de comprender. Ni tampoco podía ayudarle, porque no había manera de echarse atrás. Como visir, no se podía ausentar de los salones y pórticos de las grandes casas de Granada, porque era a la sombra de ellos donde susurraban los vientos de la intriga y donde se oían las confidencias a media voz. Ese era, también, el precio de la supervivencia.

Con gran desilusión por parte de Leonora –adoraba verlo ataviado con las galas de su oficio– esa tarde no se puso su capa dorada porque la ocasión no era estrictamente oficial. Sobriamente ataviado, circulaba por entre la resplandeciente asamblea, escuchando, a veces preguntando, pero raras veces divulgando... Desde detrás de una celosía, delicadamente enrejada, músicos con vestiduras rojas y amarillas rasgueaban con plumas de águila sus arpas de cinco cuerdas, pero esta noche su música de ritmo estrictamente regular rechinaba en sus oídos. Aliviado cuando dejaron de tocar, se vio forzado entonces a escuchar a uno de los invitados recitar lo que él consideró un poema mediocre en elogio de la Espada de la Realeza. Cuando los músicos volvieron a coger sus instrumentos, Amram salió al jardín que los otros invitados habían abandonado cuando el aire de la noche empezó a refrescar. Distraídamente aplastó entre sus manos una ramita de jazmín e inhaló profundamente su perfume, la única sensación de que había disfrutado en toda la tarde, pensó con aire taciturno cuando oyó los pasos familiares de Abu Ali que iban hacia él desde la casa.

–Nos estás privando de tu estimulante compañía esta noche –observó su anfitrión–. ¿Hay algo que te preocupe?

–Una fatiga momentánea, nada más. A mi esposa Leonora le falta ya poco para dar a luz y su estado me produce cierta inquietud.

–¡Qué buena suerte entonces el que hayas venido. Casi vital, me atrevería a decir!

Amram hundió su rostro en los aplastados pétalos de jazmín, mientras esperaba a que Abu Ali continuara.

–Mi fiel amigo, el rey Habbus acaba de recibir una escandalosa petición de ese joven y vanidoso advenedizo Abu Dja'far Ahmad ibn Abbas, visir de Almería.

–Un gran erudito literario –comentó Amram levemente, levantando la cabeza de las palmas de sus manos, aún unidas para conservar el aroma de los pétalos.

–Eso te lo concedo, pero es también un egoísta consumado. Tal vez alardee de descender de los seguidores de Mohamed, pero eso no le da derecho para despreciar a aquellos cuyo valor en el campo de batalla les ha ganado la supremacía sobre los árabes, que han demostrado ser incapaces de mantener el control sobre la tierra que han conquistado. Le molesta e irrita tener que servir a un antiguo esclavo y mercenario, y eunuco por añadidura, y es sumamente despreciativo con nosotros los beréberes, a quien considera guerreros salvajes, sin instrucción, cultura o refinamiento. Eso pudo ser cierto en otros tiempos, pero las cosas han cambiado y nuestras cortes emularán muy pronto la gloria de los días de los Omeya. No obstante y a pesar de sus bravuconadas, Abu Dja'far no es tonto. Como sabe que no tiene poder para derrocarnos, busca ahora otras víctimas en quien desahogar su cólera.

Amram, tranquilo en apariencia, se preparó en su interior para lo que sabía que iba a ser la continuación de las palabras de Abu Ali.

–Su última estratagema es erigirse campeón del islam. En relación con esto nos ha escrito exigiendo que tú, amigo mío, seas desposeído de tu cargo de visir basándose en que va en contra de la ley islámica el que un judío ejerza autoridad sobre los musulmanes.

–Si ese es el deseo de nuestro soberano... –murmuró Amram, con el eco de las palabras de Hai resonando ahora en su cabeza.

– Vamos, vamos –sonrió Abu Ali dándole a Amram una palmada amistosa en el hombro–. ¿Te puedes imaginar a los beréberes de Granada sometiéndose a los dictados de esa descarada cacatúa? ¿Quién fue en ayuda de Almería cuando los abaditas de Sevilla la atacaron? ¿Y quién dirigió el contraataque contra ellos, enemigos de Almería tanto como nuestros? Has servido a tu rey con una inquebrantable lealtad y una distinción poco frecuentes. ¿Por qué va a querer privar a Granada de tus servicios? Deshacerse de ti sería un mayor detrimento para él que para ti mismo.

Con una humilde inclinación en reconocimiento a este noble tributo, Amram tanteó cautelosamente la situación.

–¿Cómo crees que Abu Dja' far reaccionará a la negativa de Habbus?

–Si el propio Zuhair se siente suficientemente fuerte, su visir puede convencerle fácilmente de que la use como un pretexto para atacarnos, esperando aumentar sus dominios a costa nuestra.

–Almería es una potencia que hay que tener en cuenta. En tu opinión, ¿cómo actuaría Málaga ante un enfrentamiento así?

–Tú conoces al califa, lo benévolo y amigo de la paz que es. Se sentiría muy reacio a implicarse en él.

–Pero, ¿no crees que se le podría persuadir de que pusiera mercenarios a nuestra disposición?

–Como colegas beréberes no dejarían pasar la oportunidad de bajarle los humos a Abu Dja'far, y como tú tienes un aliado discreto pero influyente en la dinastía de los hamuditas –añadió Abu Ali con una sonrisa de complicidad–, no será difícil convencerlo.

Amram se puso instantáneamente en guardia. No existía nada más traicionero que una alianza que no se hubiera solicitado. Como sus términos no se habían acordado, un día podía verse obligado a pagar más por ella de lo que estaba a su alcance. Pero rechazar el ofrecimiento podía muy bien significar la diferencia entre derrota y victoria para el rey que tenía en sus manos su frágil destino...

–Prepara nuestras fuerzas abiertamente para la batalla –continuaba Abu Ali–. Si la amenaza no es suficiente para disuadir a los almerienses, lucharemos entonces por el honor de los beréberes y los judíos.

Al mismo tiempo que Abu Ali se daba la vuelta para reunirse con sus invitados, Amram salió desapercibido, dejando a sus colegas a sus vinos y a sus otros placeres. Cabalgó deprisa a su casa, como si la misma celeridad pudiera calmar la complejidad de las emociones que se habían apoderado de él: furia y resentimiento ante la arrogancia de Abu Dja'far, inmenso alivio y cierta satisfacción ante la decisión de Habbus de resistir sus fanáticas exigencias, aunque no albergaba ninguna ilusión sobre sus razones. Estaba actuando evidentemente por orgullo e interés propio, y ni mucho menos por un deseo acuciante de defender el honor de su visir judío. Pero ensombreciendo estas espontáneas reflexiones había una profunda sensación de aprensión y temor de su futuro como judío en la ciénaga en que se había convertido al-Andalus. Cuando se marchara Habbus, ¿le tratarían sus sucesores con la misma afabilidad?, se preguntaba al entrar a ver a Leonora. ¿Qué futuro podía asegurarle al hijo a quien pronto iba a dar a luz?

Mientras iba subiendo en su caballo al Albaicín a la mañana siguiente, Amram estaba tan profundamente inmerso en los planes para la campaña contra Abu Dja'far que ni siquiera se fijó en la transformación que sus laderas habían experimentado. Hombres previsores a quienes se había llevado a la floreciente ciudad beréber y que habían prosperado con ella, se estaban construyendo suntuosas villas a la sombra de la antigua fortaleza. Y el rey, dándose cuenta de que el decrépito palacio de los Omeyas, con el que su tío había estado satisfecho, era incompatible con su recién ganado prestigio, no había tardado mucho en seguir su ejemplo. Mandó llamar a picapedreros del norte de África, maestros, procedentes de Damasco, para que formaran, del humilde yeso, una tracería ligera como el encaje, y a los más exquisitos artistas en el arte del mosaico, procedentes de Bizancio, para dar vida y brillo a las fachadas de la gloriosa construcción que él tenía en su imaginación. Aunque el principal papel de Amram era asegurarse de que la financiación de esta prestigiosa empresa era factible, se le consultaba constantemente, en su calidad de hombre culto, para que expresara su opinión sobre el corte de un bloque de mármol o la dimensión más elegante de una columna, o simplemente para admirar lo intrincado de un panel de estuco en el cual se habían entrelazado hábilmente flores de loto y pétalos desplegados en forma de radios al estilo de una hoja de palma, tréboles y piñas. Abriéndose camino entre el revoltijo de materiales de construcción y artesanos apresurados, que corrían de acá para allá y que se aglomeraban en la cima de la colina, Amram esperaba que no se le molestara aquella mañana con trivialidades así.

Esperanza vana. Al entrar en su aposento, en el decrépito palacio viejo, vio a un eunuco que le estaba esperando. Se le informó de que la Espada de la Realeza deseaba consultarle el dibujo para los mosaicos que se iban a colocar en la fachada de la entrada principal de su nuevo palacio. Intensamente irritado, Amram siguió de mala gana al eunuco al lugar de las obras. Habbus estaba ya allí, en acalorada discusión con los griegos que había mandado a Damasco para examinar los ríos y puentes, los árboles y palacios representados en los magníficos mosaicos que adornaban la gran mezquita de la ciudad. Inclinado sobre un improvisado caballete, escuchaba atentamente una explicación de sus diseños, pero en el momento en que Amram se unió al grupo, despidió a los artistas, dejándolos con la palabra en la boca. A una sola mirada de él, el eunuco que había acompañado a Amram, se los llevó precipitadamente, dándoles apenas tiempo para que enrollaran sus planos y recogieran sus esquirlas de piedras de colores. Conforme se iban marchando, Habbus se llevó a Amram del lugar de las obras y bajó con él por la ladera hacia un bosquecillo de cipreses donde iba algunas veces a buscar un poco de soledad y meditar sobre los asuntos del estado.

–Has oído, sin duda, el terrible desafío que nos ha lanzado Abu Dja'far –empezó a decir al acercarse a la arboleda.

–Abu Ali me ha informado de ello.

–Puesto que tú pareces ser su pretexto, confío en que pondrás en juego tus mejores esfuerzos para asegurarte de que salgamos victoriosos de este enfrentamiento.

–Como siempre, ¡oh Espada de la Realeza!, tu confianza está justificada. Pero a fin de garantizar nuestra victoria, creo que no sería una mala idea el alistar en nuestras filas a los mercenarios de Málaga.

–He considerado ya esa posibilidad, pero prefiero que seas tú quien se haga cargo de las negociaciones. Como sabes, tienes un apoyo incondicional en el seno de la casa reinante de Málaga, alguien que vendrá en tu ayuda a cualquier precio.

Otra vez la misma alusión... Pero estaban ya entrando en la arboleda. Y dentro de ella, sentada en un banco de piedra, con su diminuta figura envuelta en una nube de seda, estaba Rasmia.

Su presencia cogió a Amram totalmente por sorpresa. Asombrado, desconcertado, se volvió a Habbus en busca de una explicación, pero el rey se había dado la vuelta bruscamente y se dirigía a grandes zancadas hacia el palacio, sin haber dicho ni una palabra. Fue una de las pocas ocasiones de su vida en que Amram se encontró totalmente desorientado, sin saber qué hacer. La situación era inconcebible. Tan extraña, de hecho, que, desafiando toda convención, fue Rasmia quien rompió el silencio.

–La última vez que te dignaste hablar conmigo –dijo, echando hacia atrás los dobleces de seda que habían ocultado el rubor en sus mejillas de niña– te dije que, por el amor que te tenía, te protegería por todos los medios a mi alcance. Ha surgido una ocasión inesperada de hacerlo, y he cumplido mi palabra. Por haber insistido en ello, mis parientes en Málaga han accedido a apoyar a las fuerzas de Granada en la batalla contra Abu Dja'far.

Amram palideció. ¿Qué precio exigiría por una intervención no solicitada pero ciertamente vital?

Desilusionada por la frialdad de su reacción, Rasmia continuó, obstinadamente:

–¿Bueno? ¿Es que no me vas a dar las gracias?

–¿De... de... qué manera? –balbuceó Amram, totalmente desorientado al darse cuenta de que la iniciativa había pasado de sus manos a las de esta inocente, pero voluntariosa, muchacha.

–Como te parezca adecuado.

–Tal vez mi pregunta no ha sido clara –se disculpó Amram, con un tono amistoso, hasta paternal, mientras trataba de recuperar el control de la situación–. ¿Qué pide Málaga a cambio de su ayuda?

–Nada, a solicitud mía.

–¿Y tú?

–Tampoco nada. Amor como el mío no es cuestión de oferta y demanda. De momento es suficiente que salgas triunfador e ileso de este vergonzoso desafío, y que tu honor permanezca intacto. Una mujer que ama como yo, es generosa da con prodigalidad, pero no creo que un hombre de tu perspicacia pueda permanecer para siempre indiferente a lo desacostumbrado de un amor así, o dejar de reconocer su inestimable valor. Tu mera apreciación será mi recompensa.

¿Apreciación? ¿O correspondencia? Suponiendo que él fuera a otorgar esa recompensa, reflexionó Amram, cogiendo entre sus manos la carita de Rasmia, levantada hacia él, como suplicándole un beso. Pero lo único que hizo fue acariciarla suavemente. Extrañamente conmovido por su ingenua inocencia, le dio las gracias, se dio bruscamente la vuelta y, como si huyera de ella, descendió la pendiente hacia el palacio. Ella le siguió tristemente con los ojos hasta que se perdió de vista entre los andamios de los constructores.

Ciego de cólera ante el desprecio con que el rey de Granada había reaccionado a su desafío, Abu Dja'far reunió sus tropas con asombrosa rapidez y las mandó a toda velocidad hacia el desfiladero que conduce, a través de las montañas de Sierra Nevada, a la llanura de Granada más allá de ellas. Pero cuando los de Almería llegaron al puente sobre el encrespado torrente montañoso que tenían que cruzar para llegar al desfiladero, el único rastro que encontraron de él fueron unos cuantos tablones rotos que sobresalían por encima de las torrenciales aguas. Amram había llegado antes. Maldiciendo al judío con una sarta de improperios, Abu Dja'far espoleó a sus agotadas tropas para que escalaran el estrecho y rocoso camino de cabras surcado en la colina por encima del río. Cuando la mayor parte de sus fuerzas iba ascendiendo en fila india por él, estentóreos gritos de batalla resonaron como procedentes del cielo, y sus ecos retumbaron alrededor del estrecho desfiladero con aterradora resonancia. Asombrados, los almerienses miraron con expresión estúpida a su alrededor y, a una señal de Amram, una multitud de espadachines beréberes se precipitó sobre ellos desde las empinadas pendientes, haciéndolos caer, desde sus precarios puntos de apoyo, al revuelto río a sus pies. Sus gritos se mezclaron con los de sus atacantes, al ir chocando sus cuerpos contra las rocas ocultas bajo la superficie del agua. Fue un aterrador descalabro. Refuerzos enviados por Habbus confirmaron la ventaja de Granada hasta que la humillación de Abu Dja'far fue completa. Ni todas sus súplicas, ni sus más exageradas ofertas de rescate pudieron salvarlo de la ira de los vencedores. Fue el mismo Habbus, la Espada de la Realeza, quien lo atravesó con su propia espada.

–Ha sido una suerte que no haya cesado de llover desde que te uniste a mi corte –dijo Habbus con una sonora palmada en el muslo, cuando llamó a Amram a su presencia a su regreso de la batalla–. Gracias a la insolencia de Abu Dja'far hemos conseguido ganancias inesperadas, una de las más bellas es ese hermoso lugar costero al sur de Sierra Nevada, no lejos de Almuñécar. Esto ha sido un triunfo no sólo para Granada, sino también para los judíos.

–Yo lo veo, ¡oh Espada de la Realeza!, como la victoria de la tolerancia sobre el fanatismo, de la amplitud de espíritu sobre la estrechez de miras.

–Sí, por supuesto, tú lo expresas con mucha más elegancia que un hombre de armas, sin instrucción, como soy yo.

–Eso no significa nada. Lo esencial es el hecho de que nos comprendemos mutuamente, a pesar de nuestras diferencias.

–Lamento que Rasmia no esté aquí para compartir nuestro triunfo. La llamaron a Málaga para asistir al duelo de un primo a quien amaba profundamente, y que insistió en tomar parte en la emboscada. Al caer sobre uno de los jefes del ejército de Almería, perdió el equilibrio y cayó hasta estrellarse, junto con su adversario.

–Debe estar profundamente afectada –replicó Amram, presa de un alivio indescriptible al pensar que no se le llamaría a otorgarle a Rasmia su recompensa de momento, al menos...

Concluida la batalla contra Almería, el rey Habbus empezó repentinamente a envejecer. Cansado de los deberes del estado, cada vez delegaba mayor responsabilidad en su visir judío, no sólo en la formación de alianzas transitorias con otros reinos beréberes, sino también en la organización, por parte de Granada, de campañas militares contra Sevilla y los pequeños principados que estaban aliados con ella. Pero no eran estas las únicas preocupaciones de Amram. En los elegantes pórticos y jardines perfumados de flores de las grandes casas de la ciudad, se estaban ya fraguando conspiraciones en apoyo de los rivales para suceder a Habbus. A dondequiera que mirara, ya dentro del reino ya fuera de él, Amram no veía más que traición y duplicidad, y todas las fronteras entre la verdad y la falsedad, la lealtad y la traición, derribadas en la búsqueda ciega del sórdido interés personal.

A su regreso de las sangrientas batallas que libraba con los que eran sus aliados de un día –¿enemigos otro día?–, le servía de gran consuelo y relajación la confiada inocencia del pequeño Musa, su primogénito, cuando se abalanzaba corriendo hacia él y se dejaba sostener por el vigoroso abrazo de su padre. El contacto de las manitas tiernas y regordetas sobre su nuca, el sonido de su balbuceo de placer ante su retorno, disipaban momentáneamente las preocupaciones de la mente de su padre. Otra fuente íntima de consuelo estaba en la poesía que componía, líneas en las que vertía la amargura que le desgarraba las entrañas.

¿Viviré para siempre en una tienda, como un beduino?
¿Tendrán que transcurrir todos mis días debajo de las cortinas de una tienda?
El tiempo y el páramo me han hecho ya olvidar a mis amigos.

O, en otra ocasión, cuando acababa de presenciar la matanza de cientos de hombres valerosos en una batalla en el río Genil y hubo visto la cabeza del hijo de su encarnizado enemigo, el cadí Abbad de Sevilla, cortada en un golpe brutal y llevaba en triunfo a Granada:

La guerra es al principio como una muchacha hermosa con la que todos los hombres desean jugar.
Pero al final se convierte en una arpía repulsiva cuyos pretendientes sollozan y sufren.

Dejando una tarde la pluma, Amram cogió la carta de Natán que le estaba esperando a su regreso de una escaramuza fronteriza, y la volvió a leer:

Mi querido hermano:

Te saludo con gran orgullo y un profundo sentido del honor, primero y sobre todo, como tu hermano, pero también y no menos, en nombre de todos nuestros hermanos judíos en el suelo de al-Andalus. Tus triunfos militares y tu elevado rango como visir en la corte de Granada nos infunden a todos una renovada sensación de dignidad y nos fortalecen en nuestra inquebrantable confianza de que, si alguna desdicha aflige a nuestro pueblo, hallaremos en ti un poderoso campeón de nuestra causa. Si tus dones como caudillo militar y negociador de una pericia inigualable desde los días de nuestro ilustre abuelo, estuvieran dedicados a un país que pudiéramos llamar nuestro, un reino semejante al de Kazaria que tenía tal fascinación para Da'ud. ¿Tendremos que esperar eternamente la llegada del Mesías para ver realizado este sueño? ¿No ha llegado todavía la ocasión de tomar nuestro destino en nuestras manos?

La vida aquí en la casa de campo continúa su tranquilo curso. Las plantas de Ralambo han demostrado su vigor, esa misma inagotable vitalidad que es, creo, el origen de sus propiedades terapéuticas. Florecieron una vez más, pero como sabes, tengo que empezar otra vez a observar el efecto del extracto casi desde el principio. Esta es una tarea meticulosa que a veces me llena de desaliento, tanto más porque carezco de aquel infalible don para la diagnosis de que disfrutaba nuestro padre.

Como me dijiste en tu última y breve carta, ya es hora de que busque una esposa, pero comprenderás, querido hermano, que hay pocas mujeres que estén dispuestas a vivir aquí a la sombra de las hojas espinosas, con forma de garras, del aloe, con su casa invadida de día y de noche por una corriente continua de seres desdichados que acuden en busca de un remedio para sus males. En este aspecto, nuestra madre era ejemplar. La educación que le dio Menahem la capacitó para abstraerse de sus alrededores y crear un rico mundo interior que la liberó de una dependencia de las trivialidades de lo que llamamos sociedad. Pero no me doy por vencido y me consuela el conocimiento de que el futuro de la familia Ibn Yatom está garantizado por Leonora y por ti con una distinción que yo nunca le podría conferir.

Que el Escudo de Israel te proteja en todas tus empresas y que tú y tus seres queridos seáis bendecidos con salud y fortaleza por muchos años venideros.

Con el cariño de siempre.

Natán

Afectuoso, sencillo, cándido Natán, destinado desde su nacimiento a una vida sin acontecimientos dignos de mención. ¡Qué acertadamente se describía a sí mismo, ocupándose de sus desdichados pacientes, tratando obstinadamente de volver a encontrar los descubrimientos que se habían perdido, sin el beneficio de ese vital requisito: la brillante perspicacia de su padre. Carente de ambición, parecía, a pesar de su soledad, sentirse, si no feliz, al menos contento.

Amram dejó caer la carta de las manos y cerró los ojos, agotado. ¡Cómo deseaba ahora la paz y la tranquilidad de la vida que había conocido en su infancia en la casa de campo, una vida dedicada, no a la persecución del poder, sino a la búsqueda del conocimiento. ¿Se habría equivocado en la elección que había hecho? Era esta una pregunta que se hacía a menudo en sus momentos de depresión, aunque sabía perfectamente la respuesta. Estuviera bien o mal, esta es la vida para la que estaba hecho y debía seguirla, a dondequiera que le llevara. Era curioso, pensó, volviendo a la carta de Natán, curioso que su hermano hubiera expresado pensamientos semejantes a los que Leonora y el padre de ésta, en las frecuentes visitas que les hacía, habían aludido hacía ya tiempo. Si a sus conclusiones superficiales, extraídas solamente de la observación de los aspectos externos de su vida, fuera a añadir su propio íntimo conocimiento de las realidades militar y política de los tiempos, se vería forzado, conforme a toda lógica, a estar de acuerdo con ellos.

Durante todo el tiempo en que Habbus fue rey en Granada, su posición estaba asegurada, su lealtad inexpugnable. Pero el día en que muriera Habbus, y ese día no estaba muy lejano, se asentarían la confusión y la agitación política, al competir hijos y sobrinos en una lucha a vida o muerte por su sucesión. Amram se vería forzado a navegar una vez más por esas turbias aguas y eso solamente para mantener el derecho de servir a otro principillo. Hoy estaba en la cima de su poder, un poder que había luchado valerosamente para adquirir y conservar. Pero ese poder era efímero. Desaparecido Habbus, habría enemigos amenazándole por todas partes y en todo momento, esperando asir la primera oportunidad para echarlo abajo. Apoyara a quien apoyara, el campo rival buscaría cualquier medio para hacerle daño. Tal vez Natán y Leonora y el padre de ésta, Joseph, tenían razón en urgirle a que hiciera uso de sus talentos en interés propio y en interés de su pueblo, mejor que al servicio de príncipes de poca monta para los cuales no era más que un útil instrumento.

Cada vez que regresaba de las batallas y escaramuzas que libraba, los sitios que había puesto o levantado, las emboscadas de las que había escapado milagrosamente, encontraba el rostro de Leonora surcado de ansiedad y cuando yacían juntos en el delicioso reposo que seguía a sus apasionados encuentros, ella le suplicaba que dirigiera sus ambiciones hacia lo que consideraba su natural conclusión.

—¿Por qué tienes que pasar lo que te quede de vida luchando maquinando en beneficio de otro jefezuelo? Lo que tú has realizado con tanto éxito en beneficio de ellos, lo podías hacer con mucho más provecho para ti mismo. Si todos esos insignificantes caudillos, sean beréberes, esclavos manumitidos o eunucos, ninguno de los cuales posee una fracción de tu habilidad, puede asentarse como gobernante independiente, ¿por qué no puedes hacerlo tú? Será para mi padre un placer poner su fortuna a tu disposición para subvencionar una fuerza de mercenarios, el único elemento que te falta para arrancar para ti mismo una porción del terreno que tan bien conoces. Y cuando hayas ganado tu reino, los judíos vendrán a unirse contigo de todos los rincones de al-Andalus. El comercio y la industria prosperarán, la cultura florecerá y nuestra corte rivalizará en esplendor con la de Córdoba, en los días de su apogeo.

Era una visión tentadora, acorde con las ambiciones de su juventud. Pero, ¿en quién podía confiar para transformarla en realidad en un momento en que el concepto de la lealtad había perdido todo su significado, y el propio interés era el único motivo que gobernaba las acciones de los hombres? El propio interés, reflexionó. Ofrecer a un posible aliado más de lo que él, Amram, ganaría a cambio. Pasó revista uno a uno a todos los principados con los que se había aliado en una ocasión u otra: Carmona, Almería, Málaga. De todos ellos, sólo Málaga, cuyo rey hamudita era califa sólo en nombre, había demostrado ser un aliado relativamente estable, si bien más por debilidad que por lealtad. Un califa sin un califato... un califa con necesidad de un califato... un califato a cambio de...

Poco a poco se fue formando un plan en su mente. Y de su mente, paso a paso, laboriosamente, sus elementos pasaron a la realidad y adoptaron una forma concreta.

XLI

Como a todos los visires del reino, se hizo a Amram a solas ante la presencia de Habbus cuando éste yacía en su lecho de muerte, atendido tan sólo por sus fieles guardias eunucos. A Amram le dio un vuelco el corazón al ver lo que había sido una vez el vigoroso cuerpo del intrépido guardia beréber. Estaba tan encogido que apenas se notaban los contornos de su figura, cubiertos de pieles, inútil protección contra la creciente frialdad de la muerte. Hubo momentos, durante las últimas semanas, en que Amram pensó en convencer a Natán para que fuera a tratarle, tal vez con el extracto de Ralambo, pero cuando sopesó las consecuencias de tal acción, decidió no hacerlo. Si Habbus revivía, todos los pretendientes a su trono, que esperaban ávidamente su muerte, conspirarían por la caída y perdición de Amram. Y si moría, quienquiera que perdiera en la lucha por la supremacía acusaría a Amram de haberlo asesinado. Así que se mantuvo distante y dejó que la naturaleza siguiera su curso.

Los ojos de Habbus pestañearon cuando oyó a Amram expresar los convencionales deseos para su recuperación.

–¡Qué placer es pasar mis últimos momentos con el único hombre en todo mi reino en quien he confiado sin reservas! –murmuró débilmente–. Creen que estoy demasiado enfermo para darme cuenta de la hipocresía de todos ellos, incluidos mis dos hijos, cuando vienen a invocar a Alá para que me restablezca a mi acostumbrado estado de salud. Detrás de sus rígidas sonrisas hay conspiraciones, sobornos y promesas, todo ello con la intención de arrancarle mi reino a sus rivales. ¡Qué fútil parece todo ahora! Vanidad de vanidades, como tan sabiamente dijo tu Predicador.

–Y todo es vanidad –respondió Amram en un susurro.

Habbus cerró los ojos unos instantes, sacando fuerzas de flaqueza para continuar.

–De los tres hombres que recorren de arriba abajo la antecámara esperando que exhale mi último aliento, mi hijo Badis es el más adecuado para heredar el trono. Es fuerte, franco y sin dobleces, tiene gran confianza en sí mismo y es lo suficientemente autoritario para hacer entrar en vereda a los caudillos y visires. Boluggin es un pobre alfeñique y en cuanto a mi sobrino Yuddair, aunque es culto, está tan devorado por la ambición que podría conducir a Granada a aventuras que él no tiene la facultad de llevar a un feliz desenlace. Espero que los príncipes del reino y tú, mi leal amigo, hagáis honor a mi testamento y juraréis obediencia al heredero que he designado. Pero entonces, ¡cuidado!, Yaddair se convertirá en un peligro mortal. Estará dispuesto a hacer cualquier cosa para descargar su venganza y echar abajo el reino.

–¿Hasta a traicionar a Granada en favor de Sevilla?

–Hasta a eso. Pero esos son problemas que no puedo ya resolver –Habbus suspiró e hizo señas a un eunuco para que le humedeciera los labios resecos a fin de poder continuar–. Te pido sólo una cosa: ocúpate de la pequeña Rasmia después de mi muerte. Te ama con una pasión tan intensa que no tuve poder para oponerme a ella y mucho menos para sofocarla. Es una criatura ingenua y confiada. Sería cruel herir sus sentimientos, imprudente ofender su orgullo. Te espera ahora en la arboleda donde os encontrasteis una vez. Pero antes de ir a verla, recítame una vez más el poema que, movido por la emoción, escribiste la víspera de la batalla contra Abu Dja'far.

–No es uno de mis mejores poemas.

–No importa. Es apropiado para las circunstancias. Recita, amigo mío, recita –dijo Habbus en un susurro, doblando las manos sobre el pecho y cerrando sus vidriados ojos, preparándose para escuchar.

Les pedí una vez a mis tropas que acamparan
en una ciudad
Que los enemigos habían arrasado en tiempos antiguos.
Montamos nuestras tiendas y dormimos en el lugar
Mientras, debajo de nosotros, dormían sus antiguos amos.
Entonces reflexioné unos momentos: ¿Dónde está la gente
Que hace tiempo habitaron este lugar?
¿Dónde están los hombres que construyeron y los que
destruyeron?
¿Dónde los ricos, dónde los pobres, dónde los esclavos
y dónde los señores?
Aquellos que engendraron y aquellos que perdieron
a seres queridos, y los hijos y los padres
Seres en duelo, novios, ¿dónde están?
Y generación tras generación, que iban naciendo
Mientras los siglos sucedían a los años, y los años a los días
Vivían sobre la faz de la tierra
Y, sin embargo, ahora yacen debajo de ella.
Han cambiado sus palacios por sepulcros;
Han pasado de sus bellas mansiones a la suciedad.
Pero si levantaran la cabeza y dejaran esas tumbas
¡Qué fácilmente derrotarían a nuestras tropas!

Nunca olvides, alma mía, que un día, pronto,
Este poderoso anfitrión y yo compartiremos su triste destino.

El ritmo regular de los versos sumió a Habbus en un pacífico sueño, y al desvanecerse el sonido de las últimas palabras en la quietud del aposento, Amram salió de él de puntillas, con una congoja que nunca creyó que sentiría, apretándole la garganta, como si lo estuviera ahogando.

Salió aturdido a los corredores de mármol del gran palacio nuevo, pero cuando vio que los grupos de dignatarios que conspiraban por los rincones se callaban y dispersaban al verlo venir, una sensación vital de urgencia sobrepasó su dolor. Con Granada sumiéndose precipitadamente en la lucha por la sucesión de Habbus, había llegado el momento de poner en práctica el plan que meticulosamente había preparado, con todo en su lugar y listo para la acción. Decidido a dar sin demora los pasos que debía dar, no sentía la menor inclinación a reaccionar a las insinuaciones amorosas de ninguna mujer, conforme se iba acercando a la apartada arboleda. Pero al ver a Rasmia sentada en el banco, frágil y desamparada, no pudo apartar de su mente el deseo de Habbus en su lecho de muerte, ni ciertamente su oportuno consejo: cruel el herir sus sentimientos, imprudente el herir su orgullo... Así que cogió las manos que ella extendió hacia él en un gesto de bienvenida y le besó las palmas con una mezcla conmovedora de galantería y vaga seducción.

–Sabía que vendrías. Sabía que la confianza que puse en ti estaba justificada –dijo Rasmia, con un estremecimiento de tensión en la voz–. Mi tío me reveló tu plan y le aseguré, así como a los otros miembros de mi familia que vacilan y tienen poder para poner obstáculos en tu camino, que debían tener plena confianza en ti. Pero ahora tú me debes proteger de los riesgos consiguientes. Si me quedo aquí en Granada mi vida estará en peligro, ganes o pierdas. En cualquier caso seré una persona sospechosa y tus enemigos me buscarán para matarme. Tampoco estaré a salvo en Málaga si las cosas van en contra tuya.

A pesar de toda su perspicacia, su previsión y su prudencia al hacer sus planes, a Amram no se le habría pasado por la cabeza que esto pudiera suceder. ¿Cómo era posible que el califa de Málaga hubiera hecho a esta niña partícipe de la operación que iban a emprender juntos? Evidentemente se debía a la necesidad que un hombre débil tiene de que se le tranquilice continuamente, proceda de donde proceda el aliento. Pero con esta indiscreción el humadita había creado la mismísima situación que Amram había estado tratando de evitar, desde el momento en que Rasmia le declaró su amor. No sólo estaba en deuda con ella por una ayuda que él no le había pedido, sino que ahora dependía de ella para el éxito o fracaso de la empresa de mayor envergadura de su vida. Lo mismo que había aconsejado a sus parientes a que confiaran en él, podía aconsejarles lo contrario y malograr la realización de su mayor ambición: ejercer poder soberano sobre un territorio donde su mandato fuera la suprema autoridad. Pero no había tiempo ahora para recriminaciones. El daño estaba ya hecho, y no tenía otra opción que acceder a su petición. El único refugio que podía ofrecerle era aquel adonde Leonora y el pequeño Musa habían sido enviados, una vez que se habían diseminado los rumores de la inminente muerte de Habbus.

–Por supuesto –la tranquilizó Amram–. En el momento en que se te informe de que Habbus ha muerto, te pones las vestiduras más sencillas que tengas, con el pretexto de querer estar sola para llorar su muerte, y te diriges aquí. Alguien vendrá a recogerte y te acompañará en tu camino.

–¿Adónde?

–A un lugar seguro. Eso es lo único que necesitas saber.

–¿Y esta persona se quedará conmigo, me protegerá y me llevará a donde tú estés, cuando tú me mandes buscar?

–Si ese es tu deseo.

Rasmia se acercó a él y apretando su pequeño pero bien redondeado cuerpo contra el de Amram, levantó las manos para pasar sus dedos por los contornos de su rostro. Parecía querer devorarlo con los ojos.

–Si las cosas no resultan bien, tal vez no te vuelva a ver, amor mío. ¿Por qué no me haces tuya una sola vez, aquí, en este momento, sólo una vez, para que tenga un recuerdo tuyo en el que poder recrearme? ¿Es eso pedir demasiado a cambio de los riesgos que he corrido por ti?

Amram se agitó con una furia diabólicamente mezclada con el temblor del deseo. Cogido en la trampa que había hecho todo lo posible por evitar, leyó un nuevo significado en las palabras de Habbus en su lecho de muerte: «Imprudente herir su orgullo». Pero Habbus no lo sabía. La cuestión crucial era: ¿cuánto, exactamente, sabía ella? ¿Cuánto le había revelado su tío? ¿Conocía los detalles del plan o sólo su objeto? ¿Cuánto más podía revelar si sentía herido su orgullo? ¿Y cuánto más trataría de extraer de él en ese momento climático del acto del amor cuando un hombre está momentáneamente indefenso?

Muchos fueron los grandes y poderosos que sucumbieron a la atmósfera sensual del harén. Debía evitar a toda costa este peligro. Ansiando con toda su alma escapar de este dilema, llamó en su ayuda todo su poder de convicción, arropándolo con la ternura por la que tan famoso había sido su padre.

–Hasta ahora has tenido confianza en mí, ¿no es así?

–Absolutamente.

–Entonces confía en mí hasta el final, paloma mía. Durante toda mi vida he observado una regla de oro: no tocar nunca a una mujer la víspera de un enfrentamiento decisivo. El amor crea confusión en mis sentidos, me ofusca la mente y embota mi capacidad de percepción. El éxito con que mis empresas han sido coronadas hasta ahora atestigua sin lugar a dudas la prudencia de este modo de obrar. Te juro, ahora y aquí, por los vínculos indisolubles que nos unen en este momento, que cuando salga victorioso de ésta, la más grande de todas mis empresas, te amaré como nunca has podido soñar ser amada, porque en esto, como en todas las demás cosas que emprendo, procuro alcanzar la perfección. El amor del que me has dado tan convincente prueba será mi escudo y mi apoyo en los días que me esperan. Una vez triunfante, te juro que mi pasión superará a la tuya.

Por un breve momento la rodeó con sus brazos, después la besó en la frente y se despidió de ella. No estaba seguro, al marcharse, si habían sido sus sentimientos de niña los heridos o su orgullo de mujer, de amante. Lo único que sabía era que, de todos los riesgos que estaba a punto de correr, éste era el más grave porque no se debía a su propia iniciativa y, por consiguiente, no lo había incluido en sus planes. A lo largo de toda su vida la elocuencia que poseía le había sido útil. Esperaba que, con la ayuda de Dios, tampoco esta vez le hubiera fallado...

Tratando de sofocar las dudas que le atormentaban y las preguntas sin respuesta, Amram caminó rápidamente por la cresta de la pequeña colina entre el palacio y la fortaleza. Reunió a sus principales generales y les explicó brevemente que para impedir un intento por parte de Sevilla de explotar la confusión que seguiría a la muerte de Habbus, deberían ponerse en marcha enseguida, a la cabeza de la mayor parte de las tropas del reino, para tomar las posiciones defensivas a lo largo de las fronteras más vulnerables del reino. Él mismo se pondría al frente de la guarnición que iba a quedarse atrás para proteger la capital. Su previsión fue recibida con evidente aprobación y conforme los capitanes se dispersaban para ejecutar sus órdenes, él se sentó para escribir una nota personal a Joseph ibn Aukal. En términos sencillos y familiares aseguró a su suegro que su amada hija Leonora y su nieto estaban en buena salud y le invitó a ir a pasar el Sabbat en Granada en un futuro inmediato. Mandó la misiva con un mensajero de confianza, y después de pasar revista a las tropas antes de su salida de la ciudad unas horas más tarde, no le quedaba nada más que esperar.

Habbus tardó una semana más en morir, una agonía tan penosa y tan prolongada que hasta aquellos que le amaban, oraban para que llegara el fin. En cuanto se anunció la noticia, se mandaron mensajeros para informar a los principados vecinos, a fin de que enviaran representantes para asistir al entierro. Mientras tanto, todos los dignatarios de Granada se agruparon en torno a sus respectivos candidatos al trono. No todos, porque Amram no se alió con nadie. Recluido en la casi desierta fortaleza, permaneció distanciado de las intrigas cortesanas, como si su único interés fuera guardar el reino contra sus enemigos hasta que se hubiera jurado alianza al sucesor de Habbus.

Lo único que se podía hacer era esperar. Esperar pacientemente a que el plan que había urdido se pusiera en práctica y tuviera éxito. Conforme pasaban los días, le daba vueltas en la cabeza a los detalles de la operación, calculando una y otra vez el momento en que se podía esperar la llegada de los mercenarios beréberes que había reclutado el califa de Málaga. En el mismo momento en que su suegro recibiera la carta de Amram, tenía que dar la voz de alerta para que el califa reuniera las tropas que él, Joseph, había ayudado a pagar: tenían que estar listas para ponerse en marcha en cuanto recibieran la noticia de la muerte de Habbus. El propio Amram se había asegurado de que el mensajero que llevó la noticia a Málaga fuera el más rápido del reino y le había dado órdenes estrictas de que cabalgara de día y de noche. Por consiguiente, debía de haber llegado a su destino en dos días. Otros tres más, cuatro como máximo, y se empezarían a ver ya las fuerzas procedentes de Málaga avanzando hacia Granada desde el oeste, a través de la vasta llanura de la vega. Seis días en total, siete como máximo, teniendo en cuenta imprevistos retrasos. Durante esos cruciales días del interregno, nada se interpuso entre el gobernante humadita y el trono vacante de Granada, porque las poderosas fuerzas que Amram había mandado estaban estacionadas a lo largo de las fronteras más peligrosas del reino beréber. Y una vez que el califa hubiera hecho su triunfante entrada en Granada y ganado su califato, Amram, a cambio, ganaría su reino. Málaga sería su recompensa y él su gobernante incontestable.

La semana pasó volando y creció día a día el apoyo en favor de Badis. Se podía llamar a Amram en cualquier momento para jurarle lealtad. Si las fuerzas de Málaga no aparecían antes de que se le dieran órdenes de que compareciera a postrarse a los pies del primogénito de Habbus, no solamente se haría pedazos su sueño de tener un reino propio, sino que perdería la vida acusado de traición.

El séptimo día subió a las almenas y permaneció allí desde el amanecer hasta el ocaso, escudriñando la vega sin cesar, hasta que los ojos le escocían del esfuerzo. A la caída de la noche, nada. El octavo día, la misma vigilancia incesante. Nada. Dos días después, Badis prestaría juramento. Amram se pasó la noche dando vueltas en su jergón. ¿Habría entregado Joseph el mensaje? ¿No habrían estado preparadas las tropas para ponerse en marcha en el momento estipulado? ¿O, y al pensar en esto su furia se desbordaba, sería que Rasmia le había traicionado porque rehusó amarla tal como ella quería?

Noveno día. Total inmovilidad en el horizonte. Si para el atardecer del décimo día los de Málaga no habían aparecido, no tendría otra opción que huir del principado al que había servido tan bien. Conspirar e intrigar tal vez sí, indudablemente lo había hecho, si no mejor o con más frecuencia que cualquier otro hombre, pero traicionar a un rey a quien había jurado adhesión y fidelidad era algo que no se sentía capaz de hacer. Habbus había muerto, Badis no ostentaba aún la corona. Debía desaparecer durante esta vacante de poder, antes de que Badis se enterara de la conspiración que él y el califa de Málaga habían urdido. Décimo día. Una vez más, Amram se apostó sobre las almenas, aunque para entonces estaba casi seguro de que su bien organizado plan había fracasado. Cuando el sol, al irse poniendo en el oeste, teñía la vega de color añil, descendió de su puesto de vigía, bajó por las toscas y estrechas escaleras a la fortaleza y despertó a su soñoliento ayudante.

–Todo parece tranquilo, así que dormiré en casa esta noche –le dijo–. Mañana iré a caballo a inspeccionar las defensas de las fronteras antes de dar órdenes a nuestras fuerzas de que vuelvan. Ten un caballo preparado para mí –ordenó, despidiendo al muchacho, que seguía medio dormido.

Estaba recogiendo unos cuantos de sus enseres cuando se le llevó un mensajero a su presencia. Reconoció enseguida el sello que llevaba la carta.

–Gracias. Puedes irte –dijo, poniendo una moneda en la sudorosa mano del mensajero.

Una vez solo, abrió la carta, con las manos heladas de temor. El mensaje era apenas legible, tan apresuradamente lo había escrito Joseph, pero su contenido estaba bien claro.

Los mercenarios del califa beréber se habían negado a ponerse en marcha. Habían jurado que nunca alzarían sus espadas contra sus hermanos beréberes. Desesperado, el califa les había revelado que no tendrían que hacerlo, puesto que las fuerzas de Granada se habían dispersado y la ciudad estaba abierta para que entraran ellos. Todo fue en vano. ¿Quién podía garantizar que esto no era una trampa que les tendía Abu Musa, un complot artero del tipo que le habían visto urdir tan a menudo cuando lucharon bajo su invencible mando? Los llevaría a Granada y los mataría uno por uno, adquiriendo control no sólo de Granada, sino también de Málaga. No.

Decididamente no. No se pondrían en marcha. Ni todo el oro que el califa les ofreciera les convencería de que cambiaran de opinión.

Amram encendió una vela y acercó la carta a ella hasta que sus cenizas cayeron revoloteando al suelo con la fragilidad de socarradas alas de polillas. Después, al amparo de la oscuridad, desapareció.

Durante toda la noche, mientras espoleaba su caballo a lo largo de la carretera que llevaba a Córdoba, no quiso pensar. Cabalgó cuatro días y cuatro noches, acelerando sin merced a su caballo, parándose solamente para echar unas cabezadas al borde del camino cuando la fatiga se apoderaba de él. Pero cuando los contornos familiares de la casita de campo surgieron en la palidez del alba, su corazón empezó a palpitar como no lo había hecho jamás, ni siquiera las vísperas de las batallas más cruciales que había librado. Sabía que Leonora y el pequeño Musa estaban aquí a salvo. Pero, ¿y Rasmia? ¿Estaba ahí también? ¿O había sobornado al guardia que había mandado con ella para emprender el camino hacia Málaga para poder vengar así su herido orgullo? Joseph no la había mencionado en su carta, pero eso no demostraba nada, porque no estaba enterado del papel que representaba en este asunto. ¿Fueron realmente los beréberes, por propia iniciativa, los que se habían negado a empuñar las armas contra sus hermanos beréberes? ¿O Rasmia había hecho correr insidiosamente el rumor de que Amram los estaba esperando para matarlos?

Extenuado, llamó con los nudillos a la puerta de la casa, como habían hecho dos generaciones de seres humanos impelidos por el sufrimiento, en busca de ayuda. Natán tardó unos minutos en darse cuenta de que la figura demacrada y cubierta de polvo, a punto de desmayarse sobre el umbral de la casa, era el insigne visir de Granada, su hermano Amram.

–En el nombre de Dios, ¿qué te ha ocurrido? –balbució.

–Eso no importa. Dime, ¿está aquí Rasmia, la princesa de Málaga?

–¿La princesa de Málaga? –preguntó Natán, con expresión consternada, implicando en el tono de su voz cierta inquietud de que la mente de su hermano estuviera afectada.

Fue entonces cuando el temible hombre de armas se vino abajo, un ser humano destrozado que sollozaba de fatiga, frustración y amargura ante el mortificante fracaso.

XLII

Natán permaneció de pie, silencioso, hasta que cesaron los convulsivos sollozos de su hermano. Cuando Amram levantó al fin la cabeza para mirarlo, lo hizo con una mezcla de desvalimiento y vergüenza. Sólo entonces, con la profunda compasión que había heredado de su padre, Hai, Natán se acercó a él y le ayudó a levantarse. Poniéndole un firme brazo alrededor de los hombros, le hizo entrar en la casa y lo acomodó en la habitación donde había pasado tantas horas de su infancia librando batallas con sus soldados de plomo. Pero la habitación estaba ahora casi vacía. El saqueo de Córdoba había borrado toda huella de aquellos tiempos felices, dejando sólo las paredes que Natán había encalado cuando restauró la casa para darle un cierto aire de normalidad. Puso suavemente una colcha sobre el cuerpo de su exhausto hermano y entonces se dirigió al dispensario para traer algo de vino que aliviara su fatiga. Cuando se dirigía a él, despertó a su jovial pero incurablemente perezoso criado que andaba todavía babeando y dando cabezadas de sueño, y le ordenó que preparara un baño para Amram. Pero para cuando el agua estuvo caliente, Amram estaba profundamente dormido.

Cuando Leonora se despertó, Natán le dio suavemente la noticia y continuó diciendo:

–No sé por qué te ha mandado aquí, ni qué es lo que ha pasado. Pero evidentemente viene huyendo de un peligro mortal. Es mejor que tú y el pequeño Musa os quedéis en casa hoy en caso de que sus enemigos vengan en su persecución. Si fuera necesario puedo ocultarte entre mis pacientes.

–Pero, ¿y Amram?

–Espero que no lleguemos a eso.

Leonora se pasó el día recorriendo la casa de un lado a otro en una fiebre de ansiedad, ya yendo a ver si Amram se había despertado, ya escudriñando los accesos a la casa en busca de jinetes que se acercaran para apresarlo. A la caída de la noche ninguna de las dos cosas había ocurrido. Agotada, cayó en un sueño intermitente en el que daban vueltas caballos empinados ante ella, mostrando sus enormes dientes amarillentos y aplastándola con sus sangrientas pezuñas hasta dejarla muerta. Al oír sus sollozos sofocados, Natán fue y, compasivamente, la despertó.

Amram durmió durante casi veinticuatro horas. Cuando se movió un poco a la mañana siguiente, antes del alba, tardó un minuto o dos en darse cuenta de dónde estaba y por qué. Pero en el momento en que tomó conciencia de sus alrededores, saltó de la cama con la actitud alerta del guerrero experimentado y fue a buscar a su mujer y a su hermano. Los despertó con militar brusquedad y con sólo un breve beso para la asustada Leonora, empezó a dar, sin preámbulos, una explicación concisa de su malogrado plan. Cuando terminó de hacerlo, se detuvo un momento para poner en orden sus pensamientos antes de compartirlos con sus seres queridos.

–En resumen, he sido víctima de mis propias estratagemas. Hombres que estuvieron bajo mis órdenes y a quienes dirigí con tanto éxito conocían demasiado bien mi *modus operandi* para confiar en mí. Fue éste un factor que debí tener en cuenta y no lo hice, y fue esto precisamente lo que desbarató el sueño que todos abrigábamos: un principado judío gobernado por un judío y para los judíos. Mi otro error fue abandonar los principios en los que estaba fundada la grandeza de nuestra familia: discrección, modestia de porte, reservada dignidad. Cada vez que me ponía el manto de oro que era el emblema de mi alto cargo, me sentía incómodo, como si nuestro abuelo, el gran Da'ud, me estuviera precaviendo contra una exhibición tal de poder. Y cuando entraba en las casas de los dignatarios de Granada, tan orgulloso de ser aceptado como un igual, tenía que sofocar un cierto malestar, un arraigado temor de que mi orgullo era una traición a nuestros valores ancestrales. Mi orgullo y mi desmedida ambición también. Pero no lamento mi intento de ganar un territorio independiente para mi pueblo. Si no lo hubiera intentado, me lo habría reprochado durante el resto de mi vida, por haber perdido una excelente oportunidad de dar cuerpo a los sueños de Da'ud.

»Tal y como están ahora las cosas, he perdido la única ventaja que poseía sobre mis rivales y mis enemigos: la confianza de mi soberano. Pero por extraño que parezca, no lamento eso tampoco. Pocos conocen tan bien como yo la endémica debilidad del país al que nuestra familia ha servido con honor durante tres generaciones. Es una debilidad que sus enemigos deben explotar finalmente, si no ahora, en años venideros. Aves de rapiña se agruparán sobre su cabeza, esperando el momento propicio para echarse sobre él. En el sur, los musulmanes del norte de África dirigen miradas envidiosas. Por el norte, los cristianos de Castilla, León y Barcelona observan y esperan. Ha llegado, por lo tanto, el momento para nosotros, la familia Ibn Yatom, de buscar nuestro futuro en otras tierras y, en nuestra calidad de dirigentes tradicionales de nuestro pueblo, de preparar el camino para aquellos que en el curso del tiempo se verán forzados por las circunstancias a seguir nuestras huellas.

»Natán, tú llevarás contigo la tradición médica de nuestra familia. En cuanto a mí, renuncio de ahora en adelante a la búsqueda del poder. Me contentaré con otras actividades que eran parte integral de la tradición de nuestra familia, campos de acción que he descuidado. Hay mucho que hacer para asegurarse de la regular e ininterrumpida transmisión del conocimiento de los pueblos antiguos, junto con los refinamientos aportados por los eruditos musulmanes, a las oscuras tierras de la Cristiandad. Da'ud empezó esta tarea, pero fue desviado de ella. Nuestra madre, en la medida de sus posibilidades, la continuó en sus arduas traducciones. Yo continuaré la empresa a partir de ahora y con la ayuda de nuestros hermanos judíos, dispersos por todas partes, haré accesible la totalidad del conocimiento humano a todos los que vayan en pos de él.

Había salido ya el sol, llenando la casa de una luz que deslumbró los ojos de Amram, sensibles aún por el esfuerzo y la fatiga. Protegiéndolos con la mano del reflejo del sol, continuó apresuradamente:

–El día va avanzando. He dormido y hablado demasiado y el tiempo es importante. Debemos apresurarnos y emprender nuestro camino antes de que mis perseguidores me adelanten. Vamos, preparaos –les instó.

–No puedo irme de aquí así, de repente –protestó suavemente Natán–. No puedo abandonar la plantación de aloe que tan arduamente he restablecido. Hay un tesoro de sustancias curativas encerrado en esas hojas rizadas. Al menos debo extraer la savia y secarla para poder llevármela conmigo.

–Hablas como alguien que vive en un mundo hermético, algo que, a pesar de todas las dificultades, siempre has logrado hacer. Cuando vengan en mi busca, destruirán todo lo que encuentren a su paso. Ya has tenido ocasión de presenciar una acción semejante. No quedará nada de la plantación cuando entren por la fuerza en la casa y en el terreno que la rodea. Lo arrancarán todo de raíz, lo cortarán, lo arrasarán y destruirán en un salvaje frenesí. En lo que a ti se refiere, querido hermano, ni siquiera me atrevo a pensar en el destino que te aguarda. Arrancaremos cuidadosamente una o dos plantas y nos las llevaremos con nosotros. Por la experiencia de Ralambo sabemos que son lo suficientemente robustas para sobrevivir hasta que lleguemos a nuestro destino. Tan pronto como nos asentemos en un país hospitalario, las volverás a cultivar.